AMELIA CADAN

BLOSSOM

AMELIA CADAN

BLOSSOM

cbj

Bei diesem Buch wurden die durch das verwendete Material und die Produktion entstandenen CO_2-Emissionen ausgeglichen, indem der cbj Verlag ein Projekt zur Aufforstung in Brasilien unterstützt. Weitere Informationen zu dem Projekt unter: www.ClimatePartner.com/14044-1912-1001

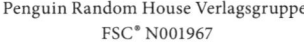

Penguin Random House Verlagsgruppe
FSC® N001967

1. Auflage 2022
© 2022 cbj Kinder- und Jugendbuchverlag
in der Penguin Random House Verlagsgruppe GmbH,
Neumarkter Str. 28, 81673 München
Alle Rechte vorbehalten
Umschlagkonzeption: Suse Kopp, Hamburg
unter Verwendung eines Fotos von © Getty Images (Henrik Sorensen)
MP · Herstellung: UK
Satz: KCFG – Medienagentur Neuss
Druck: CPI books GmbH, Leck
ISBN 978-3-570-16642-0
Printed in Germany

www.cbj-verlag.de

1

JUN

»Habt ihr alles?«, frage ich und zerzause meinen Geschwistern das blonde Haar.

Sie nicken und lächeln zu mir auf. Dabei entblößen beide eine Zahnlücke. Nyte links und Vanity rechts.

»Okay, umdrehen!«

Sie folgen brav meinem Befehl und ich werfe einen letzten Blick in ihre Rucksäcke, bevor ich die Reißverschlüsse zuziehe und die Zwillinge in Richtung Hausflur schiebe. »Schuhe und Jacken anziehen! Auch du, Nyte. Mit beiden Ärmeln!«

»Ja, Jun«, gibt er widerwillig zurück.

Ich werfe einen kurzen Blick in den Flur und muss grinsen, als ich Vanity mit ihren Schnürsenkeln kämpfen sehe. Ich werde ihr helfen müssen. Aber erst husche ich die Treppe hoch in den ersten Stock zu den Schlafzimmern. Als ich die Klospülung höre, erstarre ich am Treppenabsatz. Kurz überlege ich, ohne meine Sachen zu fahren, aber spätestens in der Vorlesung für Mediengeschichte würde sich das rächen.

Trotzdem halte ich den Atem an, als die Badezimmertür aufschwingt. Meine Mom hält ein Glas Wasser und einen Tablettenblister in der Hand und hat schon den halben Flur durchquert, bevor sie innehält und mir den Kopf zudreht.

Sie blinzelt. »Jun.«

»Guten Morgen, Mom.« Mein Blick liegt sengend auf dem Blister in ihrer Hand, aber ich bezweifle, dass sie es überhaupt bemerkt.

»Wo sind ... deine Geschwister?«, fragt sie und offenbart in den wenigen Worten einen so starken Akzent, als wäre sie erst vor fünf Jahren in die USA gekommen – und nicht etwa vor fünfundzwanzig. »Wärst du wohl so nett, sie zur Schule zu bringen? Ich fürchte, ich habe ...« Sie runzelt die Stirn. Es ist der Moment, in dem meine Mom begreift, dass sie versagt hat.

Ihr steigen Tränen in die Augen und ich antworte rasch: »Nyte und Vanity sind unten und ziehen sich die Schuhe an. Geh zurück ins Bett.«

Sie nickt und verschwindet wieder in ihrem Zimmer. Ich starre zwei Sekunden auf das dunkle Mahagoniholz ihrer Schlafzimmertür. Dann dränge ich meine Gefühle beiseite und hole endlich meine Bücher.

Zurück im Erdgeschoss binde ich stumm Vanitys Schnürsenkel und schiebe die beiden aus der Tür. Sie sehen mit großen Augen zu mir auf, aber sie sagen nichts. Ich zwinge mir ein Lächeln auf die Lippen und frage: »Wer hat Lust auf Donuts zum Frühstück?«

Ich seufze erleichtert, als ich meinen Honda endlich auf dem College-Parkplatz zum Stehen bringe. Ich bin spät dran, der Campus ist geflutet von Studenten, und jedes Mal, wenn die gläserne Eingangstür des Verwaltungsgebäudes aufschwingt, blitzt das reflektierte Sonnenlicht zu mir herüber.

Ich greife meine Tasche vom Beifahrersitz, steige aus und beeile mich, die Kindersitze im Kofferraum zu verstauen. Normalerweise nehme ich den Umweg durch den Campus-Park in Kauf, weil es dort ruhiger ist, aber beim Blick auf die Uhr entscheide ich mich widerwillig doch für die direkte Route durch die Mensa. Aber kaum, dass ich das Gebäude betreten habe, bereue ich meine Entscheidung schon wieder.

Heute ist einer dieser Montage zu Semesteranfang, an denen sich die gesamte Welt über die vergangenen Wochen austauschen muss, als hätten sie die Zeit auf dem Mond verbracht. Nach Verlassen der Mensa bin ich genauestens über das neueste Sex-mit-der-Ex-Tape und sämtliche Skandale rund um die »Golden Boys« – unsere Baseballmannschaft – informiert, obwohl ich all das wirklich nicht wissen wollte.

———

»Ich hätte einen Online-Kurs belegen sollen«, spricht Carla meine Gedanken laut aus und befreit ein *Snickers* von seinem Plastikmantel. »Dass Ella Perez mit Leith Boyd Schluss gemacht hat, wusste ich ja dank Instagram und TikTok schon während des Summer Break. Aber so viele Details, wie ich innerhalb der letzten zehn Minuten über ihr Sex-Leben erfahren habe, wollte ich in meiner gesamten College-Zeit nicht ansammeln. – Warum bist du so spät dran?«

Die Frage meiner besten Freundin klingt ehrlich vorwurfs-voll. Als sei es mein Fehler, dass die Studenten der Lorcastle University nichts Besseres zu tun haben, als sich die Mäuler über einen Golden Boy und seine Freundin – Ex-Freundin oder was auch immer – zu zerreißen.

Ich verdrehe die Augen und öffne die Tür zum Acting-College. »Lass uns gehen.«

2

LEITH

Vor acht Monaten
Ich: Bin in 10 Min da, hab Donuts dabei.

Ella: Du bist der Beste.

Ich liebe dich.

Vor sechs Monaten.

Mach dir keine Sorgen wegen des Spiels!

Du trainierst so hart, du schaffst das!

OMG! Homerun, Honey, du hast einen
Homerun geschlagen!

Ich bin so stolz auf dich ‹33

Ich drücke die Nachrichten weg.

Fuck, ich hätte sie längst löschen sollen.

Stattdessen habe ich sie immer wieder angestarrt. Wie ein

hirnverbrannter Vollidiot, der die Bedeutung von: »Es tut mir so leid, Leith. Aber es ist vorbei. Ich liebe dich nicht mehr«, einfach nicht versteht.

Aber was zur verfluchten Hölle gibt es daran bitte auch zu verstehen?

Wir waren seit dem ersten Semester zusammen. Seit über drei Jahren. Wir sind immer eines dieser College-Pärchen gewesen, die alles gemeinsam machen und nirgendwo ohne den anderen auftauchen.

Auf dem Campus kursieren wir unter einem dieser superkitschigen Schachtelwortnamen. *Lella* oder *Elth* kommen hier direkt nach *Brangelina* und *Kimye*.

Wir beide sind sogar auf dem Werbefoto für den beschissenen Eröffnungsball des Lincoln Center, weil selbst die Marketingabteilung der Uni uns für unwiderstehlich hielt. Deswegen hängen wir jetzt an jedem zweiten Laternenpfahl auf dem Campus, jeder Eingangstür und in jedem Aufenthaltsraum der Wohnheime.

Wir hängen groß und fett über dem Baseballplatz und jetzt gerade grinst mein überdimensionales Selbst mir von der Wand der Mensa entgegen.

Fuck. My. Life.

Ich werfe meinem Papier-Ich von vor sechs Monaten mit seinem Heile-Welt-Plakatlächeln einen verächtlichen Blick zu und starre wieder hinab auf mein Smartphone. Kein wesentlich besserer Ausblick.

»Hey, Leith, sorry noch mal wegen Ella. Ich dachte wirklich, ihr wärt so ein furchtbares Vorzeige-Couple, das nach dem Abschluss heiratet und dann Modelbabys am Fließband produziert«, sagt Vin und schlägt mir auf die Schulter, bevor er sich auf dem letzten freien Platz am Tisch niederlässt. Den rechts neben mir. Der linke Platz bleibt leer. Weil es Ellas Platz ist. *War.* Diesen Vergangenheitsformmüll muss ich mir erst noch angewöhnen.

Ich grummle irgendwas, von dem ich selbst nicht genau weiß, was es eigentlich bedeuten soll, und ziehe das Lunchtablett zu mir heran. Nicht, dass ich wirklich Hunger hätte. Aber der Mist mit Ella ist jetzt über vier Monate her und ich sollte allmählich mal drüber hinwegkommen.

»*Wouhou!*«, johlt Greg und vollführt eine Art Regentanz um den Tisch herum, bevor er sich ungeniert auf den Platz zu meiner Linken fallen lässt. Und das erste Mal in meinem Leben bin ich froh über Gregs unverfrorenes Draufgängertum.

Er bewegt seinen Kopf rhythmisch hin und her, als käme noch immer sein furchtbarer Lieblings-Hip-Hop-Song aus den übergroßen, orangefarbenen Kopfhörern um seinen Hals, und rappt: »*Ich gehe mit Betty zur Eröffnungsgala des Lincoln Center! Yeah-yeah.*«

Vin zieht ein Gesicht, als leide er Schmerzen. »War sie betrunken?«

Greg zieht die Brauen zusammen. »Nope. Ich hab sie einfach gefragt, das ist alles.« Er grinst und legt mir seinen massigen Arm um die Schultern. Greg ist unser First Base, sieht aber eher aus wie ein Schwergewichtsboxer. »Warte nur, Leith, in zwei Wochen machen wir dir und deiner süßen Ella Konkurrenz auf dem Traumpaar-Treppchen.«

Der gesamte Mensa-Tisch der Baseballmannschaft verstummt abrupt. Ich verziehe das Gesicht und Greg hebt hilflos die Hände: »*Was?* Darf man so was heutzutage nicht mehr sagen, oder wie?«

»Sie hat mit ihm Schluss gemacht, Greg«, klärt Vin ihn auf.

»Was? Wann?«

»Kurz nach Beginn des Summer Break, du Genie.«

»Neeein, ernsthaft!?«

Ich verdrehe die Augen.

»Aber warum?« Er überlegt. Angestrengt. Dann platzt er hervor: »Du hattest *doch* etwas mit der Cheerleaderin von der Brown! Ich *wusste* es!«

Ich schüttle den Kopf. »Hatte ich nicht. Und jetzt lass uns über was anderes reden. Meinetwegen über deine Betty und wie du sie davon überzeugen konntest, dass ausgerechnet du die beste Ballbegleitung sein könntest. – Wieso gehst du überhaupt hin? Ich dachte, du wolltest nicht hingehen, weil du ungefähr so graziös tanzt wie ein betrunkenes Nilpferd?« Seine Worte.

»Vorhin in der Vorlesung haben sie gesagt, dass ihr Date abgesagt hat. Sie wollte mit diesem Futzi vom Acting-College gehen, weil sie da ja auch ist. Wie hieß der noch gleich? Lafayette? Lawrence?«

»Lemond«, knurre ich, »Lemond Smith.« Und ich weiß sogar, warum er der lieben Betty abgesagt hat. Damit er mit meiner ... mit Ella hingehen kann. Weil die beiden sich eine Millisekunde angesehen und unsterblich ineinander verliebt haben – oder so. Was weiß ich denn ...

»Lemond!«, wiederholt Greg triumphierend und hält mir die Faust hin. Ich erwidere die Geste sogar. Irgendwie schafft der Kerl es ja doch immer, einen aufzuheitern. Ich glaube fast, der Coach wechselt ihn nur deswegen ein, weil wir alle im selben Moment, in dem Greg mit seinem typischen Gang auf den Platz watschelt, schon ein halbes Grinsen auf den Lippen haben.

»Wer zur Hölle nennt sein Kind *Lemond*? Andererseits …« Greg grient zu Bronx hinüber. – Ja, Bronx wie der Stadtteil … – Letzterer wirft ihm eine leere Energydrinkdose gegen den Kopf, die allerdings von Gregs riesigem Afro abgefedert wird und stattdessen mein Bein trifft. An jedem anderen Tag hätte ich sie aufgehoben. Heute kicke ich sie weg, bis sie am Nachbartisch zu Claytons Füßen landet, dem Starspieler unserer Basketballmannschaft. Er hebt sie mit viel Getue auf und wirft sie affektiert in Richtung des nächsten Mülleimers, trifft perfekt, und sein ganzer Tisch johlt und klatscht, als wäre er gerade einen Homerun gelaufen.

Okay. Ich schätze, irgendwie hat er das auch. Auf seine Art – die eines Basketballers eben. Ich bin nur ein miesepetriger Scrooge, der vom Geist seiner Ex-Freundin heimgesucht wird und niemandem seinen Spaß gönnt. *Fuck.* Ich brauche Ablenkung. Bedauerlicherweise funktioniere ich nicht wie gefühlt neunzig Prozent der Männer auf diesem Planeten – allen voran meine Teamkameraden – und kann mir einfach das Hirn wegvögeln lassen. Solche emotionslosen Nummern haben mir noch nie besonders viel gegeben.

Ich seufze und schaufle mir einen Teil des Lunchs in den Mund. Keine Ahnung, was genau das sein soll. *Lasagne? Bolognese? Arrabiata?* Irgendwas mit Tomaten, Nudeln und Fleisch. Glaube ich.

»Jedenfalls«, fährt Greg kauend fort, »sollen die Schauspielstudenten alle mit Date kommen, weil sie ja das Programm an der Gala mitgestalten. *Romeo und Julia* und so.«

Bronx lacht. »Sie hat dir nur zugesagt, weil sie kalte Füße hatte, dass sie kein passendes Date findet!«

Anstatt beleidigt zu sein, grinst Greg selbstzufrieden. »Sie geht mit *mir* hin. Alles andere ist egal.«

»Du bist sowieso keine schlechte Partie, lass dich von dem New Yorker Stadtteil da drüben nicht schlechtreden«, murmle ich und klopfe Greg auf die mächtige Schulter.

Er nickt mir zu. »Hey, Leith, die anderen haben gesagt, ihre Freundin – die die Julia spielt – hat auch noch kein Date. Warum gehst du nicht mit ihr hin? Auf den Fotos sieht sie echt heiß aus. – Besser als Ella, wenn du mich fragst ...«

Er wackelt mit den Augenbrauen und beinahe wäre mir ein *Ich frag dich aber nicht* rausgerutscht. Aber ich besinne mich eines Besseren und sage stattdessen: »Ich geh nicht hin.« Auch wenn meine Eltern mir seit Wochen mit dieser dämlichen Gala in den Ohren liegen ...

»Wird Julia nicht von ...«, Bronx schnippt mit den Fingern, »... Jun! Jun Sakura gespielt?«

Vin zieht die Augenbrauen in die Höhe. »Der Eisprinzessin? Ernsthaft? Kein Wunder, dass die noch kein Date hat. Mit der würde ich auch nicht hingehen.«

Greg schüttelt missbilligend den Kopf. »Ihr habt doch alle keine Ahnung. Ihre Mom ist Model, verdammt. Das Mädel ist heiß wie ... wie ...« Ihm scheint kein passender Vergleich einzufallen, bis er triumphierend »Frische Pizza!« ausruft. »Knackige, frische, duftende Pizza!«

Während ihn die anderen am Tisch zum dämlichsten Vergleich des Jahrhunderts beglückwünschen, stehe ich auf. »Ich denke wirklich nicht, dass ich Lust darauf habe, Ella und ihrem Romeo einen ganzen Abend lang beim Schmachten zuzusehen.«

Dabei müsste ich ehrlicherweise zugeben, dass ein Teil von mir das durchaus möchte. Ein masochistischer Teil. Der Teil, der sehen will, was zur Hölle an Romeo besser sein soll als an mir ... Was hat er, das ich nicht habe? Warum hat sie *ihn* ausgesucht?

Fuck, ich bin wirklich armselig!

———

Vor der Fakultät für Politikwissenschaft steht mein bester Freund Ryder und zieht an seiner Zigarette. Und wie immer lehne ich mich neben ihn an die Wand und sehe zu, wie er sich die Lungenflügel verpestet.

So haben wir uns kennengelernt, im ersten Semester. Es ist die einzige Freundschaft außerhalb des Baseballteams, die überlebt hat.

Er bedenkt mich mit einem Seitenblick, nimmt einen letzten Zug von der Zigarette und tritt sie anschließend aus. »Du solltest echt aufhören, wegen Ella deine gesamte Umgebung in eine Depressionsstarre zu versetzen. Wo ist dein goldener Heiligenschein geblieben, der immer über deinen blonden Löckchen schwebt?«

Er malt Kringel über meiner Stirn, dann wendet er sich ab und geht mit langen Schritten hinüber zur Eingangstür.

Ich verdrehe die Augen und trabe stumm hinter ihm her.

Ryder denkt sich bei meinem Schweigen seinen Teil und erklärt: »Mach es so wie alle – und leg ein paar Mädels flach. Danach fühlst du dich zwar nicht unbedingt besser, aber immerhin hast du neue Probleme, über die du dir den Kopf zerbrechen kannst. Es sei denn, du planst, die Abschlussprüfungen nächstes Jahr wegen deiner Ex-Freundin zu vergeigen. Macht sich sicher gut vor den Aufnahmeprüfungen zur Law School: *Hey, sorry, ich kann mich nicht konzentrieren, weil ich die ganze Zeit darüber nachdenke, wer gerade meine Ex vögelt.*«

Darn, ich hasse den Kerl. Ernsthaft, er liest in Menschen wie in Gesetzestexten – und bei ihm heißt das in beiden Fällen: extrem gut. Ich bin mir sicher, wenn er es wollte, könnte er eine Karriere in einer der großen Kanzleien hinlegen. Oder auf die Law School pfeifen und sich in der Versicherungsbranche oder so was eine goldene Nase verdienen.

Aber er wird es nicht tun. Weil unter seiner schwarzen Lederkluft die weißeste Seele schlummert, die ich je die Ehre hatte kennenzulernen. Der Typ ist ein verdammter Engel. – Irgendwie jedenfalls ... Ich schätze, seine tausend Bettbekanntschaften würden mir nicht vorbehaltlos zustimmen.

»Das wird nicht passieren«, werfe ich ein und klinge irgendwie weniger überzeugend als beabsichtigt.

Er grinst und hält mir die Tür zum Vorlesungssaal auf: »Natürlich nicht, Leith Boyd.«

Ich stehe zwischen zwei riesigen Kostümständern in der letzten Reihe des University Theatre und rede mir ein, ich sei *nicht* hier, um Ellas neuen Romeo zu begutachten. Ich habe

Greg gestern Abend noch per Messenger nach den Probeterminen für die Gala-Aufführung gefragt und … jetzt steh ich hier wie der letzte Stalker.

Bedauerlicherweise tobt sich anstelle von Lemond Smith alias Romeo ein anderer Schauspielnerd auf der Bühne aus. Affektiert brüllt er rum und erzählt seiner Tochter Julia, dass sie gefälligst zu tun und zu lassen habe, was er sich vorstellt – bis er vor lauter Inbrunst beim Abgang beinahe die Seitentreppe hinunterfliegt. Ich muss mir ein Lachen verkneifen, weil es so albern aussieht, wie er in Strumpfhose und Schnabelschuhen mit Absatz den mächtigen Patriarchen zu mimen versucht.

Aber das Lachen bleibt mir im Halse stecken, als ich in das Gesicht der verbliebenen Schauspielerinnen sehe. Eine von ihnen ist Betty alias Gräfin Capulet, Julias Mutter. Ich erkenne sie von Gregs Smartphone-Foto wieder, das er mir gemeinsam mit den Probeterminen noch serviert hat. Sie ist hübsch, nicht, dass einem die Luft wegbleibt, aber die Wirkung dieser Kostüme ist echt nicht zu unterschätzen.

Ihre Kommilitonin hingegen …

Sie hat die schlanken Finger in den dunkelroten Samt ihres Kleides geklammert; auf ihren Wangen schimmern Tränen, und obwohl ihre Worte gut verständlich sind, wirkt ihre Stimme fragil.

Und wohnt kein Mitleid droben in den Wolken,
Das in die Tiefe meines Jammers schaut?
O süße Mutter, stoß mich doch nicht weg!
Nur einen Monat, eine Woche Frist!

Wo nicht, bereite mir das Hochzeitsbette
In jener düstern Gruft, wo Tybalt liegt!

Sie spreizt verzweifelt die Hände, presst sie flach auf den Boden, bis sie zu Füßen ihrer Mutter liegt, eine Wange an die abgetretenen Dielen geschmiegt, während ihre Augen zu den Bühnenlichtern aufblicken, als sehe sie hinauf in die Weiten eines blauen Himmels.

Julias Mutter speist die Tochter genauso gefühllos ab wie gerade eben noch ihr wutentbrannter Vater und stolziert anschließend von der Bühne. Aber das ist nicht der Grund, warum ich stirnrunzelnd zurückbleibe. Es ist Julias Trauer, wie sie sich verzweifelt am Boden windet, die Hände ringt und sich selbst davon überzeugt, dass sie lieber stirbt, als jemand anderen zu heiraten als ihren Romeo.

Es ist zum Kotzen, so echt wirkt die Szene. Und ein nicht unbeträchtlicher Teil von mir würde am liebsten hinüberstürzen, die zarte Gestalt vom Boden aufheben, ein weißes Stofftaschentuch aus dem Wams zaubern und ihre Tränen trocknen, damit sie nur aufhört, den gesamten Raum mit ihrer Verzweiflung zu ersticken.

Ich wende den Blick ab, verschränke die Arme vor der Brust und warte, bis die Szene endlich vorbei ist. Ich habe keine Ahnung, wann Lemond seinen nächsten Auftritt hat, aber ich will wissen, ob er genauso gut ist wie seine Julia.

Letztere erhebt sich endlich, klopft den Bühnenstaub vom Kostüm, und als sie das Kinn hebt, erinnert sie mich mehr an die echte Gräfin Capulet als gerade eben noch ihre Schauspielkommilitonin.

Ihr Professor, ein Typ mit zerzauster Einsteinfrisur in Karohemd und Cordhose, klatscht zwei Mal in die Hände und erklärt:»Sehr gut. Wir machen weiter mit Szene 5. – Jun, du hast mir noch immer nicht dein Date für die Gala genannt. Du weißt, dass von den Schauspielern erwartet wird, dass sie den gesamten Abend über dableiben. Du hast eine Hauptrolle! Und ich bezweifle, dass es dir schwerfällt, jemanden zu finden, der dich begleitet.«

Sie winkt ab, ohne ihn anzusehen.

»Jun – keine Ausnahmen!«

Jun wirft ihrem Professor einen Blick aus dem Augenwinkel zu, der Medea alle Ehre gemacht hätte, nickt knapp und stolziert dann zwischen den Zuschauerrängen … genau auf mich zu.

Fuck. Ich stehe immer noch zwischen den Kostümständern – meine Ausrede, falls mich jemand fragt, was zur Hölle ich hier zu suchen habe. Aber als ich in ihr Gesicht sehe, weiß ich instinktiv, dass ich mich vor spätestens fünf Minuten hätte verziehen sollen.

»Was machst du denn hier, Golden Boy?«, fragt sie, halb verärgert, halb … *mitleidig?* Die Mischung verwirrt mich. Ihre ganze Erscheinung tut das. Die Feministin aus meinem Politiktheorie-Kurs würde mir vermutlich erklären, dass es meinem weißen, privilegierten Männerhirn zu verdanken ist, dass eine Asiatin im Tudorkleid meine Stereotype durcheinanderbringt …

Ich blinzle und öffne den Mund, um Jun endlich zu antworten, als sie mir schon zuvorkommt:»Deine Angebetete ist nicht hier. Sie kann es nicht ertragen, mit anzusehen, wie jemand anderes ihren Romeo küsst, sagt sie.« Die Verachtung in Jun Sakuras Stimme ist kaum zu überbieten und irgendwie wünsche ich mir das heulende Nervenbündel von gerade eben zurück. Bedauerlicherweise war *das* nur gespielt. Die wahre Jun wirkt nicht, als würde sie sich jemals von irgendwem so herumschubsen lassen.

»Ella ist nicht meine Angebetete«, sage ich leise und weiß selbst, dass ich mich anhören muss wie ein jammernder Teenager …

Sakura hebt lediglich eine feine schwarze Braue und mustert mich von oben bis unten. Normalerweise ist das der Moment, in dem mein Ego sich grinsend auf die Schulter klopft und sagt: *Was auch immer passiert ist – wenigstens hast du dabei gut ausgesehen.* Aber irgendwie bleibt sogar das aus. *Fuck.*

»Was willst du dann? Das Stück lief x-mal im Campus Theatre letztes Semester, und ich bin mir sicher, als Boyd bist du ohnehin auf die Gala in zwei Wochen eingeladen. Du bist also sicher nicht hier, um das Stück zu sehen.« Sie lächelt. Bei dem Anblick stellen sich mir die Nackenhaare auf. Wie kann man so kalt lächeln?

Ihre Art frustriert mich, sie triggert irgendetwas in mir. Wie sie einen ansieht, als stehle man ihr das Sonnenlicht. Dass Schauspieler einen Hang zur Arroganz haben, ist ja nichts Neues – aber Jun Sakura verleiht dem Wort *Arroganz* definitiv eine neue Dimension.

Ich straffe die Schultern, um jeden Zentimeter meiner knapp 1,90 gegenüber ihren 1,70-nochwas auszuspielen, und funkle auf sie herab.

»Ich bin nicht wegen Ella hier«, höre ich mich sagen und bin selbst überrascht über den harschen Klang meiner Stimme. Ihr Schauspieltalent scheint abzufärben. »Ich wollte wissen, ob du mit mir auf die Gala gehen möchtest.« Stellt sich nur noch die Frage, warum ich ausgerechnet *das* gesagt habe …

Sie fängt an zu lachen. Lauthals. Es fühlt sich an wie ein Hagelschauer.

»Das ist nicht dein Ernst!«

Ich zucke mit einer Schulter und grinse gequält. »Doch, klar. Du hast deinen Prof doch gehört. – Begleitung ist obligatorisch. Und wie du schon sagtest: Ich muss als Boyd genauso antanzen wie du. Zwei Fliegen, eine Klappe.«

»Dass ich hingehen muss, bedeutet noch lange nicht, dass ich es mit einem eifersüchtelnden, privilegierten Baseballspieler tun werde, der es nicht ertragen kann, dass seine Freundin mit ihm Schluss gemacht hat. – Werd erwachsen, Boyd. Und jetzt mach Platz, ich muss mich umziehen.«

3

JUN

Als ich mich von Carla verabschiede, ist es schon fast zehn. Gott sei Dank. Ich bummle. Hole bei der 24-Stunden-Apotheke am Campus mein Rezept für die Epilepsie-Tabletten ab und nehme unterwegs bei *Yoshi's*, meinem Lieblingsrestaurant, eine Ramen mit. Jetzt brauche ich immer noch gut zwanzig Minuten bis nach Hause. Selbst an einem Freitagabend werden Steven und meine Mom um diese Zeit schlafen.

Aber als ich den Wagen in der Einfahrt parke, glimmt dünnes Licht zwischen den Jalousien hervor. Bis ich die Eingangstür erreiche, rede ich mir erfolgreich ein, dass meine Mutter bei ihrem fünften oder sechsten Glas Wein vor dem Fernseher eingeschlafen sein muss.

Stattdessen höre ich die Stimme meines Stiefvaters, kaum dass die Tür hinter mir zurück ins Schloss geglitten ist. Zwei zähe Sekunden ringe ich mit der Überlegung, umzukehren, das Haus zu verlassen und bei Carla im Wohnheim zu übernachten. Oder in meinem Auto.

Aber dann schüttle ich leise seufzend den Gedanken ab. *Er weiß*, dass ich hier bin. Man kann von den Küchenfenstern aus direkt auf die Einfahrt blicken und der Motor meines neun Jahre alten Hondas ist auch nicht der leiseste ...

Ich wappne mich, bevor ich das Wohnzimmer betrete – und zucke dennoch zusammen beim Anblick der Szenerie. Meine Mutter sitzt zusammengekauert in ihrem Lieblingssessel. Auf dem Cafétisch vor ihr befinden sich zwei leere Tablettenblister und ein halb ausgetrunkenes Glas mit bernsteinfarbener Flüssigkeit.

Ihre Augen sind ausdruckslos auf eine Weise, die ich niemals auf einer Bühne spielen könnte. Weil darin nichts ist. Kein einziges Gefühl. Der Anblick friert mein Herz ein. Und als ich Steven neben ihr stehen sehe, weiß ich, dass mein vertrautester Freund zurück ist: die Wut.

»Was hast du getan?«, fahre ich ihn an.

Er hebt eine Braue und sieht mich herablassend an. Ich hasse es, wie viel größer er ist als ich. Ich hasse es noch viel mehr als bei Leith Boyd. Letzterer ist nichts als ein verwöhnter Golden, dessen Ego es nicht verträgt, wenn eine Frau ihn ablehnt. Steven hingegen ist ein Monster, das meiner Mutter die Seele ausgesaugt hat, bis nichts mehr von ihr übrig geblieben ist als diese Hülle, die zwei Schritte von mir entfernt auf dem Sessel hockt und ins Leere starrt.

Ich balle die Hände zu Fäusten und spüre Verzweiflung in mir aufwallen. Aber ich ringe sie nieder. Wut ist das Einzige, was ich gebrauchen kann. Alles andere – Hoffnungslosigkeit, Trauer, Verzweiflung, Verbitterung, Angst und Panik – sind Gefühle, die ich mir nicht leisten kann. Sie sind unnütz und sie machen mich schwach. Und Schwäche ist, was mich in dieser Welt alles kosten kann.

Ich deute mit einem zitternden Arm auf meine Mutter: »Habt ihr euch wieder gestritten? Wie viele Tabletten hat sie genommen? Als ich gestern Abend nachgesehen habe, war die Packung fast leer! Hast du ihr etwa neue gekauft? Und wieso in aller Welt lässt du sie *Alkohol* dazu trinken?«

»Deine Mutter ist eine erwachsene Frau, Jun. Es ist ihre Entscheidung, was sie tut oder nicht tut.« Er stützt die Hände in die Hüften und atmet durch. »Du weißt, wie schlecht es ihr geht, wie sehr die Kinder dich brauchen, wie sehr *wir* dich brauchen. Aber du hast nur dein albernes Studium im Kopf, nicht wahr? Und es ist nicht einmal etwas Vernünftiges, wie Jura oder meinetwegen Pädagogik. Sondern Schauspiel. Dabei beherrschst du das doch längst in absoluter Perfektion, also was treibst du dort den ganzen Tag?«

Seine Worte treffen mich. Jedes einzelne findet sein Ziel und hinterlässt Schmerzen, die mich noch tagelang verfolgen werden. Aber ich werde den Teufel tun und es ihm zeigen. Denn es gibt nur eines, was mich noch mehr trifft als seine Worte: das Funkeln in seinen blassblauen Augen. Was andere als lebhaft und attraktiv empfinden, treibt mir die Galle auf die Zunge.

»Was willst du?«, frage ich tonlos. Denn er will *immer* etwas. Immer, wenn er meine Mutter zu Scherben zertritt, will er etwas. Von mir.

Er legt den Kopf schief und lächelt schmallippig. Einen Augenblick lang glaube ich fast, er würde es mir einfach sagen. Sagen, was er will. Ohne große Spielchen.

Stattdessen geht er zur Anrichte und schenkt sich ein Glas Whiskey ein. Er hockt sich sogar vor den Minigefrierschrank und lässt klimpernd drei Eiswürfel in sein Glas fallen, während mein Gehirn sich in aller Ausführlichkeit ausmalt, wie ich ihm die Whiskeyflasche über den Kopf ziehe und anschließend den zerbrochenen Flaschenhals noch in seiner Kehle versenke. Aber natürlich tue ich es nicht. Denn ich bin zu feige.

Er steht auf, dreht sich zu mir herum und verkündet noch immer lächelnd: »Deine Mutter wird sich in den kommenden Wochen in eine Rehabilitationsklinik begeben.«

Ich erstarre. Mein Unterbewusstsein lässt mich eine Hand nach der Schulter meiner Mutter ausstrecken, ehe ich die verräterische Geste unterdrücken kann. Aber ich zucke sofort zurück, als Steven sich neben sie stellt und ihr scheinbar liebevoll über die Wange streicht. »Nicht wahr, Kirschblüte?«

Mir wird schlecht. Und als er aufblickt, um mich anzusehen, muss ich den Kopf abwenden, um mich nicht zu übergeben.

»Was ist mit den Zwillingen?«, frage ich.

Er lächelt fein. Die winzige Regung verrät mir, dass ich meine Frage nicht hätte stellen dürfen. Dabei weiß er ohnehin schon, wie viel Vanity und Nyte mir bedeuten. »Deine Geschwister bleiben natürlich hier.«

Ich strecke die Hand nach der Lehne des Sessels aus und halte mich daran fest. Mehr noch, meine Fingerspitzen krallen sich in das Polster, als wolle ich es aufreißen. Und am liebsten würde ich es tun – wenn ich nur die Kraft dazu hätte.

Ich straffe meine Schultern, hebe das Kinn und erkläre:

»Sie sind erst sieben Jahre alt – und wie du schon sagtest, ich bin nicht oft genug hier, um mich um sie zu kümmern. Und du schon gleich drei Mal nicht.«

Er bewegt den Kopf. Kaum einen Fingerbreit, aber ich weiß, dass ihm mein Widerstand nicht gefällt.

Er verschränkt die Arme vor der Brust und erklärt: »Ich habe ein Kindermädchen eingestellt. Eine sehr kompetente Frau mit hervorragenden Zeugnissen.«

»Ein Kindermädchen ersetzt keine Mutter!«

»Ach, und du glaubst, deine Mutter würde ihnen gerecht?« Er deutet auf meine Mom, als handele es sich lediglich um einen Gegenstand. Einen leblosen, abgenutzten Gegenstand.

Und das Schlimmste ist: Ich kann nicht einmal überzeugend widersprechen. Ich kann es nicht. Denn wie oft bin ich diejenige, die sie morgens weckt, den Zwillingen Frühstück macht, Vanity die Haare kämmt und einen letzten Blick auf Nytes Hausaufgaben wirft – und sie anschließend in die Schule fährt? Wie oft rufen sie mich an, weil es nichts zu essen gibt und sie Mom nicht finden? Oder nicht finden wollen. Weil niemand eine Mutter finden will, die womöglich in ihrem eigenen Erbrochenen am Boden liegt und nicht einmal mehr dazu imstande ist aufzustehen, geschweige denn, sich zu duschen und ihren Rausch im Bett auszuschlafen.

Ich schlucke den Tränenstrom herunter, der droht, in mir aufzusteigen, und blinzle die Bilder aus meiner Kindheit beiseite.

»Sie kann eine gute Mutter sein«, verteidige ich sie schwach. Und wünsche mir im nächsten Moment, ich hätte es nicht getan. Auch wenn es stimmt. Ich hatte es einmal vergleichsweise gut bei ihr, obwohl sie da schon tablettenabhängig war. Für mich war sie zu der Zeit trotzdem noch der Mensch, bei dem ich mich sicher gefühlt habe. Aber das war, *bevor* sie mit Steven einen Mann geheiratet hat, der ihrem labilen Wesen die Sterne vom Himmel versprochen und ihr stattdessen die Hölle auf Erden beschert hat. Bevor irgendetwas in ihrem Inneren endgültig zerbrochen ist.

»Bei dir war sie das vielleicht noch. Aber du hast ihr den Rest gegeben, Jun. Und jetzt sieh sie dir an.« Er geht vor meiner Mutter in die Knie, die durch ihn hindurchsieht, als sei er aus Glas. »Meine liebste Kirschblüte. Nichts als Asche ist von dir geblieben.« Sein Ton wird beinahe weinerlich. Und ich frage mich, wieso er sich diese Mühe überhaupt noch macht. Wir wissen beide, dass er ein Herz aus eiskaltem Stein besitzt – und jeder Satz, der über seine Lippen kommt, vor Lüge trieft.

»Wieso hast du ihr neue Tabletten gekauft?«, flüstere ich. Ich kenne meine Mutter entrückt. Ich kenne sie abwesend und unbeteiligt – aber ich kenne sie nicht als lebendige Statue.

Er sieht zu mir auf. Der ganze melancholische Schmalz gleitet an ihm herab wie ein alter Mantel und gibt den Blick auf seinen wahren Charakter frei. »Sie hat sich aufgeregt, als ich ihr den Entzug vorgeschlagen habe. Die Kinder haben geweint. Ich habe ihr die Packung gegeben, damit sie sich beruhigt und die Zwillinge ins Bett bringen kann.« Es ist ein Ammenmärchen. Das weiß er, das weiß ich. Er wollte sie ruhigstellen – alles andere war ihm völlig egal. Aber es hat keinen Zweck, sich darüber mit ihm zu streiten. Denn ich war nicht hier.

»Sie war fünf Mal im Entzug. Wenn du sie zwingst, wird es nie etwas bringen.«

Er geht einen Schritt auf mich zu, seine folgenden Worte sind unverhüllt – laut und zornig: »Was willst *du* denn tun, Jun? Sie hier weiter dahinsiechen lassen? Das lasse ich nicht zu! Ich bin nicht mit einer Trinkerin verheiratet, die es nicht einmal schafft, allein morgens aufzustehen!«

»Sie ist krank.« Warum nur hört sich meine Stimme so leise an? Warum bin ich nicht lauter? Warum kann ich sie nicht verteidigen, wie ich mich selbst verteidige?

»Dann soll sie sich gefälligst helfen lassen! Und *ich* werde ihr helfen. Ob sie will oder nicht!«

Ich presse die Kiefer aufeinander und wende den Kopf ab. Ein letztes Mal graben meine Fingernägel sich in die Polster der Sessellehne, bevor ich mich davon abstoße und den Weg in mein Zimmer antrete. Ich bin hier fertig.

Aber *er* ist nicht mit mir fertig.

»Jun!«

Ich halte inne, löse meine schmerzhaft krampfenden Fäuste und drehe mich zu ihm um. »Was ist?«

»Dieses Wochenende ist die Gala zur Eröffnung des Lincoln Center an deiner Universität. Unsere Kanzlei hat einen beträchtlichen Betrag gespendet. Und da deine Mutter mich nicht wird begleiten können … wirst du es tun.«

Ich blinzle. Vor meinem geistigen Auge steigen Bilder auf. Ich in einem wunderschönen Kleid aus hellblauer Seide, das ich mir nie hätte leisten können – hätte meine Mom nicht diesen neuen, reichen Mann geheiratet. »Jetzt wird alles besser«, hatte sie gesagt. Wir wohnten plötzlich in einer wunderschönen Villa, ich kam als Sophomore auf eine teure Privatschule; mein neuer Stiefvater begleitete mich auf einen Purity Ball, womit ich versprechen sollte, meine Jungfräulichkeit nicht leichtfertig wegzugeben – nicht die gleichen Fehler zu machen wie meine Mom, hatte er gesagt. Und ich war auch noch stolz darauf.

Ich öffne den Mund, um Nein zu sagen – um *Nein!* zu schreien, aber es kommt kein Ton heraus.

Stattdessen spricht er weiter: »Du spielst doch sicher ohnehin die Hauptrolle in diesem Stück, das dort aufgeführt wird, oder etwa nicht?« Er weiß, welches Stück es ist. Er weiß, dass ich Julia spiele. Es gibt kaum etwas über mein Leben, das er nicht weiß. Und dennoch tut er noch immer so, als interessiere es ihn nur oberflächlich. Als sei er nicht besessen. »Wäre das nicht unglaublich passend? Wenn wir beide zusammen hingingen?« Er öffnet die Arme und lächelt mich an. Es ist nicht einmal gekünstelt. Oder schmallippig. Oder falsch. Er spielt nur, dass er spielt.

Als ich noch immer nicht reagiere, fügt er an: »Die Leute werden wieder reden, über deine Mutter. Und deine Geschwister. Dass sie sich nicht kümmert … Wenn wir zusammen hingingen, wäre das ein Zeichen.«

»I-ich habe ein Date«, platze ich endlich hervor. Es ist der einzige Ausweg, den mein Hirn ausspuckt.

Steven hebt eine Augenbraue. Er lehnt den Oberkörper vor und fragt: »Und wer kann wichtiger sein als dein Stiefvater, der für dein teures Studium bezahlt?«

»Boyd! Leith. Leith Boyd. Der Sohn deines Namenspartners in der Kanzlei.«

Steven öffnet den Mund. Und schließt ihn wieder. »Du *hasst* jeden, der etwas mit mir zu tun hat«, erinnert er mich.

Ich lächle so süß, wie sonst nur er es kann. »Das stimmt doch nicht«, sage ich, »Leith ist sehr nett. Er hat mich vorgestern gefragt und ich habe zugestimmt.«

Ich werde mir den Blick einprägen müssen, mit dem er mich jetzt ansieht. Und ihn in jedem Moment hervorkramen, in dem ich fürchte, dass seine Eiseskälte mich lähmen könnte. Am liebsten hätte ich gelacht, so gut tut dieser Triumph. Dieser winzige, unbedeutende Triumph.

Er beißt die Kiefer aufeinander und sagt: »Gute Nacht, Jun. Träum was Süßes ...«

»O Gott, was tue ich hier nur?«, flüstere ich zu mir selbst, als ich am nächsten Morgen den Campus in Richtung des Political Studies College überquere, anstatt wie üblich auf der anderen Seite des Parks im Acting-College zu verschwinden.

Aber sobald das rote Backsteingebäude in Sicht kommt, straffe ich meine Schultern und hebe das Kinn. Die folgenden Minuten werden demütigend genug sein – kein Grund, es noch schlimmer zu machen, indem ich mir meine Verzweiflung anmerken lasse.

Boyd & Carmichael ist die größte Anwaltskanzlei der Stadt, mit einem Dutzend namhafter Anteilspartner und über hundert weiteren Angestellten – von Anwälten über weniger gut ausgebildete Paralegals und hauseigene Ermittler bis hin zu den Sekretärinnen, die wahlweise im Bleistiftröckchen schick aussehen oder echte Organisationstalente sind.

In Ausnahmefällen womöglich beides – aber was weiß ich schon? Ich bin so gut wie nie dort. Denn Steven hat recht: Ich hasse alles und jeden, der etwas mit ihm zu tun hat. Einschließlich der Boyds, mit ihrem goldenen Söhnchen, der brav auf dem College Political Studies im Hauptfach büffelt, damit er auf irgendeine überteuerte Law School wechseln und genauso ein Rechtsverdreher im Anzug werden kann wie seine Eltern. – Ja, sie sind alle beide Anwälte. Und nach allem, was ich höre, ist seine Mutter die härtere Gegnerin vor Gericht. Fragt sich nur noch, ob ich ihn dafür beneiden oder bemitleiden soll.

Ich verlangsame meinen Schritt, als ich Leith Boyd vor dem Eingang des roten Backsteingebäudes stehen sehe. Er hat mir den Rücken zugewandt, aber es spielt keine Rolle. Ich erkenne ihn sofort. An den goldblonden Haaren, den breiten Schultern und dieser albernen Haltung, die Baseballspieler offenbar auch jenseits des Spielfelds nicht ablegen können. Als hätten sie einen Schläger verschluckt und das Ego ihren Brustkorb aufgebläht … Ich unterdrücke ein Seufzen und werfe dem Kerl neben ihm einen flüchtigen Blick zu. Ryder Bengston. Merkwürdig, dass die beiden befreundet sind. Nach allem, was ich höre, ist der Kerl schwer in Ordnung – abgesehen von seinen Sexkapaden vielleicht. Er hat mal ein Mädchen aus meinem Kurs beraten, die sich keinen Anwalt leisten konnte und, um die Studiengebühren zu berappen, auf die Alimente ihres Vaters angewiesen war – der nicht zahlen wollte. Sie wird nächstes Jahr mit mir das College abschließen, und Ryder hat nie einen Cent von ihr verlangt, obwohl er garantiert stundenlang Gesetzestexte durchgeackert hat.

Ich nicke ihm kurz zu, obwohl ich bezweifle, dass er sich an mich erinnert, und wende mich an Boyd: »Hast du mal eine Minute?«

Er stößt sich von der Wand ab, an der er gerade noch gelehnt hat, und sieht gleich drei Mal mehr nach Home-Run-Hitter aus. Ich muss den Impuls unterdrücken, die Augen zu verdrehen. Ich bin hier, um ihn um etwas zu bitten, und kann es mir nicht leisten, mir meine Abscheu anmerken zu lassen.

»Worum geht es?«, fragt er und beäugt mich skeptisch von oben herab.

Ich sehe Ryder auffordernd an – und zu meiner Überraschung verzieht er sich ohne ein weiteres Wort.

Leith scheint darüber weniger erfreut als ich, aber ich lasse ihm keine Gelegenheit für Selbstmitleid. »Steht das Angebot noch, dass du mit mir auf die Eröffnungsgala gehst?«

Sein Blick, der gerade noch Ryders Lederjacke versengt hat, huscht zu mir zurück. »Was?!«, fragt er verwirrt.

»Lincoln Center. Eröffnungsgala. Date. – Ich meine: Begleitung. Du brauchst eine Begleitung. Ich brauche eine Begleitung. Wir gehen zusammen hin.«

Er nickt. Auch wenn seine Miene offenlässt, ob er meine Worte wirklich verstanden hat. Und ich hatte bisher angenommen, dass er wenigstens Grips zwischen den Ohren besitzt. Offenbar ist nicht einmal das der Fall …

Doch dann scheinen sich die Nebel in seinem Hirn plötzlich zu lichten, jedenfalls wandelt der Ausdruck seiner Miene sich von verständnislos zu skeptisch, und er fragt perplex: »Wieso das auf einmal? Ich dachte, ich sei ein eifersüchtelnder, privilegierter Baseballspieler?«

Wow. Er hat sich sogar gemerkt, wie genau ich ihn betitelt habe. Sollte ich mir darauf was einbilden?

Ich zucke betont gleichgültig mit den Schultern. »Auch die brauchen Galabegleitungen – und ich erbarme mich.«

»Ich könnte die Hälfte der Mädchen aus meinem Kurs fragen und eine Zusage bekommen. Warum sollte ich mit jemandem hin, der mich ganz offensichtlich nicht leiden kann?«

»Immerhin bist du nicht eingebildet«, gebe ich sarkastisch zurück.

Leith verschränkt die Arme vor der Brust. »Ich bin einfach nur hin und wieder nett zu meinen Mitmenschen, Sakura. Da ist es normal, wenn man sich gegenseitig auch mal einen Gefallen tut.«

Ich schnaube. »Ja, *deswegen* würden sie mit dir hingehen. Weil du *nett* bist.«

Ich erwarte fast, dass er grinst und irgendeinen Kommentar über seine eigene Unwiderstehlichkeit absondert – ich habe ihm immerhin eine 1-a-Vorlage geliefert –, aber er tut es nicht. Stattdessen verdreht er nur die Augen und kickt mit dem Außenrist seines rechten Schuhs einen imaginären Stein beiseite. »Wieso willst du plötzlich doch hin?«, fragt er.

Ich winde mich unter der Frage. Und hasse es, wie er es sofort wahrnimmt. Seine Züge bleiben ausdruckslos, aber seine blauen Augen werden eine Spur weicher.

Ich hasse blaue Augen. Eigentlich. Aber Leiths Blau ist nicht blass oder kalt. Es ist dunkel und beinahe warm. Wie das Herz einer Flamme.

Ich wende den Blick ab und murmle: »Ich muss hin. Und du willst deine Ex eifersüchtig machen, schon vergessen? Ich verspreche dir, wenn sie wirklich noch was von dir will, wird sie nach einem Abend mit mir an deiner Seite angekrochen kommen und dir wieder zu Füßen liegen wie eh und je.«

Er spuckt Luft aus wie Galle. »Und ich bin eingebildet, ja? Was bist du dann?«

»Der Teufel trägt Prada«, zwitschere ich.

Aber Leith schüttelt den Kopf. »Tut er nicht.« Er richtet den Blick auf meine Füße und erklärt: »Er trägt braune Ballerinas.« Dann hebt er eine Augenbraue und fügt schmunzelnd an: »Mit Schleifchen.«

Ich muss lachen. Ehrlich lachen. Und er auch ... Was sich merkwürdig anfühlt, weswegen ich abrupt aufhöre und eine unbeteiligte Miene aufsetze, bis Leith mich fragt: »Welche Farbe hat dein Kleid?«

Ich blinzle verständnislos und er fügt an: »Die Gala. Dein Kleid. – Meine Krawatte.«

Oh.

Ich habe keine Ahnung. Ich habe noch nicht einmal ein Kleid. Aber Lust, ihm das auf die Nase zu binden, habe ich auch nicht. »Rot!«, spucke ich den erstbesten Gedanken aus.

Himmel. Jetzt muss ich ein rotes Kleid kaufen. Und anziehen.

Leith hebt eine Augenbraue, kommentiert aber nichts. Sein Glück.

»Ich hole dich um sechs ab. Wo wohnst du?«

Wo ich ...? Mir geht auf, dass er keine Ahnung hat, wer ich bin – dass der Namenspartner der Kanzlei seiner Eltern, Steven Carmichael, mein Stiefvater ist.

Ich atme auf. Das ist gut. Das ist sogar sehr gut.

»Ich werde auf dem Campus sein«, sage ich schnell, »wir haben vorher sowieso noch mal Stellprobe mit den ganzen anderen vom Orchester und der Tanzgruppe und weiß der Himmel wem.«

Kurz wirkt er skeptisch – als könne ich ihn auf den letzten Drücker noch sitzen lassen, aber dann nickt er und holt sein Smartphone hervor. »Ich gebe dir meine Nummer und du sagst Bescheid, wann und wo ich dich abholen kann.«

Ich will ihm sagen, dass er das nicht muss, lasse es aber bleiben. Stattdessen ziehe ich seufzend mein Smartphone hervor und gebe ihm meine Nummer. Kurz wirkt er etwas perplex, dann surrt mein Telefon dank einer Textnachricht mit dem kreativen Inhalt: Hi.

»Hast du alles?«, frage ich meine Mom.

Hina steht verloren neben meinem kleinen Honda und starrt auf die Entzugsklinik, die Steven ihr ausgesucht hat. Er wollte sie herbringen – aber es ist Samstag, und abgesehen von *noch* einer völlig überflüssigen Generalprobe mit der Schauspielgruppe heute Nachmittag habe ich Zeit. Der Gedanke, dass er sie hier abgegeben hätte wie ein Paket, lässt mich jetzt noch die Fäuste ballen.

Das Hauptgebäude der Klinik ist ein prunkvoller Bau, der aussieht, als hätte man ihn aus dem mitteleuropäischen Spätbarock ausgeschnitten und nördlich von Lorcastle wieder eingefügt. Der Duft der Rosenbüsche, die das gusseiserne Eingangstor säumen, wird von einer sanften Brise bis zu uns herübergeweht.

Meine Mom blickt auf die beiden Reisetaschen hinab, die ich mit ihr gepackt habe. Ich hoffe, ich habe nichts vergessen. Es sind Alben darin, mit Fotos von Vanity und Nyte als Babys, Kleinkinder und von ihrer Einschulung letztes Jahr. Ich möchte, dass sie einen Grund vor Augen hat, wofür sie all das hier tut. Selbst wenn wir beide wissen, dass sie nicht nur jetzt, sondern auch in Zukunft jeden Tag aufs Neue eine Wahl wird treffen müssen. Eine Wahl gegen den Schmerz, gegen das Bewusstsein ihres eigenen Versagens, gegen ihre Schuldgefühle und die Erinnerungen an ihr früheres Leben zwischen Diäten, Konkurrenzkampf und teuren Designerkleidern.

»Pass auf sie auf«, schluchzt sie anstelle einer Antwort. »Du warst immer stärker als ich, *Jun-sama*. Schon als kleines Mädchen warst du das.«

»Ich komme dich mit Vanity und Nyte besuchen, wann immer es geht.«

Sie nickt und streicht sich mit dem Daumen eine Träne aus dem Augenwinkel. Die elegante Geste ist ein Relikt aus einer Zeit, in der sie noch nicht zerbrochen war – sondern ein Supermodel, dessen exotisches Aussehen die Laufstege zwischen New York und Los Angeles im Sturm erobert hat. Über Nacht wurde sie zum It-Girl einer High Society, deren Intrigen, Rauschmittelkonsum und Emotionslosigkeit sie nicht gewachsen war.

Die Affäre mit meinem leiblichen Vater war ihr erster Unfall. Meine Geburt ihr zweiter. Ich habe schon früh begriffen, dass die Tabletten, die sie mir als ihre Medizin verkaufte, in Wahrheit ihre Droge waren – auch wenn ich es noch nicht als das hätte benennen können.

Ich hatte wie sie geglaubt, dass Steven ihre Rettung wäre. Das letzte Geschenk an ihre verblassende Schönheit.

Und jetzt steht sie hier, unfähig, für sich selbst zu kämpfen, geschweige denn für ihre Kinder. Und ich fürchte den Tag, an dem sie ein für alle Mal aufgeben wird.

Deswegen begleite ich Hina in ihr neues Zimmer, sehe nach, ob die Angabe aus der Broschüre stimmt, dass Patienten keinen Zugang zu spitzen Gegenständen haben dürfen, dass die Steckdosen über Zeitschaltung verfügen, und als ich vor meiner Abfahrt mit ihr zu Mittag esse, streife ich mit der Fingerkuppe über die Schneide des Besteckmessers.

»Du gehst mit Leith Boyd auf den Ball?«, fragt meine Mutter und sticht ihre Bohnen auf. Sie hält den kleinen Finger abgespreizt und ihr Rücken ist kerzengerade. Der Anblick lässt in mir die Hoffnung aufflackern, dass dieser Entzug vielleicht doch irgendetwas in ihr bewegen wird. Zwei Jahre clean wären in der Kindheit von Vanity und Nyte eine lange Zeit.

»Ja«, antworte ich, überrascht, dass sie überhaupt davon weiß. Oder sich daran erinnert.

»Er ist ein netter Junge.«

Ich runzle die Stirn. »Du kennst ihn?«

Sie nickt und lächelt abwesend. »Er besucht des Öfteren seine Eltern in der Kanzlei und in den Semesterferien betreut er hin und wieder kleinere Fälle selbstständig – natürlich vertritt er sie nicht vor Gericht, das macht sein Vater. Aber ich glaube, seine Eltern sind sehr stolz auf ihn.«

Natürlich. Er ist ein kleiner Jura-Wunderknabe und seine famosen Eltern lieben ihn über alles ...

Verdammt. Ich sollte wirklich nicht eifersüchtig sein auf jemanden wie ihn. Dazu besteht kein Grund.

»Ich muss jetzt los«, sage ich und tupfe mir mit der Serviette über den Mund, während meine Mutter haargenau die gleiche Geste vollführt. Als läge sie in unseren Genen. Dabei graut es mir unwillkürlich. Was mag noch in meinen Genen schlummern, und werde ich eines Tages womöglich genauso enden wie sie? – Das darf nie passieren. Ich darf niemals aufhören zu kämpfen.

»Sei nett zu ihm«, sagt Mom.

Und ich muss lachen. Ich kann es nicht zurückhalten, so tief wurzelt die Verbitterung in mir. *Ihr* würde nie jemand raten müssen, nett zu sein. Egal zu wem. Egal wann. Egal, was derjenige ihr antut.

Ihr Blick verklärt sich und ich sehe ihr an, wie sie sich wieder verliert, wie sie abdriftet und mit zitternden Fingern nach ihrem Wasserglas greift, als enthalte es einen ihrer hochprozentigen Erlöser. Sie schluckt das geschmacklose Getränk herunter, und ihre Miene verrät, wie schwer ihr die Aussicht fällt, sich vier Monate lang nicht betäuben zu können – nicht betäuben zu dürfen.

Ich habe keine Ahnung, womit Steven ihr gedroht hat, falls sie den Ärzten allzu deutlich macht, dass sie überhaupt nicht hier sein möchte. Oder vielleicht muss er das gar nicht. Vielleicht hat er sie längst so weit unter Kontrolle, dass sie es nicht einmal mehr wagt, zu widersprechen.

Sie begleitet mich zurück zur großen Eingangstür, als sei dies hier ihr höchstpersönliches Schloss und sie die Gräfin, bevor sie mich verabschiedet. »Ich wünsche mir nur für dich, dass du jemanden findest, der auf dich aufpasst«, flüstert sie mir zu.

»Das schaffe ich gut allein, Mom. Ich brauche keinen Ritter in schimmernder Rüstung.« Schon gar keinen Boyd. Ich würde ihm nie unterstellen, sich als jemand wie Steven zu entpuppen. Denn niemand – niemand auf dieser Welt – ist wie Steven. Aber es würde mich nicht überraschen, wenn hinter seiner goldenen Fassade ein narzisstischer Mistkerl lauerte. Wer weiß, warum Ella wirklich mit ihm Schluss gemacht hat – denn wenn jemand irgendetwas an unserem speziellen Romeo findet, liegt die Messlatte offensichtlich nicht besonders hoch …

»Es ist okay, eine starke Schulter zum Anlehnen zu haben. Dein Vater war …«

»Mein Vater hat sich verpisst, als es schwierig wurde. Das weißt du, das weiß ich. Ihn jetzt als Beispiel anzuführen, ist wirklich das Allerletzte.«

Ich bereue die Worte, noch während ich sie ausspreche. Ich hatte mir vorgenommen, meiner Mutter den Rücken zu stärken, sie zu ermutigen, sich auf den Entzug einzulassen. Und was tue ich? Ich grabe das Loch, in dem sie ohnehin schon versinkt, nur noch tiefer.

»Entschuldige, Mom«, flüstere ich und überwinde mich dazu, an sie heranzutreten und sie zu umarmen. Sie fühlt sich so zerbrechlich an unter meinem Griff. Dabei ist sie sogar ohne ihre Pumps größer als ich. Aber zugleich ist sie hauchzart. Wie Imari-Porzellan.

Ich lasse sie los und trete einen halben Schritt zurück. »Ich komme dich in einer Woche besuchen, *Okaa-san*.«

Das Wort rollt mir schwer von der Zunge. Wie immer, wenn ich sie in ihrer Muttersprache anspreche. Es ist schon lange nicht mehr die meine. Ich bin im Altenglischen Shakespeares heimischer als im Japanischen. Aber ich fühle mich schuldig, und diese winzige Bekundung des Respekts ist das Einzige, was mir einfällt, um dieses Gefühl zu lindern.

Sie blinzelt verwirrt auf mich hinab, legt die mageren Arme um ihren Brustkorb und tritt einen halben Schritt zurück, den Blick auf den Boden gesenkt.

Als sei nicht ich die Tochter – sondern sie.

4

LEITH

Ich: Wo bist du?

        Jun: Ich kann zu Fuß gehen.

Im Kleid?! Ähm. Nein?

        Ähm. Doch!

Adresse, Jun.

        Ich bin auf dem Campus, Golden Boy.

        Das hatte ich dir gesagt.

Welches Wohnheim?

        Hundertwasser Tower

Bin in zehn Min da.

Ich verdrehe die Augen und verbanne mein Smartphone zurück ins Handschuhfach. Der Hundertwasser Tower ist – wie das neue Lincoln Center – ein späterer Anbau an den Campus und größtenteils durch dankbare Spenden ehemaliger Studenten finanziert. Und er befindet sich am entgegengesetzten Ende des Campus.

Meine Finger tippen ungeduldig gegen das Lenkrad, bis ich sogar mit mir selbst die Geduld verliere, ein letztes Mal an der roten Krawatte zupfe und aussteige.

Im Moment bezweifle ich, dass sie überhaupt Rot tragen wird. *Darn*, vielleicht versetzt sie mich komplett und lacht sich gerade irgendwo ins fiese Fäustchen ...

Aber just, als sich dieser Gedanke in mein Hirn schleicht, öffnet sich die Glastür und ... ich stelle auch sämtliche andere Hirnaktivitäten ein.

Fuck.

Literally ... *Fuck.*

Mein Mund wird trocken und nach einem kurzen Moment des heillosen Durcheinanders entscheidet sich meine Durchblutung für den falschen Körperteil.

Während ich mir also die Erinnerungen an das Sezieren von Froschleichen aus dem Biologieunterricht ins Gedächtnis rufe, tritt Jun in ihrem Hauch aus rotem Satin auf mich zu. Das Kleid ist nichts Besonderes; weder ist es auffällig designt noch zeigt es viel Haut. Ich frage mich, wieso ich so stark auf den Anblick reagiere. Haben vier Monate Abstinenz einen derart schlechten Einfluss auf mich?

Andererseits hatten meterlange, halb nackte Beine schon immer diese Wirkung bei mir. Noch dazu sind Juns Beine besonders hübsche Exemplare: braun, gerade, schlank, aber nicht mager. Vermutlich geht sie joggen, schwimmen oder so was. Was auch immer es ist – ich hoffe, dass sie niemals damit aufhört. Ihre Beine sind anbetungswü ...

Fuck. Me.

Ella. Ich bin nur hier, um Ella eifersüchtig zu machen.

Stattdessen wird mir meine Anzughose zu eng, weil ich scharf auf ein Mädchen bin, das mich nicht einmal ansatzweise leiden kann.

Wenn es irgendwo einen Gott gibt, nehme ich spätestens in diesem Moment an, dass er mich zu seinem persönlichen Hofnarren ernannt hat ...

»Danke, dass du mich extra abholen kommst, das wäre wirklich nicht nötig gewesen«, holt Jun mich aus diesen Gedanken. Ihre kalte Stimme wirkt dabei besser als jeder sezierte Frosch und ich öffne meine Autotür. Wäre Jun nicht Jun, hätte ich erst ihre geöffnet – aber ich kann mir ausmalen, was sie dazu zu sagen hätte, und lasse es bleiben ...

Als sie sich in den Wagen setzt, wird die Fahrerkabine von ihrem dezenten Duft erfüllt, und ich erwische mich dabei, tiefer einzuatmen als nötig. Es gibt Menschen, die von sich aus unglaublich gut riechen. Und Jun scheint bedauerlicherweise eine davon. Sie riecht fruchtig, nach grünem Apfel und den Kirschblüten im Frühling, aber auf eine Weise, die kein Parfüm der Welt einfangen könnte.

Ich stecke den Schlüssel ins Schloss und fahre los, bevor auch noch der gesamte Rest meines Körpers beschließt, sich zu Jun Sakura hingezogen zu fühlen. Vielleicht hatte Ryder doch recht – und ich brauche einfach Sex. Nur dass Jun dafür kategorisch ausfällt.

Nachdem wir unsere Jacken an der Garderobe abgegeben haben, hakt Jun sich bei mir unter und lächelt mich von unten herauf an.

Ich blinzle verwirrt – bis mir aufgeht, wer nur zwei Schritte von uns entfernt steht und darauf wartet, in die Festhalle eingelassen zu werden.

Ella trägt ein bodenlanges, violettes Ballkleid mit rosa Stoffblumen am Revers. Smith hat ihr einen Arm um die Schultern gelegt und sie schmiegt ihren kastanienbraunen Lockenschopf in seine Halsbeuge. Bei mir hat sie das nie gekonnt. Ich bin zu groß für ihre knapp 1,65 Meter, und jedes Mal, wenn ich sie küssen wollte, musste entweder ich mich hinabbeugen oder sie sich auf die Zehenspitzen stellen.

Smith hingegen muss nur den Kopf senken und schon liegen seine Lippen auf ihren.

Der Ort, an dem normalerweise mein Herz schlagen sollte, fühlt sich mit einem Mal hohl an. Ich reibe mir mit dem Handballen über die Brust und wende mich ab. »Lass uns hineingehen.«

»Dir ist aber schon klar, dass du deinen Teil leisten musst, wenn du sie wirklich eifersüchtig machen willst, oder?«, erinnert mich Jun, während ich sie durch die Tische hindurch zu den Plätzen führe, die meine Familie reserviert hat.

»Du hattest recht. Es war eine bescheuerte Idee«, murmle ich.

Sie sieht mich mit gehobener Augenbraue an. »Ernsthaft? Das fällt dir *jetzt* ein?«

»Was willst du hören, Jun?«

Sie antwortet nicht. Erst kurz bevor wir den Tisch meiner Familie gleich in der ersten Reihe erreichen, sagt sie: »Du musst das hier nicht tun. Ich kann später auch hinter der Bühne warten und nach dem Stück zurück ins Wohnheim gehen.«

Ich drehe den Kopf und sehe sie an. Das erste Mal sehe ich nicht die eiskalte Maske der Schneekönigin, sondern weiche, ebenmäßige Züge, ein rundes Gesicht mit vollem Mund. Sie hat den eleganten Schwung ihrer Augen mit einem perfekten Lidstrich betont, auf den meine kleine Schwester ziemlich neidisch wäre, und erst jetzt fällt mir auf, wie fein gezeichnet ihr Gesicht ist. Mit hohen Wangenknochen und tiefgründigen Augen. Irgendetwas daran fasziniert mich, ohne dass ich sagen kann, was es ist.

»Bleib. Ich habe dich gefragt, oder nicht? Ich bin kein Arschloch, das dich jetzt einfach sitzen lässt.« Ich lege ihr eine Hand auf den Rücken und bemerke zu spät, dass ich nackte Haut unter den Fingerspitzen habe. Vorn bedeckt fließender Stoff ihren Körper von den Schlüsselbeinen bis fast zu ihren Knien. Aber hinten entblößt das Kleid ihren gesamten Rücken, und für den Bruchteil einer Sekunde erscheint ein Bild vor meinem inneren Auge, in dem ich mir jede letzte Erinnerung an sämtliche Ex-Freundinnen dieser Welt aus meinem Hirn vögle, während ich diesen nackten Rücken vor mir sehe.

Wow. Ich hatte mich nie für diese Art Kerl gehalten. Aber offenbar bin ich genau das. Angeekelt von mir und meiner eigenen Fantasie rücke ich von Jun ab. Egal, ob sie eine emotionslose Kühltruhe ist – das hat selbst sie nicht verdient.

»Leith!« Die Stimme meiner Mutter holt mich zurück auf den Boden der Realität.

Sie trägt einen schneeweißen Hosenanzug mit weitem Bein und lächelt graziös. »Und ... ist das etwa Jun Carmichael? Was für eine Überraschung!«

45

Während sie meine Begleitung mit angedeuteten Küsschen auf die Wange begrüßt, runzle ich verwirrt die Stirn. Carmichael ist der Name des Namenspartners in der Kanzlei meiner Eltern. – Aber meine Mutter würde nie jemanden auf diese Weise begrüßen, den sie nicht kennt. Und ich bezweifle, dass man jemanden wie Jun verwechselt, genau genommen halte ich es für ziemlich unmöglich.

Trotzdem frage ich meine Mutter bei ihrer Umarmung leise: »Ihr kennt euch?«

Sie lacht und schlägt mir mit der flachen Hand spielerisch gegen den Brustkorb: »Natürlich, Darling! Jun ist Stevens Stieftochter. Sie hat nur Besseres zu tun, als den ganzen Tag in unserer Kanzlei zu verbringen, nicht wahr, Jun? Ich habe mich so gefreut, als ich dein Gesicht auf der Ankündigung zu *Romeo und Julia* gesehen habe. Du siehst wirklich famos aus in diesem Tudorkleid – auch wenn dir modernes Rot wirklich genauso steht. Aber was sage ich? Deine Mutter war ein weltbekanntes Model, kein Wunder, dass das abfärbt. Strebst du auch eine Karriere in der Branche an?«

Mir klappt der Mund auf. Das waren … zu viele Informationen auf einmal. Und ich hätte daran denken sollen, Jun vor meiner Mutter zu warnen – denn sobald diese potenzielle Schwiegertöchter wittert, schaltet sie in den Schwiegermütter-Modus.

Fragt sich nur, warum sie von Jun plötzlich auf Schwiegertochter-Material schließt … Ich hätte weit mehr klarstellen sollen vor diesem Abend.

»Nein, bei der Schauspielerei bekomme ich reichlich Aufmerksamkeit ab, alles andere wäre mir zu viel«, erwidert Jun und lächelt. Beides wirkt beinahe bescheiden, und ich könnte schwören, dass eine sanfte Röte in ihre Wangen steigt.

Sie spielt schon wieder eine Rolle. Die echte Jun hätte sich diese Blöße niemals gegeben. – Nur: sie spielt sie verdammt gut.

»Aber wem sage ich das?«, fährt Jun fort. »Sie wissen ja, wie das ist.«

Ich wende mich stirnrunzelnd an meine Mutter. Sie legt sich eine Hand vor den Mund und giggelt. – Meine Mutter, die gefürchtete Prozessanwältin von *Boyd & Carmichael* – *giggelt*.

»Ich hätte dir nie davon erzählen sollen!«

»Wovon?«, frage ich und fühle mich wie im falschen Film.

»Ich habe als Studentin auch mal Theater gespielt, hier am College, bevor ich auf die Law School gekommen bin«, erzählt sie und mir klappt endgültig die Kinnlade herunter. Warum weiß *ich* nichts davon – aber Jun Sakura? – Oder … Carmichael?

Ich setze mich verwirrt und ziehe in einer automatischen Geste auch Juns Stuhl zu meiner Rechten zurück. Dann öffne ich das kleine Faltblättchen auf dem Tisch, das Titelbild – mich und Ella – geflissentlich ignorierend.

Romeo – Lemond Smith

Julia – Jun Sakura

Beruhigend, dass ich wenigstens den Nachnamen meiner Begleitung kenne …

Meine Mom legt mir ihre kleine Hand auf die Schulter und meint: »Dein Vater ist noch drüben bei Steven, er kommt sicher gleich. Oder möchtet ihr hinübergehen?«

Jun schüttelt bereits vehement den Kopf, ehe ich die Frage an sie hätte weitergeben können. Das Lächeln auf ihren Lippen wirkt forciert, und es überrascht mich, dass ausgerechnet dies der Moment ist, in dem ihre Fassade wankt. Oder ist es Absicht?

»Ich muss gleich hinter die Bühne, da ist mir der Platz hier vorn ganz recht«, sagt sie schnell.

»Ich begleite dich«, biete ich höflich an, obwohl dieser Satz mit wirklich allem – außer Gentleman-Behavior zu tun hat.

Jun lächelt mich an, als ich ihren Stuhl zurückschiebe, und jeder Außenstehende hätte es womöglich tatsächlich für echte Zuneigung gehalten, aber ich sehe die Frage in ihrem Blick.

Und sie muss nicht lange darauf warten, dass ich sie ihr stelle: »Wieso hast du mir nicht gesagt, wer du bist?«

Sie zieht eine viel zu unschuldige Miene. »Du hast mich zur Gala gebeten – und wenn ich mich recht erinnere, wusstest du durchaus, wie ich heiße oder wo du mich finden würdest.«

Ich verdrehe die Augen. »Tu nicht so unschuldig, du hast die ganze Zeit gewusst, dass unsere Eltern gemeinsam eine Kanzlei führen, und hast es mir nicht gesagt!«

Ich weiß nicht, was ich erwartet habe. Eine weitere schnippische Antwort vielleicht. Aber als sie sich zu mir herumdreht, funkeln ihre tiefbraunen Augen voll unterdrückter Wut. »Carmichael ist nicht mein Vater, hast du mich verstanden, Boyd? Mein Name ist Jun Sakura. Nicht Carmichael. Ich mag mit ihm unter einem Dach wohnen müssen, aber ich habe mit ihm und seinen Geschäften nichts zu tun. Wenn ich nett zu deinen Eltern bin, obwohl sie ganz offensichtlich nicht einmal meinen korrekten Namen wissen, dann tue ich das aus Höflichkeit. Ich schulde dir und deiner Familie gar nichts!«

Wow.

Ich bin zu perplex, um etwas zu erwidern – aber Jun rauscht ohnehin bereits durch die Tür mit der Aufschrift *Backstage*, und ich bin froh, dass diese einen automatischen Dämpfer eingebaut hat, weil ich mir ziemlich sicher bin, dass ihr Türenknallen sonst im gesamten Gebäude zu hören wäre.

Vin hatte recht. Diese Frau ist ein Eiszapfen. Trotzdem... Ich frage mich, was sich hinter den Kulissen ihrer Familie abspielt. Carmichael ist ein netter Typ, der seine Frau und die Kinder auf Händen trägt. Oder zumindest die Zwillinge.

———

Die beiden verfeindeten Familien – Capulet und Montague – geben auf der Bühne gerade ihre große Aussöhnung, aber ich sehe es an den Gesichtern im Publikum, dass mindestens die Hälfte der Zuschauer gedanklich noch in der Szene um Julias und Romeos Tod feststeckt. Mehrere ältere Damen wischen sich mit Taschentüchern die Tränchen aus den Augen, damit ihr Make-up nicht verwischt, und gelegentlich mischt sich ehrfurchtsvolles Flüstern unter die Geräusche von der Bühne.

Und ich selbst beobachte das Geschehen im Publikum hauptsächlich deswegen so aufmerksam, weil mir die Szene näherging, als mir lieb sein kann...

Jun ist begabt. Daran besteht kein Zweifel. Ich komme nicht mal umhin zuzugeben, dass ich stolz bin, ihre Begleitung für den Abend zu sein. Was völlig irrational ist, immerhin ist sie alles andere als eine Freundin – oder gar ein Date.

Ich bin allenfalls ihr Notnagel und weiß nicht einmal, warum. Bei dem Gedanken runzle ich die Stirn. Als der Prof ihr sagte, es würde ihr nicht schwerfallen, eine Begleitung zu finden, habe ich es abgetan. – Aber er hat recht. Ich bin mir ziemlich sicher, dass spätestens nach dieser Vorstellung die Hälfte der hier anwesenden Studenten gern an meiner Stelle mit ihr hier wäre …

Ich blinzle zu meinen Eltern hinüber. Mein Dad ist kurz vor Beginn der Vorstellung zurück an unseren Tisch gekommen, und ich hatte noch keine Gelegenheit, ihn nach Carmichael zu fragen. Jetzt drückt er Moms Hand und lächelt ihr warm zu. Bei dem Anblick verknoten sich meine Eingeweide und ich sehe rasch woanders hin – auf die Bühne, wo sich gerade sämtliche Schauspieler und andere Beteiligte einfinden, während im Publikum der Applaus aufbrandet.

Jun lächelt nicht einmal. Sie starrt in die Masse, und als ich ihrem Blick folge, entdecke ich Carmichael an einem der Tische. Er starrt zurück. Nur dass der Ausdruck auf seiner Miene ein anderer ist als der von Jun. Er ist genauso fasziniert von ihr wie alle anderen. Als sei sie eine Offenbarung und er hätte sie nie zuvor gesehen.

Ich runzle die Stirn und wende den Blick wieder nach vorn, zu Jun, die jetzt mich anschaut. Sie lächelt noch immer nicht. Aber wenigstens sieht sie nicht mehr so aus, als wolle sie jeden Moment von der Bühne springen und jemanden umbringen. Das ist beruhigend – irgendwie.

Neben ihr steht Lemond Smith, und ich muss gar nicht wissen, wen *er* ansieht … Sein Blick ist verklärt und auf seinem schmalen Mund liegt ein debil-verzücktes Lächeln, das ihm nicht mal in seiner Romeo-Interpretation gelungen ist. Bei Jun hingegen ist der Übergang zwischen Schauspiel und Realität vollkommen fließend. Julia hat Romeo während des Stücks angesehen, als wäre er der einzige Mann in ihrer rosaroten Welt aus Zuckerwatte und Feenstaub – *Jun* hingegen schüttelt gerade mit steinerner Miene Lemonds Arm von ihren Schultern.

Ich wünschte, ich könnte das auch. Wenigstens aussehen, als würde ich nicht Rambo-like auf die Bühne springen wollen. Keine Ahnung, wie Jun es schafft, ihre Gefühle derart zu kontrollieren. Es ist so gruselig wie beneidenswert.

———

»Mir war nicht bewusst, dass die LCU über so große Talente verfügt«, sagt mein Dad anerkennend.

Vor uns steht bereits der zweite Gang des Galamenüs, doch von Jun zeigt sich keine Spur. Aber ich schätze, allein um aus diesem ausufernden Kostüm herauszukommen, braucht sie zwanzig Minuten.

Ich löse meinen Blick von der Tür zum Backstage-Bereich und sehe prompt in die funkelnden Augen meiner Mom. Sie tätschelt Dad den Unterarm und fragt: »Jetzt rate mal, wen sich unser Sohn für diesen Abend als Begleitung ausgesucht hat …?«

Dad legt die Stirn in Falten und sieht mich an. »Offen gesagt, dachte ich, du hättest nach der Sache mit Ella überhaupt keine Begleitung mitgebracht. Ich bin froh, dass du dich umentschieden hast.«

Die Sache mit Ella.

Es ist kein Geheimnis, das meine Eltern nicht gerade Fans von ihr waren. Oder meiner Beziehung zu ihr. Ella war ihnen immer irgendwie zu ... *unterprivilegiert*. Natürlich mag jeder eine gute Cinderella-Story – aber bitte nur weit weg auf der Leinwand.

Ich verspanne mich, weil ich diese Diskussion eigentlich nicht schon wieder führen will. Erst recht nicht jetzt, wo das alles sowieso hinfällig ist.

Sie will mich nicht. Diese Tatsache tröpfelt allmählich sogar in *mein* Hirn ...

»Aber wo ist denn deine Begleitung? Warum sitzt sie nicht neben dir?«, will mein Dad wissen.

Meine Mom rutscht aufgeregt auf ihrem Stuhl hin und her. »Sie zieht sich um, du hast sie nämlich bis gerade eben die Julia spielen sehen.«

Mein Dad hebt eine Braue. »Aha?«

Sie beide sehen mich an, als hätte ich eine besondere Leistung vollbracht. Dabei war meine Einladung an Jun mehr Unfall als alles andere.

»Ist das nicht Carmichaels Stieftochter? Ich muss ihn nachher gleich beglückwünschen. Sie besitzt außerordentliches Talent. Ich bin froh, dass du dich für jemanden wie sie entschieden hast.«

»Anstelle von wem, Dad?«, frage ich und bemerke selbst, wie gereizt ich mich anhöre.

Mein Dad hebt unschuldig die Hände in die Höhe. »Niemandem. Ich sage nur, dass ich froh bin, dass du mit ihr hier bist. Carmichael sorgt sich um seine Stieftochter. Ich bin froh, dass du dich um sie kümmerst.«

»Ich bezweifle, dass Jun Sakura irgendjemanden braucht, der sich um sie *kümmert*«, erkläre ich harsch. »Und nur damit ihr es wisst: Dass ich mit ihr hier bin, war mehr oder weniger Zufall. Uns wurde beiden unmissverständlich klargemacht, dass unsere Anwesenheit erwünscht ist und wir in Begleitung erscheinen müssen. Also sind wir zusammen hier. Das ist alles.«

Meine Eltern sehen mich pikiert an – mich und wer auch immer hinter mir steht ... Ich blicke auf, direkt in Juns Augen, die mich in diesem Moment zu durchbohren scheinen. Kein Zweifel: Sie ist angepisst.

Doch dann setzt sie wie aus dem Nichts ein breites Lächeln auf und lässt sich graziös auf den Stuhl neben mir sinken.

Ehrlich, bei ihren plötzlichen Emotionsduschen bekomme ich Kreislaufprobleme ...

»Das ist nicht ganz richtig«, sagt sie in mildem Tonfall, »Leith hat mir wirklich aus der Klemme geholfen. Ich hatte so kurz nach dem Wiederbeginn des Semesters noch keine Gelegenheit, jemanden um ein Date für die Gala zu bitten, und war sehr erleichtert, als Leith zugestimmt hat, mich zu begleiten.«

Äh. Okay ...?

Ich versuche mich an einem Lächeln, scheitere und stelle erleichtert fest, dass meine Eltern ohnehin an Juns Lippen hängen.

»Wir sind auch sehr froh darüber. Leith war nach der Trennung von seiner Freundin so niedergeschlagen. Aber das scheint ja jetzt Gott sei Dank vorbei!« Meine Mom hebt ihr Glas und prostet uns zu.

»*Ihre* Trauer scheint nicht lang gedauert zu haben. Ich habe sie vorhin schon eng umschlungen mit Romeo gesehen«, erklärt mein Dad und macht keinen Hehl aus seiner Missbilligung für dieses unangemessene Verhalten.

Meine Mom schlägt ihm mit dem Handrücken spielerisch gegen die Brust, wie sie es immer tut, wenn sie einen Mann aus der Familie zurechtweist. »Red doch nicht davon, Clyde, dein Sohn ist sensibel in dieser Hinsicht. Er nimmt Beziehungen sehr ernst.« Beim letzten Satz sieht sie Jun an – nicht mich.

Mir geht die Geduld aus. Ich lasse meine Gabel klirrend auf den Teller fallen und verkünde: »Jun, warum gehen wir nicht tanzen? Du kannst doch sicher tanzen, wo du doch so eine großartige Partie bist – im Gegensatz zu Ella.«

Sie sieht mich mit großen Augen an und für den Bruchteil einer Sekunde nehme ich ihr die unschuldige Miene sogar ab.

Meine Mutter hingegen wirft mir einen warnenden Blick zu und sagt: »Lass die Arme doch erst mal essen – dir hingegen täte frische Luft sicher ganz gut.«

Ich ignoriere sie und greife nach Juns Arm – bereue die Geste aber im nächsten Moment bereits. Sie zuckt vor mir zurück und sieht mich an, als hätte ich ihr eine Morddrohung anstelle einer Tanzaufforderung zukommen lassen. Doch dann steht sie auf, wirft demonstrativ die Serviette auf ihren Teller und erklärt: »Wieso nicht? Lass uns tanzen, Leith.«

5

JUN

»Was soll das?«, flüstere ich ungehalten, als ich Leith auf der Tanzfläche gegenüberstehe.

Eigentlich hätte als nächster Programmpunkt eine Performance unserer Rhythmische-Sportgymnastik-Gruppe folgen sollen, aber weil die wider Erwarten den Einzug in den *National Dance Contest* geschafft haben, hat man kurzerhand die klassische Tanzgruppe ins Programm genommen, zu der auch Gäste auf die Bühne eingeladen sind. Ich habe Klassischen Tanz als Wahlpflichtfach belegt, ich hoffe nur, dass Leith mich nicht blamieren wird, sobald die Musik einsetzt.

Aber noch besteht Hoffnung, denn während er mich aus seinen dunkelblauen Augen wütend anfunkelt, legt er die Hände unbefangen an die richtigen Stellen. Sein Griff ist nicht unangenehm. Es überrascht mich, dass mein Impuls, ihn abzuwehren, gänzlich ausbleibt.

»Was soll was?«, erwidert er leise. »Du bist doch diejenige, die hier am laufenden Band Lügenmärchen erzählt.«

»Ja, weil du sonst Chaos anrichtest!«

Die Musik setzt abrupt ein, und während ich noch wütende Blicke auf unsere offensichtlich unfähige Orchester-AG feuere, macht Leith den ersten Tanzschritt.

Es ist ein langsamer Walzer, und Leith setzt den Rhythmus um, als hätte er sich nie anders bewegt. Ich blinzle überrascht zu ihm auf, aber sein Blick ruht nicht einmal auf mir. Er sieht über meine Schulter, und ich muss gar nicht hinschauen, um zu wissen, wer sich dort ebenfalls unter die Tanzenden gemischt hat. Ich kann es an seinem Gesicht ablesen. An dem schmerzerfüllten Ausdruck, den seine Augen angenommen haben. Er muss sie wirklich geliebt haben – oder tut es vielmehr noch immer. Nicht wie die meisten Golden Boys, die Frauen behandeln wie ein neues Spielzeug – ein Mal anfassen und dann wegwerfen. Nicht wie Steven, der nur heiratet, um ein hübsches Accessoire an seiner Seite zu haben.

Leith sieht Ella an, als trüge sie sein Herz noch immer bei sich. Als hätte sie es ihm nie zurückgegeben.

Ich habe Mitleid mit ihm. Mit Leith. Also tue ich das Einzige, was mir einfällt, um ihn abzulenken – weil es alle Männer ablenkt. Ich nehme sein Kinn in zwei Finger und ziehe sein Gesicht zu mir herab. Er ist zu überrascht, um sich gegen meinen Kuss zu wehren. Und mir gefällt das Gefühl zu gut, um Leith so leichtfertig loszulassen.

Leith küsst, wie er tanzt. Geübt und sanft. Er schließt sogar die Augen. Das tue ich nur auf der Bühne.

Trotzdem hält der Kuss nicht lang an. Er erwidert ihn kaum und als er sich von mir löst, vergrößert er den Abstand zwischen uns.

»Will ich wissen, was gerade passiert ist?«, fragt er.

Ich zucke die Achseln. »Du brauchtest einen Hirn-Reboot. Außerdem hat sogar Ella zu uns herübergesehen – für circa eineinhalb Sekunden. Dann war sie wieder beschäftigt. Schätze, sie mag ihren neuen Romeo wirklich.«

Leith runzelt die Stirn, dann schüttelt er den Kopf. »Was zur Hölle ist nur kaputt bei dir, Jun?«

Ich zucke zusammen. Mit so einer unverblümten Frage habe ich aus seinem Mund nicht gerechnet – und es kostet mich alle Überwindung, nicht wütend zu werden. Oder ihn einfach stehen zu lassen.

Aber kaum, dass der letzte Ton des Stücks verklungen ist, winde ich mich aus seinem Griff und verlasse die Tanzfläche. Zu meiner Überraschung kommt er mir nach, mehr noch, er legt mir eine Hand auf die Schulter und dreht mich zu sich herum. »Tut mir leid, okay?«, murmelt er und fährt sich mit einer Hand durch die goldblonden Haare. »Ich hab nur nicht damit gerechnet, dass … dass du …«

»Dass ich dich küssen würde?«, vervollständige ich mit gehobener Augenbraue sein Gestotter. »Man muss nicht unsterblich in jemanden verliebt sein, um das zu tun, Leith. Solltest du auch mal probieren, täte dir vielleicht ganz gut.«

Er verdreht die Augen. »Warum zur Hölle schlägt mir das jeder vor? – Und solltest du als Frau nicht gerade dagegen sein?«

Ich schnaube. »Als Frau? Was soll das denn heißen?«

»Oh, keine Ahnung, vielleicht, dass du als Frau keine Lust darauf hast, ausgenutzt zu werden?«

Ich lege den Kopf schief. »Du bist ein richtiger Gentleman,

was? Alte Schule. *Leith Boyd.* Ich wette, wenn du dir jetzt noch einen schottischen Akzent zulegst, musst du nicht einmal mehr dein T-Shirt ausziehen, damit dir irgendwer hinterherläuft.«

Er öffnet den Mund, dann presst er die Kiefer aufeinander, ballt eine Hand zur Faust und wendet sich stumm von mir ab.

Eine halbe Sekunde lang schaffe ich es, ihn so gehen zu lassen. Dann verdrehe ich die Augen und ziehe ihn an seinem schicken Designeranzug zurück. »Hey! Sorry. Ich dachte nur ... Keine Ahnung, ich habe *Lella* für eines dieser dämlichen College-Klischees gehalten. Ein Prom-Couple, das fürs Foto lächelt und sich nach dem Abschlussball nie wiedersieht. Aber ...«, ich ziehe die Schultern hoch und mache einen halben Schritt rückwärts, »du mochtest sie. Ich meine, du hast sie geliebt. Volles Programm. Was soll man dazu schon sagen? Dumm gelaufen ...« Ich runzle die Stirn und stolpere zurück in Richtung Tisch.

Leith folgt mir. Ich höre ihn leise schnauben und meine letzten Worte wiederholen, als ich Steven neben Leiths Mutter Janet an unserem Tisch stehen sehe. Hatte sie nicht gesagt, dass Boyd senior gerade erst mit ihm gesprochen hat? Muss er schon wieder hier auftauchen?

Ja. Natürlich muss er das. Denn er weiß, dass *ich* an diesem Tisch sitze. Leith jetzt plötzlich um einen weiteren Tanz zu bitten, fällt aus. Ich fürchte ohnehin, dass er mich jeden Moment nach meiner Beziehung zu meinem Stiefvater fragt.

Also straffe ich die Schultern und gehe geradewegs auf den Tisch zu. Leiths Anwesenheit in meinem Rücken beruhigt mich – auch wenn es idiotisch ist. Ihn interessiert nicht, was ich fühle. Und es geht ihn auch nichts an.

»Jun«, grüßt Steven, streckt die Hände nach mir aus, und es kostet mich alle Überwindung, mir einzubilden, dass er nur einer meiner Schauspielkollegen ist. Ein Niemand, der mich in seine Arme zieht, mir Küsschen links und rechts auf die Wange haucht und den ich anlächeln muss, um ihm nicht ins Gesicht zu spucken.

Als er mich loslässt, fühle ich mich schmutzig. Ich rücke von ihm ab und unterdrücke die kalten Schauer, die nicht aufhören wollen, meinen Rücken hinabzurieseln.

Als Leith neben mich tritt und mir eine Hand ins Kreuz legt, zucke ich zusammen. Mein Herz macht einen schmerzhaften Satz in meiner Brust und weigert sich, in normalem Tempo weiterzuschlagen. Leith sagt etwas, aber ich höre es nicht. Ich höre niemandes Worte, nehme nur am Rande wahr, wie sie mich ansehen. Mir ist schlecht und ich gerate in Panik und ich …

Stopp! Jun, Stopp!

Ich rufe mich zur Ordnung, stopfe meine dummen, schwachen Gefühle dorthin, wo sie hergekommen sind, und ignoriere die Warnungen meines Körpers. Ich lächele, breit und offen, nicke zu irgendetwas, das Janet sagt, und tue, was ich immer tue – und spiele eine Rolle. Die Rolle irgendeiner jungen Frau, die in einer privilegierten Familie aufgewachsen ist und ihren erfolgreichen Stiefvater vergöttert; die mit ihrem heimlichen Schwarm auf einem Date ist und nicht aufhören kann, ihm verliebte Blicke zuzuwerfen, wenn sie glaubt, dass niemand es bemerken würde.

Das bin nur nicht ich. Und ich weiß, dass ich heute Nacht Stunden in der Etagendusche in Carlas Wohnheim verbringen werde, um diese Rolle wieder von meiner Haut zu schrubben.

Aber für den Moment ist es alles, was ich habe.

6

LEITH

Es ist Off-Season und unser Coach scheint der Ansicht zu sein, dass es eine gute Idee wäre, uns in der spielfreien Zeit im Herbst zu Tode trainieren zu lassen. Jedenfalls ist das die einzige Erklärung, die ich für diese Schinderei finden kann ... Auch wenn ich zugeben muss, dass mir die Bewegung nach sechs Stunden Vorlesung guttut. Trotzdem hätte der Coach uns nicht über den gesamten Campus scheuchen müssen ...

Greg rammt mir seinen Ellenbogen in die Seite. »Hey, wie war eigentlich der Abend mit Sakura? – Ich und Betty sind nach dem Theaterstück ziemlich bald gegangen. Wir hatten Besseres zu tun ...« Er grinst und wackelt mit den Augenbrauen, bevor er mit dem Kinn in Richtung einer Gestalt links von mir weist. Ich folge seinem Blick – und bereue es bereits. Jun steht vor dem Abzweig zum Campus Theatre und starrt mich unter zusammengezogenen Augenbrauen finster an.

Ich wende mich ab und beschleunige das Tempo. »Es war okay.«

»Okay?«, wiederholt Greg. »Was soll das denn heißen?«

Ich zucke mit den Schultern. »Okay halt. Sie … ist nicht das, wofür die meisten sie halten.«

»Wie ist sie denn dann?«

»Anders halt – keine Ahnung, Mann, ich weiß es nicht.« Ich will nicht über Jun reden. Und ich wüsste auch nicht, was ich sagen sollte. *Der Abend war nett, ich habe nur nicht gewusst, dass sie die Tochter vom Namenspartner meiner Eltern ist, zu dem sie ein ziemlich schräges Verhältnis zu haben scheint.* Oder vielleicht: *Sie hat mehr schauspielerisches Talent als so manche Hollywood-Schönheit – und sieht auch besser aus.* – Okay, keine Ahnung, wo der Gedanke jetzt herkam. Auch wenn er vermutlich stimmt …

»Mann, Boyd, du und Frauen – ein ewiges Rätsel.« Greg donnert mir kopfschüttelnd seine Rechte auf die Schulter. *Darn*, den Typen will man echt nicht im gegnerischen Team haben …

»Damit hat das nichts zu tun«, murmle ich.

Heute, zwei Tage später, kommen mir die Erinnerungen an diesen Abend beinahe surreal vor. Warum hat sie mich aus heiterem Himmel geküsst? Und … wieso ist es ausgerechnet diese Erinnerung, die mir bei Erwähnung des Abends immer als Erstes durch den Kopf schwirrt?

»Über wen redet ihr?«, mischt Bronx sich ein und joggt an meine linke Seite.

»Leith war mit Sakura auf der Gala.«

Bronx hebt die Brauen. »Der knackigen japanischen Pizza?«

Ich verdrehe die Augen. »Hört auf, sie so zu nennen, das ist eklig.«

»Wieso? Stehst du etwa nicht auf japanische Pizza?« Er rammt mir seine Schulter in die Seite und grient.

Ich seufze. »Tu ich nicht«, antworte ich und renne noch schneller, nur um die beiden Nervensägen loszuwerden. Ich werde heute Abend so was von erledigt sein.

Meine Tage verschwimmen zwischen Baseballtraining, der Themenwahl für die Bachelorarbeit und noch mehr Intensivkursen. Wenn ich ein halbwegs entspanntes letztes Semester haben will, muss ich jetzt ranklotzen – auch wenn es nicht witzig ist, mit Muskelkater Gesetzgebung zu büffeln … Okay, es ist grundsätzlich nicht besonders witzig. Aber es ist eine gute Vorbereitung auf die Law School, und das ist alles, was zählt.

An der Fassade des Lincoln Center hängen bereits die Plakate für die neue Aufführung: *Hexenjagd* von Arthur Miller. Ich kenne das Stück nicht, aber auf TikTok geht ein Zusammenschnitt aus den Proben um. Keine Ahnung, ob es ein Kompliment an Jun ist oder nicht – aber die eine Minute mit Cranberrys *Zombie* als Hintergrundmusik hat gereicht, dass es ernsthaft Studenten gibt, die sie für verrückt halten.

Ich hoffe nur, sie spielt nie eine Rolle, in der sich irgendwer vor lauter Depression von der nächstbesten Brücke stürzt. Andernfalls gäbe es der Logik einiger Studenten zufolge bald ein erhöhtes Suizidaufkommen …

Die Frat-Partys von Chi Omega sind die wenigen Gelegenheiten, bei denen Ryder sich dazu herablässt, meine Gesellschaft mit den anderen aus dem Team zu teilen. Zumindest, bis er seinen Zeitvertreib für den Abend gefunden hat, was für gewöhnlich nicht lange dauert. Falls doch, muss ich ihm seine Motorradschlüssel abnehmen und ihn in sein Wohnheim verfrachten, bevor er zu besoffen ist, als dass ich ihn alleine bringen könnte, oder irgendwer den Fehler macht, ihm einen dummen Spruch an den Kopf zu werfen, und Ryder sich dazu berufen fühlt, in aller Ausführlichkeit darzulegen, warum sein Gegenüber ihm intellektuell unterlegen ist und deswegen besser grundsätzlich die Klappe halten sollte. Woraufhin ebenjenes Gegenüber beschließt, ihm sehr intellektuell eine reinzuhauen – und ich das Ganze dann auflösen darf. Nicht ohne die obligatorische Rückfahrt mit Ryders besoffen-philosophischen Ausführungen über den chronischen Mangel an Intelligenz in der gesamten Menschheit ... Spiele wie Bierpong sind jedenfalls kategorisch unter seiner Würde, weswegen er auch gerade missbilligend eine Augenbraue hebt und mich mit einem Blick bedenkt, der fragt: *Bist du allen Ernstes mit so was befreundet?*

Ich seufze und sehe hinüber zu Bronx und Vin, die gerade gegen eine halb nackte Studentin gewinnen – weil die Idioten schummeln. Soweit ich weiß, war der Einsatz je ein Kleidungsstück. Sie wird also demnächst auch ohne das bauchfreie Netz-Top dastehen ... Aber ich bin mir sicher, es wird sich jemand finden, der sie aufwärmt. Die Frage ist eher, ob sie Bronx und Vin davon überzeugen kann, dass sie alleine genug für beide ist.

»Komm mit«, befiehlt Ryder neben mir, und ich folge ihm eher aus der Notwendigkeit heraus, der beginnenden Pornshow neben mir zu entgehen. Schlimm genug, Greg und seiner Betty rund um die Uhr zusehen zu müssen …

»Siehst du die Blondine?«, fragt Ryder und deutet auf ein Mädchen mit blonden Haaren, großen Brüsten und Fake-Teint. Kurzum: genau sein Typ.

Links neben ihr rührt eine Brünette nervös in einem knallbunten Cocktail, bis die Farbenpracht zu einem undefinierbaren Blassorange-Grau verschwimmt.

»Die Linke ist deine. Keine Widerrede. Ich kann deine Selbstmitleids-Vibes nicht mehr ertragen.«

Ich schnaube. »Seit wann glaubst du an Vibes?«

»Seit ich dich kenne. Als du noch mit Ella zusammen warst, war der ganze Raum voller Sonnenschein, Strandschirmchen und Feenglitzerkotze, sobald du nur am Horizont aufgetaucht bist.«

»Aus deinem Mund klingt das nicht gerade schmeichelhaft.«

»Du hast genug Freunde, die dir Erdnussbutter ums Schnütchen schmieren.«

»Vielleicht würde mich deine Erdnussbutter ja aufheitern?« Noch während ich den Satz ausspreche, geht mir auf, dass das *etwas* unglücklich formuliert war … Und richtig, Ryder dreht sich mit dem breitesten Grinsen im Gesicht um, das ich je an dem Kerl gesehen habe. Für drei Sekunden komme ich in den Genuss seines männlichen Charmes und fürchte, mich von dieser Erfahrung nie wieder erholen zu können.

»Verlockendes Angebot«, raunt er. »Aber ich fürchte, du

bist nicht ganz mein Typ.« Er zwinkert mir zu, wendet sich wieder um und steuert auf die Blondine zu.

Ich verdrehe die Augen und verfluche mein Gehirn, das aus irgendwelchen Gründen neuerdings einen Haufen Bullshit produziert, und richte meinen Blick auf die Brünette. Nur um ihn sofort wieder abzuwenden, weil sie mich ansieht. *Darn,* warum ist das so schwer? Es ist, als hätte ich in drei Jahren ohne Dates alles verlernt und sei wieder auf Middleschool-Niveau zurückgefallen, denn sogar in der Highschool fiel mir der Kram leichter.

Als könne er meine Gedanken lesen, drückt Ryder mir seinen halb ausgetrunkenen Becher in die Hand und ich nehme dankbar einen Schluck. Einen zu großen Schluck, denn ich kann gerade so verhindern, ihn nicht sofort wieder auszuspucken. »Was zur Hölle ist das?«

»Absinth.«

»Du bist so widerlich, weißt du das?«

Er hebt eine Braue. »Gerade eben hast du mich noch um einen Blowjob angebettelt.«

Ich öffne den Mund – und schließe ihn angesichts Ryders Grinsen wieder. Der Typ ist so ein …!

»Hi, Ladys, nette Party«, spricht Ryder übergangslos die Damen an, und ich spüre, wie mir das Blut in den Kopf steigt. Hat er laut genug gesprochen, damit sie unseren Wortwechsel gehört haben? Das hätte mir gerade noch gefehlt, dass jemand nun Gerüchte streut à la: *Ella Perez hat mit Leith Boyd Schluss gemacht, weil er schwul ist.* Großartig.

Während mein Hirn schon wieder Blödsinn ausspuckt, fragt Ryder die Brünette: »Wie heißt du?«

Sie wirft ihrer Freundin einen unsicheren Blick zu und antwortet: »Brenda.«

»Brenda«, wiederholt er – nur dass es bei ihm wie eine Gleitgel-Marke klingt und nicht wie ein Name … »Das hier ist Leith«, er lässt eine Hand zwischen meine Schulterblätter fallen und schiebt mich ein Stück in ihre Richtung. »Er liegt mir seit ungefähr dreißig Minuten in den Ohren, wie attraktiv er dich findet, und hat sich nicht mal getraut, dich zu fragen, ob du was mit ihm trinken willst. Kannst du dir das vorstellen, Brenda?«

Sie läuft knallrot an – und ich wahrscheinlich auch. Was wohl der Grund ist, warum er meinen *Ich-werde-dich-so-was-von-töten-Ryder-Bengston*-Blick mit einem Grinsen abfertigt, seiner Barbiepuppe einen Arm um die Schultern legt und ihr irgendetwas ins Ohr flüstert, von dem ich wirklich nicht wissen will, was es ist. Drei Sekunden später sind die beiden auf und davon, und ich stehe immer noch vor Brenda, der Brünetten, deren Existenz mir bis vor fünf Minuten noch herzlich egal war und die mich jetzt einfach nur noch verlegen macht.

Ich werde ihn eindeutig umbringen.

»Willst du … was trinken?«, frage ich lahm.

Und entweder ist sie unglaublich gut erzogen oder sie steht einfach auf blonde Baseballspieler – jedenfalls lächelt sie mich ehrlich an und nickt.

Ich steuere das nächstbeste Bierfass an und fülle ihr einen Becher ab – bis mir einfällt: »Hey, wie alt bist du?«

Sie blinzelt. »Zwanzig.«

Zwanzig. Wenn ich ihr den Becher jetzt reiche, ist das ein geringfügiges Vergehen und wird in der Regel mit einer Geldstrafe geahndet, es sei denn, der Richter entscheidet aufgrund der Umstände, dass ich sie abfüllen will, um sie flachzulegen, und lässt mich dreißig Tage lang die kahlen Innenwände des Lokalgefängnisses begutachten. Ein Ja-Kreuzchen bei *Sind Sie vorbestraft?* in den Bewerbungsunterlagen für die Law School inklusive.

»Es ... ist okay. Ich kann ja einfach ... Cola trinken?«, stammelt sie und ihr Lächeln wackelt jetzt doch ein bisschen. *Darn*, sie hält mich vermutlich für einen Freak.

Ich drücke ihr den Becher in die Hand, exe Ryders und kämpfe gegen den Hustenreiz an. Dann fülle ich meinen Becher mit Bier nach und trinke noch mal leer. Alles nur, damit mein bescheuertes Hirn die Klappe hält.

»Du bist in Chi Omega?«, frage ich anschließend – und bemerke, wie sie nervös zwischen mir und dem Becher in meiner Hand hin- und herschielt.

»J-ja. Bin ich«, antwortet sie zögernd und zieht die Schultern hoch.

Jap. Sie hält mich für einen Freak. Vermutlich fragt sie sich gerade, warum sie niemand gewarnt hat ... Ich seufze, fahre mir mit der Rechten durch die Haare und murmle: »Hey, sorry ... Mein Kumpel vorhin hatte recht. Ich bin ein bisschen nervös. War drei Jahre in einer Beziehung und bin jetzt etwas ... unsicher?« Ich lächle und zwinkere ihr sogar zu. Zumindest auf der Highschool hat so was noch funktioniert ...

Brendas Lächeln ist zurück. Das echte dieses Mal. »Schon okay. Lella – also, du und Ella –, ihr saht süß zusammen aus.«

Yeah ... Genau.

Eine Stunde später kenne ich die Namen von Brendas zwei Ex-Freunden, den Schwank vom letzten runden Familiengeburtstag und ihre größte Guilty Pleasure – eine von Robert Pattinson signierte Special Edition der Twilight-Saga. Kurzum: Ich bin im Zentrum der Friendzone angekommen, verfüge dort über einen Regiestuhl mit meinem Namen drauf, und jemand stellt mir alle fünf Minuten einen neuen Erdbeermilchshake hin, damit ich so schnell auch ja nicht wieder von dort verschwinde …

»Ich habe dich immer für einen der arroganten Golden Boys gehalten, aber du bist ganz anders!«, sagt sie mit leuchtenden Augen.

Ich lächle mild und zupfe das Etikett von meinem *Heineken*. Es ist mein drittes – nach dem Becher vom Bierfass vorhin – und ich fürchte, »angetrunken« ist inzwischen eine dezente Untertreibung …

»Ich glaube, ich muss mal für … kleine Jungs«, murmle ich, bemerke selbst, dass die Vokale sich länger anhören als normalerweise, und erhebe mich von dem Sofa, auf das Brenda und ich uns verkrümelt haben. Sie nickt und lächelt mir zu. Ich mag ihr Lächeln. Es ist niedlich. Und unschuldig. Wie Ellas Lächeln.

Ich schätze, ich bin immer noch nicht betrunken genug …

Inzwischen ist es weit nach Mitternacht, die Masse auf der freigeräumten Tanzfläche wogt unkoordiniert vor sich hin und alle zwei Meter stolpert man über ein rummachendes Pärchen.

Ich reibe mir übers Gesicht. Ich gehöre so was von nach Hause. In mein Bett. Und zwar alleine.

Anstatt die Waschräume anzusteuern, gehe ich nach draußen und durchforste meine Kontaktliste nach der Nummer der Taxizentrale. Während ich mir mein Smartphone ans Ohr halte, fällt mein Blick auf eine Gestalt im Schatten eines Autos.

Erst glaube ich, dass es irgendein Typ ist, der sich den Alk aus dem Organismus kotzt. Aber dann höre ich das leise Geräusch eines Hoodie-Zippers und mir wird klar, dass das dort kein Kerl ist. Es ist eine Frau – absolut eindeutig, eine Frau. Sie zieht gerade eine schlabbrige Jogginghose aus und offenbart Beine, für die sogar Ryder einen Drink spendieren würde ... Dann verstaut sie die Sachen in dem kleinen Auto und streift sich Pumps über. Ihre schlanke Silhouette bahnt sich den Weg zum Eingang und das aus den Fenstern fallende Licht beleuchtet abwechselnd einzelne Teile ihres Körpers. Sie trägt eine blickdichte schwarze Strumpfhose und ein hautenges olivgrünes Kleid, das ihr bis zur Mitte der Oberschenkel reicht.

Plötzlich bleibt sie stehen, haucht mit zarter Stimme einen Fluch in die Nachtluft und beugt sich hinab, um am Stoff ihrer Strumpfhose zu zupfen, wobei sich der Saum ihres Kleides noch ein wenig höher schiebt.

Fuck. Die halb nackte Studentin vorhin war meinem Hirn und allen anderen Körperteilen ziemlich egal, und Friendzone-Brenda hätte vermutlich fünf Runden Strip-Bierpong spielen können, ohne dass es mich gejuckt hätte. – Aber jetzt, halb betrunken und auf dem Weg nach Hause, beschließt mein Blutkreislauf, dass er neuerdings doch etwas für Weiblichkeit übrig hat ...

Während die Warteschleifenmelodie aus meinem Smartphone verstummt und durch regelmäßiges Tuten ersetzt wird, hebt die junge Frau den Kopf. Und mir gefriert das betrunkene Lächeln auf den Lippen.

Ihre Finger hören auf, den Sitz ihrer Strumpfhose zu korrigieren, sie zieht den Saum ihres Kleides hinunter und richtet sich zu voller Größe auf. Mit den Pumps ist sie nur noch eine Handbreit kleiner als ich.

»Leith.«

»Jun.« Der Name geht mir schwer über die Lippen. Ich ziehe das *U* in die Länge und auf einmal schäme ich mich dafür, bloß ein betrunkener Vollidiot zu sein, der nicht über seine Ex-Freundin hinwegkommt. Ich wäre jetzt gern jemand anderes. Jemand wie Ryder, der sich vorbeugt, ihr etwas ins Ohr flüstert und sie mitnimmt. Irgendwohin, wo er ihr diese alberne, blickdichte Strumpfhose abstreifen könnte …

Stattdessen geht sie an mir vorbei und mit ihr zieht dieser Duft aus Apfel und Kirschblüten dahin.

»Taxizentrale Lorcastle, wie kann ich Ihnen helfen?«
Helfen?
Mir ist nicht mehr zu helfen …

7

JUN

Das erste Mal hat mein Smartphone im Seminar für Theater-
darstellung geklingelt. Professor Badgen war nicht begeistert.
Noch weniger, als ich seinen Unterricht verlassen habe, um
ranzugehen.

Eine Stunde später, während der Proben, habe ich es wieder getan. Und ich werde es jedes Mal tun, wenn Vanitys
Name auf meinem Screen aufleuchtet.

Nyte ist im Unterricht schlecht geworden und die Schule
wollte ihn nach Hause schicken. Weil Vanity nirgendwo ohne
ihren Zwilling hingeht, hat Steven kurzerhand beide ab-
geholt – und allein zurückgelassen, weil er einen wichtigen
Termin vor Gericht hat. Soweit ich weiß, hat er versucht, das
Kindermädchen anzurufen, aber Alexandra arbeitet vormit-
tags für gewöhnlich am Child Care Institute an ihrer Masterarbeit. Ich sehe sie sogar manchmal auf dem Campus.

Ich seufze und lege mein Smartphone neben das Lunchtablett, um in meinem Chicken Salad herumzustochern. Ich

habe kaum die Gabel zur Hand genommen, als es klingelt. *Vanity.* Ich hebe ab und versuche, nicht gestresst zu klingen.

»Hey, Sweetie. Ist was passiert?«

»Nyte hat gekotzt.«

»Er hat sich erbrochen«, korrigiere ich automatisch und lehne mich seufzend in meinem Stuhl zurück.

Vanity schluchzt. »Ja, ihm geht es wirklich ganz schlecht, und jetzt ist sein Bett voll, und ich wollte es wegmachen, aber es ist so eklig und jetzt ist mir auch schlecht …«

»Es ist okay, Vanity. Es ist nicht dein Fehler. Ich …« *Verdammt.* Ich werfe einen Blick auf meine Armbanduhr und presse die Lider aufeinander. »Hör mal, Sweetie, ich muss noch zwei Stunden bleiben, okay? Dann … dann komme ich nach Hause und bringe Nyte zum Arzt.«

»Hat er dasselbe wie Mom? Muss er jetzt auch ins Krankenhaus?«

»Nein. Er muss nur zu Doc Jenny. Erinnerst du dich an sie? Ihr habt vor zwei Monaten eure Impfung dort bekommen und hinterher waren wir Eis essen.«

»Doc Jenny ist nett«, sagt sie verzagt und ich muss unwillkürlich lächeln.

»Ich komme, sobald ich kann, ja? Geh mit deinem Bruder ins Wohnzimmer, bring ihm einen Eimer und mach ihm einen Tee. Schaffst du das, Vanity?«

Ich kann erahnen, wie sie nickt, weil die Leitung im Takt rauscht. Dann sagt sie: »Ja!«

»Sehr gut. Ich bin stolz auf dich. Pass auf deinen Bruder auf und sei vorsichtig mit dem Wasserkocher.«

»Mach dir keine Sorgen, Sisy! Ich kümmere mich darum.«

Sie legt auf und ich schließe für drei lange Sekunden die Lider. Vanity ist mir so ähnlich ... Nur verletzlicher.

Ich zwinge mir ein paar Bissen Salat herunter, dann muss ich mich beeilen, zurück zum College zu kommen.

Im Park versammelt sich schon wieder die Baseballmannschaft. Im Ernst: Haben die keine Sporthalle für so was? Ich schätze zwar, die Footballer belegen gerade den Court, weil bei denen die Spielsaison in vollem Gange ist. Aber müssen die Golden Boys deswegen ständig im Park rumturnen?

Vor mir schlendert eine Gruppe Studentinnen betont langsam in Richtung Social Studies College. Sie überbieten einander darin, wer am laszivsten mit den Hüften wackeln kann. Es sieht echt albern aus. Ich verdrehe die Augen. Warum gehen sie nicht einfach hin und fragen einen Kerl ihrer Wahl nach einem Date oder so was? Dann könnten sie sich sogar selbst einen aussuchen, anstatt im Ententanz über den Campus zu watscheln.

Als ich sie kopfschüttelnd überhole, rassle ich beinahe mit Professor Badgen zusammen. »Sie haben es heute aber eilig!«, tadelt er mich.

Ich setze ein entschuldigendes Lächeln auf und will schon weitergehen, als er mich zurückhält: »Sie haben heute Nachmittag um eins Hauptrollenprobe für *Hexenjagd*, vergessen Sie das nicht!«

Oh, nein, nicht auch noch das ...

»Heute ist es ... schlecht. Wirklich schlecht, Professor, ich kann ...«

»Sagen Sie, glauben Sie eigentlich, dieses Studium sei ein Wunschkonzert? Sie können froh sein, dass ich Sie trotz Ihrer aufmüpfigen Art als Hauptdarstellerin in Betracht ziehe. Aber glauben Sie nicht, dass ich Sie nicht durch Ihre Zweitbesetzung ersetzen würde, wenn Sie so weitermachen. Andere arbeiten hart, während Sie zu glauben scheinen, sich auf Ihrem Talent ausruhen zu können. Aber so funktioniert das nicht, meine Liebe. So nicht!«

Ich hätte ihn ignoriert, wie ich es immer tue. Bis zu seinem vorletzten Satz – hätte ich ihn ignoriert. Stattdessen spüre ich jede Geschäftigkeit von mir abfallen und die Seite hervortreten, die sonst nur Steven und hin und wieder mal ein besonders nerviger Kommilitone zu Gesicht bekommen. Ich hole tief Luft und spreize krampfhaft meine Finger, um sie nicht zu Fäusten zu ballen. »Professor Badgen, ich bin nicht *Ihre Liebe* – und wenn Sie glauben, mit einer Zweitbesetzung wie Felicity Jackson besser bedient zu sein, bitte. Tun Sie sich um meinetwillen keinen Zwang an.«

Ich hätte es nicht sagen sollen. Aber ich bin so verdammt wütend! Dieser selbstgerechte Mistkerl!

»Probe. Heute. Pünktlich um eins oder Sie fliegen aus dem Stück, Sakura. Dann können Sie sehen, wo Sie Ihren Praxisanteil herbekommen.«

Er dreht sich um und geht.

Ich lege den Kopf in den Nacken und starre an den spottend blauen Himmel über mir. Warum ist das Leben nur so verdammt unfair?

Ich hole mein Smartphone hervor und wähle die Durchwahl zu Stevens Büro.

»*Boyd & Carmichael*, Sie sprechen mit Dalia Horace. Wie kann ich Ihnen helfen?«

»Ist Mister Carmichael zu sprechen?«

»Mister Carmichael befindet sich derzeit in einer Verhandlung, wen darf ich melden?«

»Wann ist er voraussichtlich wieder zurück?«

»Mit wem spreche ich bitte?«

Ich seufze. Aber wenn mein Name mir dabei hilft, ihn ans Telefon zu bekommen – bitte ...»Jun Sakura.«

Einen kurzen Augenblick lang ist es still, dann sagt sie – plötzlich bemüht freundlich:»Miss Sakura, es tut mir sehr leid, Mister Carmichaels Verhandlung wird voraussichtlich noch zwei oder drei Stunden dauern. Ist es sehr dringend? Darf ich Sie mit Mister Boyd verbinden?«

Beinahe hätte ich gelacht, und ich nehme an, in meiner Stimme schwingt noch immer ein Funke Sarkasmus mit, als ich antworte:»Nein, Mister Boyd kann mir leider nicht helfen.«

»Kann ich Mister Carmichael etwas ausrichten?«

»Nein, können Sie nicht. Auf Wiederhören.«

Ich lege auf. Womöglich glaubt sie jetzt, dass *Boyd & Carmichael* soeben einen wichtigen Klienten verloren haben, weil ich offenbar auf einer Art VIP-Liste stehe oder so etwas – aber es ist mir gleich. Ich hätte einfach nie dort anrufen sollen ...

Ich stecke mein Smartphone wieder ein, als ein Schatten auf mich fällt. Stirnrunzelnd drehe ich mich um – und sehe direkt in Boyd juniors besorgtes Gesicht. Der hat mir gerade noch gefehlt.

»Hey, ist in der Kanzlei alles in Ordnung?«, fragt er.

»Ja! Wieso willst du das wissen?«

Er zuckt mit den Schultern. »Ich hab meinen Namen gehört. Du klangst wütend, und ich dachte, du brauchst vielleicht Hilfe.«

Hilfe. Ich. Von ihm. Na klar.

»Wenn du nicht neuerdings unter die Nannys gegangen bist, Leith, dann lautet die Antwort Nein.«

Er runzelt die Stirn. »Nannys?«

Das Smartphone summt in meiner Tasche. Ich bedeute Leith, dass ich rangehen muss, wende mich ab und hoffe, dass er die Biege macht.

»Hi, Vanity.«

»Kommst du bald, Jun?«

Jun. Nicht Sisy. Ich reibe mir über die Stirn und blinzle auf Carlas Glitzer-Make-up an meinen Fingern. Sie hat mir ihr Wohnheimzimmer überlassen, während sie auf Kursfahrt ist. Und weil ich nicht extra nach Hause wollte, um meine Sachen zu packen, habe ich jetzt Fünfzig-Dollar-Produkte auf der Haut.

»Musste Nyte sich noch mal übergeben?«, frage ich seufzend.

»Es geht ihm wirklich schlecht.«

»Gib ihn mir mal, ja?«

»Okay.«

Es raschelt. Dann habe ich Nyte am Hörer. Man erkennt es an der Stille. Vanity hält das Telefon oft zu nah an ihren Mund und man hört jeden aufgeregten Atemzug. Ihr Bruder ist viel ruhiger.

»Vanny übertreibt, Sisy«, krächzt er. »Mir geht's gut. Du musst nicht kommen. Bleib am College.«

Ich verdrehe die Augen. Erst sieben und schon ein kleines Alphamännchen ... »Tut dir was weh?«, frage ich.

»Nein, mir ist nur ...«, er stöhnt leise, »... schlecht.«

»Wie oft hast du gebrochen?«

»Ich zähl das doch nicht mit!«

Ich übersetze das mit: mehr als drei Mal. Dabei ist Vanitys erster Anruf noch gar nicht so lange her.

»Ich ... geb dir mal Vanity zurück.«

Bevor ich etwas erwidern kann, habe ich wieder Vanity am Ohr. Trotzdem kann ich ihn im Hintergrund würgen hören und mir wird gleich selbst ein bisschen übel dabei.

»Kommst du, Jun? Bitte?«, flüstert Vanity in den Hörer.

»Natürlich, Sweetie. Kümmere dich gut um deinen Bruder, bis ich da bin.«

Ich lege auf und sehe auf die Uhr. Halb zwölf. Steven ist frühestens um drei zu Hause, vermutlich noch später. Ich habe bis eins eine Vorlesung und anschließend die Probe. Ich könnte die Vorlesung schwänzen, aber selbst dann wäre ich maximal vierzig Minuten zu Hause, bevor ich wieder losmüsste. Und was Nyte jetzt in erster Linie braucht, ist ein Arzt – keine Schauspielstudentin. Ich seufze und scrolle durch meine Kontaktliste. Im dritten Semester hatte ich mal was mit einem Medizinstudenten, der gerade seine Praxisjahre am Lor-East-Hospital machte. Vielleicht ...

»Jun?«

Ich drehe mich abrupt um und lege mir eine Hand über mein viel zu schnell schlagendes Herz. »Verdammt, hast du mich erschreckt! Kannst du dich nicht wie normale Leute bemerkbar machen?!«

Leith runzelt die Stirn. »Ich stand die ganze Zeit hier. Ich dachte, das wäre offensichtlich.«

Er ... Was? »Wieso?!«

»Weil du verzweifelt aussiehst ...?«

»Ich bin nicht verzweifelt!«, fahre ich ihn an.

Leith hebt unschuldig die Handflächen in die Höhe. »Okay.«

Er tritt einen halben Schritt zurück und vergräbt seine Hände in den Taschen seiner langen Jogginghose. Aber er verschwindet nicht. Er bleibt stumm vor mir stehen – und wartet.

Ich öffne den Mund, um ihm zu sagen, dass er sich gefälligst verziehen soll. Aber dann schließe ich ihn wieder. Die Luft entweicht aus meinen Lungen und mit ihr jede Spannung in meinem Körper. »Mein Bruder ist krank und es ist niemand zu Hause.«

Leith runzelt die Stirn. »Ist Nyte nicht erst ... sieben? Acht?«

Ich hebe überrascht die Augenbrauen. »Du kennst Nyte?«

»Ja, klar.« Leith zuckt mit den Schultern. »Ich hab mit ihm Autorennen gespielt – und verloren! Der Junge ist *badass*!«

»Ich hoffe, du hast ihm gegenüber ein anderes Wort verwendet ...«

Leith verdreht die Augen, aber in seinem Mundwinkel zuckt ein Grinsen. »Was hat er denn?«

Ich verziehe das Gesicht. »Magen-Darm.«

»Aber nichts ... Ernstes? – Ich meine, keine Autoimmunerkrankung oder so?«

Ich schüttle den Kopf. »Nein, es ist nur einfach niemand zu

Hause, und ich hätte jetzt eine Vorlesung und um eins eine Probe, die ich nicht verschieben kann.«

Er zuckt mit den Achseln, »Okay. Ich kann nach ihm sehen. Moment, es sind ja Zwillinge. Also ist das Mädchen auch da? Vanity?«

Ich nicke. »Sie geht nirgendwo ohne ihn. Erst recht, wenn er krank ist. Dann beobachtet sie einen mit Argusaugen und fragt alle zwei Minuten, was man als Nächstes vorhat. Also, *wenn* man was vorhat …« Ich merke, dass ich anfange zu faseln, als mir langsam aufgeht, was Leith mir eigentlich gerade angeboten hat. Das ist … sicher ein Scherz. Oder?

Er lacht. »Danke für die Warnung. Wohnt ihr immer noch Waterlily Alley 2?«

»Äh … ja? Ja, tun wir.«

»Schick mir die Adresse von Nytes Kinderarzt, okay? Meine Nummer hast du noch?«

Ich blinzle. – *Was?*

Aber er hat sich schon abgewandt und schlendert zurück zu seiner Baseballclique.

»Hey!« Ich laufe ihm nach und halte ihn am Oberarm zurück – einem ziemlich muskulösen Oberarm, der zu ziemlich breiten Schultern gehört, die in einen ziemlich trainierten Brustkorb übergehen …

»Was ist?«, fragt er, und ich bin einen Moment zu lang damit beschäftigt, meinem Hormonspiegel zu erklären, dass er gefälligst runterfahren soll. *Ja – Leith Boyd hat einen hübschen, trainierten Körper, das wussten wir alle schon, als wir ihn das erste Mal über den Campus haben stolzieren sehen. Danke.* Ich presse die Lider aufeinander, schiebe den Gedanken beiseite und erkläre abrupt: »Das war ein Scherz, oder? Du würdest nicht wirklich ...«

Er runzelt die Stirn. »Doch, klar. Ich muss nur noch meine Sachen holen und dann fahre ich los.« Er sagt das in so ernstem Tonfall, dass ich fast schon wieder glaube, es sei die pure Ironie.

»Meinem Bruder geht es schlecht. Er ... er hat sich übergeben – er *wird* sich übergeben. Sein Bett ist voller Ko... Erbrochenem und ... Und Vanity steht vermutlich kurz vor einem Nervenzusammenbruch, weil es furchtbar für sie ist, ihn leiden zu sehen.«

»Ich weiß, Jun. Ich habe eine fünf Jahre jüngere Schwester und Eltern in derselben Kanzlei wie dein... wie Steven. Glaubst du, ich käme damit nicht klar? – Du kannst mich anrufen, wenn du zwischen der Vorlesung und deiner Probe einen Moment Zeit findest, okay? Vermutlich sitzen wir dann schon beim Kinderarzt.«

Wow. Er ... meint das tatsächlich ernst. Und ich bin zu geschockt, um mich zu rühren. Oder wenigstens etwas zu sagen.

Leith hebt knapp eine Hand und wendet sich schon wieder von mir ab. Ich blicke ihm nach, bevor ein Ruck durch meinen Körper fährt und mich zum College zieht.

Als ich kurz nach drei heimkomme, steht der kleine Kia unserer Nanny vor der geschlossenen Garagentür. Ich runzle die Stirn, schultere meinen Rucksack und gehe zum Haus.

Drinnen hört man nur das leise Gemurmel aus dem Fernseher. Ich streife die Schuhe ab und tappe auf Socken durch die offene Küche. Auf der Anrichte liegen frische Bananen, Zwieback und eine Packung gesalzene Reiswaffeln. In dem Regalbrett darüber, in dem normalerweise zwei handgeblasene Weingläser und eine dazu passende Karaffe stehen, liegt eine Plastiktüte mit dem Logo der Apotheke hier um die Ecke. Darin sind zwei Duschcreme-Samples für Kinder und ein angebrochener Sirup gegen Brechreiz. Ich stelle die Tüte zurück ins Regal und gehe ins Wohnzimmer. Vanity sitzt auf dem Sofa, den Kopf gegen die Ohrensessellehne gelehnt, und schlummert, genau wie Nyte, der auf ihrem Schoß liegt. Zu ihren Füßen steht ein leerer Eimer und auf dem Tisch eine Kanne Tee und zwei Tassen.

Ich hebe die Augenbrauen, drehe mich um und steuere die Treppe ins Obergeschoss an, aber Alexandra, unsere Nanny, kommt mir bereits entgegen. Sie streicht sich die dunkelblonden Strähnen aus der Stirn und flüstert mit ihrem charmanten russischen Akzent:»Da bist du ja. Dein Freund ist gerade weg, sagt, er müsse gehen. Sehr schade. Sieht sehr gut aus!« Sie zwinkert mir zu und ich nehme ihr die Bemerkung nicht einmal übel. Stattdessen greife ich nach meinem Portemonnaie und frage:»Hattest du Ausgaben? Für die Bananen oder die Medikamente?«

Sie schüttelt mit großen Augen den Kopf.»Dein Freund hat gebracht. Ich habe nur oben Betten gemacht.«

Ich bedanke mich bei ihr und erwidere ihr Lächeln, während sie an mir vorbeihuscht und den Laptop auf den Küchentisch stellt, auf dem sie ihre Masterarbeit über frühkindliche Pädagogik schreibt.

Ich sehe ihr abwesend dabei zu, dann hole ich mein Smartphone heraus und schreibe Leith eine Nachricht; auch wenn das eine Wort nicht den Bruchteil dessen ausdrückt, was ich eigentlich empfinde.

Danke.

8

LEITH

»Muss das wirklich sein?«, frage ich und starre zu dem Club auf der gegenüberliegenden Straßenseite hinüber, dessen farbig pulsierende Lichter und bis nach draußen hämmernde Beats alle Sinne attackieren.

Ryders Grinsen wirkt in diesem Licht beinahe diabolisch. Oder vielleicht liegt das auch an dem Glimmstängel in seinem Mundwinkel, keine Ahnung. »Das muss ganz unbedingt sein. – Schon allein, weil du mich nachher in deinem schicken Auto nach Hause fahren darfst.«

»Ist das ein Abschuss mit Ankündigung?«

Er lässt die Zigarette fallen und tritt sie aus. Dann klopft er mir auf die Schulter und schiebt mich halb auf die Straße. »Komm schon, Goldjunge, sei kein Spielverderber. Ich bin mir sicher, die Mädels da drin freuen sich schon wahnsinnig auf deine Anwesenheit.«

Ich verdrehe die Augen und sehe wieder hinüber zu dem Club. Es ist das Wochenende um Halloween – und da die

Studenten von Lorcastle sich zu fein für *Süßes oder Saures* und gruselige Kostüme sind, ist die angesagteste Party weit und breit ein Schwarzlicht-Event.

Deswegen trage ich ein weißes Hemd unter dem Mantel, und Ryder … nun ja, der sieht aus wie immer. Ich kann jedenfalls nicht mit Bestimmtheit sagen, ob der schwarze Pullover nur gerade obenauf lag oder er ihn absichtlich angezogen hat. Gleiches gilt für die Jeans.

Nachdem wir uns in die Warteschlange eingereiht haben, kneift er mir in die Wange und sagt: »Lächeln!«

Ich schlage seine Hand weg. »Meinst du, ich kann auf Notwehr plädieren, wenn ich dich jetzt umbringe?«

Er schüttelt den Kopf. »Allenfalls Mord im Affekt. Aber dann käme die Unverhältnismäßigkeit dazu.« Er wiegt den Kopf. »Lebenslänglich. Mindestens.«

»Verflucht …«

Drinnen ist es tatsächlich stockdunkel.

»Ich seh nix«, murre ich. Wobei das leicht übertrieben ist. Denn vor mir explodiert ein wildes Durcheinander aus Weiß und Neonfarben. Nur wirkt es, als würden die Printoberteile und weißen T-Shirts im Raum schweben, und ich muss mehrmals blinzeln, bis mein Gehirn sich an den schrägen Anblick gewöhnt hat.

Ryder boxt mir in die Seite. »Das ist der Sinn der Sache. – Und jetzt hör auf zu schmollen, sonst fühle ich mich nur verpflichtet, dir eine Begleitung zu suchen.«

»Bloß nicht!«, reagiere ich sofort und höre Ryder neben mir lachen.

»Fein. Lass uns was trinken.«

Ein dicker, neongrüner Leuchtstreifen führt direkt zur Bar, und alles dort – Hocker, Theke, Gläser, Strohhalme und sogar die Getränke – glüht in knallbunten Farben. Während ich noch überlege, ob ich mir *wirklich* so einen Drink zuführen soll, hat Ryder schon bestellt. Inzwischen erkenne ich ihn fast nur noch an dem Neonarmband um sein Handgelenk, das wir beim Eintritt bekommen haben – und der Tatsache, dass er selbige Hand praktisch nicht stillhalten kann. Sein Finger wandert um den Strohhalm seines widerlich pinkfarbenen Cocktails herum und die weißen Schnürsenkel seiner Turnschuhe wippen im Rhythmus der dröhnenden Housemusik mit.

Ich nippe skeptisch an meinem weißen … *Was-auch-immer,* während ich immer noch versuche mich zu orientieren.

»Ist das Milch?!«, frage ich Ryder verwirrt. »Hast du mir ernsthaft *Milch* bestellt?«

Er wendet den Kopf. »Ja?«

Ich verdrehe die Augen. Vielleicht lasse ich es auf die Sache mit dem Totschlag aus Notwehr ankommen. Meine geistige Gesundheit ist immerhin in Gefahr.

»Ich wusste nicht mal, dass die hier so was haben«, sage ich über die Musik hinweg und erahne ein Schulterzucken bei Ryder. Muss aber zugeben, dass es mich nicht wirklich stört. Milch ist protein- und vitaminreich und schmeckt.

»Ist ja eh in diversen Cocktails – *Toblerone, White Russian, Chocolate-Irgendwas.*«

Ich vergaß. Der Herr verdient sich seine Brötchen am Wochenende gelegentlich als Hilfsbarkeeper. – Wahrscheinlich sollte ich froh sein, dass mir so was erspart bleibt, mir verwöhntem Schnösel.

Während ich darüber nachdenke, bleibt mein Blick an etwas – oder vielmehr: *jemandem* – hängen. Eigentlich sollte ich in dem Gewühl kaum irgendwelche Formen ausmachen können, aber entweder das eindringliche Muster oder die Tatsache, dass es einen wirklich schönen Körper betont, lassen meine Aufmerksamkeit immer wieder dorthin zurückkehren. Es ist kein einfaches T-Shirt oder Accessoire, das durch die Luft hopst, wie bei den meisten anderen. Die ausgefallenen Muster aus Punkten und Strichen sind direkt auf die Haut gemalt. Oder jedenfalls sieht es so aus … Nur kann das natürlich nicht sein, denn sie bedecken ihren ganzen Körper, was ja hieße, sie wäre nackt – und das … Jedenfalls ist sie das sicher nicht, sonst wäre sie hier nicht reingekommen. Es wirkt nur so. Auf mich.

»Hübscher Anblick, oder nicht?«, sagt Ryder neben mir. Zu nah an meinem Ohr. Mit zu schmutzigem Unterton. Und vor allen Dingen ist mir schleierhaft, wie er in dieser Dunkelheit ausmachen kann, wen oder was ich ansehe.

Okay – möglicherweise habe ich ein bisschen gestarrt. Ein winziges bisschen.

Ich nippe weiter an meiner Milch. »Warum gehst du nicht hin?«

Ryder gibt einen unzufriedenen Laut von sich. »Das wird nichts.«

»Warum nicht?«

»Weil Frauen wie sie es sich aussuchen, mit wem sie ihren Spaß haben wollen. Nicht umgekehrt.«

Ich runzle die Stirn. Kein Wunder, dass ich zu doof zum Daten bin – ich habe einfach das hundertseitige Regelwerk noch nicht gelesen … »Muss ich das verstehen?«

»Nein. Wart's einfach ab.«

»Aha?«

»Sie zieht dich gerade genauso mit Blicken aus wie du sie, Mister Baseball.« Er zupft an meinem T-Shirt-Ärmel – an meiner persönlichen Problemstelle, weil die Dinger *immer* an den Oberarmen spannen oder, wenn sie denn groß genug sind, um die Hüfte aussehen wie eine Segeltuchplane … Aber rund um die Uhr in Funktionskleidung rumzulaufen ist mir auch zu blöd.

»Tu mir einen Gefallen und verbock es nicht«, sagt Ryder. Ich kann sein Grinsen dabei vielleicht nicht sehen, aber hören kann ich es ganz sicher. »Bis dahin: Halt mal kurz«, fügt er an. Und ich verdrehe schon wieder die Augen, weil ich weiß, was das bedeutet. Immerhin: Wenn er wen zum Abschleppen findet, werde ich ihn weder mitnehmen müssen, noch laufe ich Gefahr, einen völlig betrunkenen Ryder die Treppen seines Wohnheims hochhieven zu müssen.

Ich blicke ihm nach – oder versuche es. Denn im Grunde sehe ich nur, wie neonfarbene Flächen vor meinen Augen verschwinden und wieder auftauchen, während sich ein schwarzer Schatten durch die Menge schiebt.

»Leith, bist du das?«, fragt jemand direkt neben mir.

Ich wende den Kopf.

Oh, nein.

»Brenda.« *Muss ich ein Lächeln faken, wenn sie es eh nicht sehen kann?*

Sie lächelt breit und ihre mit Neonfarbe verzierten Wangen erstrahlen. Auf ihrem Shirt prangt eine riesige lachende Orange und sie trägt pink-grüne Leggins. Ich glaube, ich stufe diese Party offiziell als Bad-Taste-Party ein. Ihr Outfit ist so grauenvoll knallig, dass ich es schon fast wieder witzig finde.

»Das ist Jordan«, ihre schwarz behandschuhte Hand klopft einem Typen im hellroten Shirt auf die Schulter, »mein Freund!«

Yeah. Wie ... schön.

»Und das hier ist Giuliana, meine beste Freundin.«

»Ich erinnere mich.« Sie mag Erdbeereis am liebsten und Brenda hat sie beim Kinderfasching kennengelernt. Brenda war eine Biene und Giuliana ein Marienkäfer.

Gott, warum weiß ich das alles noch? Offenbar war ich an dem Tag doch nicht betrunken genug ...

»Kommst du mit, tanzen?«, fragt Brenda und schnappt sich meine Hand. »Du wirkst immer so verspannt! Lass dich mal bisschen gehen!«

Zehn Sekunden später stehe ich mitten in einer Masse wogender Leuchtfarben. Brenda hat sich inzwischen ihrem *Freund* zugewandt und mir gegenüber hopsen Giulianas Neonfarbkleckse vor sich hin. Ich fühle mich dezent fehl am Platz. Dabei weiß ich, dass ich so was hier früher mal mochte – in der Highschool. Im ersten Semester auf dem College. Ich habe Ella auf einer Studentenparty kennengelernt und zu Beginn unserer Beziehung sind wir oft zusammen ausgegangen ...

Fuck. Warum erinnert mich noch immer alles an Ella?

Und ich habe mir tatsächlich eingebildet, dass es in den letzten Wochen besser geworden wäre …

Ich verdrehe die Augen über mich selbst – und gebe auf. Ella ist nicht hier. Und selbst wenn sie es wäre, würde das keine Rolle spielen. Sie ist kein Teil meines Lebens mehr. Ich seufze und treibe mit dem Rhythmus der Musik davon wie alle anderen. Warte darauf, dass der Beat meinen Herzschlag kontrolliert und meine Bewegungen bestimmt.

Aber ich gerate ins Stocken, als ich aus dem Augenwinkel eine Bewegung wahrnehme – leuchtend grüne und blaue Muster, die schlanke Körperformen umspielen. *Die Unbekannte von gerade eben.* Ich wünschte, es gäbe nur ein wenig mehr Licht. Gerade so viel, dass ich ihr Gesicht erkennen könnte, aber selbst das ist mir nicht vergönnt.

Stattdessen sehe ich zu, wie ihr Körper sich im Rhythmus der Musik bewegt. So selbstbewusst und euphorisch, dass allein der Anblick mir ein Lächeln auf die Lippen zaubert. Sie kommt auf mich zu, und ehe ich darüber nachdenken kann, strecke ich eine Hand nach ihr aus. Sie flicht ihre Finger in meine, lässt sich von mir heranziehen, nur um sich mit einem rauen Lachen wieder abzustoßen. Aber ihre Hand verbleibt in meiner. Sie löst den Griff nicht, als sie sich um die eigene Achse dreht und ich kurz darauf ihre Bewegungen an meinem Rücken spüre. Die Musik geht in einen langsameren Rhythmus über, und sie lässt sich hineinfallen, im wahrsten Sinne des Wortes. Sinkt gegen meinen Körper, bis ich das Kreisen ihrer Hüften an meiner spüren kann. Sie schlingt ihre freie Hand um meine Taille, während ihr warmer Atem über meinen Nacken zieht. Ich lehne mich in ihre Berührungen, ein kleines Stück nur, bis ich ihr Gesicht sehen kann – könnte. Stattdessen erahne ich nur den Umriss eines Gesichts, volle Lippen und eine schwarze Maske, die ihre Augen bedeckt und von demselben Neonmuster überzogen ist wie alles andere an ihr. Wie die Hand, die sie gerade von meiner löst, meinen Arm hinaufwandern lässt, sanft um meinen Bizeps legt und dann an meiner Seite hinabgleiten lässt. In dem ultravioletten Licht heben sich ihre Finger dunkel vor dem strahlenden Weiß meines Hemds ab, nur die vielen bunten Neonpunkte durchbrechen die Schwärze. Die Farben verschwimmen vor meinen Augen, als ihre Hand immer weiter über meinen Körper wandert. Ohne jede Befangenheit. Im Gegenteil. Ich kann spüren, wie sie die Linien nachzieht, die man nicht sehen kann, aber die sie unter ihren Fingerspitzen fühlt: mein Schlüsselbein, den Brustmuskel, meine Rippen, meine Bauchmuskulatur, die V-Form, die sich bis hinab zum Bund meiner Jeans zieht.

Meine Füße verlieren den Rhythmus der Musik. Mein Herzschlag ist dem langsameren Beat längst voraus. Und mein Hirn ist dabei, den Kampf gegen meine Beherrschung zu verlieren.

Ich greife ihre Hand, ziehe sie zu mir, bis ich ihre gesamte Gestalt an meinem Rücken spüren kann und ihr leises Lachen mein Ohr kitzelt. Mir kommt noch der Gedanke, dass die Musik zu laut ist, als dass ich es hören sollte, als ich im nächsten Moment ihre Lippen an meinem Hals spüre. Fast im Reflex greife ich ihre Hand fester, fahre die nackte Haut an ihrem Arm hinauf, dass die Farbe verwischt, während ihre Lippen weiter die Nervenzellen an meinem Hals reizen.

In mir beginnt ein Widerstreit. Er ist kaum laut genug, um all die Empfindungen zu übertönen, welche die Unbekannte mit ihren Berührungen in mir auslöst. Trotzdem lässt er mich zögern. Innehalten. Mich fragen, ob das hier ein Fehler ist – den ich bereuen würde. Weil einer Hälfte von mir bewusst ist, dass ich nicht der Typ für schnelle Nummern auf Clubtoiletten bin. Auch wenn sich gerade ein nicht unbeträchtlicher Teil von mir genau das wünscht. Der andere Teil ist zwar nicht minder horny – aber er will wissen, wie sie unter ihrer Maske aussieht. Wie sie duftet, wenn nicht der Geruch vom Schweiß Hunderter anderer in der Luft liegt. Ob ihre Augen funkeln, wenn sie lächelt. Wie sie ihren Kaffee trinkt und welche Filme auf ihrer Watchlist ganz oben stehen. Ob sie unter ihrem zielstrebigen Selbstbewusstsein eine Schwäche für kitschige Sonnenuntergänge über den Appalachen hat und wie sie in einem meiner Shirts aussehen würde.

Aber die Fragen schmelzen unter ihren Fingern dahin, bis nichts mehr davon übrig ist.

9

JUN

Leiths Zärtlichkeiten sind zögernd. Nicht unsicher. Aber immer mit der leisen Frage nach Einverständnis. Fast beschämt es mich – weil ich ihm nicht dieselbe Zurückhaltung erwiesen habe. Für mich war das stumme Begehren in seinen Berührungen genug. Weil das hier ein Club voller Menschen ist, von denen die Hälfte jede Samstagnacht nur aus einem einzigen Grund hierherkommt. Aber Leith gibt mir das Gefühl, als stünden wir nicht hier, in einer Masse schwitzender Leiber. Seine gesamte Aufmerksamkeit liegt nur auf mir. Als wären wir allein. Allein auf einer leeren Tanzfläche, deren Dunkelheit einzig von den Schwarzlichtröhren beschienen wird, die seine blonden Locken violett schimmern lassen.

Gleichzeitig lässt eben diese Zurückhaltung stumme Frustration in mir wachsen. Weil ich mehr will. Weil sich mein Körper genauso nach seinem sehnt wie seiner sich nach meinem. Als hielte ich eine reife Frucht in Händen und dürfe sie nur betrachten. Anfassen, nicht kosten.

Ich lasse von ihm ab, unterdrücke das augenblickliche Gefühl des Vermissens – und ziehe ihn hinter mir her. Zwischen grellem Neon hindurch, über die parallelen Farbstränge unter unseren Füßen, die aussehen, als hätte jemand einen Linienfahrplan auf den Boden geklebt, weiter in die Schwärze. Ich bin oft hier. So oft, dass ich die kaum erkennbaren Schemen der Möbel zuordnen kann – dort drüben ist eine Bühne für Livemusik mit DJ-Pult, da vorn ist eine zweite, kleinere Tanzfläche, die heute abgesperrt ist, weil es am Rand zu viele Stolperfallen gibt. Aber drumherum stehen Sofas mit hellem Bezug, der sich im Schwarzlicht matt aus der Dunkelheit schält. Ich ziehe Leith direkt darauf zu, spüre sein leises Zaudern, den leicht verzögerten Takt seiner sonst so fließenden Schritte. Ich drehe mich um, öffne den Mund – aber er hat mit meinem abrupten Innehalten nicht gerechnet, und der Aufprall drängt mir die Luft aus den Lungen.

»Entschuldige«, sagt er schnell, atemlos, und hält mich fest. Fester als vorhin, und ich weiß, dass es mir unangenehm sein sollte. Stattdessen ist mir das Gefühl von Sicherheit unangenehm, das dabei durch meinen Körper strömt. Weil ich seine Hände auf meinem Körper nicht brauchen sollte, um das zu empfinden.

Erst als er dann eine Hand um meinen Kiefer schmiegt, mit dem Daumen federleicht meine Wange streift, zündet mein üblicher Abwehrimpuls. Aber selbst den ersticke ich sofort – und bin selbst am meisten darüber erstaunt. Stattdessen erstarre ich unter seinen Fingern und weiß nicht, ob das Kribbeln unter meiner Haut positiver Natur ist oder negativer.

»Wie heißt du?«, fragt er in die Dunkelheit zwischen uns hinein.

Ich schließe die Augen und spüre im selben Moment, wie die Spannung in meinem Brustkorb schwindet und mit dem nächsten Atemzug meinen Körper endgültig verlässt. Stattdessen stiehlt sich ein leises Lächeln in meine Mundwinkel. – Es ist Leith, der noch immer nicht zu wissen scheint, wer ich bin. Sein Verstand weiß es nicht. Aber sein Körper hat mich längst wiedererkannt.

Ich greife nach der Hand an meinem Gesicht und schiebe seinen Zeigefinger hinab bis auf meine Lippen. Mir tritt der Geschmack der Neonfarbe auf die Zunge und ich lehne mich vor, weiter und immer weiter, bis ich seine Atemzüge auf meiner Haut spüre und nur noch unsere beiden Hände unsere Münder trennen. Ich lasse sie sinken und überwinde die letzten Millimeter, halte inne, als seine Bartstoppeln meine Wange kitzeln. Das Gefühl entlockt mir ein leises Lachen und ich höre Leiths unwilliges Knurren darüber. Aber ich genieße es zu sehr, die Spannung zwischen uns auszukosten. Sie zu spüren, überall dort, wo meine Fingerspitzen ihn berühren. An seiner Brust, seinem Bauch. Er hat eine Hand um meinen Unterarm geklammert, nicht schmerzhaft, aber gerade so fest, dass ich weiß, wie sehr ich ihn gerade quäle.

Ich trete den letzten, winzigen Schritt auf ihn zu, schließe die Lücke zwischen uns und spüre jede Form seines Körpers an meinem, dränge mich gegen ihn und lausche dem leisen Fluch aus seiner Kehle, bis ich endlich nachgebe und meinen Mund auf seinen lege.

Er schlingt seine Arme um mich, zieht mich so fest an sich, bis aus der leisen Ahnung seiner Erregung Gewissheit wird. Und ich dränge ihn in Richtung der Sofas, lasse mich auf ihn fallen und versinke in dem Spiel unserer Zungen.

Ich will nicht lügen – ich mag das Gefühl, wie jemand, der mir körperlich so überlegen ist, unter meinen Händen zergeht wie heißes Kerzenwachs. Jeder Zentimeter an ihm ist definiert, muskulös, und mit Sicherheit fiele es ihm kaum schwer, das Doppelte meines eigenen Gewichts zu heben. Und trotzdem ist er im Moment derjenige, der sich in meine Berührung schmiegt, als wäre ich die stumme Antwort auf jede Bitte seines Körpers.

Die Neonfarbe, die Carla so sorgfältig Punkt für Punkt, Strich für Strich auf meiner Haut aufgetragen hat, schmilzt unter seinen Händen, bleibt daran haften. Binnen weniger Sekunden zerstört er die Arbeit einer ganzen Stunde. Und ich wünsche mir nichts mehr, als dass er nicht damit aufhört, keinem Teil meines Körpers seine Berührungen versagt oder dieses Gefühl, das sie in mir auslösen.

Ich presse mich gegen ihn, wiege meine Hüften auf seinem Schoß, bis er aufstöhnt. In meinen Fingern beginnt es zu kribbeln und ich spüre meine Bewegungen fahrig werden, so sehr will ich noch einmal in den Genuss dieses Geräuschs kommen. Mit dem Wissen, dass sein starker Körper in diesem Moment einzig und allein mir gehört. Als er beginnt, sich meinen Bewegungen anzupassen, seine Hände hinauf zu meinen Brüsten wandern und sie sanft zu massieren beginnen, schmilzt meine letzte Zurückhaltung, bis nichts mehr übrig ist. Ich ziehe ihm das verfluchte T-Shirt über den Kopf, sehe fasziniert auf die Farbschlieren, die meine Finger längst auf seiner Haut hinterlassen haben, lege meine Lippen an seinen Hals und nestle an dem Verschluss seiner Jeans.

Mein Smartphone surrt.

Ich schüttle den Kopf, ignoriere den Klingelton, den ich sogar über die Musik hinweg erahnen kann. Ich will das hier nicht aufgeben. Auf keinen Fall. Dazu fühlt es sich zu gut an. Doch der Ton verstummt nicht. Stattdessen mischt er sich in meinem Kopf mit der leisen Ahnung, dass es Carla sein könnte. Sie ist auch hier im Club. Irgendwo. Und weil sie ein ganzes Stück kleiner ist als ich und zu nett, um jemanden unmissverständlich abzuservieren, dafür aber präsente weibliche Rundungen besitzt, ist es keine Seltenheit, dass sie jemanden braucht, der sie vor einem aufdringlichen Typen bewahrt. *Verdammt...*

»Musst du ran?«, fragt Leith atemlos.

Ich fummle mit frustriert zittrigen Fingern nach meinem Smartphone. Carlas Name leuchtet mir auf dem Screen entgegen. Der Anruf verstummt. Stattdessen bekomme ich eine Nachricht: **Pls. Am Rand auf 9 h. Es sind 2 und sie lassen mich nicht weg. Es ist zu dunkel.**

Verdammt.

»Sorry«, hauche ich und drücke Leith einen Kuss auf den Mund. Diese eine Sekunde reicht schon, um meinen Entschluss zu gehen, ins Wanken geraten zu lassen ... Himmel noch mal, der Typ lässt mich zum notgeilen Teenager mutieren. Aber er küsst einfach zu gut. Und er ...

Ich stoße mich von ihm ab, klettere von seinem Schoß und streife mir im Weggehen die blöden Schuhe ab, um schneller laufen zu können. Ich will garantiert nicht daran schuld sein, dass meine beste Freundin irgendwo von gleich zwei Typen begrapscht wird, nur weil ich meine Hormone nicht im Griff habe.

»Sag mir wenigstens, wie du heißt!«, ruft Leith mir nach.

Ich drehe mich zu ihm um, erkenne ihn fast nur noch an dem zusammengeknüllten Shirt in seiner Hand, dem vagen Umriss seiner breiten Schultern und dem violetten Schimmer seiner Locken.

Ach, Carla. So ein Mist! Auch wenn es natürlich nicht ihr Fehler ist. Sondern jener der beiden Vollidioten, die offenbar ein einfaches »Nein« nicht verstehen wollen. Als mein Smartphone noch einmal zu surren beginnt, lasse ich die blöden Schuhe fallen und renne um die Tanzfläche herum. Bis ich am anderen Ende des riesigen Raumes, ganz am Rand, auf neun Uhr, Carlas kunterbunt leuchtendes Outfit entdecke, mit dem Rücken zur Wand und vor sich zwei Typen, die auf sie einreden. Einer hält ihre Hand, der andere hat seinen Arm neben ihrem Kopf abgestützt.

»Hiii«, sage ich laut und ramme dem ersten meine Schulter in die Seite. »Tut mir echt leid, aber wir müssen jetzt auch los. See you.« *Never again.*

»Hey, wir waren mitten in einer netten Unterhaltung!«, ruft der eine.

»Wie schön für dich!«, knurre ich und ziehe meine beste Freundin mit mir davon.

Erst als wir fast am Ausgang angelangt sind, sage ich zu Carla: »Du musst echt lernen, Typen abzuservieren. Die waren nicht gefährlich, sondern einfach nur sehr penetrant.«

»Aber das weiß ich doch vorher nicht! Der eine war am Anfang irgendwie nett, und sie haben mir Drinks spendiert, und ich dachte, sie wollten vielleicht einfach nur ... reden? Aber dann haben sie mich nicht in Ruhe gelassen, und irgendwie hatte ich Angst, dass sie mich immer weiter bedrängen würden ...«

Ich seufze. »Carla, niemand will *einfach nur reden*.«

»Das weißt du doch gar nicht!«

»Wollten die gerade eben *einfach nur reden*?«

»Nein«, gibt sie zu. »Tut mir leid ...«

Ich seufze, bleibe stehen und ziehe sie in eine Umarmung. »Nein. Nein, sorry. Es tut *mir* leid«, sage ich. »Ich hätte einfach in der Nähe bleiben sollen wie verabredet. Ich weiß ja, dass solche Idioten sich magisch von dir angezogen fühlen.«

»Weil ich nicht Nein sagen kann«, antwortet sie zerknirscht.

Dabei ist Carla normalerweise gut, was klare Ansagen angeht. Nur wenn es um irgendwelche Typen geht nicht. Dann wird sie plötzlich schüchtern und bekommt den Mund nicht mehr auf. Selbst dann nicht, wenn sie den Kerl nicht mal besonders gut leiden kann – aber das kapiert der natürlich nicht und betrachtet es als Einladung des armen, zu erobernden Mauerblümchens ...

»Du riechst gut«, sagt sie plötzlich und ich sehe sie irritiert an.

»Was?!«

»Der, mit dem du rumgemacht hast. Der riecht gut. Normalerweise stinkst du immer nach Schweiß und ... allem möglichen anderen Kram. Aber der heute riecht gut. Tut mir leid, dass ich dir das vermasselt habe.«

Ich muss lachen und blinzle im nächsten Moment angestrengt gegen das Licht in der Garderobe.

»Dios mío, Jun!«, ruft Carla aus. »Wie siehst du denn aus?« Sie zupft kichernd das schwarze hautenge Kleid zurecht, sodass es wenigstens wieder bis auf meine Oberschenkel reicht. »Und wo sind deine Schuhe?« Sie stemmt die Hände in die Hüften und schüttelt den Kopf.

»Ich hatte es eilig! Ich dachte, dir wäre wer weiß was passiert!«

In Carlas Mundwinkel zuckt ein Grinsen – bis sie schließlich anfängt zu lachen. »Du hast deine Schuhe liegen lassen? Willst du sie suchen?«

Ich winke ab. »Die waren eh unbequem ... Lass uns nach Hause gehen.«

Ich brauche ganz dringend eine kalte Dusche. Kalt genug, um mir einen gewissen College-Baseballer aus dem Kopf zu schlagen ...

Leith ist mir aufgefallen, weil er der einzige Kerl ist, den ich kenne, der unter Schwarzlicht in einem weißen Shirt noch sexy aussehen kann.

Als ich begriffen habe, dass er es ist, habe ich überlegt, ob ich ihn ignorieren sollte. Weil selbst belanglose One-Night-Stands schwer drunter leiden, wenn der Kerl eigentlich noch seiner Ex nachhängt ... Aber Leiths Aufmerksamkeit hat mir gefallen. Die Art, wie er sich bewegt. Die irgendwie selbstbewusste Zurückhaltung. Und das Wissen, dass er der Typ war, der für Nyte und Vanity da gewesen ist, obwohl sie nun wirklich nicht seine Angelegenheit sind. Das war auf eine ganz eigene Art sexy.

»Jun?« Carla schnippt mit einem Finger vor meinem Gesicht. »Was ist los, Cinderella? Träumst du davon, in der Kürbiskutsche mit deinem Prinzen dem Sonnenuntergang entgegenzufahren?«

»Ich bin nicht ...! Und ich habe auch keine Kürbiskutsche! Und Leith gleich drei Mal nicht.«

Sie reißt die Augen auf. »Leith?! Du hast mit *Leith Boyd* rumgemacht?«

Ich ziehe die Nase kraus. Jetzt, wo sie es laut ausspricht, klingt das tatsächlich ein bisschen *merkwürdig* ... »Er sieht gut aus ...«

Carla kichert und schüttelt den Kopf. »Das war dir doch bisher auch egal.«

Ich ziehe die Schultern hoch. »Bisher kannte ich ihn noch nicht.«

»Und jetzt tust du das?«

»Nein«, gebe ich zu, »aber er ist gar nicht so übel.«

»Wieso gehst du dann nicht mal mit ihm aus?«

Ich verziehe das Gesicht. »Er ist ein Golden. Und ein Boyd. Und er hängt immer noch an Ella. – Außerdem date ich nicht! Wir haben geknutscht. Das ist alles.« Na ja, nicht ganz. Wenn Carlas Anruf nicht gekommen wäre ...

Verdammt, was habe ich mir nur dabei gedacht?

10

LEITH

Ryder lacht mich aus. Und ich meine nicht sein übliches stilles Grinsen mit diesem Hauch von Arroganz, die man dem Kerl einfach nicht übel nehmen kann, weil es ihm bedauerlicherweise auch noch gut steht. Nein, ich meine lautes Gelächter, das man von ihm eigentlich nur hört, wenn er betrunken und wirklich, wirklich amüsiert ist.

Wie gerade jetzt. Vor diesem wummernden Club.

Dabei hatte er bis vor zwei Minuten noch miese Laune, weil ihm sein Betthäschen weggehoppelt ist. Aber dann hat er im Garderobenlicht die Schuhe in meiner Hand gesehen – und das Schicksal nahm seinen Lauf …

»Du bist wie dieser Prinz aus dem Märchen … Wie hieß das noch?« Er japst. »Cinderella?« Lacht weiter. Legt den Kopf in den Nacken und seufzt herzzerreißend. »Leith Boyd, der Märchenprinz.«

»Jetzt halt endlich die Klappe!«, knurre ich, »So witzig ist es nun auch wieder nicht.«

»Nein«, er winkt ab – und wird von einem weiteren Lach-
anfall geschüttelt, »es ist noch viiiiiel witziger!«

»Du bist betrunken.«

»Natürlich bin ich das. *Holy Shit*, während ich mir nach
jedem Hint, dass ich einfach nur vögeln will, einen Korb
hole – wirst du mitten im Club von Cinderella ausgezogen,
stehen gelassen und dann hinterlässt sie dir auch noch ihre
verdammten Schuhe. Die du aufhebst, weil du dich beim
Knutschen Hals über Kopf verknallt hast! Ich habe noch nie
im Leben eine beschissen witzigere Story gehört als diese.«

»Sie hat mich nicht ausgezogen. Und verknallt bin ich auch
nicht! Ich kenne sie doch überhaupt nicht! Ich weiß nicht mal,
wie sie heißt.«

»Du schleppst ihre verdammten Schuhe mit dir rum!«

»Ja und?! Weil sie die vielleicht wiederhaben will.«

Er lacht schon wieder. Ganz ehrlich: Noch ein weiterer Anfall, und ich fahre ihn im Kofferraum nach Hause.

»Natürlich will sie das«, sagt er und wischt sich Lachtränen
unter den Augen weg. »Sie wartet nur darauf, dass ihr Prinz
sie finden wird.«

Ich verdrehe die Augen. Dann deute ich auf meinen Wagen
und sage: »Einsteigen. *Schweigend*, kapiert?«

Er hebt die Hände. In dem Licht des Clubs kann ich das
breite Grinsen auf seinen Lippen noch erkennen, aber er
schweigt tatsächlich brav.

Also werfe ich die Schuhe in den Kofferraum und steige
ein.

Wir brauchen um diese Zeit keine zwanzig Minuten bis zu Ryders Wohnheim, und ich werde vermutlich noch vor zwei Uhr im Bett liegen, was zumindest meinen Coach sehr glücklich machen sollte, weil ich am Montag nicht völlig zerknautscht beim Morgentraining auftauchen werde ...

Ryder hat die Hand schon am Seitentürgriff des Autos, als er sich vor dem Aussteigen noch mal zu mir umdreht und fragt: »Und du hast wirklich keine Ahnung, wer sie war?«

Ich zucke mit den Schultern. »Dieselbe, die du an der Bar noch gesehen hast.«

Er schüttelt den Kopf. »Du bist echt ein Glückspilz.«

»Was ist daran bitte Glück?!«

»Sie war heiß. Sie wollte einfach nur Sex. Und dann ist sie sogar verschwunden, ohne dass du irgendwelche Verpflichtungen hättest.«

»Und was, wenn ich gerne Verpflichtungen hätte?«

Er seufzt. »Dann bist du ein hoffnungsloser Fall, Leith Boyd.«

»Danke schön.«

Er hebt eine Hand. »Keine Ursache.«

»Hey!« Keine Ahnung, warum ich ihn überhaupt zurückhalte ... Allmählich habe ich das Gefühl, dass Ryder der hoffnungslosere Fall ist. Zumindest, was Frauen angeht. Ich möchte jedenfalls wirklich gern wissen, welche Frau es je schaffen wird, sein dauerhaftes Interesse zu wecken. Und es zu erwidern bereit wäre.

»Was ist?«, fragt er.

»Wenn du wüsstest, wer sie ist, würdest du es mir doch sagen, oder?«

»Kommt darauf an. Würdest du es wissen wollen, wenn es jemand ist, von dem du nicht willst, dass sie es ist?«.

Ich runzle die Stirn. »Was soll *das* denn heißen?«

Er zuckt mit den Schultern. »Keine Ahnung. Ich hab dir doch gesagt, sie tickt wie ich: keine festen Bindungen und jedes Spiel nach festen Regeln. – Stell dir vor, es wäre jemand wie Sakura.«

»Jun?!« Jetzt muss ich lachen. »Nein, ganz sicher nicht. Sie kann mich nicht ausstehen. – Und ganz grundsätzlich: niemals! Für sie bin ich ein *eifersüchtelnder, privilegierter Baseballspieler*, der seiner Ex nachtrauert.«

Ryder grinst. »Bist du nicht?«

Ich werde den Kerl nie wieder nach Hause bringen ...

Er steigt aus, stützt die Unterarme auf der Autotür ab und meint: »Du hast doch neulich auf ihre Geschwister aufgepasst. Das traut sie dir also offenbar zu.«

Ich zucke mit den Schultern. »Dazu war ich ihr halt gut genug«, murmle ich, damit beschäftigt zu verdrängen, dass sie rein theoretisch durchaus den passenden Körperbau –

»So tickt sie nicht«, unterbricht Ryder meinen Gedankengang.

»Du kennst sie doch überhaupt nicht!«

Er zuckt mit den Schultern. »Aber ich kenne mich. Ich bin auch kein böser, egozentrischer Mistkerl, nur weil ich nicht an festen Beziehungen interessiert bin.«

»Und sie ist jetzt ein weiblicher Ryder oder wie?«

Er grinst. »Niemand erreicht meine Vollkommenheit.«

»Du bist so unfassbar unerträglich, wenn du getrunken hast!«

Er seufzt. »Ich bin so unfassbar unerträglich, wenn ich keinen Sex habe und mein bester Freund sich beschwert, weil sexy Cinderella ihm nicht Name, Telefonnummer, Adresse und Sozialversicherungsnummer in ihren Riemchenpumps dagelassen hat. Also lass mich in Frieden ziehen, Blondlockenprinz.«

»Oh, ich bitte sogar darum! Möge Er sich entfernen und Uns in den nächsten drei Tagen ausschließlich nüchtern und befriedigt unter die Augen treten.«

Er verbeugt sich elegant und verschwindet in seinem Wohnheim. Verfluchter Hofnarr ...

Aber schon als ich auf den Highway biege, der mich zu meiner Wohnung am Stadtrand bringt, fragt ein leiser, aber sehr penetranter Teil meines Hirns, ob er nicht recht hat. Was, wenn es doch Jun war? Es wäre ihr zuzutrauen, oder nicht? Sie ist der Typ für diese Art Spiel. Und es wäre definitiv ein Spiel, das ich nicht mitgespielt hätte, hätte ich die Regeln von Anfang an gekannt. – Oder?

Fuck. Vermutlich werde ich die Antwort darauf nie erfahren. Und wenn ich ganz ehrlich sein soll, will ich sie auch gar nicht wissen ...

Vielleicht war es auch gar nicht Jun. Und Ryder irrt sich. Oder er hat mich absichtlich in die Pfanne gehauen – wobei ihm das nicht ähnlich sähe.

Außerdem hätte ich sie doch wiedererkannt. Garantiert! Immerhin ... war es stockdunkel, ich habe absolut nichts gesehen, sie trug eine Maske und hat kein Wort gesagt.

Toll. Ganz toll.

Ich schüttle den Kopf. Ryder ist sturzbesoffen und ich habe Wahnvorstellungen. Es war nicht Jun. Niemals war es Jun. Jun kann mich nicht ausstehen. Ende. Aus. Keine Selbstvorwürfe.

———

»Hey. Warst du auch auf dieser Schwarzlichtparty? Ich hab Vin getroffen, und er meinte, du wolltest auch kommen, aber da war es so verdammt dunkel«, sagt Bronx und lässt sich auf seinem Mensa-Stammplatz mir gegenüber nieder.

»Ich bin früh nach Hause«, murmle ich abwesend.

»Okay«, sagt er und kratzt sich verlegen über die drei Barthaare an seinem Kinn. »Hast du Ella gesehen?«

Ich verdrehe die Augen. »Nein! Ich war einfach … erschöpft.« Aus irgendeinem unerfindlichen Grund grinse ich bei diesem Satz. Immerhin führt es dazu, dass Bronx die Klappe hält und sich seinem Auflauf widmet.

»Habt ihr schon gehört?«, fragt Vin genervt seufzend und plumpst wie ein nasser Sack auf den Stuhl neben mir. »Der Coach hat ein Testspiel organisiert. Mit Tickets für einen guten Zweck.«

Ich hebe eine Augenbraue. »Das klingt doch gut. Warum bist du so gefrustet?«

»Weil es am 23. ist! Wer zur Hölle legt ein Testspiel mitten in die Woche – und dann auch noch vor Thanksgiving?«

Bronx zuckt mit den Schultern. »Passt mir gut. Ich hätte an dem Tag einen Test in Biochemie. Wenn die Gracen mich stattdessen ein Referat halten lässt, bin ich raus. – Habt ihr übrigens schon das neuste *Hexenjagd*-TikTok gesehen?« Bronx zieht sein Smartphone aus der Tasche und wischt hektisch darauf herum.

Vin runzelt die Stirn. »Nee, die find ich gruselig.«

»Gruselig? Die sind total abgefahren!«, antwortet Bronx. »Ehrlich, die Frau hat sie nicht mehr alle!«

»Wer?« Greg stellt zwei Tabletts auf den Tisch.

Ich hebe eine Augenbraue und sehe auf. Er zieht einen weiteren Stuhl heran, damit seine Freundin sich zwischen ihn und Dan quetschen kann. Großartig.

Ich lächle Betty zu, aber vermutlich sehe ich eher aus wie die Grinse-Katze aus Alice im Wunderland. Trotzdem erwidert sie das Lächeln. Und im Gegensatz zu mir wirkt es sogar ehrlich. Vielleicht ist sie doch gar nicht so übel. Immerhin ist sie mit Greg zusammen. – Und der entspricht weder von außen noch von innen dem klassischen Schönheitsideal eines zielstrebigen, durchtrainierten College-Traumtypen.

»Sakura.«

Bei der Erwähnung des Namens ziehe ich den Kopf ein. *Jun ... Was, wenn Ryder doch recht hatte?*

»Jemand hat ein neues TikTok geschnitten«, fährt Bronx fort. »Und dieses Mal sieht sie noch abgefahrener aus.«

Oh. Ein neues. Ich verdrehe seufzend die Augen.

»Juns Talent ist einzigartig«, stimmt Betty nickend zu.

»Einzigartig crazy!«, vervollständigt Bronx.

Betty runzelt die Stirn und flüstert Greg etwas zu, woraufhin er den Arm um ihre Schulter legt und ihr einen Kuss auf die Stirn drückt.

Allmählich begreife ich, warum die anderen es gehasst haben, wenn Ella und ich unsere Couple-Time am Mensa-

Tisch ausgelebt haben … Aus Zuschauerperspektive hasse ich es zugegebenermaßen auch.

Ich wende den Kopf ab und schiele hinüber auf Bronx' Smartphone, das er vor sich auf den Tisch gelegt hat.

Ich erkenne Jun kaum wieder. Denn Bronx hat recht: Sie sieht aus wie eine Verrückte. Sie spielt die Rolle so perfekt, dass man keine Sekunde lang zweifelt, dass sie wirklich vom Teufel besessen sein muss oder so was. Dabei bin ich mir ziemlich sicher, dass sie kerngesund ist. Trotz –

»Wenn man vom Teufel – oder der Hexe – spricht …«, murmelt Vin und blinzelt unter seinen dunkelbraunen Strähnen zur Essenausgabe.

Tatsächlich steht dort Jun, eine Hand in die Hüfte gestemmt, mit der anderen holt sie gerade eine Flasche Orangensaft aus dem Getränkekühler. Ich versuche ihre Körpermaße zu schätzen – aber tagsüber trägt sie häufig weite Kleidung. Schick, aber schlicht.

Ob sie bemerkt hat, dass ich hier sitze? Hätte sie etwas gesagt, wenn ja?

Und vor allen Dingen: Hätte sie gewusst, wer ich war? Vorgestern? Im Club? Wenn sie es gewesen wäre. Was sie nicht war.

Glaube ich.

Hoffe ich.

Fuck, dieses Rätselraten bringt mich noch um.

Als ich den Blick zurück zum Tisch wende, blinzelt Bronx zwischen seinem Smartphone und der realen Version von Jun hin und her. Dann legt er den Kopf schief und verkündet bedeutsam:»Heiß ist sie immer noch.«

Ich reibe mir mit der Hand über die Stirn, als Vin einwirft: »Frag sie doch nach einem Date.«

Ich öffne meinen Mund, um etwas zu sagen – dann geht mir auf, dass es für mich absolut nichts zu sagen gibt, und schließe ihn wieder.

Bronx verzieht das Gesicht. »Ich weiß nicht. Vögeln – okay. Aber Daten? *Urgh* ...« Er seufzt dramatisch. Als wäre es die schlimmste Vorstellung der Welt, einer Frau für zwei Stunden seine ungeteilte Aufmerksamkeit zu schenken.

Ich ersteche die Kartoffel auf meinem Teller. Aber sie ist so weich gekocht, dass sie auf dem Weg zu meinem Mund einfach zerfällt und ich nichts als Gabelzinken auf der Zunge habe.

»Jun datet nicht«, wirft Betty ein. »Ich schätze, sie wäre mit deinem Konzept durchaus einverstanden, Bronx.« Sie lächelt unsicher und wendet sich ihrem Teller zu. Sie ist klüger als ich – und verarbeitet ihre Kartoffeln von vornherein zu Brei. Aber als sie auch noch einen Schluck aus der Milch in ihrem Glas dazugibt, verzieht Vin angewidert das Gesicht, während Greg lacht und ihr einen Schmatzer auf die Wange gibt.

Ich weiß nicht, was mehr Diabetes verursacht – dieser Anblick oder die Softdrinks aus der Mensa. Ich sollte Regeln einführen: kein Knutschen beim Essen. Besser noch: gar keine Freundinnen beim Essen.

Scroooge.

Ich stehe seufzend auf, als Vin mir grinsend nachruft: »Ey, Leith, vielleicht wäre die was für dich. Du warst doch schon mit ihr auf der Gala. Dann kannst du ja auch versuchen sie flachzulegen.«

Ich werfe ihm einen Laserblick zu und sein Grinsen verblasst. Aber ich habe ohnehin kein Interesse daran, eine einzige Sekunde länger als nötig hierzubleiben.

Auf dem Weg in Richtung Ausgang passiere ich unweigerlich die Schlange an der Essensausgabe. Jun wirft mir einen Blick zu und lächelt flüchtig. Dann wendet sie sich wieder ihrem Tablett zu. Als wäre überhaupt nichts gewesen. Zwischen uns. Jemals.

Sie war es also nicht.

Garantiert nicht.

Niemals.

Oder?

»Welche Laus ist dir heute denn über die Leber gelaufen?«, fragt Ryder und wendet die Zigarettenschachtel in seiner Hand, bis er schließlich eine herauszieht und anzündet.

Ich grummle etwas Unverständliches, nehme ihm die Schachtel aus den Fingern, klopfe eine Zigarette heraus und halte sie ihm hin, damit er sie anzündet.

Ryder hebt eine Augenbraue. »Ich dachte, dazu ist dir deine Sportlerlunge zu schade.«

Ich nicke. »Aber es ist Off-Season.«

Er grinst. »Natürlich. Dann ist es ja egal …«

Ich ignoriere seinen Sarkasmus, nehme den ersten Zug und muss husten.

Ryder lacht.

Idiot …

Wir schweigen. Die einzigen Geräusche sind unser Atem und das Klacken der Absätze, die das Herannahen unserer

Professorin für Internationale Politik ankündigen. Als sie uns neben dem Eingang lehnen sieht, verlangsamt sie ihre Schritte, und ich rechne schon damit, dass ich meiner Zigarette verfrüht Lebwohl sagen muss. Stattdessen verzieht sie ihren Mundwinkel zu etwas, das durchaus ein Lächeln darstellen könnte, und zieht schwungvoll die Tür zum College auf.

Als ich mich zu Ryder umdrehe, um ihn zu fragen, was mit der los ist, liegt auf seinem Gesicht sein charakteristisches Grinsen.

»*Nein*«, sage ich gequält, »sag mir bitte, dass du nicht mit ihr geschlafen hast.«

Sein Grinsen vertieft sich und er zuckt mit den Schultern.

Ich seufze, lehne meinen Hinterkopf gegen den Backstein und nehme einen tiefen Zug von der Zigarette. »Wie machst du das, dass es dir so völlig egal ist?«

»Was ist mir egal?«

»Eigentlich alles – aber Sex im Speziellen.«

»Mir ist nicht *alles* egal«, korrigiert er in seiner üblichen kühlen Ehrlichkeit. »Ich weiß nur, was ich will. Und was ich nicht will. – Ich will Sex. Aber ich will weder Bindung noch Haus noch Hof und definitiv nie Kinder.«

»Nie?«

Er schüttelt den Kopf. »Nie.«

»*Wow*...« Ich verziehe das Gesicht und nehme einen letzten Zug von der Zigarette.

Er grinst und klopft mir im Weggehen auf die Schulter. »Keine Sorge, niemand hindert dich daran, das Boyd'sche Familienimperium weiter auszubauen und mit Ella 2.0 drei perfekte Kinder zu zeugen.«

Ich schnaube. »Kein Familienimperium und definitiv keine Ella 2.0.«

»Du willst nach der Law School nicht in die Kanzlei deiner Eltern einsteigen?«

Ich schüttle den Kopf. »Für das Praxissemester vielleicht. Fehler machen dürfen, Erfahrung sammeln, Tricks lernen. Aber danach?« Ich ziehe die Tür zum College auf. »Will ich was Eigenes. Ins Strafrecht. Wie du.«

Ich sehe aus dem Augenwinkel Ryder die Brauen heben. Kurz wirkt es, als wolle er etwas sagen, lässt es dann aber doch bleiben.

Wir haben den Raum für das Seminar in Nahost-Politik fast erreicht, als ich ihn frage: »Schließt du jede Form von Beziehung grundsätzlich aus? Von vornherein?«

Sein Mundwinkel zuckt und er legt den Kopf schief. »Leith Boyd, allmählich muss ich annehmen, dass du ernsthaft romantisches Interesse an mir hast.«

Ich lache und ramme ihm gleichzeitig meine Faust gegen die Brust. »Idiot. Beantworte einfach meine Frage.«

Sein Grinsen verschwindet. »Ja. Ich schließe es grundsätzlich aus.« Er zieht die Tür auf und schiebt mich in den kleinen Hörsaal. »Aber nicht alle Menschen sind gleich. Und Dinge ändern sich.«

11

JUN

Die Zeit fliegt. Halloween ist drei Wochen her, in zehn Tagen ist die Uraufführung von *Hexenjagd* und seit die TikToks durchs Netz gehen, ist der Kartenvorverkauf rasant in die Höhe geschossen. Unser Prof erwartet, dass es bei der Premiere mehr Zuschauer geben wird als auf der Gala – und das war unser bisher größtes Publikum. Zwar ist das LCU College for Acting eine angesehene Einrichtung, hat aber normalerweise lange nicht die Reichweite wie die Northwestern, geschweige denn die Julliard oder die Academy in New York, deren Premieren ein fester Termin in den Kalendern diverser Agenturen sind.

»Wenn du im Januar keinen Agenten hast, sind sie blind«, erklärt Carla auch gerade und beißt von ihrem *Snickers* ab. Inzwischen frage ich mich wirklich, wo sie die Dinger immer herhat.

Sie zaubert noch einen hervor und hält ihn mir unter die Nase. »*Snickers?*«

Ich schüttle den Kopf.

»Du solltest definitiv erwähnen, dass du mit *der* Sakura verwandt bist«, fährt sie fort. Als bereite ich mich längst auf ein Kennenlerngespräch mit den Agenten der großen Künstleragentur William Morris Endeavor vor.

»Das werde ich ganz sicher nicht tun«, murmle ich.

»Warum nicht?«

»Weil ich nicht meine Mom bin.«

Sie verdreht die Augen. Aber dann legt sie mir eine Hand auf den Unterarm und dreht mich zu sich herum: »Das weiß ich, okay? Und das weiß jeder, der dich nur ein einziges Mal erlebt, glaub mir. Aber in dieser Branche geht es um Verbindungen und Namen. Es geht darum, dass du einen Fuß in die Tür bekommst.«

Ich schüttle ihren Arm ab und schultere meine Umhängetasche. »Dazu brauche ich den Namen meiner Mutter nicht«, antworte ich und stehe auf.

»Jun!«

Ich werfe Carla einen Blick über die Schulter zu, scheitere an einem Lächeln und öffne die Tür zum Probenraum. Ich hatte ohnehin nur zehn Minuten Pause. Wegen der explodierenden Ticketverkäufe lässt Badgen uns noch mehr proben. Ich weiß nicht, was er damit bezweckt.

Ich spiele nicht besser, wenn ich übermüdet bin oder meine Kommilitonen mir durch ihr ständiges Gegacker den letzten Nerv bereits geraubt haben, bevor ich zurück auf die Bühne muss.

Als ich endlich in mein Auto steige, bin ich beides: übermüdet und erschöpft. Ich möchte nur noch ins Bett. Da morgen der letzte Tag vor Thanksgiving ist und ich meine einzige Vorlesung gleich in der ersten Stunde habe, ist es vielleicht gar keine schlechte Idee, früh schlafen zu gehen.

Der kleine Parkplatz vor unserem Haus ist leer und drinnen scheint kein Licht. Ich runzle die Stirn und stelle mein Auto sicherheitshalber in der kleinen Lücke am Rand ab. Vielleicht ist Steven mit den Kindern zu Mom gefahren, um sie über das Wochenende abzuholen. Hina ist inzwischen seit über zwei Monaten in der Reha und ich habe sie vier Mal besucht, davon drei Mal mit den Zwillingen.

Ich reibe mir übers Gesicht und ignoriere, dass ich dabei auch die allerletzten Reste meines Make-ups verschmieren werde, die den Tag bis hierhin überlebt haben. Aber ich verplempere weitere zwei Minuten damit, einfach nur im Auto zu sitzen und vor mich hin zu starren, bevor ich mich endlich aufraffe und aussteige.

Drinnen ist alles ruhig. Auf der kleinen Schlüsselkommode im Flur liegt ein Zettel von Alexandra, dass sie erst am Montagnachmittag wieder hier ist.

———

Ich wache mitten in der Nacht auf. Als ich ins Bett gegangen bin, war mir noch kalt. Jetzt ist der Raum stickig und warm von der Heizungsluft, mein Mund ist trocken und die Wasserflasche neben meinem Bett leer.

Ich seufze, schiebe meine Füße über die Bettkante und stehe auf. Im Flur lausche ich, aber das gesamte Haus wird beherrscht von Totenstille. An der Treppe schimmert das Flurlicht aus dem Erdgeschoss herauf und ich schlafwandle regelrecht darauf zu. Ich könnte das Bad im Obergeschoss benutzen, aber mir ist nach einem Glas Milch und vielleicht einer Banane, nachdem ich das Abendessen habe ausfallen lassen.

Am Treppenabsatz reibe ich mir übers Gesicht und tappe müde in die Wohnküche. Ich öffne den Kühlschrank und blinzle stirnrunzelnd auf die große Flasche Bourbon darin. Hat Steven ...?

»Jun.«

Ich zucke zusammen und fahre ruckartig herum, eine Hand auf mein pochendes Herz gepresst, als könne ich es so davon abhalten, vor lauter Panik aus meiner Brust zu springen.

Steven lächelt schmallippig. Seine Augen sind leer und das Glas vor ihm auf dem Tisch ist halb voll. Ich habe ihn beim Hereinkommen überhaupt nicht bemerkt. Ich war müde und unachtsam und der Schatten des Flurlichts hat die Hälfte seines Körpers verschluckt.

Ich verfluche meinen Fehler – mich und alle meine Fehler –, als Steven aufsteht und auf mich zukommt.

Meine Mom ist eine große Frau. Und Steven nicht der Typ Mann, der es ertragen könnte, eine Frau an seiner Seite zu wissen, die größer ist als er. Er überragt mich um mehr als einen Kopf.

Das hellblaue Hemd unter seinem Sakko ist zerknittert und er stinkt nach zu viel Bourbon, zu viel Parfüm und zu viel Schweiß nach einem langen Tag. Seine hellblonden Haare sind zerzaust. Die Hülle aus Perfektion ist dahin.

»Wo sind Vanity und Nyte?«, frage ich und verachte das Zittern in meiner Stimme.

»Bei meinen Eltern.« Er lächelt und streckt eine Hand nach mir aus, aber ich weiche vor ihm zurück. Mein Blick fliegt zu dem Messerblock auf der Anrichte. Auch wenn es Unsinn ist. Er ist mir gegenüber nie gewalttätig geworden.

Er hat es bemerkt und lacht.

Er lacht, weil ich ihm gezeigt habe, dass ich Angst vor ihm habe.

Ich beiße mir auf die Zunge und hebe den Kopf.

Er sagt: »Du bist die Einzige, die in einem Pyjama noch aussieht, als trüge sie eine verdammte Tiara auf dem Kopf.«

Ich begehe den nächsten Fehler und blicke an mir herab.

Ich trage eine lange Hose und ein dünnes Top. Ohne BH. Und mir ist kalt.

Ich verschränke die Arme vor der Brust und weiche einen letzten Schritt zurück. Was dumm ist, weil es ihm noch mehr Spielraum gibt. Noch mehr Raum, auf mich zuzugehen und mich in die Enge zu treiben.

Ich sollte ihm in die Augen sehen, aber ich schaffe es nicht. Stattdessen mustere ich sein Gesicht. Sonst so perfekt und gepflegt, wirkt es jetzt verlebt. Alt. Faltig. Verdorrt.

Er hebt die Hand, ich pralle mit dem Rücken gegen die kalte Kühlschranktür und seine schwitzigen Finger landen an meiner Wange.

Ich winde mich aus der Berührung.

Die Panik droht, mich zu erwürgen. Ich balle meine Hände zu Fäusten und zische: »Fass mich nicht an.«

Sein Lächeln ist beinahe zärtlich. Bis sein Blick fällt und es schamlos wird.

Ich schubse ihn von mir. Was mich Kraft kostet, lässt ihn kaum einen halben Schritt zurückweichen. Aber ich sehe den Zorn in seinen Augen. Und kurz darauf spüre ich ihn an meinem Arm. Er hält mich fest und schüttelt mich. Er presst seinen Körper an meinen. Seinen gesamten steifen Körper.

Ich spüre seine Lippen auf meinem Gesicht. Für den Bruchteil der Sekunde, die ich zu langsam war.

Ich zerre und reiße an meinem Arm. Und es kann sogar sein, dass ich schreie. Ich wüsste es nicht. Denn die Panik in meinem Körper hat die Oberhand gewonnen. Beinahe bin ich ihr dankbar dafür. Sie ist im Moment stärker, als ich es bin. Sie zögert nicht, sondern lässt mich zu dem Messerblock hasten.

Während ich noch Angst habe, die Klinge könne mir aus den schweißnassen Fingern rutschen, hat meine Panik ihm längst bewiesen, dass sie kein Zaudern zulassen würde. Dass sie es ernst meint. Dass sie mich ihm das Messer ins Herz rammen lassen würde, käme er nur einen einzigen Schritt näher.

Er weicht zurück. Er brüllt und beschimpft mich und tastet nach dem Schnitt in seinem Gesicht, dem dünnen Rinnsal, das ihm wie eine Träne die Wange hinabläuft.

Ich lasse das Messer fallen, als mir bewusst wird, was ich getan habe. Und was ich tun würde, wenn es noch eine Sekunde länger in meinen Händen verbleibt.

Ich drehe mich um und renne. Ich renne blind in mein Zimmer, knalle die Tür hinter mir zu – und als ich das Metall des Schlüssels unter meinen Fingern spüre, weiß ich, dass ich hier nicht sicher bin.

»Gute Nacht, Jun. Träum was Süßes ...«, höre ich wieder seine Stimme im Ohr, eine versteckte Drohung jedes Mal.

Meine Sicht verschwimmt und ich fürchte, dass meine zitternden Knie unter mir nachgeben könnten. Also ignoriere ich sie. Denn ich ignoriere alle meine Schwächen.

Ich stolpere zum Schrank, packe willkürlich Sachen in meine Collegetasche, bis sie überquillt, und haste aus dem Zimmer.

Oder jedenfalls will ich das tun.

Aber Steven steht im Flur. Direkt vor mir. Breitbeinig und die Hände in die Hüften gestemmt.

Er hält nichts in seinen Händen. Aber meine Panik verflucht mich dafür, dass ich sie nicht habe gewähren lassen – dass ich nicht wenigstens das Messer mit mir genommen habe. Ich habe nichts. Gar nichts. Außer einer Tasche voller weicher Klamotten und niemanden, zu dem ich gehen könnte.

»Jun.« Steven lächelt und streckt mir die geöffneten Handflächen entgegen. »Lass uns doch vernünftig sein.«

Ich weiß, dass ich unter normalen Umständen gelacht hätte. Aber das hier sind keine normalen Umstände mehr. Das hier ist so weit jenseits von normal, dass ich mich übergeben möchte.

Ich mache erst einen Ausfallschritt nach links und renne dann rechts an ihm vorbei. Das erste Mal in meinem Leben bin ich dankbar für Basketball als Wahlpflichtfach in der Highschool.

Ich spüre seine Finger auf meiner nackten Haut, aber er vermag es nicht mehr, mich zu greifen. Ich renne die Treppe hinab, ins Foyer, und reiße die zweite Schublade der kleinen

Kommode auf. Portemonnaie, Autoschlüssel. Und ganz hinten spüre ich das harte Plastik des Tasers unter meinen Fingern. Er liegt immer hier – es sei denn, ich habe ihn spät nachts auf einer Party dabei.

Ich wirble herum, als ich Stevens Schritte die Treppe hinunterdonnern höre. Blind leere ich die Schublade, haste zur Tür und knalle sie hinter mir zu.

Mein Honda steht noch immer dort. In der Einfahrt. Und ich war nie so glücklich, ihn nicht in der Garage geparkt zu haben.

Ich steige ein, im selben Moment, als Steven die Haustür aufreißt. Ich zünde den Motor und fahre los.

Steven ruft mir etwas nach. Eine letzte Lüge, ein letztes: »Jun, ich würde dich doch nie verletzen, dazu bedeutest du mir zu viel.«

Ich habe nicht darauf geachtet, wohin ich fahre. Also hat mich meine Intuition an den einzigen Ort geführt, der mir vertraut ist.

Wo ich mich sicher fühle.

Ich stehe auf dem menschenleeren Campus-Parkplatz.

Meine Stirn sinkt aufs Lenkrad und ich fange an hoffnungslos zu heulen wie ein kleines Mädchen.

Keine Ahnung, wie lange ich so dahocke. Ein Häufchen Elend hinter dem Lenkrad eines kleinen, dunkelgrünen Hondas.

Bis ich mich aufsetze, meine Tränen vom Gesicht wische und in meiner Tasche nach einem Pullover und meinem Smartphone krame.

Es ist zwei Uhr nachts. Ich schreibe eine SMS an Carla in dem Bewusstsein, dass sie diese vermutlich erst in der Morgensonne New Mexicos lesen wird. Carla ist gestern gleich nach der Vorlesung nach Hause gefahren, damit sie mit ihrer Familie den Spätflug zu *Abuela Adriana* – ihrer Oma – nehmen kann. Wie jedes Thanksgiving. Und wie jedes Thanksgiving hat sie mich eingeladen, mitzukommen. Und wie jedes Thanksgiving – bis aufs allererste, vor zwei Jahren – habe ich abgelehnt. Ich liebe ihre Familie. Sie haben mich behandelt wie ihr eigenes Kind. Wie ein wahres eigenes Kind. Und deswegen ertrage ich es nicht, hinzufahren.

Ich scrolle durch meine Kontaktliste, obwohl ich weiß, dass es sinnlos ist. Ich habe einen Sport daraus gemacht, Menschen von mir zu stoßen. Weil ich ihnen nicht vertraue.

Schon wieder steigen Tränen in mir auf. Und mit ihnen die Bilder.

Ich brauche Booze. Viel Booze. Und eine Dusche.

Ich fahre das Auto auf den großen Parkplatz vor den Sportanlagen und bete, dass die Schlüsselkarten auch nachts funktionieren. Und tatsächlich habe ich Glück. Das automatische Türschloss zur Turnhalle summt und ich werde eingelassen.

Meine Schritte hallen durch das gesamte Gebäude, so leer und still ist es.

Die Umkleidekabinen riechen nach ihrer üblichen Mischung aus abgestandenem Schweiß und Deo. Die Waschräume sind eiskalt. Aber es ist mir gleich.

Ich streife den Pyjama ab, werfe ihn in den Müll und stelle mich unter den heißen Wasserstrahl.

12

LEITH

Fuck, bin ich müde. Trotz des On-off-Napping auf dem Weg zurück vom Benefizspiel gegen die Jungs von der Penn State bin ich total erledigt.

Wir haben gewonnen. Knapp.

Und für die ersten eineinhalb, zwei Stunden Fahrt war es genug Glücksgefühl, um uns wachzuhalten.

Aber auf der letzten Hälfte der Strecke muss ich Bronx alle zehn Minuten davon abhalten, auf meine Trainingsjacke zu sabbern. Bei den anderen sieht es nicht viel besser aus. Der gesamte Bus ist still. Sogar als der Coach gegen zwei Uhr ankündigt, dass wir in einer knappen halben Stunde zurück auf dem Campus sind, regt sich kaum jemand.

Greg hat schon vor über einer Stunde seine kleine Betty säuselnd ins Traumland verabschiedet und ein Teil von mir erholt sich immer noch von dem Telefongespräch. Ganz ehrlich, dem Kerl täte ein bisschen Schamgefühl wirklich gut. Denn ich bezweifle, dass Betty es gutheißen würde, dass der gesamte Bus der Goldens über ihre Bettgehrituale Bescheid weiß – inklusive des nicht jugendfreien Teils ... Und vor allen Dingen wollte *ich* es nicht wissen.

Ich verdrehe die Augen und kicke Bronx diskret in die Seite. Woraufhin er sich aufsetzt, blinzelt, nach rechts kippt und weiterschläft. – Nur dass er seinen Sabber dieses Mal auf Vin verteilt. Da der genauso pennt, ist es ihm egal. Und mir auch.

Knapp zwanzig Minuten später erreichen wir den Campus. Um diese Zeit ist er wie ausgestorben. Da morgen theoretisch noch Vorlesungen stattfinden, sind die meisten vermutlich schlafen – und alle, die beabsichtigen zu schwänzen, sind längst auf dem Weg zu ihren Familien beziehungsweise dort angekommen.

Wir Goldens sind die letzten Idioten auf den Beinen. Weil unser Coach uns zwei Tage vor Thanksgiving und mitten in der Off-Season auf ein Benefiz-Auswärtsspiel geschleift hat ... Whatever. Nächstes Jahr an der Law School werde ich es vermissen, Zeit für die schönste Nebensache der Welt zu haben. – Nein, nicht Sex. Baseball.

Ich seufze, als der Bus mitten auf dem Parkplatz zum Stehen kommt. Irgendwo links hinter mir steht ein einsamer, klappriger Honda im Schatten der Turnhalle. Ich hebe eine Augenbraue, weil niemand aus dem Team so ein Ding fährt. Außer mir gibt es sowieso nur noch zwei andere, die nicht auf dem Campus wohnen. Bronx ist einer von ihnen, weswegen ich ihn endgültig aus seinem feuchten Traum erwecke und in Richtung Bustür schleife.

»Wir sind da, alter Mann«, erkläre ich ihm, »lass uns die Sachen holen und dann verschwinden.«

Bronx murrt irgendwas, dann blinzelt er und stolpert in die kalte Nachtluft. »*Fuck*«, murmelt er und tastet seine Klamotten ab. Wir tragen alle noch die lange Trainingskleidung vom College und ich will mich wenigstens umziehen, bevor ich nach Hause fahre. Eine zweite Dusche wäre angesagt, aber die verschiebe ich. Morgen noch mal ins College zu gehen, gehört ohnehin nicht zu meinem Plan. Ich werde schön blaumachen und am Nachmittag gemütlich zu meinen Eltern fahren. Es erwartet ohnehin keiner, dass irgendwer aus dem Team noch zu einer Vorlesung antanzt. Außer Vin. Der Typ ist ein kleiner Streber. Es sei ihm gegönnt.

»Hast du mal 'nen Dollar? Für den Kaffeeautomaten?«, fragt Bronx, nachdem er zwar sein Portemonnaie, aber kein Geld darin gefunden hat.

Ich nicke und reiche ihm zwei Scheine.

Er trottet schon zur Turnhalle, während ich mich noch knapp vom Coach und den anderen verabschiede, die in Richtung ihrer Wohnheime verschwinden.

Drinnen empfängt mich Wärme und das leise Rauschen der Duschen. Bronx hat offensichtlich beschlossen, dass eine kalte Dusche doch effektiver ist als die braune Suppe aus dem Automaten.

Nur dass Bronx an seinem Schließfach steht, als ich um die Ecke biege. Ich runzle die Stirn und krame den Schlüssel aus der Hosentasche. »Ist das Jackson da in der Dusche?«

Bronx zuckt mit den Schultern. »Keine Ahnung. – Ich hole mir einen Kaffee und mach die Biege.«

Ich unterdrücke ein Gähnen und nicke. »Kommst du klar? Du siehst verdammt müde aus. Ich kann dich mitnehmen.« Er grinst und stellt sich im Vorbeigehen auf die Zehenspitzen, um meine Locken zu zerzausen. Ich hasse es, wenn er das tut.

»Mach dir keine Sorgen, Boyd. Ein Kaffee, und die zehn Minuten nach Hause schaffe ich schon.« Er wendet sich ab, hebt eine Hand zum Gruß und verschwindet. Fünf Sekunden später höre ich das laute Ruckeln unseres Uraltkaffeeautomaten im Foyer.

Ich hole meine Sachen aus dem Spind, stopfe alles in meine Tasche und laufe aus reiner Gewohnheit hinüber zu den Umkleiden, auch wenn ich mich genauso gut hier umziehen könnte.

Als ich dort ankomme, ist die Dusche verstummt. Aber außer mir ist niemand hier. Kein Geräusch. Nichts.

Ich runzle die Stirn und gehe hinüber in die Waschräume. Gähnend leer. *The Fuck?*

Wahrscheinlich halluziniere ich vor lauter Müdigkeit bereits. Ich gehöre so was von ins Bett. Bronx' Idee mit dem Kaffee ist vielleicht gar nichts so übel – auch wenn die Plörre aus dem Automaten widerlich ist.

Ich schließe den letzten Knopf meines Button-ups und ziehe den Mantel über, dann schnappe ich mir meine Duffle Bag und trete zurück auf den Flur – im selben Moment, in dem die Tür zu den Damenumkleiden aufschwingt.

Ich erstarre, als ein schlanker Schemen sich wie ein Einbrecher aus dem Rahmen windet und an der Wand entlangschleicht.

Ich weiß, wer das ist. Theoretisch. Aber die Gestalt dort – der gesenkte Kopf, die gebeugte Haltung, die hochgezogenen Schultern, das Umklammern der Umhängetasche. Sie hat keine Ähnlichkeit mehr mit der Jun, die ich kenne. Es ist wie ein unbekannter Zwilling aus einem Paralleluniversum.

Und was zur Hölle macht sie um diese Zeit in der Turnhalle? Ich meine: Ganz offensichtlich war sie der Grund für das Wasserrauschen aus den Duschen – aber warum?

Ich beschleunige meinen Schritt – und erst jetzt scheint sie zu bemerken, dass sie nicht allein ist. Sie zuckt zusammen und drängt sich gegen die Wand, bevor sie sich zu mir umdreht und mich mit geweiteten Augen ansieht.

Es ist das erste Mal, dass ich Jun völlig ohne Make-up sehe. Dabei ist es kaum ein Unterschied. Nur blass sieht sie aus, ihre Augen sind rot umrändert, und die Konturen ihres Gesichts scheinen stärker hervorzutreten: die hohen Wangenknochen, das spitz zulaufende Kinn, der markante Unterkiefer.

Ich habe ihre Mom gegoogelt, weil ich ein neugieriger Bastard bin. Und damals habe ich geglaubt, dass sie ihr ähnlich sehe. Weil ich angenommen habe, dass Juns Vater Japaner ist. Aber ich beginne, diese Annahme zu überdenken, und wünschte, ich könnte sie danach fragen – gleichzeitig weiß ich, dass sie es mir nie beantworten würde. Schon gar nicht jetzt. Denn mit jeder Sekunde, die ich länger hier stehe und sie anstarre, kann ich zusehen, wie sie ihre meterdicken Mauern aus Eiseskälte und Herablassung wieder errichtet. Eine Schicht nach der anderen.

Am Ende sind die einzigen Zeugen ihrer Schwäche die

Blässe in ihrem Gesicht, die Unruhe ihrer Fingerspitzen und die völlige Leblosigkeit ihrer Augen. Die Leidenschaft darin habe ich als so selbstverständlich an ihr wahrgenommen, dass ich erst jetzt bemerke, wie weh mir der Anblick tut, wenn sie fehlt.

»Was willst du, Boyd?«

Dass sie meinen Nachnamen wählt, erschüttert mich. Ich hatte angenommen, dass der Eröffnungsball und die Tatsache, dass ich da war, als sie mich gebraucht hat, uns auf eine Stufe gestellt hätten. Dass ich es ihr zumindest wert wäre, beim Vornamen genannt zu werden.

Aber irgendein Teil von mir – begreift. Begreift, dass es hier nicht darum geht, wer ich bin. Oder wie sie mich sieht. Sondern darum, wer *sie* ist. Dass ich sie in einem Moment erwischt habe, in dem sie sich verletzlich fühlt und schwach. Und das Einzige, was sie jetzt noch aufrecht hält, ihr Stolz ist.

»Wir hatten ein Benefizspiel in Pennsylvania und sind gerade erst zurückgekommen. Ich habe mich umgezogen und die Dusche gehört«, erkläre ich sachlich. Aber mir gefällt mein eigener Tonfall nicht. Weil meine Enttäuschung darin mitschwingt.

Jun reckt das Kinn. »Hast du gewonnen?«, fragt sie. Und sie vermag es sogar, spöttisch zu klingen. Irgendetwas in mir empfindet eine nahezu krankhafte Bewunderung für diese Frau. Sie sieht aus, als hätte sie jemand zerstört. Aus hundert Metern Höhe achtlos fallen gelassen. Und dennoch steht sie vor mir und sieht mich an, als wäre ich ein trotziges Kind.

Und weil ich nicht anders kann, spiele ich ihr kleines Spiel mit. Nur für diesen einen Moment. Ich zucke mit den Schultern und antworte grinsend: »Durchaus möglich.«

»Gut für dich.«

Ich nicke und erwarte, dass sie sich abwendet. Weil ich weiß, dass sie es getan hätte – in jeder anderen Situation hätte sie es getan. Aber sie tut es jetzt nicht.

Ich deute mit dem Kinn in Richtung Ausgang, als sei es selbstverständlich, dass wir die Turnhalle gemeinsam verlassen, und tatsächlich setzt sie sich neben mir in Bewegung. Zögerlich und hölzern, aber sie tut es.

»Ich wollte einen Kaffee trinken, bevor ich nach Hause fahre«, lüge ich. »Willst du einen? Bei der Gelegenheit kannst du mir erzählen, was du nachts um drei in meiner Turnhalle machst.«

»Es ist nicht *deine* Turnhalle, Boyd«, erwidert sie. Und dieses Mal bringt mich der Nachname zum Lachen. Weil sie bei dem Satz die Augen verdreht hat und in ihrem Mundwinkel ein Grinsen lauert. Es ist spöttisch und es ist klein. Aber es ist ehrlich. Und das ist alles, was zählt.

Als wir ins Freie treten, kapiere ich endlich, wessen Honda es ist, der dort nur wenige Meter entfernt parkt. Aber ich will nicht, dass sie allein in ein Auto steigt – nicht jetzt. Nicht in diesem Zustand. Und mein Wagen fällt flach. Das würde sie nicht mitmachen. Also nicke ich in Richtung Hauptstraße. Sie verbindet den Campus mit dem Hafen auf der einen und der Verbindung in Richtung Boston auf der anderen Seite – und selbst nachts um drei bekommt man in einer der zahlreichen Studentenkneipen noch einen guten Kaffee.

Ich sehe, wie sie zögert, aber sie folgt mir ein weiteres Mal. Aus irgendeinem Grund triumphiert etwas in mir bei der Erkenntnis. Als hätte ich etwas gewonnen, weil die »Eishexe«, wie sie neuerdings auf dem Campus betitelt wird, mir mitten in der Nacht in ein 24-Stunden-Cornercafé folgt ...

Das *9up* ist die versiffteste Kneipe der ganzen Straße – und gleichzeitig legendär, weil hier praktisch jeder Student der LCU früher oder später mal seine Übermüdung mit einer Extradosis Koffein heruntergespült hat. Wie wir gerade.

»Wie trinkst du deinen Kaffee?«, frage ich.

Es ist merkwürdig. Ich habe mit dieser Frage immer schon das Gefühl gehabt, etwas Persönliches über jemanden zu erfahren. Als ob es eine tiefere Bedeutung hätte, wie viel Zucker man in seinen Kaffee schaufelt.

»Schwarz«, antwortet Jun. Natürlich. Ich bin nicht einmal überrascht. Bis: »Mit Ahornsirup.«

Ich lache, weil ich glaube, dass es ein Scherz sei. Aber sie bleibt ernst. Und der Typ hinter der Bar nickt knapp, als hätte er die Bestellung schon hundert Mal so aus ihrem Mund gehört.

Ich runzle die Stirn und murmle: »Meinen mit Milch und Zucker, bitte.«

Kurze Zeit später wird uns ein kleines Tablett zugeschoben, mit zwei Bechern Kaffee, abgepackter Milch und zwei Würfeln Zucker darauf.

Ich nehme das Tablett entgegen und bedeute Jun, sich einen Tisch auszusuchen. Sie wählt eine abgeschiedene Ecke mit Sofa und lässt sich erschöpft daraufsinken. Ihr Rücken ist kerzengerade und die Schultern angespannt, aber es wirkt, als koste die Haltung sie unnatürlich viel Kraft.

Ich setze mich auf den Stuhl am Kopf des Tisches, weil ich es hasse, auf gepolsterten Bänken sitzen zu müssen, und fürchte schon, ihren Sirupkaffee nicht von meinem unterscheiden zu können und ein geschmackliches Trauma erleiden zu müssen. Aber Jun zieht eine der Tassen zu sich heran, riecht daran und schiebt sie mir zu, bevor sie die andere vor sich hinstellt.

»Schlau«, kommentiere ich – ganz offensichtlich weniger intelligent.

Sie zuckt nur mit den Schultern und nippt an ihrem Kaffee.

Tatsächlich weht die herbe Sirupnote bis zu mir hinüber, und ich kann nicht einmal behaupten, dass es sonderlich eklig wäre. Es ist ein angenehmer Geruch, der sich mit Juns Apfelduft mischt. Ihre Haare sind noch feucht. So unfrisiert umgeben sie ihren Kopf wie ein schwarzer Wasserfall, und ich muss mich beherrschen, die Hand nicht danach auszustrecken und eine der Strähnen zwischen meinen Fingern zu zwirbeln.

Ich blinzle auf meinen Kaffee, als Jun fragt: »Warum wohnst du nicht auf dem Campus?«

Ich sehe überrascht auf. Dann runzle ich die Stirn und starre erneut auf meinen Kaffee. »Ich wollte unabhängig sein.«

Als ich den Blick wieder hebe, kann ich sehen, wie ihre Miene meine Lüge abfällig mit »Bullshit« kommentiert, und ich fahre mir über die Wangen. Ich hab mich heute Morgen rasiert, aber die ersten Stoppeln kratzen unsanft über meine Fingerspitzen. Seufzend lehne ich mich im Stuhl zurück und erkläre:»Ella. – Ich wollte ... Keine Ahnung, ich dachte, wir könnten in eine Wohnung ziehen und es bräuchte einfach nur jemanden, der den ersten Schritt macht und eine eigene Wohnung hat.« Ich verziehe das Gesicht in der Erinnerung.

»Du hättest sie auch einfach fragen können.«

Ich muss lachen. Auch wenn es nicht witzig ist.»So war – oder ist? – Ella nicht. Sie hätte Nein gesagt, weil sie es sich nicht hätte leisten können und nicht wollte, dass ich Ausgaben habe. Dass mir das total egal war ...« Ich zucke mit den Schultern.

Jun mustert mich. Das Gefühl ihres intensiven Blickes auf meiner Haut lässt mir die Haare zu Berge stehen, und ich weiß nicht, ob auf gute oder schlechte Art. Vielleicht weder noch. Oder beides.

»Du bist so ein Familienmensch«, sagt sie,»so jemand mit Haus und Hof und Hund und drei Kindern.«

Ich ziehe die Nase kraus.»Warum sagt das jeder über mich?«

Jun zuckt mit den Schultern.»Weil es stimmt.«

»Und das ist schlimm?«

Sie schüttelt den Kopf.»Ich wäre manchmal gern so jemand«, sagt sie unbestimmt und ich ziehe überrascht die Augenbrauen hoch.

»Dein Ernst?«

Sie sieht weg und ich fürchte schon, einen Fehler gemacht zu haben und dabei zusehen zu müssen, wie Jun eine weitere ihrer Mauern vor mir aufbaut. Sie tut es nicht. Aber sie sagt auch sonst nichts. Und die Stille kriecht meinen Rücken hinauf und zieht und zerrt an mir wie eiskalte Herbstluft an trockener Haut.

»Warum bist du nicht ... zu Hause?«, frage ich leise, und obwohl ich ihr Gesicht sehen will – ihre Reaktion, den Ausdruck in ihren Augen –, zwinge ich mich dazu, stattdessen die Milchdöschen zu öffnen und in den Kaffee zu kippen. Ich zerquetsche missbilligend das Plastik zwischen meinen Fingern und lasse es auf das Tablett fallen.

»Wir hatten einen Streit. Steven und ich.«

Ich nicke zögerlich und hoffe, dass sie weiterspricht. Als das ausbleibt, frage ich: »Und ... deine Mom?«

Sie lacht. Ich habe sie oft kalt lachen hören. Aber dieses Mal friert das Geräusch mir das Herz zu, bis es wehtut.

Als ich sie ansehe, fragt sie: »Kennst du die Gerüchte nicht?«

»Ich interessiere mich nicht für Gerüchte.«

Sie hebt eine Braue. »Ach nein?«

Ich schüttle den Kopf.

Jun wendet den Blick ab und erklärt: »Hina ist in einer Entzugsklinik. Seit bald drei Monaten.«

Sie spricht über ihre Mutter wie über einen beliebigen Bekannten. Ich kann nicht verhindern, dass meine Stimme hölzern klingt, als ich murmle: »Deswegen passt niemand auf Vanity und Nyte auf.«

Sie nickt. »Es gibt eine Nanny. Aber auch die hat mal frei. Und es gibt mich. – Und natürlich ihren Vater.«

»Warum hast du keine eigene Wohnung, wenn es so ... schwierig ist?«

Sie schnaubt. »Aber sie lieben mich doch, Leith. Wie könnten sie es zulassen, dass ich woanders leben würde?«

Der Satz erstickt mich auf eine Art, die ich nicht erklären kann. Und anstelle einer Antwort greife ich stumm nach meiner Tasse Kaffee und trinke.

»Komm mit mir«, sage ich zu der Tasse, als ich deren Grund sehen kann.

Weil Jun nicht sofort antwortet, sehe ich zu ihr auf. Ich sehe sie zögern – aber ich sehe sie auch mein Angebot in Betracht ziehen.

Dann legt sie einen Fünf-Dollar-Schein auf den Tisch und nickt. »Okay.« Sie blickt mir bei dem Wort direkt in die Augen, reckt das Kinn, und ich bin mir nicht sicher, was ich von dem Ausdruck halten soll.

Ich werde mich spätestens auf dem Weg zu meinen Eltern dafür hassen, darauf bestanden zu haben, Jun in meinem Wagen mitzunehmen und sie morgen zurück auf den Campus zu bringen. Denn, ja, es wäre albern, mit zwei Autos zu meiner Wohnung zu fahren, noch dazu, wo ich immer noch Sorge um Juns Zustand habe. – Aber, auch ja: Sie riecht so fucking awesome. Und dieser Duft wird morgen die gesamte Fahrt zu meinen Eltern dieses Auto beherrschen, während sie längst nicht mehr da ist.

Fuck me. Ich setze für Erbärmlichkeit neue Maßstäbe ...

Ich verdränge den Gedanken und atme erleichtert die frische Nachtluft ein, als ich endlich vor dem Mehrfamilienhaus aus dem Auto steige. Es ist nicht groß, nur vier Parteien, die sich am Rand von Lorcastle einen Garten in guter Lage teilen.

Ich hätte mich mit etwas Preisgünstigerem begnügt, aber erstens haben meine Eltern das Geld und zweitens wollte ich, dass Ella sich hier wohlfühlen würde. Der Gedanke kommt mir jetzt fremd vor. Weil ich gewusst habe, dass sie nie einwilligen würde. Keine Ahnung, was ich Vollidiot mir dabei gedacht habe. Ich habe die letzten zwei Jahre einer heilen Welt nachgeeifert, die so wohl nie existiert hat.

Ich reibe mir mit den Handballen über die müden Augen und schließe die Haustür auf. Jun folgt mir in kurzem Abstand. Sie hält noch immer ihre Tasche umklammert. Es ist dieselbe, die sie im College immer dabeihat, nur dass sie jetzt vollgestopft ist mit Klamotten. Sie hatte wirklich nie vor, diese Nacht wieder nach Hause zu fahren. Oder irgendeine andere Nacht. Und die Tatsache, dass sie in den Umkleiden der Turnhalle geduscht hat, lässt keinen Zweifel offen, dass sie niemanden hat, den sie hätte fragen können. Ich weiß, dass sie eine beste Freundin hat, aber übermorgen ist Thanksgiving. Wenn ihre Familie nicht in Lorcastle wohnt, ist sie vermutlich längst dorthin abgereist.

Die Vorstellung, dass Jun womöglich die Nacht im Auto verbracht hätte, stellt mir die Nackenhaare auf.

Fuck. Am liebsten würde ich sie das gesamte Thanksgiving-Wochenende über in meine Wohnung sperren. – Egal, wie irrational das ist. Es würde mich beruhigen, sie an einem sicheren Ort zu wissen.

Stattdessen schiebe ich sie sanft in den Flur meiner Wohnung, schließe hinter mir die Tür und lasse den Schlüssel stecken. »Es ist nicht ... riesig. Aber es ist genug«, murmle ich, »Schlafzimmer ist die hintere Tür links, Bad gegenüber.«

Ich nehme ihr den Mantel ab, und sie zieht sich den dicken Winterpullover aus, während sie den Flur hinuntertappt, bis sie neben der Schlafzimmertür zögernd stehen bleibt. Jetzt trägt sie nur noch ein dünnes Shirt, das sich an jede Kurve ihres Körpers schmiegt. Der Anblick erinnert mich an etwas. Und als ich begreife, was es ist, bleibt mir das Herz für zwei schmerzhafte Sekunden stehen.

Ich hatte diesen Abend verdrängt. Ich wollte vergessen, was passiert war. Und vor allen Dingen wollte ich Ryders dumme Andeutungen vergessen. Jetzt schnürt mir die Erinnerung an seine Sätze die Kehle zu. Was ist, wenn er doch recht hat? Wenn sie es gewesen ist. Dieses Mädchen, das gerade im Rahmen meiner Schlafzimmertür steht.

Ich versuche mich an einem Lächeln, aber es fühlt sich spröde an auf meinen Lippen.»Fühl dich wie zu Hause.«Meine Stimme sackt mitten im Satz eine halbe Oktave nach unten und ich wende den Blick von ihr ab, bevor mein Gehirn weitere Überlegungen darüber anstellen kann, dass ich möglicherweise die unbekannte Cinderella vor mir habe, die mich vor drei Wochen halb um den Verstand geküsst hat. Nur um mich anschließend halb nackt auf einem Clubsofa zurückzulassen ... Ob es nun tatsächlich Jun gewesen ist oder nicht: Ich habe sie eingeladen, damit sie einen Platz zum Schlafen hat – einen, der mich nicht mit einschließt.

Sie wirft mir einen langen Blick zu und öffnet die Tür meines Schlafzimmers. Die Bewegung ist zu langsam, und der Ausdruck in ihren Augen verdunkelt sich mit jedem Zentimeter, den die Tür weiter aufschwingt; Jun sieht mich an, wie man einen Händler ansieht, der für eine Ware einen zu hohen

Preis verlangt. Meine Finger gefrieren um den Stoff ihres Mantels. Ich öffne den Mund, um etwas zu sagen, und bekomme keinen Ton heraus. Was sollte ich ihr auch sagen?

Hey, nur für den Fall, dass du dachtest, ich hätte dich nur hierher eingeladen, um Sex mit dir zu haben, liegst du falsch – nicht, dass ich nicht darüber nachdenken würde, aber bisher habe ich mir immer erfolgreich eingebildet, kein solches Arschloch zu sein?

Ich reiße mich aus meiner Starre und hänge den Mantel an den Haken. »Ich suche dir gleich Handtücher raus. Wenn du sonst noch irgendwas brauchst, klopf einfach an«, sage ich und deute auf die Wohnzimmertür gleich links von mir.

Ich entscheide mich doch noch dafür zu duschen. Weil ich das Gefühl habe, Juns Blick von meiner Haut spülen zu müssen – und bei der Gelegenheit am besten auch gleich die abgefuckten Gedanken aus meinem Hirn. Aber das eigentlich Schlimme ist nicht einmal, dass ich sie habe – denn mal im Ernst: Jun hat einen fantastischen Körper, und vermutlich wäre endgültig irgendetwas mit meiner Libido nicht in Ordnung, wenn bei diesem Anblick nicht hin und wieder mal mein Kopfkino anspringen würde. Was mich wirklich wurmt, ist, dass Jun annimmt, ich würde dem nachgeben. Dass sie womöglich schon im Coffeeshop meine Einladung angenommen hat in der Erwartung, mit mir Sex haben zu müssen. Und dass sie es vielleicht sogar getan hätte.

Ich stelle das Wasser wärmer, als ich sollte. Jeder einzelne Tropfen beißt auf meiner Haut, während der Rest des Raumes eiskalt ist.

Ich brauche nur zehn Minuten und trotzdem ist jede glatte Oberfläche im Badezimmer beschlagen. Ich putze mir die Zähne, kippe das Fenster und lasse mich von der Kälte aus dem Raum treiben.

Auf dem Flur ist es totenstill.

Im Wohnzimmer werfe ich der Couch einen aufmunternden Blick zu. Sie ist nicht besonders groß, aber wir zwei werden für eine Nacht miteinander auskommen.

Spätestens als ich unter der dünnen Steppdecke liege, geht mir allerdings auf, dass ich wenigstens im Wohnzimmer die Heizung hätte anlassen sollen ... Es ist arschkalt. Trotz Decke.

Ich verdrehe die Augen und stehe auf. Und weil ich nicht ins Schlafzimmer kann, ziehe ich kurzerhand den Trainingsanzug der Lions über, der noch in meiner Duffle im Flur lag. Ich will gerade wieder ins Wohnzimmer verschwinden, als ein Geräusch mich in der Bewegung erstarren lässt. Es ist merkwürdig, weil es so alltäglich ist. Ich hätte es erwarten können und doch niemals getan. Weil Jun Sakura nie Schwäche zeigt. Selbst wenn sie in tausend Scherben am Boden liegt, tut sie es nicht.

Aber jetzt, hier, in meinem kalten Flur, kann ich sie weinen hören. Und es fühlt sich an, als ramme mir jemand eine Klinge ins Herz.

Ich kann nicht einmal hingehen. Ich kann ihr nicht helfen. Ich weiß nicht, was passiert ist. Ich weiß nur, dass sie morgen früh wieder vor mir stehen wird, mit perfektem Lidstrich, geraden Schultern und einem Lächeln auf dem Gesicht, von dem niemand weiß, wie gespielt es ist.

Sie würde mir von sich aus nie die Möglichkeit einräumen, daran etwas zu ändern. Sie würde mit mir Sex haben – aber sie würde mir nicht einmal zeigen, wie dreckig es ihr wirklich geht, geschweige denn ein Wort darüber verlieren.

Aber ich weiß, dass ich alles tun werde, was ich kann, um das zu ändern.

13

JUN

Ich habe den Wecker meines Smartphones ausgestellt und mich unter der Bettdecke vergraben, als die ersten Geräusche durch die Wohnung hallen. Ich weiß nicht, ob Leith aufgestanden ist oder seine Nachbarn den Radau veranstaltet haben. Nur dass es inzwischen im wahrsten Sinne des Wortes kurz vor zwölf ist – und ich mich immer noch nicht dazu überwinden kann aufzustehen.

Stattdessen vergrabe ich mein Gesicht in Leiths Bettwäsche. Als hätte ich nicht bereits die ganze Nacht dazwischen verbracht. In meinem Hinterkopf pocht, dass ich es nicht tun sollte, wie dumm und armselig es ist und dass ich keine Beherrschung besitze.

Und, ja, ich habe keine. Es ist mir egal. Ich könnte untergehen in dem männlichen Duft nach Leith, Shampoo und Waschmittel.

Ich seufze ein letztes Mal und rolle mich aus dem Bett. Ich habe mich lang genug gehen lassen. Jetzt muss ich aufstehen.

Ich muss mich anziehen. Ich muss Leith gegenübertreten und vergessen, was gestern Nacht passiert ist …

Bei dem Gedanken verkrampft sich mein Herz und jeder folgende seiner Schläge fühlt sich dumpf und schwer an.

Als ich wenige Minuten später die Hand nach der Türklinke ausstrecke, fühle ich mich noch immer verloren. Normalerweise kenne ich meinen Platz. Meine Rolle. Aber die letzte Nacht hat mir in so vielerlei Hinsicht den Boden unter den Füßen weggerissen, dass ich das Gefühl habe, nicht einmal mehr zu wissen, wer ich selbst bin.

Ich lasse die Stirn gegen die Tür sinken und schließe die Augen. Was tue ich hier nur? Und was könnte ich sonst tun?

Es ist erbärmlich, aber Leith war meine einzige Rettung. Und es gibt nichts, so absolut gar nichts, was ich ihm im Gegenzug anbieten kann – zumindest nichts, was er annehmen würde.

Ich sollte zurück zu meinem Auto. Vielleicht kann ich über Thanksgiving in irgendeinem der piekfeinen Bostoner Restaurants aushelfen. Oder ich räume mein Konto leer, übernachte in einem billigen Motel außerhalb der Stadt, schaue einen Thanksgiving-Film nach dem anderen und schaufle Junkfood in mich hinein, bis mir schlecht wird. Nein, besser: Booze. Sofern ich mit meinem gefälschten Ausweis irgendwo welchen bekomme. Dann gehen Jack Daniel's und ich auf ein Date, bis ich sämtliche Stiefväter dieser Welt vergessen habe. Und Leith. Himmel, ich muss Leith vergessen.

Ich packe die Klinke, reiße die Tür auf – und da steht er vor mir. Mit zerzausten blonden Locken, weißem Shirt und einer Trainingshose, die so tief auf seinen Hüften sitzt, dass der Calvin-Klein-Schriftzug seiner Boxershorts über dem Bund aufblitzt.

Er sieht aus wie ein verdammtes Unterwäschemodel. Am liebsten hätte ich die Tür wieder zugeschlagen.

Stattdessen manövriere ich ein »Hi« über meine Lippen.

Leith erwidert es mit einem Lächeln, das alles in mir gleichzeitig warm und eiskalt werden lässt. Er nickt in Richtung Tür, aus der ein betörender Kaffeeduft heranweht und in meine Nase steigt. »Frühstück?«

———

Aus dem Wohnzimmer dringt Leiths gedämpfte Stimme zu mir herüber. Er telefoniert.

Und ich sitze noch immer hier, verloren und verlassen vor dem größten Frühstücksbuffet, das ich jemals jenseits eines Fünfsternehotels gesehen habe, und winde mich auf meinem Stuhl.

Ich habe kaum einen Bissen herunterbekommen, während Leith mir gegenübergesessen hat, als sei es das Alltäglichste der Welt – bis das Summen seines Smartphones mich erlöst hat. Dabei hat er den ersten Anruf noch auf stumm geschaltet, bis ich ihn davon überzeugen konnte, dass er ruhig rangehen könne.

Ich war erleichtert, als er den Raum verließ. Auch wenn ich seitdem nur mit leerem Blick abwechselnd auf die diversen Frühstücksleckereien starre. Er hat sogar Pancakes gemacht. Nicht die aus der Tube. Echte. Auf der Theke sind noch Mehlspuren.

Ich wünsche mir Carla herbei. Ich will, dass sie mir ein *Snickers* anbietet, die Schultern zuckt und kauend sagt: *Chill, Sakura. Es ist ja nicht mal ein Date.*

Stimmt. Ist es nicht. Ich … bin einfach nur von jemandem nach Hause eingeladen worden. Von einem Freund. Wie Carla. Ich übernachte ständig bei Carla und denke mir kaum etwas dabei.

Ich sollte ihr eine Freude machen. Eine von Moms unangerührten Make-up-Sample-Boxen mitbringen, die sie immer noch regelmäßig von ihrer Agentur und diversen Modezeitschriften zugeschickt bekommt.

»Entschuldige«, murmelt Leith hinter mir und ich zucke zusammen. Weil er in der Wohnung keine Schuhe trägt, kann ich seine Schritte nicht hören – was beinahe beeindruckend ist für einen Mann seiner Größe und Statur. Tatsächlich ist Leith alles andere als schwerfällig. Im Gegenteil. Seine Bewegungen sind fließend, seine Sprache ist leicht, und doch kann man ihm die Abstammung von Advokaten anmerken. Sogar sein Mercedes ist zwar nicht gerade billig, aber auch keines dieser Angebercabrios, mit denen die reichen Studenten die Straße markieren. Es ist ein sicheres, solides Fahrzeug, mit Rückbank und geräumigem Kofferraum. – Himmel, wieso denke ich überhaupt darüber nach?

»Jun?«

Ich blinzle. Stimmt, er hat mit mir geredet … Ich sehe zu ihm hoch und verspüre sofort das Bedürfnis, aufzustehen. Ich hasse es, wenn irgendjemand auf mich herabblickt.

Aber Leith wirkt selbst verlegen, wie er eine Hand in den blonden Locken vergräbt. »Hast du heute noch eine Vorlesung?«

Ich werfe einen kurzen Blick auf die Uhr und seufze. »Die war vor zwei Stunden vorbei.«

»Okay.« Er lässt sich mir gegenüber auf den Stuhl fallen. Aber ich halte es keine Sekunde länger mehr aus. Ich stehe auf und flüchte ins Schlafzimmer.

Ich fühle mich schmutzig.

Immer noch.

Oder schon wieder.

Ich weiß es nicht.

Ich spüre Belag auf den Zähnen und habe keine Zahnbürste. Ich habe letzte Nacht unter heißem Wasser ohne Shampoo geduscht. Ich habe nicht einmal eine Haarbürste. Und als ich meine College-Tasche durchforste, kommt mir ein leiser Fluch über die Lippen. »Verdammt…«

»Was ist?«

Ich blicke auf. Leith lehnt im Türrahmen, die Arme ineinander verschränkt und mit besorgtem Ausdruck in den blauen Augen.

Ich beiße mir auf die Lippe und wende den Kopf ab.

Ich will die folgenden Worte nicht aussprechen. Aber ich habe keine Wahl. »Ich habe eine Leseepilepsie. Irgendwelche Hirnströme sind in meinem Kopf falsch verkabelt, und wenn ich lese oder vor allen Dingen laut vorlese, gibt es eine Art Kurzschluss in meinem Gehirn. Es ist nichts Dramatisches. Ich habe ein Medikament und bin anfallsfrei – aber ich muss es regelmäßig zur selben Tageszeit nehmen.«

»Willst du es holen? Ich… kann dich nach Hause begleiten, wenn du möchtest.«

144

Seine Worte durchschneiden die letzten Fäden, an denen mein Herz noch hing, und es sackt geräuschlos zu Boden.

Er kennt mich überhaupt nicht. Und ich weiß selbst, dass ich nicht der Typ Mensch bin, mit dem man am ersten Abend vor dem Fernseher sitzt und kuschelnd Cookie-Dough-Eiscreme teilt. Aber Leith hat nicht einmal darüber nachgedacht. Er hat es einfach … angeboten. Mehr noch, nun sagt er:»Wenn dein Arzt dir ein Rezept ausstellt, können wir auch einfach neue kaufen.«

Ich reibe mir mit den Händen übers Gesicht, als könne die Bewegung meine eigene Verzweiflung fortwischen. Wie kann jemand nur so … sein?

Ich spüre seine Hand auf meiner Schulter und zucke zusammen. Er weicht augenblicklich zurück.

Meine Finger umklammern meine College-Tasche und ich halte die Augen fest geschlossen, während ich murmle: »Meine Verschreibung ist bei der Apotheke am College registriert. Ich muss sie nur abholen und … bezahlen.«

»Den Restbetrag der Krankenversicherung?«

Ich lehne meine Stirn in meine Hand und schweige. Keine Ahnung, wie viel Zeit vergeht, bevor ich sage:»Ich muss ihn voll bezahlen, Leith. Wir waren nicht krankenversichert, bevor Steven meine Mom geheiratet hat. Und er hat uns in der Krankenversicherung der Kanzlei angemeldet.«

»Und die bezahlt nicht für Vorerkrankungen.«

Ich nicke stumm.

»Steven hat dir nicht … das Upgrade eingerichtet?« Es ist keine Ungläubigkeit in seiner Stimme. Es ist Vorsicht.

Ich schüttle den Kopf.

»Willst du noch was essen, bevor wir losfahren?«

Die Frage lässt mich kaum hörbar lachen. Er hat ja keine Ahnung ...

»Ich habe das Geld nicht, Leith. Ich habe keine zweihundert Dollar auf meinem Konto.«

Ich kann aus dem Augenwinkel mehr erahnen als sehen, wie er den Mund öffnet, um etwas zu erwidern. Aber es vergehen mehrere Herzschläge, bis er schließlich sagt: »Ich pack uns die übrigen Pancakes ein, ich hab nach dem Training immer Hunger. Und vielleicht bekommst du unterwegs noch Appetit.«

Er hat sich schon umgedreht, als ich ihm nachrufe: »Ich gebe es dir zurück. Alles. Versprochen! Ich zahle es zurück.«

Aber er reagiert gar nicht mehr darauf.

Es nieselt, als Leith seinen Wagen auf dem Parkplatz neben der Campus-Apotheke abstellt. Die *Apotheke* ist eher eine Art erweiterter Drugstore, von Wattestäbchen über Brausebonbons bis Morphin erhält man hier alles.

Leith steigt mit mir aus, umrundet seinen Mercedes und bleibt vor mir stehen. Seine Finger schieben einen schmalen Gegenstand in meine Jackentasche und er nickt in Richtung der Sportanlage, die sich auf der gegenüberliegenden Straßenseite befindet und sagt: »Ich geh eine Runde meinen Coach glücklich machen, weil ich den Rest des Wochenendes nicht mehr dazu kommen werde. Die PIN ist identisch mit dem zweiten Ziffernblock der Karte. Du hast ein Tageslimit von tausend Dollar, alles darüber müsste ich von meinem Smartphone freischalten. Reicht das?«

Anstelle einer Antwort starre ich ihn nur mit großen Augen an.

»Jun.« Seine Hand an meiner Jackentasche drängt sich kaum merklich gegen meine Hüfte. »Reicht es?«

Er meint das ernst. Ich blinzle und beeile mich zu nicken. Ich vertraue meinen Stimmbändern nicht.

»Kauf dir eine Zahnbürste, Duschgel, was auch immer du brauchst«, sagt er noch. Dann dreht er sich um.

Und mein Körper löst sich endlich aus der Starre. Ich packe seine Hand und frage: »Warum tust du das? Warum vertraust du mir?«

»Es ist eine Selbstverständlichkeit. Dein Stiefvater ist der Namenspartner meiner Eltern. Wenn es wirklich um Geld ginge, könnte ich es einfach bei ihm abrechnen lassen. Das kostet mich einen fünfminütigen Anruf.«

»Das brauchst du nicht. Ich gebe es dir zurück! Ich nehme beim City Theatre regelmäßig Rollen an, und sobald die Vorführungen im Dezember anfangen, bekomme ich auch Gage. Es ist nicht viel, aber es reicht auf jeden Fall für die Medikamente.«

Leith schüttelt den Kopf. »Verstehst du es nicht, Jun? Ich will dein Geld wirklich nicht. Wir kommen schließlich beide aus privilegierten Familien. Der einzige Unterschied ist der, dass meine Familie weiß, was das bedeutet. Und deine ganz offensichtlich nicht.«

Der Satz fühlt sich an wie ein Schlag in die Magengrube. Auch wenn ich weiß, dass er ihn so nicht gemeint hat. Trotzdem habe ich das Bedürfnis, wenigstens meine Mom zu verteidigen: »Meine Mutter ist krank. Es ist nicht ihr Fehler.«

Er will etwas sagen. Widersprechen. Ich erkenne es an der Art, wie seine Kiefermuskulatur arbeitet. Aber er erwidert nichts. Stattdessen greift er nach der Kapuze meiner Jacke und zieht sie mir über den Kopf.

»Ich bin in einer Stunde wieder hier. Ruf mich an, wenn was ist.«

Er dreht sich um und geht. Und ich habe keine Ahnung, womit ich seine Freundschaft verdient habe.

14

LEITH

Nach dem Training fühle ich mich besser. Die Anspannung, die schon den gesamten Tag über auf mir gelegen hat, ist einem angenehmen Erschöpfungsgefühl gewichen.

Draußen nieselt es noch immer und ich ziehe die Kapuze meiner Jacke über die vom Duschen noch feuchten Haare, bevor ich mein Smartphone aus der Tasche ziehe und Jun schreibe, dass ich draußen warte. Die Antwort kommt prompt: Bin gleich da.

Ich kann sie schon von Weitem ausmachen, kaum dass ich die Straße überquert habe. Ihr aufrechter Gang ist zurück, die geraden Schultern, das stolz gereckte Kinn. Der Anblick erleichtert mich. Es ist die Jun, die ich kenne. Nicht gebrochen und verletzt.

Und als sie vor mir steht, glaube ich sogar ein leises Lächeln in ihren Mundwinkeln zu erahnen.

»Danke«, sagt sie und schiebt mir die Kreditkarte zurück in meine Jackentasche. Weil ich meine Hände darin vergraben habe, spüre ich ihre Haut für wenige Sekunden auf meiner. Die Berührung scheint sich durch meinen ganzen Körper zu ziehen und kurz schockt mich das Gefühl. Weil es ewig her scheint, dass mir das zuletzt passiert ist.

»Hast du alles bekommen?« Ich muss nicht laut sprechen, weil ihr Ohr nur wenige Zentimeter von meinem Mund entfernt ist.

Jun hebt den Kopf, um mich anzusehen, und tritt einen halben Schritt zurück. Sie lächelt. »Ja. Danke.«

Der Wind bläst durch die Plastiktüte in ihren Händen. Das Geräusch scheint sie an etwas zu erinnern, denn sie sagt: »Hier! Ich hab dir was mitgebracht«, und zieht eine Flasche kanadischen Ahornsirup aus der Tüte.

Ich muss lachen und gleichzeitig den Impuls unterdrücken, die Hand nach ihrem Mundwinkel auszustrecken. Juns echtes Lächeln ist selten. Aber es ist so wunderschön.

Ich balle meine Hand in der Jackentasche zur Faust und ersticke die Empfindung. Es ist müßig, darüber nachzudenken. Es wäre müßig bei jeder anderen. Aber bei Jun umso mehr.

Ihr Blick gleitet auf den Parkplatz auf der anderen Straßenseite. Nicht der hiesige, auf dem mein Mercedes steht. Sondern der große Campus-Parkplatz vor der Turnhalle. Man kann es nicht sehen, aber irgendwo dort wartet ihr Honda.

»Bleib«, stolpert es aus meinem Mund, ehe ich das Wort aufhalten kann. Aber vielleicht will ich es auch gar nicht zurück.

Jun sieht stirnrunzelnd zu mir auf. Ich sehe die Fragen in ihrem Gesicht.

Und ich beantworte sie mit einer Gegenfrage:»Wo würdest du hingehen?«

Sie zieht die Schultern hoch.»Ich finde ... etwas.«

»*Etwas*«, wiederhole ich.

Jun schweigt.

»Ich bin das Wochenende über bei meinen Großeltern in Baltimore. Meine Familie feiert dort Thanksgiving. Du kannst in meiner Wohnung bleiben. Ich fahre morgen Vormittag los und du hast die Wohnung für dich allein«, erkläre ich. Und allmählich frage ich mich selbst, was zur Hölle mit mir los ist. Ich habe meiner Mom letztes Wochenende versprochen, dass ich *heute* losfahren würde. Doch weder habe ich mir einen Wecker gestellt, um rechtzeitig aufzustehen, noch habe ich Anstalten unternommen, mich ins Auto zu schwingen. Nein, allem Anschein nach hat nicht einmal mein Unterbewusstsein das geringste Bedürfnis, daran zu denken, heute noch nach Baltimore zu fahren ...

Vielmehr ist mein Unterbewusstsein vollauf damit beschäftigt, daran zu denken, dass ich Jun morgen allein hierlassen werde. Und das ausgerechnet an Thanksgiving ...

Fuck. Wäre sie jedes andere Mädchen – ich würde sie einfach mitnehmen. Aber Jun ist nicht jedes andere Mädchen. Ich kenne niemanden, der so verflucht ... stur und eingebildet und sich über allem wähnend ist wie Jun Sakura.

Also bleibt mir ja nichts anderes, als ihr das Einzige anzubieten, was sie vielleicht – vielleicht! – annehmen würde. Und ich sehe sie selbst jetzt zögern. Als ob sie eine echte Wahl hätte. Dabei will ich überhaupt nicht wissen, wie ihre Alternative wirklich aussähe.

Mit nicht mal zweihundert Dollar auf dem Konto bekommt man in Lorcastle übers Thanksgiving-Wochenende kaum eine Unterkunft, geschweige denn Verpflegung.

»Okay«, flüstert sie kaum hörbar. Sie hat den Kopf gesenkt, sodass ich ihr Gesicht nicht sehen kann. Aber ich spüre, wie ihr Körper sich kaum merklich die wenigen Zentimeter in meine Seite lehnt. Die Bewegung ist so unscheinbar, dass man glauben könnte, sie sei nur dem scharfen Herbstwind geschuldet.

Ich lege einen Arm um ihre Schultern und ziehe sie zu mir heran. Einen Herzschlag lang widersteht sie der Umarmung, und ich bin schon im Begriff, meinen Arm wieder wegzuziehen, als sie sich doch noch darin fallen lässt.

Mir war nie bewusst, wie fragil ihr Körper ist, wie schmal und feingliedrig. Sicher, man sieht es ihr an. Aber ihre Ausstrahlung täuscht darüber hinweg, bis man es völlig vergessen hat.

15

JUN

»Fühl dich wie zu Hause, okay?«, sagt Leith, nachdem wir wieder in seiner Wohnung sind und er unsere Jacken aufgehängt hat. Seine Hand streift über meinen Rücken und die Berührung zieht einen Schauer nach sich. Ich wende mich zu ihm um und sehe ihm in die Augen. Das Blau erinnert mich einmal mehr an das Herz einer Flamme.

Ich frage mich, warum ich Leith bisher nicht als den gesehen habe, der er ist. Vielleicht, weil seine Verletzung über Ellas Verlust sogar seinen Charakter überschattet hat – und ich weiß nicht, wie tief dieser Schmerz noch immer reicht. Aber bisher habe ich angenommen, dass er einfach in einer Pfütze aus Selbstmitleid vor sich hin paddelt. Dass sein wahrer Verlust darin lag, verlassen worden zu sein – und nicht darin, eine Liebe verloren zu haben.

Jetzt glaube ich das nicht mehr. Ich weiß aber auch nicht, was ich stattdessen glauben soll. Weil es keinen Menschen gibt, der einfach nur so *gut* ist. Das Leben ist kein Ponyhof – und vor allen Dingen ist es kein Märchen.

»Was ist?«, fragt Leith und zieht mich damit aus einem weiteren überflüssigen Gedankenstrudel.

Ich schüttle den Kopf. »Nichts.«

»Magst du Lasagne?«

Ich verziehe das Gesicht. »Wie die Pampe aus der Mensa?«

Er macht ein angewidertes Geräusch und schüttelt sich. »Nein.«

Ich muss lachen. »Nein?«

»Nein«, bekräftigt er. »Ich spreche von echter Lasagne. Oder magst du lieber Fleischbällchen?«

»Wie kommst du jetzt darauf?«

Er zuckt mit den Schultern. »Ich habe Hunger.«

»Schon wieder?«

»Wie gesagt: nach dem Training immer«, gibt er beinahe gequält zu, dann grinst er und geht in die Küche.

»Du kannst kochen?«

»Ja, sicher. Auch wenn ich zugeben muss, dass ich es erst durch die eigene Wohnung wirklich gelernt habe. Willst du mir helfen?«

Anstelle der typisch amerikanischen offenen Küche verfügt Leiths Apartment über eine Walk-in-Küche. Wie ein Ankleidezimmer – nur dass anstelle der Schränke auf der einen Seite eine Küchenzeile steht und auf der anderen ein schmaler Tisch, an den Leith klugerweise Hocker anstelle von sperrigen Stühlen platziert hat. Trotzdem tritt man sich praktisch bei jedem Schritt auf die Füße.

Leith lacht viel. Wenn er sich zum dritten oder vierten Mal an derselben Stelle des Pantry-Regals den Kopf stößt, obwohl er seit zwei Jahren hier wohnt! Wenn er den Inhalt der kleinen Döschen im oberen Fach der Kühlschranktür begutachtet und sich fragt, wann um alles in der Welt er Geld für deutsche Delikatessleberwurst oder russischen Kaviar ausgegeben hat, nur um ihn dann sowieso nicht aufzuessen. Oder wenn er mir versichert, dass er normalerweise keine biologischen Experimente in seinem Kühlschrank durchführt. Wenn ich bei dem Versuch, ihm auszuweichen, stattdessen über meine eigenen Füße stolpere und beinahe selbst in den Kochtopf falle.

Ich habe keine Ahnung, wie er es macht. Aber ich fühle mich binnen eines einzigen Tages heimischer bei ihm, als ich es in einem Haus, das auf Stevens Namen läuft, je könnte.

Während die Lasagne im Ofen brutzelt und schon nach wenigen Minuten einen herrlichen Duft verströmt, steht Leith vor seinem Vorratsschrank und wirft mir über die Schulter einen zweifelnden Blick zu.

»Was?«, frage ich schmunzelnd. »Hast du drei Jahre alten Hartkäse gefunden?«

Er verzieht empört das Gesicht. »So lange wohne ich hier noch gar nicht! Und die Leberwurst war echt eine Ausnahme. Ich dachte, da sei längst irgendwas anderes drin.«

Ich schnaube belustigt und sehe zum dritten Mal sehnsüchtig auf die Lasagne. Eines muss man Leith Boyd lassen: Er kann echt kochen … Ich habe die Béchamelsoße und das gebratene Hackfleisch schon probiert, bevor es in die Auflaufform kam, und seitdem knurrt sogar mir der Magen …

»Hast du Lust auf Dessert?«

Ich runzle die Stirn. »Jetzt?«

»Nein, hinterher, du Naschkatze.«

»Ich bin überhaupt keine ...!«

»Du hättest die Soßen schon aufgegessen, bevor ich sie auch nur in die Form gegossen habe, wenn ich dich nicht aufgehalten hätte.«

Ich ziehe die Schultern hoch. *Wo er recht hat* ...

Leith lächelt und streift im Vorbeigehen beruhigend meinen Rücken. »Ich bin froh, wenn es dir schmeckt, okay? Ich war mir nicht sicher, was du essen würdest. Meine veganen Rezepte beschränken sich auf ...«, er runzelt die Stirn, »Brokkoli-Auflauf ohne Speck und Käse oder so.«

»*Wow*, Leith, sehr versiert.«

Er zuckt mit den Schultern. »Ryder ist Vegetarier, aber für alles darüber hinaus müsste ich Rezepte nachschlagen.«

»Ryder ist Vegetarier?«

»Ja.«

»Aber ... er raucht?!«

Leith runzelt die Stirn und deutet mit einer Messerspitze auf mich. »Guter Punkt. Aber Ryder ist ... *speziell*.«

Ich nicke und zucke mit den Schultern, während Leith sich schon wieder hinter mir vorbeidrängt.

»Also? Dessert? Magst du Salted Caramel?«

»Ich liebe Salted Caramel«, seufze ich hingerissen. Allein bei der Vorstellung läuft mir das Wasser im Mund zusammen.

Leith hinter mir erstarrt für den Bruchteil einer Sekunde, dann wendet er sich zum Kühlschrank und scheint förmlich darin zu verschwinden, bevor er mit Butter, Milch und Sahne wieder daraus auftaucht.

Wir waren einkaufen, bevor wir in die Wohnung zurückgekehrt sind, und ich frage mich, wie viel von alledem Leith von vornherein im Sinn hatte. Ich blinzle zu ihm hinüber, während er in einer großen Schale Zutaten mixt. Dann wende ich mich zum Vorratsschrank, fahnde nach dem Saft, den wir gekauft haben, und versuche, nicht darüber nachzudenken, wie tief ich bei Leith in der Kreide stehe ... Zuvor habe ich mir erfolgreich eingeredet, dass es nicht viel anders sei, als wenn ich bei Carla übernachte. Aber spätestens seit heute Nachmittag gilt das nicht mehr ...

»Was suchst du?«, fragt Leith plötzlich hinter mir.

Ich zucke zusammen, drehe mich um und will ihm Platz machen – aber so weit komme ich gar nicht. Er steht direkt hinter mir und scannt den Schrankinhalt, bevor sein Blick auf mich fällt und er mich anlächelt. Mir wird warm, und ich weiche augenblicklich vor dem Gefühl zurück, bis ich mit der Schulter gegen irgendeinen Glasbehälter knalle. Es klirrt und klappert und aus dem Augenwinkel sehe ich etwas schwanken und schließlich fallen. Ich kneife die Lider zu, weil es aus irgendeinem unerfindlichen Grund leichter ist, das unvermeidbare Malheur nicht mit ansehen zu müssen.

Nur dass nichts passiert. Nichts außer der Tatsache, dass Leith einen winzigen Schritt nach vorn macht und mit einer Hand meine Taille und mit der anderen – ich blinzle vorsichtig – *eine Weinflasche?* festhält.

»Sorry«, murmle ich und schaffe es nicht einmal, ihn anzusehen. Meine Wangen fühlen sich unnatürlich warm an, in meinen Ohren rauscht das Echo meiner zu schnellen Herzschläge und mein Magen korrigiert sein Hungergefühl auf etwas, das ich seit der zehnten Klasse in der Highschool nicht mehr empfunden habe. *Oh, verdammt* ...

»Kein Problem«, erwidert Leith leise, und der Ausdruck seiner Augen verändert sich. Es erinnert mich an gestern Nacht, als ich neben seiner Schlafzimmertür stand und er mich angesehen hat wie eine Personifikation der Heroin seiner feuchten Träume. – Nur um mir in derselben Minute zu verstehen zu geben, dass er nicht vorhätte, mit mir zu schlafen.

Ich habe da nicht begriffen, was in seinem Kopf vorgeht, und ich tue es jetzt nicht. Denn selbst wenn ich seinen Blick missdeute – das, was sich gerade durch den Stoff seiner Trainingshose abzeichnet, missdeute ich ganz sicher nicht.

Leith wendet sich ab, stellt die Weinflasche auf der Theke ab und lässt mich vor der offenen Schranktür zurück.

Zehn Minuten später höre ich seine gedämpfte Stimme aus dem Flur. Er telefoniert. Das halb fertige Dessert wartet noch immer in seiner Schüssel. Und ich hocke vor dem Ofen, blinzle durch das hitzebeständige Glas auf die vor sich hin blubbernde Lasagne und halte mich davon ab, Leiths Telefonat zu belauschen. Seine Stimme ist an und für sich nichts Besonderes – aber gerade das führt dazu, dass ich ihm sicher stundenlang zuhören könnte, ohne davon genervt zu sein.

Aber so lange dauert es nicht, bis er zurück in die Küchennische schlendert, sein Smartphone auf der Arbeitsfläche ablegt und murmelt: »Sorry dafür.«

Er lässt offen, was genau *dafür* eigentlich meint. Er sieht mich nicht einmal an, sondern zwängt sich hinter mir vorbei zum angefangenen Karamellpudding. Dieses Mal berührt er mich kaum, und ich nehme fast an, dass er halb auf dem Tisch gesessen haben muss, um das zu bewerkstelligen.

Während er zuvor den Eindruck hinterlassen hat, dass ihm die Essenszubereitung tatsächlich Spaß macht, sind seine Handgriffe jetzt schnell und geschäftsmäßig. Zwei Minuten später sagt er:»Die Lasagne ist gleich fertig. Geh schon mal vor ins Wohnzimmer. Dort ist mehr Platz.«

Ich folge stumm seiner Anweisung und verziehe mich in den geräumigen Salon. Auf dem zerwühlten Sofa liegt zurückgeschlagen eine dünne Fleecedecke, und wenn ich zuvor schon Schuldgefühle hatte, sackt mein Herz jetzt hinab in meinen aufgewühlten Magen.

Leith hat mich in seinem Bett schlafen lassen. Für mich hat außer Frage gestanden, dass es nur einen Grund dafür geben könnte. Und für Leith hat es auch nur einen gegeben – es war nur nicht derselbe.

Er kommt mit einem Teller dampfender Lasagne und einem Glas Saft herein – dem Saft, den ich vor einer Viertelstunde vergeblich gesucht habe.

»Wähl einen Film aus, wenn du möchtest.« Er nickt in Richtung des Flatscreens. Keine DVDs. Natürlich. Er hat ein Abonnement irgendeines Streamingdienstes.

Ich greife nach der Fernbedienung und setze mich auf den Platz auf dem Sofa, vor dem Leith den Teller abgestellt hat.

Zwei Minuten später kommt er mit einem zweiten Teller aus der Küche und setzt sich mit betontem Abstand in die andere Sofaecke.

»Ist der Film okay?«, frage ich.

»Sicher«, murmelt er, obwohl er nicht mal einen Blick auf den Bildschirm geworfen hat.

Wir essen zehn Minuten lang schweigend, nur die Dialoge eines Films im Hintergrund, der so grottenschlecht gespielt ist, dass ich mich frage, wer zur Hölle diesen miesen Cast zusammengestellt und dann auch noch bezahlt hat.

Ich seufze, schalte den Film lautlos und sehe Leith an.

»Wer hat dich angerufen?«

Er blickt irritiert auf. »Meine Mom.«

»Und warum?«

»Du willst wissen, warum meine Mom mich angerufen hat?«

»Wenn das der Grund ist, aus dem du dich plötzlich verhältst wie ein Aussätziger mit einer hochansteckenden Krankheit – ja.«

Er presst die Kiefer aufeinander. »Vergiss es einfach, okay? Lass uns diesen Film schauen und hinterher bin ich wieder normal«, nuschelt er.

»Der Film ist grottig.«

»Du hast ihn doch ausgesucht.«

»Ja, weil das einer von James Camerons ersten Filmen ist und ich ihn noch nicht gesehen habe. Trotzdem ist er grottig.«

Leith schnaubt und schiebt sich eine Gabel Lasagne in den Mund.

Ich stehe auf, um zurück zur Küche zu gehen, wobei er umständlich die Beine aufs Sofa zieht.

Ich bleibe vor ihm stehen und mustere ihn kurz. »Ich weiß,

dass du ein großer Junge bist, okay? Du musst in meiner Gegenwart nicht so tun, als hätte man dich kastriert. Dazu ist es ein bisschen zu spät.« Über drei Wochen zu spät, um genau zu sein. Aber ich bin mir nicht mal sicher, ob er sich dessen bewusst ist – gestern dachte ich, er hätte eine Ahnung. Im Café, und später, als wir in seiner Wohnung standen. Jetzt glaube ich das nicht mehr. Aber ich lege auch keinerlei Wert darauf, es ihm auf die Nase zu binden ...

Leith steht auf. Die Bewegung wirkt impulsiv, doch als er über mir aufragt, stoppt er abrupt. Fast erwarte ich, dass er sich sogar wieder hinsetzt. Stattdessen wendet er den Blick ab und vergräbt seine Hände in den Hosentaschen. »Es ist aber nicht okay, Jun«, sagt er leise, »nicht für mich.«

Ich hebe eine Augenbraue. Denn *das* wäre mir jetzt wirklich neu. »Und warum nicht?«

Er fährt sich durch die Haare, blickt über meine Schulter hinweg in irgendeine Leere, die nur er sehen kann, und sagt: »Ich will nicht, dass du dich unwohl fühlst. Oder denkst, ich würde irgendetwas erwarten. Das tue ich nicht. Und ich will auch nicht in dieselbe Schublade gesteckt werden wie jemand, der das täte.«

Ich schnaube. »Natürlich. Du bist ganz anders, Leith Boyd. Der Goldjunge. Der *Märchenprinz*.«

Sein Blick wandert zurück zu mir. Aber jetzt wünschte ich, er würde ihn wieder abwenden. Weil ich die Kälte in seinen Augen nicht sehen will, als er sagt: »Stell dir vor, Jun: Es gibt durchaus Männer, die sich nicht bezahlen lassen wollen, wenn sie jemandem einen Gefallen tun. Nicht so. Und auch nicht anders. Es gibt sogar Männer, denen es etwas bedeutet, wenn sie mit einer Frau schlafen, okay? Und denen es wichtig ist, dass es ihr genauso geht.«

Ich blinzle. *War das ... hypothetisch?*

Aber Leith nimmt seinen blöden Teller, dreht sich um und bringt ihn in die Küche.

Als er zurückkommt, habe ich die Arme verschränkt und tippe rastlos mit den Fingern auf meinem Oberarm herum. »Du willst mir also tatsächlich weismachen, dass du zu den Märchenprinzen gehörst, die nur mit einer Frau Sex haben, für die sie Gefühle hegen?«, frage ich spöttisch.

Er reibt sich über das Gesicht. Und kurz nehme ich an, dass er die Frage überhaupt nicht mehr beantworten wird. Aber dann zuckt er mit den Schultern und seufzt: »Keine Ahnung, Jun. Vielleicht. Was spielt es für eine Rolle? Ich will dir nicht an die Wäsche, das ist doch alles, was dich interessieren sollte, oder?«

Ich verdrehe die Augen. »Du hast wirklich Nerven, Leith.«

»Was soll das denn heißen?«

»Dass du dir selbst in die Tasche lügst – genau wie alle anderen Kerle, die von sich behaupten, sie wären ja ach so tugendhafte Menschen, *blabla*. Plottwist, Mister Boyd: bist du nicht. Vielleicht gehörst du nicht in die Böse-Buben-Schublade, in die du nicht gesteckt werden willst. Aber glaub mir, du tickst wie alle anderen. Es muss nur jemand nett mit dem Hintern wackeln und schon meldet sich dein Fortpflanzungstrieb. Aber das ist schon in Ordnung. Ist halt deine Biologie. Solang du dich niemandem aufzwingst, brauchst du dich dafür nicht zu schämen.« Ich kann nichts daran ändern, dass meine Stimme am Ende sarkastischer klingt, als ich es beabsichtigt habe. Aber ich bezweifle ohnehin, dass es irgendetwas an der Tatsache ändern würde, dass Leith mich gerade ansieht wie seinen ganz persönlich Endgegner.

»Hör doch auf damit!« Als ob du sämtliche Männer auf diesem Planeten über einen Kamm scheren könntest! Soweit ich weiß, scheitert diese Frage schon an der Definition von Geschlechtern als solchen – ganz zu schweigen davon, dass jeder Einzelne ein Individuum mit eigenem Charakter ist, eigenen Erfahrungen und eigenen Entscheidungen.«

»Oh, klar, bitte, Mister Blond, Blauäugig, Privilegiert. Erkläre du mir etwas vom Individualitätsprinzip.«

»Ich erkläre dir gar nichts, okay? Ich sage dir einfach nur, was ich denke. Oder habe ich das Recht dazu nicht? Wegen meiner Hautfarbe? Oder wegen meines Geschlechts? Weil ich jung, weiß, männlich, blond und literally straight as fuck bin?«

Ich seufze. »Nein, das hat doch miteinander nichts zu tun«, gebe ich zu.

»Danke«, sagt er und lässt es klingen wie eine Beleidigung.

Ich verdrehe die Augen, muss grinsen und schnippe ihm gegen die Brust. »Danke gleichfalls.«

»Wofür?«, fragt er lauernd.

»Für … das hier«, sage ich und mache eine vage Handbewegung.

Er schüttelt den Kopf. »Reiner Egoismus. Wie könnte ich bei meiner Familie vor dem Kamin rumgammeln und Truthahn in mich reinstopfen, in dem Bewusstsein, dass du in deinem Auto auf dem Campus-Parkplatz frierst und am Ende noch irgendein Typ auf Crack die Tür aufbricht, weil er Geld für Stoff braucht?«

»*Wow*, du kannst also doch Pessimismus«, sage ich sarkastisch.

Er verdreht die Augen. Dann wendet er sich ab, macht einen zögernden Schritt in Richtung Küche, bevor er sich doch noch einmal zu mir umdreht und sagt: »Jun?«

»Was ist?«

»Gibt es irgendeinen speziellen Grund für ... deine leidenschaftliche Testosteron-Abneigung?«

»Ich habe keine Abneigung gegen Testosteron. Ich finde, dir steht es sogar ziemlich gut.« Ich schaffe es nicht, mein Grinsen zu unterdrücken. Im Gegenteil. Ich wackle sogar mit den Augenbrauen und mustere demonstrativ seine breiten Schultern.

Kurz sieht Leith ernsthaft irritiert aus. Dann wirkt er nachdenklich. Schließlich nickt er abwesend und verschwindet in Richtung Küche.

»Du kannst dir einen neuen Film aussuchen, wenn du willst«, ruft er.

Ich ziehe die Schultern hoch. »Filme sind ... nicht mein Ding.«

»Ehrlich? Ich dachte, weil du Acting studierst ...«

»Gerade deswegen«, murmle ich und bin mir nicht mal sicher, ob er es hören kann.

»Gilt nur für Theater?«, fragt Leith, als er mit zwei Schälchen Salted Caramel in der Hand wiederkommt.

Ich schüttle den Kopf. »Ich mag Film – als Schauspielerin. Es ist schade, dass es an der LCU wenig Unterricht vor der Kamera gibt. Aber wenn ich einen Film *anschaue*, analysiere ich viel zu viel, achte auf Mikroexpressionen, Gestik, Dialekte,

Akzente und rege mich ständig auf, wenn ich Fehler finde.«

Ich seufze. »In einem Theater wäre es vermutlich noch viel schlimmer.«

Leith zieht die Augenbrauen hoch und ich verziehe das Gesicht.

»Zu arrogant?«, frage ich.

Er legt den Kopf schief, dann sagt er: »Nein, ich schätze, ich verstehe das. Ich hasse Anwaltsserien, auch wenn das jetzt ein schräger Vergleich ist ...«

Ich grinse. »Also kein *Die zwölf Geschworenen* mit dir?«

Er stöhnt leise. »Ich hab den Film vergöttert! – Mit zwölf.«

Jetzt muss ich lachen. »Was warst du denn für ein Zwölfjähriger?«

»Ein ziemlich nerdiger«, gibt er zu und lässt sich neben mir aufs Sofa fallen. Dieses Mal berührt er meine Schulter und ich muss das Bedürfnis unterdrücken, mich gegen ihn sinken zu lassen.

Wow, Hormone machen einen wirklich zu einem emotionalen Wrack ... Und aus irgendeinem Grund ist es nicht hilfreich, Leith dabei zuzusehen, wie er sich genießerisch einen Löffel Karamellcreme zwischen die vollen Lippen schiebt.

Also doch Film. Irgendeiner mit viel Eye-Candy. Jemand sollte Michael B. Jordan und Kit Harington im selben Streifen casten und ich werde glücklich sterben. Oder zumindest meine oberflächlichen weiblichen Hormone werden es tun. Und da ich auf die gerade wirklich gut verzichten könnte ...

»Hast du den neuen Teil von Thor schon gesehen?« Chris Hemsworth tut es auch ...

»Du stehst auf Superheldenfilme?!«

165

Nein, nur auf ihren Genpool-Lottogewinner-Cast ... Ist das eigentlich Voraussetzung zum Superheld-Sein? Sogar Hulk sieht in seiner Normalform gut aus. Und, nein, Deadpool zählt nicht, solang er von Ryan Reynolds gespielt wird, und wir alle wissen, wie der Kerl ohne Maske aussieht ...

»Will ich wissen, worüber du gerade nachdenkst?«, fragt Leith.

Ich schüttle den Kopf. »Nope.«

Ich hoffe nur, dass Leith über keinerlei schauspielerisches Talent verfügt ...

»Jun?«, fragt Leith irgendwann, nachdem der Film geendet hat und wir mit der zweiten Schüssel Caramel im Magen wie zwei vollgefressene Naschkatzen auf dem Sofa liegen und einfach den nächsten Film haben anspielen lassen.

»Hm?«

»Was hättest du gemacht, wenn ich gestern Nacht nicht dort gewesen wäre? Wärst du wirklich auf dem Campus geblieben?«

Ich zucke mit den Schultern. »Keine Ahnung. Vielleicht. Ich bin nicht sonderlich gut darin ...«, ich zögere und zupfe mir die Ärmelenden meines Pullovers bis über die Hände, »... Freundschaften zu pflegen. Es ist nicht mein Ding.«

»Du bist zu stolz, um jemanden um Hilfe zu bitten«, übersetzt er.

Ich lächle schwach. »Carla. Normalerweise hätte ich bei Carla übernachtet. Aber sie ist in New Mexico, also ...«

»Carla?«, fragt er und sieht mit gerunzelter Stirn zu mir hinüber.

»Meine beste Freundin.«

Er nickt zögerlich. »Und ... das passiert öfter?«

Ich seufze. »Ich will nicht darüber reden, Leith. Ganz grundsätzlich nicht. Kannst du damit leben?«

Zu meiner Überraschung nickt er und sagt: »Okay.«

Mehrere Minuten lang schweigt er, bis er doch noch fragt: »Versprichst du mir etwas?«

Ich wende ihm den Kopf zu, mustere ihn, wie er in einigem Abstand zu mir auf dem Sofa sitzt, ein Knie angezogen und den Unterarm darauf abgestützt.

»Kommt darauf an, was es ist«, sage ich.

»Setz mich auf diese Liste. Von Menschen, denen gegenüber du nicht zu stolz bist, um sie um etwas zu bitten.«

Ich seufze und verdrehe die Augen. »Wenn mich nicht alles täuscht, hast du dich dort quasi schon selbst draufgeschrieben.«

»Ich will, dass *du* mich draufschreibst, Jun. Ich will, dass du es mir sagst, wenn du nachts um zwei Uhr in der Turnhalle duschst, weil du es zu Hause nicht aushältst. Ich will, dass du weißt, dass du was auch immer passiert ist nicht allein durchstehen musst. Es ist okay, wenn du nicht darüber reden möchtest. Aber wenn du es doch tun willst, dann werde ich zuhören.«

Am liebsten würde ich ihn fragen, warum in aller Welt ihn das interessiert. Warum *ich* ihn interessiere. Aber ich tue es nicht. Stattdessen nicke ich nur stumm und starre stur zurück auf den Bildschirm.

Weil ich keine Worte habe, die ich laut aussprechen könnte. Sie stecken in meinem Hals und blockieren meine Kehle.

Schlimmer. Sie schwellen an und treiben mir Tränen in die Augen, die ich nicht weinen will. Also blinzle ich sie angestrengt beiseite und hoffe inständig, dass sie Leiths Aufmerksamkeit entgehen.

Aber ich weiß, dass er weiß, dass sie dort sind. An der Art, wie er das Kinn senkt und mir den Oberkörper zuwendet. Ich hasse das Gefühl. Es ist so unfassbar demütigend. Und ich weiß, dass es ein Fehler wäre, mich wegzudrehen. Ein Eingeständnis, das ich nicht zu machen bereit bin. Aber ich kann nicht anders. Ich schlinge die Arme um meinen Oberkörper und starre in Richtung der Fensterwand.

Sie ist verhängt mit wunderschönen bodenlangen Stoffbahnen aus durchsichtiger Seide, die von Dunkelblau zu Pastellorange verlaufen wie ein Sonnenaufgang. So etwas Hübsches sollte es in einem Junggesellenwohnzimmer eigentlich überhaupt nicht geben. Und vor allen Dingen sollte es mir nicht gefallen. Weil es total kitschig ist und bedauerlicherweise perfekt in ein sonst schlichtes, zweifarbiges Wohnzimmer passt.

Die Sofapolsterung sinkt neben mir ein. Ich schließe frustriert die Augen und spüre unter den Lidern die ersten Tränen hervorbrechen, noch bevor Leith mir seine Arme um die Taille geschlungen hat.

Eine meiner Tränen tropft auf den Ärmel seines Pullovers und hinterlässt einen dunklen Fleck auf dem Stoff. Ich habe seit … fünf Jahren nicht mehr vor irgendwem geheult. Und ich weiß nicht einmal, warum ich es jetzt tue. Ausgerechnet *jetzt*.

Ich habe nie so enden wollen.

Und trotzdem ist es passiert. Ich kann mich nicht dagegen wehren. Ich kann mich nicht einmal gegen mich selbst behaupten, sondern kralle meine verzweifelten Finger in den Stoff von Leiths Pullover und halte mich daran fest, um nicht völlig in mich zusammenzufallen.

Ich habe nicht bemerkt, wie sehr die vergangenen Tage, Wochen – Monate, Jahre – mich ausgelaugt haben. Weil es nie eine Pause gab. Es gab keinen Moment, in dem ich mich hätte zurücklehnen und »Pause« drücken können. Mein Leben ist ein blankes Chaos und ich bin zu sehr damit beschäftigt, jedes einzelne seiner davondriftenden Teile irgendwie festzuhalten, um noch mitzubekommen, wie zerstört ich mich eigentlich fühle.

16

LEITH

Jun ist eingeschlafen. Ihr Kopf liegt auf meiner Schulter und die Finger ihrer rechten Hand haben sich in den Saum meines Pullovers eingegraben.

Es sieht nicht friedlich aus. Sie zieht hin und wieder die Brauen zusammen, krallt die Hand fester in den Stoff und jedes Mal, wenn sie jenes leise Wimmern von sich gibt, das mir kalt durch die Knochen zieht, bin ich im Begriff, sie aufzuwecken. Oder wenigstens beide Arme um sie zu legen und sie näher an mich zu ziehen.

Aber ich wage nichts davon. Stattdessen lege ich ihr die Fleecedecke enger um die Schultern und lasse wenigstens meine Hand darauf liegen.

Die einzige Frage ist, wie ich so schlafen soll ... Oder ins Badezimmer komme. Ich sitze seit zwei Stunden hier und habe mich praktisch nicht bewegt.

Mein Smartphone surrt in meiner Hosentasche und ich manövriere es mühsam an Jun vorbei.

Lizzy: Warum lässt du mich so lang
mit Grandpa allein?
Du weißt genau, wie furchtbar das ist!

Ich verdrehe die Augen.

Ich: Bin morgen da. Den einen Tag
überlebst du noch.
Wenn du morgen meine Leichenteile
aus dem Vorgarten einsammeln musst,
ist das einzig und allein deine Schuld!
Warum brauchst du überhaupt so lange?
Ich hatte heute noch College.
Lass mich raten: Du warst der Einzige in der
Vorlesung? Ehrlich, du bist so ein Streber.

Ich stöhne. Meine kleine Schwester ist die größte Nervensäge
der Weltgeschichte ...

Gute Nacht, Lizzy.
Leeeeeeith ...

Ich antworte nicht.

Wann bist du morgen da?

Ich reibe mir über die Stirn und blinzle auf Jun hinab. Am
liebsten würde ich sie in meine Tasche packen wie alles
andere.

171

Abend?!

Sie tippt. Und bevor sie mir einen Caps-Lock-Roman darüber schreiben kann, wie erledigt ich bin, weil entweder sie oder Grandpa oder Mom mich umbringen werden, antworte ich.

Ich hab noch Besuch.

Sie hört augenblicklich auf zu tippen. Dann:

Es ist nicht Ryder?

Nein.

Ist es eine Sie?

Spielt das eine Rolle?

Uhhh, es ist eine Sie. Und es ist ernst.
Es ist aber nicht Ella!
Sag mir bitte, dass es nicht Ella ist!

Es ist nicht Ella.

Wie heißt sie? Wie sieht sie aus?

Das geht dich nichts an, kleine Schwester.

Und ob, großer Bruder!

Nope. Das Einzige, was dich
um diese Zeit noch was
angeht, ist das Sandmännchen.

Papperlapapp. Es ist erst kurz nach zehn
in den Ferien und ich bin fast volljährig.

In sechs Monaten. Sie wird erst in sechs Monaten achtzehn.

Und ich gebe allmählich die Hoffnung auf, dass sie bis dahin auf ein erträgliches Nervenniveau sinkt. Aber vermutlich wird das nie der Fall sein. Immerhin ist sie meine kleine Schwester – es ist quasi genetisch in ihr verankert, mir ein Leben lang den letzten Nerv zu rauben und umgekehrt. Denn ich nehme stark an, ihr mit Mitte dreißig noch zu sagen, dass sie im Dunkeln nicht allein vor die Tür sollte. Egal, ob es an Weihnachten bereits gegen fünf Uhr nachmittags zappenduster ist und es mir bei jedem anderen weiblichen Wesen der Welt vollkommen gleichgültig wäre.

Bleibt sie über Nacht?

Ich blinzle. Dann lege ich seufzend meinen Kopf auf die Sofalehne und starre vorwurfsvoll an die Zimmerdecke. Als ob die irgendetwas dafür könnte.

Du könntest sie mitbringen, weißt du?
Ich lade sie hiermit ein! Ha, jetzt
kannst du dich nicht mehr auf deine
altmodischen, stockkonservativen Normen
rausreden. Sie ist eingeladen.

Wow, Lizzy …

Ist doch wahr.

Nur weil ich meine Haare nie blau gefärbt
habe und hin und wieder einer Frau die
Tür aufhalte, macht mich das nicht
stockkonservativ.

Bringst du sie nun mit?

Warum nicht?

Hast du sie gefragt?

Aber du magst sie! ☺

Nein!

Sie ist nur eine Freundin. Ich bezweifle,
dass sie mit meiner Familie
Thanksgiving feiern möchte.

Nein ...

Sie hat einen verfluchten Smirk-Smiley angehängt!

Es ist aber keine Ella 2.0, oder? Sag mir
bitte, dass es keine Ella ist. Ich kann
Ellas nicht ausstehen.

Eher das Gegenteil.

Hervorragend! Umso mehr Grund,
sie mitzubringen. Mom will sie
bestimmt auch kennenlernen.

Lizzy, sie ist *nicht* meine Freundin!

Außerdem kennt Mom sie längst.

Du hast Sex mit ihr. Natürlich ist sie
deine Freundin. In dieser Hinsicht
bist du sehr einfach gestrickt, Bruderherz.
Und woher kennt Mom sie, aber ich
nicht? Das ist ja mal voll unfair!

OMG ... Das Bedürfnis, meinen Kopf gegen die nächste
Wand zu schlagen, wird fast größer als der Wunsch nach
etwas zu trinken, bequemerer Kleidung und einer Toilette.

Aber Jun schläft immer noch auf mir. Sie hat sich kein einziges Mal bewegt. Also bleibe ich wohl oder übel sitzen und lasse mir von meiner siebzehnjährigen Schwester Beziehungsratschläge geben.

Sie schläft. Vollständig angezogen.
Auf meiner Couch.

Es ist immerhin nicht gelogen. Jedenfalls nicht wirklich.

Sie ist aber nicht Anwältin in der Kanzlei
oder so? Weil ... das wär irgendwie
eklig, wenn du mit einer aus der
Kanzlei rummachst, die so fünf Jahre
älter ist als du.

Nein. Mom kennt sie von
der Gala an der Uni.

Neeeeeeeein! :o :o

Was ist denn jetzt schon wieder?
Du datest immer noch die Tochter
von diesem Model?
Kudos, Bruderherz.
Hast du eine Verschwiegenheitserklärung
unterschrieben und darfst deswegen nicht
sagen, dass sie deine Freundin ist?

Wie um alles in der Welt kommst du darauf?

Es ist so absurd, dass ich leise lachen muss – und hoffe, dass Jun davon nicht aufwacht.

Keine Ahnung, ihre Mutter war ein
superbekanntes Model ...? Und Mom sagt,
Jun sähe gut aus. Sie hat auch gesagt,
dass ihr euch geküsst hättet ...

Ich möchte den Smirk-Smiley aus Lizzys Messenger löschen.
Oder unterbinden, dass er mir angezeigt wird. Dieses Mal hat
sie gleich drei geschickt.

Der Kuss war nicht echt.

Ja, sicher, Leith. Ich bleibe bei
meiner Verschwiegenheitserklärungs-
theorie und werde sie morgen mit Hannah
erörtern.

Unsere Cousinen sind auch da?!

Jap. Alle drei. Hannah, Charity und Babette.
Mit Tante Edith.

Vielleicht bleibe ich doch zu Hause ...

Untersteh dich!
Du wirst kommen, hast du mich verstanden?
Mit deiner Model-Freundin.
Smirk.

Ich antworte nicht, sondern lege seufzend das Handy weg.
Bedauerlicherweise fängt es sofort wieder an zu surren.
Nicht ein Mal, nicht zwei Mal, sondern dauerhaft. Juns Griff
um meinen Pullover wird fester und ich nehme das Smartphone wieder zur Hand, bevor Lizzy sie am Ende noch weckt.

Dann antworte mir!
Magst du sie?

Hör auf, mein Smartphone zu terrorisieren.

Wie oft soll ich dir noch sagen,
dass dich das nichts angeht?

Sie steigt auf Schmoll-Smileys um. Exorbitante Massen an Schmoll-Smileys. Dann kommt ihr Lieblings-GIF: der Kater aus Shrek mit seinen großen Kater-Schmoll-Augen. Die Existenz dieser Filme hätte total an ihr vorbeigehen können – wenn ich nicht so dämlich gewesen wäre, ihr alle Teile zu zeigen … Das habe ich nun davon.

Ich will doch nur das Beste für mein Bruderherz. Du schiebst den ganzen Sommer über
Depressionen, kommst uns nicht mehr besuchen und du bist kein einziges Mal mit mir
ins Kino gegangen. Sag mir wenigstens, dass
irgendeine Frau daran schuld ist.

Jetzt spielt sie die *Du kümmerst dich nicht genug um mich*-Karte. Es funktioniert hervorragend – denn ich fühle mich augenblicklich grottig.

Sorry. – Ich hatte viel mit dem College zu tun.
Es ist mein letztes Jahr und ich will die
Prüfungen nicht vergeigen. Vielleicht schaffe
ich es damit nach Yale oder Stanford.
Wenigstens die Columbia muss drin sein.

Wenigstens die Columbia muss drin sein. Du
klingst wie Grandpa. Als wäre ein Abschluss von
einer pottnormalen Law School weniger wert.

                        Er *ist* weniger wert, Lizzy.

Ach, sei still und sag mir, ob du sie magst.

                   Schön. Ich mag sie. Zufrieden?!

😊😊😊😊😊😊😊😊😊😊

Warum bringst du sie dann nicht mit?

Warum bist du nicht mit ihr zusammen?

Hattet ihr nun Sex oder nicht?

                Ich werde so tun, als hätte ich die

                     letzte Frage nie gelesen.

Wenn du mir dafür die beiden anderen
beantworten würdest – bitte.

                  Es ist kompliziert, okay?

                  Jun … ist kompliziert.

             Vergiss es einfach. Ich bin

              morgen Nachmittag in

         Baltimore. Mit oder ohne Jun.

Das heißt, du wirst sie fragen?

            Keine Ahnung. Vielleicht.

             Gute Nacht, Lizzy.

———

Jun bewegt sich in meinen Armen. Ich habe weder bemerkt,
wie ich nach dem Chat mit meiner Schwester eingeschlafen
bin, noch, dass ich mehr oder weniger im Begriff war, Jun zu
zerquetschen …

Ich nehme hastig meine Hände von ihrem Körper und

rücke ein Stück von ihr ab, während sie sich müde über die Augen reibt.

»Entschuldige«, murmelt sie.

Sie sieht unfassbar süß aus, mit roten Wangen und den vor Müdigkeit unkoordinierten Bewegungen. Und ich frage mich unwillkürlich, wer sie so zu sehen bekommt. So ganz ohne Kontrolle und Fassade. Auch wenn mir klar ist, dass Letzteres genauso ein Teil von ihr ist wie der verschlafene Blick, den sie mir jetzt aus verhangenen Augen zuwirft.

»Kein Problem«, sage ich und lächle sie an. Ich kann gar nicht anders.

»Ich sollte ins Bett gehen.« Aber sie steht nicht auf. Sie vergräbt die Unterarme zwischen ihren Knien und hadert mit ihren nächsten Worten.

»Möchtest ... Schläfst du hier auf dem Sofa?«

Ich nicke, wobei mir einfällt: »Allerdings ist die Decke nicht gerade warm. Ich habe eine zweite im Schlafzimmer, die würde ich mir schnell holen, wenn du nichts dagegen hast.«

»Es ist deine Wohnung.«

»Deine Sachen sind dort. So lange ist es dein Zimmer. Du entscheidest, wer dort hineingeht und wer nicht.«

Sie greift nach meiner Hand und zieht mich in Richtung Flur. Im Gegensatz zum dämmrigen Wohnzimmer flutet dort das Licht der Deckenlampe den schmalen Korridor und im ersten Moment weicht sie ungeschickt davor zurück und vergräbt das Gesicht in meinem Pullover.

Ich lache leise und streiche ihr die zerzausten Haare zurück. Dann lege ich ihr eine Hand auf die zugekniffenen Augen und ziehe sie weiter ins Schlafzimmer. Dort sind die

Lichter der Stadt, die durch die Fenster hereinscheinen, hell genug, damit ich in dem geräumigen Wandschrank nach der Winterbettdecke suchen kann. Ich benutze sie eigentlich nie, weil sie furchtbar warm ist, aber für den Moment ist es kein schlechter Ersatz.

Jun tritt hinter mich und streckt eine Hand danach aus.

»Sind das Daunen?«

Ich nicke. »Ein Geschenk meiner Mom zum Einzug. Ich glaube, sie rechnet fest damit, dass bei mir irgendwann mal die Heizung ausfällt.«

Jun seufzt leise. »Ich liebe Daunen.«

»Willst du tauschen? Mir ist sie zu warm.«

Jun nickt und hat mir die Decke schon aus den Händen gerissen, um damit in Richtung Bett zu flüchten. Sie stolpert über den Zipfel und fällt der Länge nach auf die Matratze.

Ich muss lachen und gehe hinüber, um die andere Decke unter Jun hervorzuziehen. Sie mault irgendetwas – und vergräbt sich tiefer in den Decken.

»Jun«, murmle ich, »komm, gib mir die Decke, ich bin müde. Und du auch.«

Sie streckt blind eine Hand nach mir aus. Und ich blinzle mindestens drei Sekunden wie der letzte Idiot darauf hinab, bis ich begreife, was sie von mir will.

Ich reibe mir mit einer Hand über die Augen und seufze leise. *Fuck me.* Oder vielmehr das Gegenteil.

»Jun«, sage ich gequält und ziehe nachlässig an der Decke.

»Bitte, Leith.« Ihre Stimme ist leise und so verletzlich, als drohe sie unter meiner Antwort in tausend Teile zu zersplittern.

17

JUN

Schön. Ich mag sie. Zufrieden?!

Die Worte leuchten in meiner Erinnerung, wie der Smart-phone-Screen es im spärlichen Licht des Wohnzimmers getan hat.

Und ich weiß nicht einmal, warum.

Vor drei Monaten war Leith ein Fremder. Er war ein Golden. Ein Baseballspieler. Der viel gepriesene Sohn von Stevens Kanzleipartnern.

Und jetzt? Habe ich eine Hand nach ihm ausgestreckt und bete innerlich, dass er mich nicht zurückweist.

Denn was weiß ich schon? Vielleicht wollte er seine Schwester nur loswerden? Oder vielleicht versteht er unter *Ich mag sie* etwas anderes, als ich es tue.

Ich habe kaum zehn Minuten des Gesprächs zwischen den beiden mitgelesen – und selbst das hätte ich nicht tun sollen. Es war nicht für meine Augen bestimmt. Und wenn es sich jetzt rächt, habe ich es wohl nicht anders verdient.

Trotzdem schlägt mein Herz einen Purzelbaum, als die Matratze neben mir unter Leiths Gewicht herabsinkt. Aber schon im nächsten Moment verwandelt sich der stumme Jubel in kalte Enttäuschung. Leith legt mir die Lippen auf die Stirn. Es ist eine liebevolle, zärtliche Geste, die sich anfühlt, als risse er mir mit bloßen Händen den Brustkorb auf. Weil ich weiß, was sie bedeutet: dass er nicht hierbleiben wird. Dass er geht.

Als er sich wieder zurücklehnt, packe ich die verdammte Decke und ziehe sie ruckartig zu mir heran. Es ist albern und kindisch und dumm. Aber Leiths warmes Gewicht auf meinem Körper lässt sogar meinen Stolz für Sekunden verstummen. Ich harre aus, lausche Leiths frustriertem Stöhnen und seinen schnellen, kräftigen Atemzügen.

Er braucht zu lange, um sich von mir wegzurollen, und er tut es zu halbherzig. Weil er inzwischen weiß, was ich weiß. Oder es zumindest ahnt. Dass die Alles-andere-als-Märchenprinzessin auf der Schwarzlichtparty ich gewesen sein muss.

»Ich kann nicht, okay?«, murmelt er und steht auf, die blöde Decke in Händen.

»Warum nicht? An Halloween hast du es auch gekonnt.«

Er versteift sich. Verharrt mitten in der Bewegung zur Tür, als hätte der Satz ihm die Glieder gefrieren lassen. Er senkt den Kopf und flüstert: »Das war ... etwas anderes.«

»Ach ja? Und warum?«

»Ich habe nicht gewusst, wer du bist.«

»Und jetzt weißt du es.«

Er bleibt mir eine Antwort darauf schuldig. Schließt nur

stumm die Tür hinter sich und lässt mich im fahlen Schein der Lichter Lorcastles zurück.

Ich könnte die Vorhänge zuziehen. Stattdessen lasse ich meinen Kopf zurück in die Kissen sinken und scheitere daran, Leith Boyd verstehen zu wollen.

———

Ich wache auf, weil die Tür klackt. Von einer Sekunde auf die nächste rast mein Herz und ich reiße die Augen auf.

Es ist heller als in meinem Zimmer daheim. Die Tür ist am falschen Ende – und die Gestalt darin ist schlank und bewegt sich fließender als jeder andere Mensch, den ich kenne.

Leith lässt sich in einigem Abstand zu mir auf die Matratze sinken. Er zieht eines der Kopfkissen zu sich heran, vergräbt das Gesicht darin, atmet tief ein und flucht leise.

Dann wickelt er sich in seine Decke und schließt die Augen.

Ich strecke eine Hand nach ihm aus, ohne ihn zu berühren, und flüstere: »Ich werde dich nicht verletzen. Falls es das ist, wovor du Angst hast.«

Seine Hand trifft meine, er verschränkt seine Finger mit meinen und schläft ein, als wäre nichts passiert.

———

Ich tappe in die Küche und mache Frühstück. Leiths Smartphone surrt auf dem Wohnzimmertisch, aber ich widerstehe dem Drang nachzusehen. Meine schlaftrunkene Aktion von gestern war genug …

Heute, bei Tageslicht, frage ich mich, was in mich gefahren

ist, ihn letzte Nacht bei mir behalten zu wollen. Aber ich weiß, dass ich es wieder täte. Weswegen ich aus dem Schlafzimmer habe fliehen müssen, bevor er aufwacht und bemerkt, dass ich ihn als Kissen, Decke, Kuschelteddy und so ziemlich alles andere missbraucht habe, was man als Zwanzigjährige nicht mehr brauchen sollte.

Wenn ich mein Versprechen halten und Leith nicht verletzen möchte, muss ich herausfinden, was das zwischen uns ist – bevor ich irgendetwas tue, was wir beide hinterher bitter bereuen würden ...

Ich nehme das Brot aus der Tüte und schneide Scheiben ab. Wenn Leith heute noch nach Baltimore will, hat er einen langen Tag im Auto vor sich, und das Mindeste, was ich machen kann, sind ein paar Sandwiches ...

Ich muss an seine Schwester denken. Ich bin neugierig auf sie, seit er Lizzy das erste Mal erwähnt hat. Aber nachdem ich ihren Chat gesehen habe, noch viel mehr. Sie scheint so ganz anders als er. Andererseits ist sie auch erst sieb–

»Au, verdammt!« Ich blicke auf das Brotmesser hinab – und das Rinnsal, das Krümel für Krümel auf dem Schneidebrett rot färbt.

Ich unterdrücke ein Fluchen und stecke mir den blutenden Finger zwischen die Lippen, bevor ich in Richtung Bad haste. Leith hat garantiert einen gut bestückten Verbandskasten im Haus, und ich brauche ja nur ein simples Pflaster.

Aber als ich die Tür öffnen will, ist abgeschlossen ... *Verdammt.* Ich habe gar nicht gehört, dass er aufgestanden ist. Ich will mich abwenden, um wenigstens ein Küchentuch oder so was um die Wunde zu wickeln – alles, um nicht mehr wie eine Dreijährige fingernuckeln zu müssen –, als Leith neben mir die Tür aufstößt.

»Hey, alles in Ordnung?!«

Äh.

Nein.

Bis gerade eben hatte ich ein mittelprächtiges Schnitt-im-Finger-Problem.

Jetzt habe ich ein gut 1,90 Meter großes, nur mit einem Handtuch bekleidetes Problem, dem das Wasser aus den blonden Locken auf einen Oberkörper rinnt, den ich nackt sehen wollte, seit ...

Also, nein. Nein, es ist nicht alles in Ordnung.

Leith nimmt mir den Finger aus dem Mund. »Das sieht übel aus.«

Ja. Sehr übel. Oder überhaupt nicht übel. Je nach ... Betrachtungsweise.

Ich drehe den Kopf weg, bevor ich anfange zu quietschen wie eine Zwölfjährige auf einem BTS-Konzert ... Das ist erbärmlich. Weibliche Hormone sind erbärmlich.

»Komm mit«, befiehlt er und ich strauchle hinter ihm her in ein beschlagenes Badezimmer.

Wie zu erwarten besitzt Leith einen Verbandskasten mit Pflastern in allen Formen und Größen. Direkt daneben steht eine unangerührte Packung Kondome. Inzwischen bin ich mir sicher, dass das Schicksal mich verarschen will.

Ich schließe die Augen und lehne meinen Kopf gegen die feuchtwarmen Fliesen, während Leith mit federleichten Berührungen meinen Finger verarztet.

»Besser?«, fragt er.

Ich blinzle ihn an und zwinge mich zu einem Lächeln. »Ja, danke.«

Dabei ist nichts besser. Allenfalls ist das Handtuch auf seinen Hüften noch tiefer gerutscht.

Ich drehe mich um und gehe.

»Jun?«

»Hm?« *Nicht umdrehen. Nicht umdrehen.*

»Sorry wegen des Brotmessers. Es ist schon seit Ewigkeiten stumpf. Ich hätte dich warnen sollen.«

Vor dem Brotmesser? Er hätte mich vor etwas ganz anderem warnen sollen!

»Zieh dir einfach was an, ja?«, erwidere ich und höre mich an wie ein kleines Mädchen, das kein Eis bekommen hat.

Ich sitze in Leiths Mercedes.

Er hat mich gefragt. Und ich habe Ja gesagt.

Im Nachhinein rätsle ich, wie *das* passieren konnte. Denn weder er noch ich vermitteln einen sonderlich entspannten Eindruck.

Ich kenne seine Eltern, und insbesondere seine Mom ist eine bewundernswerte Frau. Aber ich kenne sie nicht annähernd gut genug, um ein Thanksgiving mit ihnen zu verbringen. *Himmel, was habe ich mir nur dabei gedacht?*

Ich meine, ich weiß, was ich mir gedacht habe: dass ein Wochenende in Leiths Anwesenheit ein besseres Wochenende wäre als eines ohne ihn in seiner leeren Wohnung. Aber als besonders rational kann man diese Entscheidungsfindung vermutlich nicht bezeichnen ...

Ich lehne den Kopf gegen die Fensterscheibe und bemühe mich, damit aufzuhören, mir sämtliche möglichen Horrorszenarien, die sich auf Leiths Familientreffen abspielen könnten, vorzustellen.

Trotzdem bin ich erleichtert, als er die drückende Stille endlich mit dem Klang des Radios füllt. Zum Glück hört er kein Country. Dass er auf Rammstein, Breaking Benjamin, Slipknot oder irgendeine andere meiner Lieblingsbands steht, bezweifle ich zwar – aber alles außer Country und Schmusepop ertrage ich.

Als jedoch die ersten Töne irgendeines Johnny-Cash-Klassikers erklingen, strecke ich die Hand aus, um den Sender zu wechseln. Stattdessen kollidiere ich mit Leiths Fingern.

»Sorry, mach du«, murmelt er und packt sein Lenkrad wie einen Rettungsring.

Ich wechsle den Sender und Leith runzelt die Stirn. »Ich wollte eigentlich lauter machen. – Ich dachte, du magst das Lied?«

Ich schüttle mich allein bei der Vorstellung. »Johnny Cash? Bist du irre? Ich meine, die Stimme ist ja ganz nett – aber der Song … *Because you're mine, I walk the line.* Wahnsinnig tiefgründig. Wieso quält man die Generationen selbst nach der Jahrtausendwende noch damit?«

»*Wow …*«

Leith verzieht das Gesicht und ich deute auf das Radio. »Du magst den Song nicht wirklich?«

»*Walk the Line* war Ellas Lieblingssong. Sie hat mich jedes Mal gebeten, das Radio lauter zu stellen.«

Ella.

Nach der Trennung von Leith hat sie mir damals fast leidgetan, weil jeder über sie getuschelt hat. Das Mädchen, das mit dem Golden Boy Schluss gemacht hat, mit dem jedes gute Mädchen zusammen sein wollte.

Ich bin kein gutes Mädchen.

»Sie hat mit Lemond Schluss gemacht«, werfe ich in den beengten Raum des Autos.

Leiths Hand verkrampft sich um das Lenkrad, aber er zuckt halbherzig mit einer Schulter. »Ich weiß.«

Dann schweigt er.

Aber dieses Mal ertrage ich die Stille einfach nicht. Also hole ich mein Smartphone hervor und frage seufzend: »Was hörst du denn gern? Und sag jetzt nicht Country, sonst muss ich leider aussteigen.«

Leith hebt eine Augenbraue. »Du klingst wie Lizzy.«

»Deine Schwester? Die hat ja auch Stil.«

»Du kennst Lizzy?«

Oh.

Verdammt.

»Du … hast sie mal erwähnt. Sie ist immerhin deine Schwester! … Was hörst du so?« Ich bin das erste Mal dankbar für zwei Jahre Improvisationsunterricht.

»Ich mag moderne Sachen«, erwidert Leith schulterzuckend.

»Moderne Sachen?«

»Keine Ahnung. Lizzy hört Girl Power und die Jungs aus dem Team mögen überwiegend Rap, Ryder bevorzugt Hardrock. Ich stehe irgendwo dazwischen und höre überall mal mit rein.«

Ich nicke. »Dann passt ein bisschen Nu Metal sicher gut dazu. Also … falls du mal meine Musik hören … solltest.« Himmel. Das kommt davon, wenn man plappert, ohne nach-zudenken …

»Nu Metal? Wie Linkin Park?«

»Unter anderem.«

Leith nickt. »Hört sich gut an.«

»*Ew*, Leith. Ein Wortwitz.«

Er lacht. »Gibt es sonst noch Dinge, die ich über dich wis-sen sollte?«

Ich ziehe die Schultern hoch. »Keine Ahnung. Kommt darauf an, was dich interessiert.«

18

LEITH

Als wir nach gut fünf Stunden Fahrt in Baltimore ankommen, kenne ich Juns Musikgeschmack, den Vornamen ihrer Grundschullehrerin, die Farbe ihres ersten Fahrrads und die Tatsache, dass sie nicht Ski fahren kann – etwas, das ich irgendwann einmal zu ändern gedenke... Möglicherweise.

Ich parke den Wagen vor der Garage meiner Großeltern, wo bereits drei andere Autos stehen.

Jun wirkt steif, als sie den Gurt löst und auf das große Haus starrt. Es könnte an der langen Autofahrt liegen, aber ich fürchte, die steile Falte auf ihrer Stirn hat andere Gründe.

Ich umrunde das Auto, öffne die Tür und biete meine Hand an, um ihr aus dem Sitz zu helfen. Sie blinzelt mich missbilligend an und ich verdrehe die Augen. »Komm schon«, murmle ich.

Sie lässt sich von mir aus dem Auto helfen. Auch wenn es eher wirkt, als würde ich ihr im Weg stehen.

Ich hole unsere Sachen aus dem Kofferraum und wir

erklimmen den kurzen Weg bis zur Haustür, als auch schon jemand die Tür aufreißt.

Jun zieht ihre Hand aus meiner und vergräbt sie in den tiefen Taschen ihres Mantels. Mein Blick ruht noch auf ihr, als Tante Edith ruft:»Leith! Was für eine Freude!« Sie umarmt mich und gibt mir die obligatorischen Küsschen links, Küsschen rechts.»Und wer ist das?«

Grandpa räuspert sich.»Der Grund für seine Verspätung natürlich.«

»Jun Sakura, sehr erfreut«, erwidert Jun und streckt ihm lächelnd ihre Hand hin.

Es ist ihr Schneeköniginnenlächeln.

Mein Grandpa blickt darauf hinab, und für einen kurzen Moment fürchte ich, er würde die Geste nicht erwidern. Dann schlägt er ein – nur um zu sagen:»Man reicht normalerweise den Damen zuerst die Hand, junge Lady.«

Juns Lächeln wird breiter.»Keine Sorge, ich respektiere Sie nicht mehr oder weniger, egal ob ich Ihnen die Hand früher oder später reiche.«

Ich höre im Hintergrund jemanden unterdrückt losprusten und weiß sofort, dass Lizzy da ist und gerade alle Beherrschung aufbietet, die sie besitzt – was nicht viel ist –, um nicht laut loszulachen.

Grandpa hingegen ist pikiert.

Mehr noch: Er brodelt.

Ich seufze. Thanksgiving im Kreise der Familie …

Meine Mom schwebt wie ein rettender Engel heran und begrüßt Jun, als sei sie ein lange verloren geglaubtes Familienmitglied, wofür ich ihr unendlich dankbar bin.

Als sie mich umarmt, frage ich flüsternd: »Wo ist Granny?«
»Sie hat sich kurz hingelegt. Aber spätestens zum Abendessen ist sie wieder unter uns.«

Ich nicke beruhigt. Dass Grandpa und Jun nicht auf Anhieb beste Freunde werden würden, war abzusehen, aber ich baue darauf, dass Granny und meine Mom genug Puffer zwischen den beiden bilden, damit uns das Haus nicht um die Ohren fliegt.

Lizzy kommt auf mich zugerannt, in knallbuntem Pulloverdress ohne Strumpfhosen, ihrem breiten Hundert-Watt-Grinsen auf den Lippen und klimpernden Glöckchen um die nackten Fußgelenke. Ich hebe sie lachend hoch und drehe mich mit ihr um die eigene Achse, bis uns beiden schwindelig wird. *Darn*, hab ich die kleine Chaosqueen vermisst. Was ist nur in mich gefahren, dass ich sie seit den Semesterferien nicht mehr besucht habe? Sie hat recht. Ich bin ein furchtbarer Bruder ...

»Ich freu mich so«, quietscht sie und wirft Jun einen Blick aus großen Augen zu.

Ich sehe Lizzy warnend an und sie presst sich affektiert einen Zeigefinger auf die rosa glitzernden Lippen. »Mein Mund ist ein Sarg!«, beteuert sie und ich verziehe das Gesicht. Ich werde mein dummes Geständnis so was von bereuen ...

Aber Lizzy ist schon zu Jun herübergetänzelt und inspiziert sie neugierig. Einen Moment lang fürchte ich, Jun würde sich auch davon angegriffen fühlen. Aber das passiert nicht. Im Gegenteil. Jun zeigt ihre erste echte Gefühlsregung seit unserer Ankunft hier – und grinst.

»Hi! Darf ich dich umarmen?«, fragt Lizzy. Und ich bin ein

bisschen stolz auf sie, weil sie die Geduld aufgebracht hat, zu fragen – wenn auch nicht, um die Antwort abzuwarten. Aber Jun scheint es ihr nicht übel zu nehmen, obwohl ich mir fast sicher bin, dass enger Körperkontakt normalerweise nicht ihr Ding ist, jedenfalls nicht, wenn er nicht von ihr ausgeht. Ich runzle die Stirn bei dem Gedanken. Aus irgendeinem Grund habe ich darüber nie näher nachgedacht. Es erinnert mich an ein Mädchen aus meiner Highschool. Jun ist ihr ein bisschen ähnlich – und auch wieder nicht. Denn Jessica war schüchtern und besaß praktisch null Selbstwertgefühl. Was auch kein Wunder war, zwei Jahre später wurde ihr Nachhilfelehrer, zu dem ihre Eltern sie verdonnert hatten, wegen mehrfachen Missbrauchs verhaftet, und obwohl sie praktisch nie darüber geredet hat, wusste die ganze Stadt Bescheid ... Keine Ahnung, warum mein Hirn plötzlich diesen Vergleich gezogen hat.

Ich blinzle mich zurück in die Realität.

Hannah, Babette und Charity – meine drei Cousinen – stehen abwartend vor mir. Je länger ich sie nicht gesehen habe, desto schwerer fällt es mir, sie auseinanderzuhalten.

Eine von den dreien – Babette oder Charity, würde ich sagen – lächelt gerade breit zu mir auf. Sie trägt einen Pullover mit tiefem V-Ausschnitt, den sie perfekt ausfüllt. Ryder wäre begeistert ... Und vermutlich könnte ich es auch sein, wenn das hier ein anderes Universum wäre, eines, in dem sie nicht meine Cousine ist und ich mich auf so was einlassen würde.

»Wir haben dich schon *sooo* vermisst, Leith«, sagt sie, zieht mich zu einer Umarmung auf ihre knapp 1,65 herunter und gibt mir die obligatorischen Begrüßungsküsschen. Meine

Familie muss sich das echt abgewöhnen ... Ich rieche nach solchen Anlässen immer wie eine Parfümerie.

Während ich mich Babette – oder Charity? – zuwende, sehe ich im Augenwinkel Jun auf meine andere Cousine herabfunkeln, als Letztere fragt:»Wow, du bist echt Hina Sakuras Tochter, oder? Modelst du auch?«

Zwei Sätze. Und Juns Körpertemperatur scheint so stark zu fallen, dass ich die Kälte, die von ihr ausgeht, auf der eigenen Haut spüren kann.

»Nein«, sagt Jun.

»Leith?« Babette-Hannah-Charity lächelt verkrampft. Ich sollte sie um Namensschilder bitten – oder mir ihre Kleidung einprägen und hoffen, dass sie sich nie umziehen.

Nach einer halben Stunde haben wir das Begrüßungsprozedere hinter uns gebracht und sind ins Innere des Hauses vorgedrungen. Keine Ahnung, warum ich es noch »Haus« nenne – es ist eher eine Art Anwesen. Vor fünf Jahren hat mein Grandpa sogar einen beheizbaren Jacuzzi in den hinteren Teil des Gartens setzen lassen. Offenbar war ihm der Pool gleich neben der Terrasse nicht genug ...

»Ihr wollt euch sicher frisch machen, Granny hat euch dein altes Zimmer herrichten lassen«, erklärt meine Mom.

Ich wende mich ihr zu und sage:»Darüber wollte ich mit dir reden – im Keller ist doch der ausgebaute Hobbyraum. Steht da noch Dads altes Klappsofa?«

Sie schüttelt verständnislos den Kopf.»Nein, Schatz, schon lange nicht mehr. Aber das Bett in deinem Zimmer ist doch groß genug. Du hast mit Ella auch immer dort geschlafen.«

Ich presse die Lippen zusammen. »Wir sind nicht zusammen, Mom. Jun ist nur ... eine Freundin.«

»Hab dich nicht so.« Lizzy rempelt mich an, während eine meiner Cousinen verkündet: »Sie kann gern mein Zimmer haben! Ich schlafe bei Mom – oder Leith.«

»N-nein, schon okay«, stottere ich. Cousine hin oder her, ich werde mir garantiert kein Bett mit einer von den dreien teilen.

Zu meiner Erleichterung tritt Jun an meine Seite und legt mir grazil eine Hand auf den Unterarm. »Das wird nicht nötig sein.«

Ich hoffe nur, dass sie sich bis dahin aufwärmt. Sonst sterbe ich diese Nacht an Hypothermie. Und keine fünf Daunendecken der Welt könnten das verhindern.

Meine Mom wirft mir einen irritierten Blick zu, bevor sie sich an Jun wendet: »Du bist sicher erschöpft. Leith kann deine Sachen hochbringen und wir zwei machen es uns gemütlich.«

Sicher. Dann wird Leith das wohl mal tun ...

Die Zimmer im Obergeschoss sahen schon in meiner Kindheit aus, als seien sie in den Fünfzigern stecken geblieben. Daran hat sich nicht viel geändert. Nur der Vintage-Preis ist teurer geworden.

Trotzdem überfällt mich Nostalgie, als ich mein altes Zimmer betrete. Allerdings aus anderen Gründen. Ich habe zahllose Ferientage hier verbracht. Im Gegensatz zu meinen Eltern hat Granny nie gearbeitet und bis zu meinem fünften Lebensjahr habe ich fast die Hälfte meiner Zeit hier verbracht. Dann kam Lizzy und meine Mom hat sich entschieden, mit uns zu Hause zu bleiben. Es zeichnete sich früh ab, dass Lizzy mit meinen Großeltern nicht so gut klarkommen würde, wie es bei mir der Fall gewesen ist. Und in der kurzen – dafür umso heftigeren – rebellischen Phase, die auch ich mal hatte – Lizzy würde es sicher abstreiten –, habe ich oft darüber nachgedacht, ob ich ohne Lizzy nicht sogar in Baltimore eingeschult worden wäre.

Meine Eltern lieben ihre Kinder. Uns beide gleichermaßen, auch wenn es ihnen bei mir leichter fällt, es zu zeigen. Aber sie lieben auch ihren Job. Und sie sind verdammt gut darin, das weiß jeder. Ich mache ihnen keinen Vorwurf – nicht mehr. Ich will es nur eines Tages mal besser machen. Besser als sie beide. Besser als mein Grandpa, bei dem ich mich bis heute frage, ob ich nicht einfach nur ein geeigneter Nachfolger für »seine« Kanzlei bin.

Ich schüttle in Gedanken versunken den Kopf und krame in meiner Tasche nach einem weißen Hemd. Punkt sieben gibt es Dinner – und für Herren über sechzehn gilt im Hause Boyd die ungeschriebene Weiße-Hemden-Regel.

Bis dahin sind es noch gut zwei Stunden, aber ich will Jun nicht länger als nötig unten allein lassen. Auch wenn sie sicher ganz gut ohne mich klarkommt. Vermutlich muss ich eher meinen Grandpa vor ihr in Schutz nehmen als umgekehrt ...

Zu meiner Überraschung klopft es jedoch kurz darauf an die Tür. »Ist offen!«, sage ich und werfe mein zerknittertes Button-down aufs Bett.

Aber es ist nicht Jun, die in der Tür steht. Sondern meine

V-Ausschnitt-Cousine. Ich weiß immer noch nicht, wie sie heißt, aber dass ihr der Anblick meines Oberkörpers gefällt, daran lässt sie keinen Zweifel.

Ich räuspere mich und greife nach einem ärmellosen Shirt. Weiß. Natürlich weiß. Und obwohl ich fürs Training mindestens zehn Tops mit demselben Cut besitze, sind alle anderen schwarz ... Vermutlich sollte ich mir doch mal eine Scheibe von Lizzy abschneiden. Und mir nur zu Thanksgiving die Haare blau färben – in einem weißen Hemd kann ich ja trotzdem noch auftauchen.

Als ich aufblicke, steht meine Cousine nicht mehr in der Tür, sondern kaum drei Schritte von mir entfernt. »Soll ich dir helfen?«, fragt sie und lächelt.

»Ich komme zurecht«, erwidere ich und greife nach dem weißen Hemd. »Was möchtest du?«

Sie zuckt die Schultern und grinst. »Nur mal nach meinem verschollenen Cousin sehen. Ist das so verwerflich?«

Sie geht einen letzten Schritt auf mich zu und legt ihre Finger auf meine Hände, mit denen ich das Hemd zuknöpfe. Die Geste ist mir eindeutig zu intim und ich weiche die wenigen Zentimeter zurück, die ich Platz habe. Jetzt kann ich sie auch zuordnen. *Charity.* Ihr Interesse an mir war schon vor vier Jahren einer der Gründe, warum ich Ediths Töchtern ausgewichen bin.

»Du solltest besser unten warten«, murmle ich und winde meine Hände aus ihren.

»Sonst was?«, fragt sie, blickt aus Rehaugen zu mir auf und legt ihre Hand auf meine Brust.

»Sonst kippe ich aus Versehen meinen schwarzen Nagellack über deiner Louis Vuitton aus, die an der Garderobe hängt«, kommt es von der Tür.

Jun lehnt dort, die Arme vor der Brust verschränkt, und sieht meine Cousine nicht einmal an. Nein, der Blick ihrer braunen Augen ruht auf *mir* und ich fürchte, jeden Moment als Eisskulptur zu enden.

»Die gehört Babette«, sagt meine Cousine schlagfertig.

Jun seufzt gelangweilt und streckt demonstrativ die Finger ihrer rechten Hand, deren Nägel schwarz im Licht des antiquierten Kronleuchters glänzen. »Umso besser, dann behaupte ich, dass du es warst.«

»Das würde sie dir nie glauben.«

»Willst du es drauf ankommen lassen?«

Als Charity nicht reagiert, blickt Jun von ihren Fingernägeln auf. »Nein?« Sie lächelt. Und es sieht nicht mal gekünstelt aus. Meine Cousine bekommt eine vollendete Gratisvorstellung von Jun Sakura. »Dann nimm jetzt deine Pfoten von meinem Freund und verschwinde ins Erdgeschoss, wo du hingehörst.«

Charity ballt die Hände zu Fäusten und kurz fürchte ich um mein Hemd. Aber dann dreht sie tatsächlich ab und stakst davon.

Sie hat Jun fast passiert, und ich will schon erleichtert aufatmen, als Jun einen Zeigefinger nach ihr ausstreckt und sagt: »Du hast da Sabber.«

»Jun.« Es dauert, bis sie den Blick von Charity löst und mich ansieht.

»Meine Cousine hat deinen Standpunkt verstanden. Du musst nicht nachtreten.«

Juns Blick fällt zurück auf Charity, die mich wütend anfunkelt und dann abdampft.

Aber selbst als ich ihre Schritte schon auf der Treppe höre, ist der Raum noch immer kalt. Jun hat sich nicht vom Fleck gerührt. Nur die Tür hat sich hinter ihr geschlossen.

»Du hättest sie nicht so runtermachen müssen. Sie ist erst …«, ich runzle die Stirn, »sechzehn? Siebzehn?«

»Du hättest ihr einfach deine *Ich schlafe mit niemandem, den ich nicht beabsichtige zu heiraten*-Rede halten können, anstatt darauf zu warten, dass jemand anderes es für dich tut.«

Ich schließe die Augen und murmle: »Sie ist weg, Jun. Du kannst aufhören.«

»Aufhören – *womit*?«

»Jemand zu sein, der du nicht bist«, murmle ich und gehe auf sie zu, bis ich direkt vor ihr stehe.

»Was meinst du?«, fragt sie. Aber es klingt erstickt und müde.

Ich strecke eine Hand nach ihr aus und nehme eine der schwarzen Strähnen zwischen meine Finger. In der Sonne glänzen sie manchmal rostbraun, aber nicht hier im künstlichen Licht dieses albernen Kronleuchters.

»Es tut mir leid. Vielleicht hätten wir einfach … zu Hause bleiben sollen. In meiner Wohnung, meine ich.«

Sie blinzelt. Dann sacken ihre Schultern herab und sie flüstert: »Du hast mich an Thanksgiving zu deiner Familie eingeladen, und ich habe nichts Besseres zu tun, als sie einen nach dem anderen zu beleidigen.«

Ich ziehe die Nase kraus. »Sie haben es nicht anders verdient.«

»Ich mag deine Schwester.«

Ich nicke. »Lizzy ist großartig. – Meistens jedenfalls.« Ich muss lächeln und lasse widerwillig die Haarsträhne fallen. Auch wenn es mich mit leeren Händen zurücklässt.

»Ich würde nicht wollen, dass du Thanksgiving wegen mir ohne deine Familie verbringst, ich ...« Sie runzelt die Stirn und blickt an mir vorbei ins Nichts. »Ich werde versuchen, netter zu ihnen sein.«

Ich schüttle langsam den Kopf. »Vergiss nur nicht, wer du wirklich bist. Selbst wenn du ... zwischendurch jemand anders sein musst. Ich verstehe das. Es ist okay.«

Ihre Augen glänzen und sie wendet sich halb von mir ab. Ich lege einen Arm um ihre Taille und vergrabe meine Nase in ihren Haaren. Sie riecht so verflucht gut ... Sollte es irgendeine Droge geben, die so riecht wie Jun Sakura, ich wäre spätestens nach drei Dosen abhängig. Was mich vermutlich längst zum Junkie macht ...

Jun legt eine Hand um meinen Unterarm. Drei Herzschläge lang klammert sie sich daran fest, bevor sie abrupt loslässt und die Schultern strafft. Als sie sich wieder zu mir umdreht, lächelt sie. Es sieht traurig aus, aber warm; so warm, dass es meinen ganzen Körper ergreift. Keine Ahnung, wie sie das macht. Aber irgendetwas an ihr beeinflusst stets den gesamten Raum, in dem sie sich befindet. Ich kenne das sonst nur von professionellen Schauspielern, nicht denen auf dem College oder den Kleinstadtbühnen, in deren Vorstellungen meine Eltern mich früher regelmäßig geschleift haben. Ich meine die *wahren* Stars. Die, an die man sich noch erinnert, wenn man den Filmtitel schon vergessen hat.

19

JUN

Leith ist mir keine Sekunde von der Seite gewichen, seit wir die Treppe wieder heruntergekommen sind. Seine Anwesenheit macht mich so nervös, wie sie mich beruhigt, und mit jeder zufälligen Berührung seinerseits verstärkt sich dieses Gefühl.

»Ich habe in der Zeitung gelesen, dass ihr den Jennings-Fall tatsächlich noch gewonnen habt. Hervorragende Beweisführung, Janet, ganz hervorragend.« Duncan, Leiths Großvater, nickt anerkennend und prostet seiner Schwiegertochter zu.

Sie lächelt milde und erwidert die Geste, während ihr Mann Einzelheiten des Falls erläutert, denen ich kaum folgen kann, weil ich kein Juristen-Chinesisch – oder sollte ich sagen: -Latein? – spreche.

Mein Blick fällt auf Lizzy und Hannah, die auf dem Boden vor einem künstlichen Kaminfeuer hocken und ein Spiel mit mehreren Würfeln spielen, während Leiths andere Cousinen,

Tante und Großmutter auf dem geräumigen Ledersofa dahinter sitzen und irgendeinen kitschigen Thanksgiving-Film schauen.

Leith beugt sich zu mir herüber. Der Duft seines Eau de Cologne, das er nur anlässlich des Familiendinners benutzt hat, hüllt mich ein. »Willst du lieber rübergehen?«, fragt er leise.

Ich schüttle den Kopf und lächle.

Janet beobachtet uns aufmerksam. Ich frage mich schon den ganzen Abend lang, was sie wohl über uns denkt. Immerhin hat Leith kein Hehl daraus gemacht, dass wir nicht zusammen sind, und eigentlich gibt es keinen Grund, aus dem ich hier sein sollte.

»Und was möchtest du einmal werden, junge Dame?«, spricht Duncan mich an.

Ich verspanne mich, und Leith wählt den Moment, um hinter mir nach der Rotweinflasche zu greifen. Seine Hand streift meinen Rücken und für jeden anderen würde es wie purer Zufall wirken.

»Ich studiere Schauspiel an der LCU«, sage ich.

Duncan hebt eine Augenbraue, aber Janet nickt mir lächelnd zu. »Wir haben sie dieses Jahr als Julia in *Romeo und Julia* bewundern dürfen. Eine ganz hervorragende Darbietung, nicht wahr, Darling?« Sie tätschelt ihrem Mann die Hand und dieser nickt pflichtbewusst. Das bringt mich zum Lächeln, während es mir im selben Moment die Kehle zuschnürt. So etwas habe ich meiner Mom immer gewünscht: eine langjährige, glückliche Ehe. Das Gefühl, dass ihr immer jemand beisteht, komme, was wolle.

Ich schlucke den Kloß in meinem Hals herunter und zwinge mich zu einem Lächeln, als Lizzy plötzlich am Tisch auftaucht. »Guckt mal! Den TikTok hat Charity von Jun gefunden! Der geht gerade voll viral.«

»Drück dich verständlich aus, Elizabeth«, rügt Duncan augenblicklich. Aber Janet wirft einen neugierigen Blick auf den Screen des iPhones.

Ich kenne die Reaktionen der Studenten auf den TikTok der *Hexenjagd*-Proben. Ich habe sie gehasst. Und ein Teil von mir tut es noch immer. Auch wenn der andere Teil sich an Carlas Meinung hält: Es ist Werbung. Ein Marketing-Gag. Und er funktioniert, wenn er an Thanksgiving in einer Familie wie den Boyds herumgereicht wird.

Charitys Schwester, deren Namen ich vergessen habe, hat das Gesicht verzogen und sagt: »Das ist creepy. – Als würde sie echt den Teufel sehen oder so was.«

Ich spüre Leiths Blick auf mir, seine Sorge, die mir wie eine warme Decke ist – manchmal schwitzt man darunter, manchmal droht man, ohne sie zu erfrieren.

Duncan schiebt seine Gleitsichtbrille hoch und bewegt das Smartphone vor und zurück, während er mit zusammengezogenen Brauen auf den kleinen Bildschirm starrt. »Ich kenne das Stück. Eine völlig verzerrte Darstellung der Realität im damaligen Salem. Aber großartige Antagonistin, diese Abigail. Schön dargeboten.« Er sieht zu seinem Enkel und nickt anerkennend. Als wäre es Leiths Leistung – und nicht meine. Ich könnte mich darüber ärgern. Oder ich könnte mich still grinsend im Stuhl zurücklehnen und Leiths entschuldigenden Blick mit einem Schulterzucken quittieren.

Ich entscheide mich für Letzteres.

»Die ist total irre«, sagt Charity mit hochgezogener Oberlippe. Als hätte sie ein ekelhaftes Insekt vor sich.

»Es ist Besessenheit«, erwidere ich. »Allerdings ist es gespielt. Die Figur ist nicht wirklich besessen. Sie tut nur so, um jemand anderen der Hexerei zu bezichtigen. Damit die Richter ihr glauben, legt sie eine völlig überzogene Show ab – so weit die Interpretation unserer Regisseure. Ich setze es so um, wie sie es haben wollen.« Ich zucke mit den Schultern. »Es funktioniert. Man hat eigentlich keine andere Wahl, als Abigail für ihre Manipulationen zu hassen.«

Leith runzelt die Stirn. »Ich dachte immer, Abigail sei die Figur, die sich in den Protagonisten verliebt.«

»Tut sie auch. Aber er beendet die Affäre, weil er seine Frau liebt. Abigail wird eifersüchtig und ist bereit, über Leichen zu gehen. Am Ende sind fast alle tot und Abigail reich und vermutlich trotzdem nicht glücklich. Klassische Tragödie also.«

Leiths Cousinen sehen aus, als hätte ich gerade ihre Feenstaub-Einhornglitzer-Bubble zerstört.

»Es ist sicher nicht leicht, eine so manipulative Antagonistin zu spielen. Immerhin ist es gewissermaßen eine Rolle in der Rolle«, überlegt Leiths Grandma.

Ich erwidere nichts. Weil es nicht stimmt. Im Gegenteil. Es fällt mir leichter, als es sollte. Julia, mit ihrem blinden Geschwärme für Romeo, war eine Herausforderung. Abigails Fähigkeiten sind den tiefsten Abgründen meiner Seele nicht unähnlich. – Sie leidet nicht. Sie kämpft. Zumindest das an ihr bewundere ich.

Lizzy starrt mit zusammengekniffenen Augen auf das Scrabble-Brett. Seit drei Minuten.

Und für gefühlt denselben Zeitraum hält jeder am Tisch den Atem an.

Gut zwei Drittel der Spielsteine sind bereits gesetzt, und während ich mir schon nach der zweiten Runde eingestehen musste, mit der Scrabble-erfahrenen Boyd-Familie nicht mithalten zu können, liefern sich die Geschwister ein spannendes Kopf-an-Kopf-Rennen. Und das offenbar nicht zum ersten Mal, denn seit Spielbeginn werfen Leith und Lizzy sich Drohungen und Provokationen an den Kopf.

Als Lizzy schließlich »school« an Leiths »high« setzt, legt er den Kopf in den Nacken und stöhnt frustriert. »Wieso bekommst du immer genau die Buchstaben, die du brauchst? Das ist nicht fair!«

»Die pure Intelligenz, Bruderherz«, erwidert Lizzy in hochtrabendem Tonfall und zieht mit damenhaft spitzen Fingern neue Spielsteine nach – bis sie aus der Rolle fällt und zu kichern beginnt.

Als Nächstes ist Helen – *Granny Helen* – an der Reihe. Mir ist schleierhaft, warum die herzensgute Frau ausgerechnet einen Rüpel wie Duncan geheiratet hat, aber: *Wo die Liebe hinfällt* ...

Sie legt ihre Steine und als nächste ist Leiths Mutter am Zug. Sie schüttelt seufzend den Kopf und tauscht fünf ihrer Spielsteine aus.

Leith, der gerade eben noch geschmollt hat wie ein Dreijähriger, legt ein Vierzig-Punkte-Wort, von dem ich noch nie gehört habe.

»Dir ist schon klar, dass Fantasiewörter nicht zählen, Bruderherz?«, fragt Lizzy.

Er grinst. »Als *Qiviut* bezeichnet man die Unterwolle von Moschusochsen.«

Granny Helen nickt. »Ausgezeichnet zum Stricken, schön weich und trotzdem pflegeleicht. Aber auch sehr teuer.«

»Was du alles weißt, mein Sohn …«, murmelt Janet und blinzelt Leith über die Gläser ihrer Lesebrille zu.

»Vorlesung über Wirtschaft und Politik der Native People in Alaska«, seufzt Leith – und klingt dabei so, als sei das erworbene Scrabble-Wissen das einzig Spannende daran gewesen. Dabei stelle ich mir das Thema gar nicht so uninteressant vor. Andererseits … *Wer war Shakespeare? Ein Blick hinter die Kulissen des großen Tragödienschreibers* wirkte auf den ersten Blick auch interessant. Bis der Professor den Mund aufgemacht hat. Siebzig Prozent der Vorlesung hat er allein darauf verwandt, seine eigenen Forschungsleistungen in den Himmel zu loben …

Lizzy verfällt in einen Hustenanfall, unter den sich möglicherweise hin und wieder das Wort »Streber« mischt. Bis Leith neben mir aufsteht, sich gemächlich die Krawatte richtet, über den Tisch bockspringt und Lizzy von ihrem Stuhl reißt. Für genau drei Sekunden hat er sie in der Mangel, dann hat sie sich aus seinem Griff gewunden und stürzt quietschend durch das Wohnzimmer. Ich blicke ihnen lachend nach, während Leith seine Schwester aus der Tür jagt und man kurz darauf ihre Schritte die Treppe hinaufpoltern hört.

Helen kichert leise und Janet schüttelt missbilligend den Kopf. »Hoffentlich wecken sie Duncan nicht auf.«

Ihre Schwiegermutter macht eine wegwerfende Handbewegung. »Der liegt mir seit drei Monaten in den Ohren, wie leer das Haus ist und was für furchtbare Enkel er hat, die ihn nicht besuchen würden, und dass er es sogar vermisst, sich danach mit der Versicherung über kaputte chinesische Vasen und herausgerissene Geländer streiten zu müssen.«

»Herausgerissene Geländer?«, wiederhole ich perplex.

Janet nickt und flüstert: »Leith hat mit vierzehn das Geländer zum Obergeschoss aus der Wand gerissen. – Weißt du eigentlich inzwischen, wie er das gemacht hat, Helen?«

Sie schüttelt schmunzelnd den Kopf. »Nein, aber er hatte schon immer viel Energie.«

Ich sehe stirnrunzelnd zur Tür hinüber, wo Leith gerade mit einer sich windenden Lizzy unterm Arm hereinspaziert kommt.

Wieso sehe ich ihn nie im College so? Auf einmal bereue ich es fast, den Goldens früher aus Prinzip nie Aufmerksamkeit geschenkt zu haben. Andererseits bezweifle ich, dass Leith mir damals aufgefallen wäre. Er war einfach immer mit Ella zusammen. Überall. Auch wenn er sich mit ihr sicher nie so hat gehen lassen wie jetzt mit seiner kleinen Schwester.

Als sie sich beide außer Atem und mit noch immer lachenden Gesichtern wieder an den Tisch setzen, überfällt mich eine seltsame Leere. Ich habe Vanity und Nyte unzählige Male durchs Wohnzimmer gescheucht. Und das ist nicht einfach, weil die beiden sich grundsätzlich immer gegen den Rest der Welt – oder in diesem Fall: mich – verbünden. Allein hat man eigentlich keine Chance. Aber dafür machen sie einem alles andere leicht: kochen, backen, Tisch decken, aufräumen. Vanity würde mich nichts davon allein machen lassen. Und Nyte würde Vanity nichts davon ohne ihn machen lassen.

»Jun?« Leith legt eine warme Hand auf meinen Unterarm. Ich blinzle die Erinnerungen beiseite und zwinge mich zu einem Lächeln. »Sorry, ich war ... woanders.«

»Vermisst du deine Familie?«, fragt Granny Helen behutsam.

Janet pflichtet ihr bei: »Steven Carmichael ist so ein liebenswürdiger Vater. Du solltest ihn mit seinen Kindern sehen.«

Mir wird kalt. Ich umklammere die kunstvoll geschnitzten Armlehnen, während Leith neben mir antwortet: »Jun *ist* sein Kind, Mom.« Sein Ton ist schneidend, und auch wenn einem Teil von mir bewusst ist, dass er mir damit beistehen will, wird mir bei der Erwähnung schlecht.

»Angeheiratet, Schatz. – Nichts für ungut, Jun, aber ich bin selbst Mutter. Es ist einfach etwas anderes.«

Sie lächelt mir zu. Ich kann es sehen. Aber in meinem Kopf verschwimmt der Ausdruck zu einer zähen Grimasse. Ich höre Leiths Worte, aber ich verstehe die Bedeutung nicht. Ich sehe, wie Helens Mund sich bewegt, aber ich kann die Töne nicht deuten.

Alles verschwimmt mit Stevens Stimme. Seinem Geruch. Dem Gefühl seiner feuchten Finger auf meiner Haut und seinem Atem in meinem Ohr, als er flüstert, wie lieb er seine *Little Blossom* hat.

»Könnt ihr vielleicht ... über was anderes reden?«, fragt Lizzy. Sie wedelt mit dem Zeigefinger zwischen ihren Familienmitgliedern hin und her und die Bewegung fängt meinen Blick auf wie ein Laserpointer die Aufmerksamkeit einer Katze.

»Sorry«, murmelt Leith. Er hat eine steile Falte auf der Stirn und sein Blick durchbohrt abwesend seine Spielsteine.

Nur sein Arm bewegt sich.

Seine Hand schwebt unter dem Tisch direkt über meinen ineinander verknoteten Fingern, aber er berührt mich nicht.

Sekunden lang starre ich darauf hinab. Und ich habe noch immer nicht danach gegriffen, als ich seinem Blick begegne und darin so viel sehe, dass ich mich unwillkürlich wieder abwende.

Ich winde meine Finger auseinander und lege mit einer Hand mein Vier-Buchstaben-Wort, während ich mit der anderen nach Leith greife.

Die Vibration von Leiths Lachen überträgt sich nahtlos auf meinen Körper.

Dabei liegen nur meine Füße auf seinem Schoß, nachdem Lizzy und Hannah sich ständig an mir vorbeiquetschen mussten, um für Snacks und Getränke zu den Küchenschränken zu gelangen, und Leith mitbekommen hatte, wie kalt meine Füße waren. Das war vor fast zwei Stunden. Inzwischen ist der Film beinahe vorbei und der Couchtisch sieht aus, als hätte eine Mäusehorde ein Festmahl abgehalten: Nur ein paar Krümel zeugen noch von den Massen an Nüssen, getrockneten Früchten und kleinem Gebäck, die vormals die Dessertschüsseln gefüllt haben.

»Entweder ich hatte den Film falsch in Erinnerung«,

sagt Leith gerade,»oder ein Glas Rotwein zu viel … Aber so witzig kam der mir nicht vor, als ich ihn im Kino gesehen habe.«

Lizzy schnaubt.»Red dich nicht raus, Bruderherz. Du bist froh, von uns bei der Filmwahl überstimmt worden zu sein. Insgeheim liebst du Romcoms.«

»Ich? Niemals!«, erwidert er voller gespielter Inbrunst.

Lizzy bewirft ihn mit einem Popcorn, aber Leith fängt es stattdessen mit dem Mund auf und grient zufrieden.

Ich schüttle lächelnd den Kopf über die beiden und vergrabe meine Schulter im Polster des Sofas. Ich bin müde …

Und Leith hat irgendwann in der Mitte des Films begonnen, meine Füße zu massieren. Jetzt sind nicht nur meine Füße angenehm warm, sondern dank der stimulierten Reflexzonen summt mein ganzer Körper voller Zufriedenheit vor sich hin …

»Möchtest du eine Decke?«, fragt Leith leise.

Ich lächle ihn müde an.»Der Film ist eh bald vorbei, dann gehe ich schlafen.«

»Okay.«

Seine Finger ziehen weiter Kreise in meine Fußsohlen und ich kann nicht anders, als leise seufzend die Augen zu schließen. Ich öffne sie einen Spalt, als er kurz innehält, aber keine Sekunde später sind meine Füße und ich schon wieder im siebten Himmel.

Ich spüre Lizzys Blick auf mir und blinzle zu ihr herüber. Sie grinst mich an und sieht dann zu Hannah, die leise zu kichern beginnt.

Ich muss weggedämmert sein, denn ich wache davon auf, dass sich irgendetwas in meinem Rücken bewegt. Ich runzle die Stirn und klammere meine Hände fester in Was-auch-immer, bis mein Gehirn endlich Sinn aus dem zieht, was ich sehe: den Stoff von Leiths weißem Hemd. Direkt vor meiner Nase. Himmel, er riecht so gut. Niemand sollte nach einem langen Tag noch so gut riechen ...

Und vor allen Dingen sollte ich ihm nicht nahe genug sein, um das wissen zu können. Ich suche mit den Füßen vergeblich nach Halt und stemme meine Hände gegen seine Brust, nur um festzustellen, dass ich sie liebend gern dort liegen lassen würde ...

»Wir sind gleich oben«, murmelt Leith.

Aber erst als er die Treppenstufen erklimmt, geht meinem müden Hirn endlich auf, dass er mich trägt.

Die Treppe hinauf.

Cause why not.

Ich grabe meine Stirn in seine Armbeuge, um nicht hinsehen zu müssen.

Seine Atemzüge werden tiefer, als wir oben ankommen. Aber das ist so ziemlich alles, was verrät, dass er gerade mein gesamtes Gewicht ein Stockwerk hochgetragen hat.

Er lässt mich hinunter und tritt einen halben Schritt zurück. »Sorry, ich wollte dich nicht wecken«, flüstert er und verschwindet in Richtung unseres Zimmers.

Es ist das letzte auf dem Gang und ich husche rasch hinter ihm her.

»Willst du noch ins Bad?«, fragt Leith und öffnet einen nahezu leeren Schrank, um zwei Handtücher herauszuholen.

Ich nicke, werfe mein Smartphone auf die Matratze und runzle die Stirn beim Blick auf die Uhrzeit. Es ist nach eins.

»Habt ihr noch einen zweiten Film geschaut ...?«

Er schüttelt den Kopf. »Ich hab lieber ein bisschen von dem Chaos beseitigt – dann muss meine Granny morgen nicht alles alleine machen«, erklärt Leith.

Oh. *Wow.* Ein Schwiegermuttertraum.

Ich fliehe ins Bad – und kehre eine halbe Minute später zurück, weil ich meine Tabletten vergessen habe.

Und weil ein Fluch auf mir lastet, zieht Leith im selben Moment sein Tanktop über den Kopf und präsentiert mir einen perfekten durchtrainierten Rücken.

Er dreht sich zu mir herum, und ich brauche zwei Anläufe, um ein verständliches »Hab meine Tabletten vergessen« herauszubringen. Ich schnappe nach meiner Tasche und verschwinde zurück ins Bad.

Himmel, ich sollte wirklich aufhören, über seinen Körper zu obsessieren ... Denn wie oberflächlich ist das bitte? Bin ich wirklich *so* oberflächlich?

Ja.

Jedenfalls, sobald Leith irgendwo auftaucht ...

Mal im Ernst: Ich mag ausdrucksstarke Augen, ich mag ungewöhnliche Gesichtszüge, ich mag große Hände. Und sicher mag ich auch sämtliche Klischees, die man einem männlichen Körper eben abgewinnen kann.

Einzeln. In Portionen gewissermaßen. Wenn mir etwas besonders gefällt, lasse ich mich möglicherweise auch mal auf einen One-Night-Stand ein, sehe den Kerl aber hinterher nie wieder.

Nur Leith ist immer noch da. Zwei Schritte entfernt *und* in meinem Kopf. Weil das mit den »Portionen« bei Leith nicht funktioniert. Ich weiß nicht, wo eine Sache anfängt und die andere aufhört. Der Kerl ist einfach rundum unverschämt attraktiv.

Und er scheint auch nicht vorzuhaben, allzu bald wieder aus meinem Kopf zu verschwinden …

Ich lehne meine Schläfe gegen die kalten Fliesen und putze mir die Zähne. Dann nehme ich meine verdammten Tabletten – okay, die Dinger sind im Grunde ziemlich hilfreich – und tappe zurück zur Schlafzimmertür, nur um mir davor drei Minuten lang die Füße auf den Fliesen kalt zu stehen.

Ich reibe mir über die Gänsehaut an meinen Armen und verdrehe die Augen. Das ist wirklich albern! Ich hole tief Luft und stoße die Tür auf.

Leith liegt im Schein der Nachttischlampe auf seiner Seite des Bettes und scrollt auf seinem Smartphone herum. Und er trägt ein T-Shirt.

Als ich eintrete, blickt er auf und verzieht den Mundwinkel zu einem halben Lächeln. Dann zupft er am Zipfel der großen Bettdecke und murmelt: »Gibt leider nur eine. Im Schrank ist eine Wolldecke, aber die ist ziemlich dünn …«

»Schon okay«, flöte ich und mein schiefer Tonfall klingelt unangenehm in meinen Ohren.

Ich schlüpfe auf meiner Seite unter die Bettdecke und seufze in das Kopfkissen. *Ich bin so müde …*

»Brauchst du noch was oder kann ich das Licht ausmachen?«

»Kannst ausmachen«, murmle ich.

Und dann ist es dunkel. Stockdunkel. Ich höre nur noch Leiths Bewegungen, das Rauschen der Bettdecke und spüre die Bewegungen der Matratze unter mir.

»Jun?«

»Hm?«

»Kann ich dich etwas fragen?«

»Dir ist bewusst, dass dies die dämlichste Frage seit Menschengedenken ist?«

Er schnaubt leise. Die Decke raschelt erneut. Dann fragt er: »Was ... hat Steven getan?«

Er hat aufgehört, sich zu bewegen. Nur mein eigener Herzschlag dringt dumpf und schwer durch die Stille. Die Frage kam wie ein Geschoss aus dem Nichts. Ich habe keine Möglichkeit, ihr auszuweichen.

»Ich will nicht darüber reden, Leith.«

»Ich weiß, nur ...« Er flucht leise und kurz spannt die Decke unter meinen Fingern, als er sich darunter bewegt.

»Wirst du es mir irgendwann erzählen?«, fragt er.

»Nein.«

Ich höre ihn ausatmen. Dann verstummt er.

Und ich kann nicht schlafen. Minutenlang liege ich starr da. Beobachte die bunten Lichtfunken hinter meinen geschlossenen Lidern, von denen ich mir nicht erklären kann, woher sie kommen. Oder versuche, in der Dunkelheit die Umrisse der fremden Möbel auszumachen.

Dann höre ich ein letztes Mal, wie Leith sich bewegt. Aber dieses Mal ist es nicht rastlos. Sondern kurz und zielgerichtet.

Ich kann seine Hand sehen, wie sie sich von dem weißen Stück Bettlaken zwischen den Kopfkissen abhebt.

Ich schließe die Lider und lege blind meine Hand auf seine. Augenblicklich greifen seine Finger nach mir, verschränken sich mit meinen, und ich schlafe zu Leiths gleichmäßigen Atemzügen ein.

————

Am nächsten Morgen halte ich noch immer Leiths Hand umklammert. Allerdings liege ich auch halb auf ihm drauf, und ich bete innerlich, dass er es nicht bemerkt, als ich mich langsam von ihm wegrolle. Ich komme allerdings nicht weit. Denn Leiths Arm schlingt sich um meine Taille und zieht mich zu sich heran. Ich drehe mich zu ihm, um zu protestieren, als mir aufgeht, dass er die Lider noch geschlossen hat. Er schläft. Ich klappe meinen Mund zu und sacke zurück in die Kissen. Er ist so warm. Und er riecht gut … Das ganze Bett duftet nach ihm.

Okay.

Ich sollte aufstehen.

Ich vergrabe frustriert mein Gesicht im Kissen. Wahrscheinlich denkt sein Unterbewusstsein, ich wäre Ella.

Umso mehr Grund, aufzustehen.

Ich seufze, schäle mich aus der Decke und seinen Armen, schnappe nach meinen Sachen und tappe Richtung Badezimmertür. Unten mischt sich Lizzys helles Lachen unter das Geklapper von Geschirr, und ich hoffe, noch duschen zu können, bevor es Frühstück gibt.

Ich bin schon fast aus der Tür, als ich mich zu Leith umdrehe. Er liegt noch immer an derselben Stelle, einen Arm über dem leeren, zerwühlten Laken.

Allerdings hat er die Augen geöffnet und sieht mich geradewegs an. Sekundenlang. Bevor er die Lider aufeinanderpresst und sich umdreht.

Und ich verplempere zwanzig Minuten unter der Dusche damit, mir Leiths Gesichtsausdruck aus der Erinnerung zu waschen. – Er ist derjenige mit der strikten *Ich schlafe nur mit potenziellen Ehepartnern*-Politik. Nicht ich. Also warum in aller Welt kümmert es mich? Soll er froh sein, dass ich nicht ständig oben ohne vor ihm durch die Kante hopse.

Ja, ich bin dezent angefressen, als ich zurück ins Zimmer komme, wo Leith sich gerade die Knöpfe an seinem Buttondown schließt. Immerhin: es ist nicht weiß. Es ist nachtblau.

Wie seine Augen, als er sich zu mir umdreht und mich ansieht.

Himmel, ich will ihn küssen.

Nur ein Mal.

Ein Mal noch und nie wieder.

Okay, meine Gedanken klingen wie ein Junkie auf Turkey.

Normalerweise will ich niemanden küssen. Sex. Ja. Wenn man dabei unbedingt küssen muss – bitte. Aber ich will nie *einfach nur* küssen, um zu wissen, wie es sich anfühlt. Oder wie ich mich fühle, wenn diese Person mich küssen würde.

Ich bin erledigt.

Total erledigt.

»Hast du Hunger?«

»Ja«, erwidere ich gequält.

Er schüttelt belustigt den Kopf und greift nach meiner Hand. »Dann lass uns gehen. Vielleicht heitern Granny Helens Pancakes dich ja auf.«

Leith lässt mich erst los, als er beide Hände braucht, um seine Pancakes zu schneiden.

Lizzy tanzt ins Esszimmer und singt: »*Black Friday, Black Friday, i-i-i-it's Black Friday!*« Vor ihrem Platz angekommen trommelt sie ein Schlagzeugsolo in die Luft und fällt anschließend in einem perfekten Spagat auf den Fußboden.

Während mir der Mund offen steht, hat die Hälfte der Familie die Hände vors Gesicht geschlagen.

Lizzy steht auf und lässt sich graziös auf ihren Stuhl sinken, entfaltet schwungvoll ihre Serviette und legt sie sich über den Schoß. Dann deutet sie auf Janet und sagt: »Du solltest gut essen, Mom, ich habe heute viel mit dir vor.«

Leith wirft seiner Schwester einen missbilligenden Blick zu, den sie mit unschuldigem Augenaufschlag erwidert.

Während Lizzy ihrer Mutter einen detailliert ausgearbeiteten Shoppingplan erläutert, frage ich Leith leise: »Sind die Läden am Black Friday nicht total überfüllt?«

Er nickt und murmelt: »Aber es ist Familientradition, was soll man da machen?« Er schaut noch immer streng, aber ich kann das leise Grinsen in seiner Stimme hören und muss mir selbst eines verkneifen.

Granny Helen sitzt auf meiner anderen Seite. Ich habe sie leise mit Leiths Cousinen tuscheln sehen, als sie sich plötzlich an mich wendet: »Du und Leith, ihr kommt doch sicher mit in die Mall, ja?«

Leith wirft mir einen fragenden Blick zu, aber ich hebe die Hände und sage: »Einer Familientradition werde ich nicht im Weg stehen.«

Helen lächelt zufrieden und tätschelt meinen Unterarm.

Manche Menschen scheinen sich um Jahre zu verjüngen, wenn sie lächeln. Sie ist eine von ihnen.

Aber als sie Anstalten macht, mir einen Hundert-Dollar-Schein zuzuschieben, wehre ich ab. »Nein, nein, bitte, ich bin nur Gast. Es wäre mir wirklich unangenehm ...«

Und das ist eine Untertreibung. Eine maßlose. Ich fühle mich furchtbar, als sie darauf besteht, dass ich ihr Geld annehme, und bin erleichtert, als Leith es ihr stattdessen abnimmt und verspricht, es für mich auszugeben. Ihm kann ich später sagen, dass er es zurückgeben oder wenigstens ihr ein Geschenk davon kaufen soll.

Für den Moment spüre ich jedoch die Blicke der gesamten Familie auf mir ruhen, und jeder scheint mich davon überzeugen zu wollen, dass es okay wäre, wenn ich das Geld annähme. Aber das ist es nicht. Nicht für mich.

Dementsprechend bin ich Duncan beinahe dankbar, als er das Wort an Leith richtet und meint: »Ich habe neulich mit deinem College-Präsidenten gesprochen. Er sagte, du würdest außerordentlich gute Leistungen erbringen. Ich dachte mir, heute wäre ein guter Tag, um sich dafür erkenntlich zu zeigen.«

Lizzy sieht von ihrem Teller auf, aber Leiths Anspannung neben mir kann ich beinahe mit Händen greifen. Er lächelt verkniffen und erwidert: »Ich bin mit meinen Leistungen zufrieden.«

Duncan wendet sich an seine Frau: »Sei so gut und hol mein Portemonnaie. Es liegt oben auf der Kommode neben den Bilderrahmen.«

Aber Leith schüttelt den Kopf. »Schon gut. Ich habe im

Sommer bei *Jason & Stern* gearbeitet und dank deiner Großzügigkeit bisher nichts von dem Lohn angerührt.«

»*Jason & Stern*?«, wiederholt Duncan und sieht seinen Sohn fragend an.

Clyde Boyd hebt die Schultern. »Es war seine Entscheidung. Ich habe ihm gesagt, dass ihm bei uns deutlich mehr Einblicke gewährt werden würden als nur die in den Kopierraum.«

Leith schüttelt den Kopf. »Ich habe Stern auf Termine begleitet, seine Anrufe entgegengenommen und durfte am Ende der zwei Monate an Klientengesprächen teilnehmen.«

Duncan lacht gekünstelt. »Es ist ja höchst ehrenwert, dass du schon Klienten von anderen Kanzleien abwirbst, aber du solltest erst einmal Sorge dafür tragen, dass man dein Gesicht auch in der Familienkanzlei kennt, denkst du nicht?«

»Ich *denke*, dass man mein Gesicht dort bereits hinreichend kennt …«, murmelt Leith. Er legt sein Messer zurück auf den Teller. Finger für Finger löst er von dem Griff und platziert die Hand schließlich auf seinem Oberschenkel, wo er immer wieder dieselbe Bewegung vollführt. Zu Anfang verstehe ich es nicht – bis mir klar wird, dass er eine zusammengeknüllte Serviette wie einen Baseball zwischen den Händen hin- und herwirft.

Duncan bemerkt davon nichts. Er fährt fort: »Man kann nie bekannt genug sein in der eigenen Kanzlei.«

»Es ist aber nicht *meine* Kanzlei.«

»Natürlich ist es das. Du bist ein Boyd. Die Kanzlei heißt Boyd.« Duncan lacht, als hätte er einen Witz gemacht. Aber niemand stimmt ein. Der gesamte Tisch schweigt. Inklusive mir. Denn mit jedem weiteren Satz aus Duncans Mund schlägt mein anfänglicher Mangel an Sympathie für ihn in offene Abneigung um.

»Die Kanzlei heißt *Boyd & Carmichael*. Und ich beabsichtige nicht, einzusteigen«, sagt Leith, und dieses Mal ist die Anspannung in seiner Stimme offensichtlich.

Duncans Faust donnert auf den Tisch. Die Frauen zucken zusammen, aber Leith blinzelt nicht einmal. Er hat es kommen sehen.

»Wir hatten einen Deal, du und ich«, sagt Duncan und deutet mit einem Zeigefinger auf seinen einzigen männlichen Enkel. »Wenn du Jura studierst, bezahle ich dir die Gebühren fürs College und jede Law School, die du dir aussuchst. *Herrgott im Himmel*, du hättest in Harvard aufs College gehen können, wenn du es nur versucht hättest. Aber du wolltest ja in der Nähe deiner Familie bleiben. In der Nähe der Kanzlei. Das waren deine Worte.«

Leith nickt. »Ja, als ich die Highschool abgeschlossen habe, waren das meine Pläne. Aber die haben sich geändert. So etwas passiert.«

»Du willst nicht mehr auf die Law School?«, fragt Janet entgeistert.

Ich hingegen verstehe nicht einmal, warum diese Debatte überhaupt auf diese Weise geführt wird: als sei es nicht Leiths Entscheidung, was er an welcher Universität studiert oder wo er danach arbeiten will.

Leith hebt die Augenbrauen. »Doch. Ich möchte nur nicht in die Kanzlei einsteigen. Ich will mit einem Kommilitonen etwas Eigenes aufbauen. Ihr macht Wirtschafts- und Immobilienrecht. Ryder und ich haben bald vier Jahre damit verbracht, Gesetzgebung und politische Zusammenhänge zu verstehen, und uns entschieden, dass es nicht noch jemanden braucht, der die Interessen großer Firmen vertritt. Wir wollen ins Strafrecht.«

Duncan lacht. Das Geräusch fühlt sich an wie Schneeregen auf meiner Haut. Aber es kühlt den Klumpen Wut, der sich in meinem Inneren gebildet hat, kaum ab.

»Ihr wollt Mörder und Vergewaltiger vertreten? Von welchem Geld?«

Leith wirft die zusammengeknüllte Serviette auf seinen halb leer gegessenen Teller und lehnt sich im Stuhl zurück.

»Laut Verfassung verdient jeder Vertretung vor Gericht. Potenzielle Täter, Opfer – jeder. Das weißt du besser als ich. Mom und Dad haben für mich ein Sparbuch angelegt, das mit meinem 21. Geburtstag letztes Jahr auf mich übergegangen ist. Ich kann mit dem Geld machen, was ich will. Und für den Anfang brauchen wir keine fancy Innenausstattung in einem High-Rise. Wir könnten sogar von zu Hause aus arbeiten, aber ich bezweifle, dass es nötig sein wird …«

»Ich habe dich nicht für so naiv gehalten, Enkel. Du machst dir nicht klar, wie schwierig das ist, eine völlig neue Kanzlei von Grund auf zu etablieren. Es braucht weit mehr als ein paar gute Noten und den Abschluss an einer beliebigen Law School.«

»Dessen bin ich mir durchaus bewusst.«

»Dann solltest du davon Abstand nehmen und das hart verdiente Geld deiner Familie nicht aus dem Fenster rauswerfen! Ich werde dir jedenfalls nicht die Law School bezahlen, nur damit du irgendwo eine Hinterhofkanzlei eröffnen kannst, um Schwerverbrecher zu vertreten. Du kannst es wie dein Vater machen, einige Jahre in der Kanzlei arbeiten und dann einen Zweig in einer anderen Stadt eröffnen, wenn du das unbedingt willst. Aber das, was du vorhast...« Boyd senior schüttelt den Kopf.»Werd erwachsen, mein Junge, und schlag dir solche Flausen aus dem Kopf. Eines Tages wirst du mir dankbar sein, wenn du eine erfolgreiche Kanzlei führst, anstatt mit dreißig bereits insolvent zu sein und keine Zukunft mehr zu haben.«

»Du willst mir die Studiengebühren streichen, um mich dazu zu zwingen, in Dads Kanzlei einzutreten?«, übersetzt Leith die Drohung seines Großvaters. Er klingt nicht annähernd so wütend, wie ich mich fühle, aber ich kann die kaum beherrschte Spannung in seinem Kiefer und sogar in seiner Oberarmmuskulatur sehen.

»Ich will das Beste für dich. Manchmal muss man Menschen zu ihrem Glück zwingen. Komm mal in mein Alter, dann wirst du das verstehen.«

Leith nickt. Aber seine Finger unter dem Tisch spreizen sich krampfhaft.

Ohne zu überlegen, greife ich danach, spüre, wie sie augenblicklich unter meinem Griff nachgeben, während ich mich lächelnd an Duncan wende. Es ist das perfekteste Lächeln, das ich zustande bringe.»Ich bewundere Leith für seine Zielstrebigkeit. Viele meiner Kommilitonen wissen nicht, was sie mit ihrer Zukunft anstellen sollen. Und um ehrlich zu sein, ich weiß es auch nicht, falls ich keine Anstellung bei einem Theater finde.« Leith schnaubt leise, aber ich ignoriere ihn. Er darf mir gern später am Tag Honig um den Mund schmieren. »Leith hat eine genaue Vorstellung, er hat eine Vision. Und das ist nun einmal, was unsere Generation ausmacht. Vielleicht haben Sie recht und er scheitert. Okay. Aber dann hat er es wenigstens versucht und wird sich nicht sein Leben lang fragen, ob er etwas hätte anders machen sollen. Mit Anfang zwanzig Fehler zu machen, falsche Entscheidungen zu treffen, das ist normal. Wie sollen wir sonst mit vierzig und fünfzig die richtigen treffen? Und was ist, wenn es klappt? Vielleicht wird er nicht reich. Aber er wird zumindest das tun, was ihm wichtig ist.« Ich zucke mit den Schultern, werfe Leith einen affektierten Blick zu und seufze theatralisch. »Leith ist ein furchtbarer Familienmensch. Er würde nie leichtfertig eine Entscheidung treffen und dabei so viel aufs Spiel setzen, nur weil er gerade einer Laune folgt. Dazu ist sein Verantwortungsbewusstsein zu ausgeprägt. Ich kenne ihn gut genug, um zu wissen, dass er darüber mit Sicherheit lange nachgedacht hat. – Gibst du mir bitte die Fruitloops, Lizzy?«

Sie blinzelt mich einen Moment verständnislos an, dann nickt sie eifrig, greift nach der bunten Packung und reicht sie mir. Als ich sie entgegennehme, sehe ich Janet mit erhobenen Augenbrauen ihr Orangensaftglas heben. Sie tippt es für den Bruchteil einer Sekunde in meine Richtung, und man könnte fast meinen, sie prostet mir zu. Aber ich reagiere nicht. Weil das, was ich gesagt habe, nicht von mir hätte kommen sollen. Sondern von ihr.

»Fruitloops, hm?«, murmelt Leith neben mir, er sieht mich mit schief gelegtem Kopf an und fragt: »Hat dir niemand gesagt, wie ungesund die sind?«

Ich sehe seinen Mundwinkel zucken und verkneife mir ein Lächeln. »Nein, wirklich?«

»Furchtbar ungesund«, bekräftigt er nickend, während sein Daumen unter dem Tisch über meinen Handrücken streicht.

————

»Danke«, murmelt Leith, als wir im Nieselregen vor der Haustür stehen und darauf warten, dass die Mädchen fertig umgezogen sind. »Ich schätze, du hast mir gerade meine Studiengebühren gerettet ...«

Ich wiege den Kopf. »Duncan klang nicht gerade so, als ob ich ihn überzeugt hätte.«

»Das klingt er nie«, erwidert Leith. »Aber er wird sich einkriegen. Ich hingegen ...«, er runzelt die Stirn und blickt an mir vorbei auf den Parkplatz, »... war im Begriff, etwas sehr Dummes zu sagen.«

»So hast du nicht gewirkt.«

Leith schüttelt langsam den Kopf. »Ich bin immer zwiegespalten zwischen dem Bestreben, es allein und ohne das Geld oder den Ruf meiner Familie schaffen zu wollen, und der Tatsache, dass ich nun mal ihr Sohn bin. Aus der Rolle komme ich nicht raus – und sie aus ihrer auch nicht.«

Ich beiße mir auf die Unterlippe und frage: »Ist das der Grund, warum du mit Ryder eine neue Kanzlei aufbauen willst?«

Er zuckt mit den Schultern. »Es spielt vermutlich irgendwie eine Rolle. Aber hauptsächlich ist es wirklich die Tatsache, dass Strafrecht mir besser gefällt. Ich könnte versuchen, das als dritten Schwerpunkt innerhalb von *Boyd & Carmichael* aufzubauen, aber ... es passt eigentlich nicht dort rein. Und ich will nicht um Entscheidungen kämpfen oder gar buckeln müssen. Ohnehin ist das bisher alles noch ein dummer Jungentraum, Jun. Ich habe noch nicht mal eine Zusage von einer Law School, und obwohl ich mit Ryder Scherze darüber mache, dass wir irgendwann etwas Eigenes aufziehen, habe ich es nie ernsthaft mit ihm diskutiert.«

»*Dream big*, sagt unser Impro-Professor immer.«

Leith lacht und streicht sich die blonden Locken aus der Stirn. »Ja, vielleicht ...« Er sieht mich an und die Weichheit in seinem Blick lässt für einen Moment die Luft in meinen Lungen stocken. Aber dann wendet er sich ab und springt die niedrigen Treppenstufen hinab, die in Richtung Parkplatz führen.

Hinter mir strömen seine Cousinen und Lizzy aus dem Haus und rennen lachend zu den Autos. Aber ich sehe noch immer Leith an, wie er sich zu mir umdreht, lächelt und dann mit gespieltem Hofknicks die Beifahrertür seines Mercedes aufzieht. *Himmel, er ist so ein altmodischer Idiot ...* Ich verkneife mir ein Lächeln, während ich kopfschüttelnd zum Parkplatz hinüberlaufe.

Ich habe mich gerade auf den Beifahrersitz fallen lassen, als Lizzy neben der Fahrertür auftaucht.

»Dürfen wir bei dir mitfahren?«, fragt sie und blinzelt ihren großen Bruder mit perfekter Hundewelpenmiene an.

Aber Leith schüttelt den Kopf. »Fahrt mit Mom und Dad.«

Sie will widersprechen, aber Leith schlägt ihr die Autotür vor der Nase zu. Lizzy reckt das Kinn, verschränkt die Arme vor der Brust und stolziert davon.

»Fahren wir nicht sowieso alle zum selben Treffpunkt?«, frage ich. Obwohl ich für seine Entscheidung dankbar bin, tut Lizzy mir leid. Es ist offensichtlich, dass sie sehr an ihrem großen Bruder hängt.

Leith nickt, und während er sich anschnallt, sagt er nahezu beiläufig: »*Jap*. Aber ich bin heute ein unsäglicher Egoist und wir fahren morgen zurück nach Lorcastle. Wer weiß, wie lange ich dich dann noch für mich allein habe?«

Er startet den Motor und erst danach sieht er mich an.

Mir ist schlecht. Die gute Art von schlecht. Gut-schlechte Art von schlecht. Die Art, bei der man sich fühlt, als flatterten einem eine Million wild gewordener Schmetterlinge im Magen herum, deren Flügelschläge bis in die eigenen Fingerspitzen hinein zu spüren sind und einem die Gedanken durcheinanderwirbeln.

20

LEITH

»Gott, bin ich erledigt«, murmelt Jun und lehnt den Hinterkopf an die Umkleidewand.

Wir haben uns geopfert und meine Mom beim Shoppingmarathon abgelöst, damit sie mit meiner Granny etwas essen kann. Das ist zumindest die offizielle Erklärung. Inoffiziell bin ich mir sicher, dass die zwei irgendetwas aushecken; ich weiß nur nicht, was, und hoffe, dass es nichts mit dem Umstand zu tun hat, dass Jun heute Morgen Grannys Hunderter nicht annehmen wollte ...

»Heute Abend ist das große Familiendinner im Charleston«, murmle ich. »Zumindest für meine Familie. Wir können zu Hause bleiben, wenn du möchtest.«

Jun schüttelt den Kopf und lächelt mich an. »Schon gut. Ich brauche nur ... ein Bad oder so was.«

»Es gibt einen Jacuzzi im Garten. Mit Winterheizung. Direkt neben der schwedischen Sauna.«

Jun stöhnt leise. »*Jacuzzi?* Das klingt perfekt ...«

Ja. Ziemlich perfekt. Mein Gehirn hat eine Direktleitung gelegt zwischen Jun, Jacuzzi und diesem Geräusch, das sie gerade gemacht hat. Und diese Direktleitung führt bedauerlicherweise in erster Linie direkt ... *well*, wo sie nicht hingehört.

Ich schlage meinen Hinterkopf härter als nötig gegen die Wand und hoffe, dass der Schmerz mein Kopfkino ausschaltet.

Tut er nicht.

Stattdessen wirft Jun mir mit gehobener Augenbraue einen Blick zu, und ich setze alles daran, ihn zu ignorieren.

»Willst du mal anprobieren?«, erlöst Lizzy mich. Sie hält ein weißes Top vor Jun in die Höhe. Es würde ihr gut stehen, schätze ich, aber Jun winkt matt lächelnd ab. »Nein danke.«

»Du hast noch vierundachtzig Dollar gut bei mir«, erinnere ich sie. Die anderen sechzehn hat sie für einen Kaschmirschal, den meine Granny bekommen soll, ausgegeben. Ursprünglich hätte er fünfundvierzig Dollar gekostet – vor dem Black-Friday-Sale.

Jun verdreht die Augen. »Behalt sie.«

Ich schnaube und wende mich an Lizzy: »Wie viel hast du noch über? Oder hast du dein Budget für heute schon aufgebraucht?«

Lizzy verzieht verschämt das Gesicht. »Möglicherweise.« Sie blinzelt kurz zu Jun und fragt mich: »Meinst du, ich übertreibe?«

Ich muss lachen. Dann strecke ich eine Hand nach ihren langen Locken aus und erkläre: »Natürlich übertreibst du! Aber es ist okay. Wo ist Hannah?«

»Die kommt gleich nach. Ich stell mich schon mal in die Schlange an der Kasse.«

Ich nicke und blicke ihr kopfschüttelnd nach. Neben Jun reihen sich fünf große Papiertüten voller Klamotten, die Lizzy und Hannah heute erstanden haben. Und wer darf den Kram schleppen? *Genau.* Ich. Aber dazu wurden große Brüder vermutlich erfunden. Als Shopping-Queen-Packesel.

Zum Glück brauchen Hannah und Lizzy nicht so lang wie befürchtet und wir machen uns kurz darauf auf den Weg zu meiner Mom und Helen.

Meine Granny erwartet uns auf einer Sitzbank in der Nähe der Fahrstühle und strahlt. Was bedauerlicherweise ein schlechtes Zeichen ist, denn sie sieht Jun an und winkt mit einer Einkaufstüte.

»Oh, bitte nicht«, flüstert Jun flehentlich.

Aber ich muss grinsen. »Du hättest die hundert Dollar nehmen sollen.«

Jun wirft mir einen Blick zu, der gleichermaßen missbilligend wie gequält aussieht.

Ich seufze. »Sie will dir eine Freude machen, okay? Vergiss das nicht.«

»Muss sie das … mit Geld machen?«

»Willst du ihr das jetzt allen Ernstes vorwerfen?«

»Nein, aber …«

»Nichts *aber.* Sag *Danke, Granny,* und du machst sie zum glücklichsten Menschen auf Erden. Versprochen.«

»Ha-ha.«

Ich hätte ihre Hand genommen, aber bedauerlicherweise

trage ich Lizzys halben Kleiderschrank mit mir herum, und so bleibt mir nichts anderes, als Jun zaghaft anzustoßen. »Ich meine es ernst. Du würdest ihr wirklich einen Gefallen tun. Und mir auch.«

Sie sieht mich ergeben an. Das Braun ihrer Augen erinnert mich an Zartbitterschokolade, die in der Sonne schmilzt. Oder vielleicht bin auch ich derjenige, der schmilzt. Keine Ahnung. Mein Hirn hat ganz offensichtlich für heute seine Funktionstüchtigkeit aufgegeben. Anders kann ich mir diesen gedanklichen Unsinn nicht mehr erklären ...

Meine Granny zaubert aus ihrer Papiertüte einen dunkelbraunen Jumpsuit hervor. – *Ja, genau.* Zartbitterschokoladenbraun. Er ist modisch geschnitten, lang, mit weitem Bein und Rundhalsausschnitt. Und trotzdem hoffe ich, das Ding nie an Jun sehen zu müssen. Denn wenn er so sitzt, wie ich mir das gerade vorstelle ... *Damn,* ich sollte wirklich aufhören, mir *irgendetwas* bildlich vorzustellen, sobald es um Jun geht.

Ich stelle die Tüten hin, wende mich ab und vertiefe mich in mein Smartphone, während Jun hinter mir mit Komplimenten zu ihrer Figur überschüttet wird, wie gut sie in diesem verfluchten Jumpsuit aussähe und dass sie ihn unbedingt heute Abend tragen solle und ... *Yeah.* Ich kann mir nichts Schöneres vorstellen, als ein halbes Familiendinner lang mit einer Latte unterm Tisch dazusitzen.

Ich schließe frustriert die Lider und lasse meinen Kopf gegen den Stützpfeiler vor den Fahrstühlen sinken.

»Alles okay?«, fragt Jun leise hinter mir und ich spüre ihre Hand auf meiner Schulter. Es ist eine sanfte Berührung und ihr Daumen streicht über die Haut an meinem Hals. Nur diese eine Berührung und Jun hat einen weiteren der hundert Momente geschaffen, in denen ich sie am liebsten bis zur Atemlosigkeit küssen würde.

Ich drehe mich zu ihr um und winde mich im selben Moment aus ihrem zarten Griff. »Alles gut«, murmle ich.

Sie schluckt und lächelt verkrampft, und ich würde freiwillig fünf Trainingseinheiten hintereinander durchlaufen, wenn ich im Gegenzug ihre Gedanken lesen könnte. Nur jetzt. In diesem Augenblick.

Stattdessen stoße ich mich von dem Pfeiler ab und greife nach den tausend Tüten. »Hunger?«

Sie nickt. »Die anderen sind in einen Juwelierladen gegangen, und ich habe ihnen gesagt, dass wir derweil ins Restaurant hochfahren.«

»Okay.«

»Gib mir ein paar der Tüten!«

Wir greifen gleichzeitig danach und es ist wie in einem dieser bescheuerten Filme. Unsere Finger berühren sich, wir zucken zusammen und tun trotzdem so, als wäre nichts passiert.

Fehlt nur noch, dass wir uns beim Aufblicken den Kopf stoßen oder so einen Mist – weswegen ich die uneleganteste Bewegung aller Zeiten mache und mit gesenktem Kopf einen Schritt rückwärtsgehe.

Ich seufze und murmle: »Wir müssen in die Fahrstühle.«

Ich drücke mindestens fünf Mal auf denselben verfluchten Rufknopf, auch wenn mir bewusst ist, dass es die Sache nicht beschleunigt, und als die Fahrstuhltüren sich endlich vor mir öffnen, atme ich erleichtert auf.

Jun folgt mir in den schmalen Raum und ich starre wieder auf die Fahrstuhltüren – nur dieses Mal von innen. Als ich ihren Blick auf mir spüre, wende ich den Kopf. Im Spiegel kann ich sehen, wie sie mich mustert. Ihr Blick versengt meine Kleidung und verharrt länger auf meinem Körper, als sie sich jemals zugestehen würde, wenn sie wüsste, dass ich sie beobachte. Allerdings scheint ihr genau das gerade aufzufallen, denn ihre Wangen färben sich leuchtend rosa und sie senkt verlegen den Kopf. Es sieht unfassbar süß aus, und der Drang, sie an mich zu ziehen, sie zu berühren, zu küssen, ihren Duft einzuatmen und sie nie wieder loszulassen, wird übermächtig.

Und ich verliere.

Ich gebe nach.

Ich drehe mich zu ihr herum und dränge sie bis an die Wand in ihrem Rücken. Für den Bruchteil einer Sekunde sieht sie mich mit schockgeweiteten Augen an und meine Finger verkrampfen sich über ihrem Kopf zu Fäusten.

Sie wird mich umbringen. Sie wird mir das Herz aus dem Leib reißen, es in Stücke hacken und in den Dreck werfen.

Sie will mich nicht. Nicht wirklich. Nicht so, wie ich sie will. Sie wird mich zurücklassen, am Boden liegend und in all meine Einzelteile zersplittert. Und sie wird sich kein zweites Mal nach mir umdrehen, sondern einfach weiterleben.

Aber ich bin schwach. Und dumm. Und sie ist so verdammt ... perfekt.

Ich schmiege meine Hände um ihre Halsbeuge. Meine Finger kommen mir schwielig und grob vor im Gegensatz zu ihrem grazilen Hals und der zarten Haut.

Als ich sie zu mir heranziehe, habe ich für einen kurzen, irrationalen Moment die Angst, sie könnte jetzt schon unter meinem Griff vergehen. Aber nichts dergleichen passiert. Stattdessen kommt sie mir entgegen, bis unsere Lippen sich treffen und ich unwillkürlich weiß, dass ich recht hatte. Ich bin im Begriff unterzugehen. Zu ertrinken in Juns Kuss, den Berührungen ihrer Fingerspitzen auf meinem Brustkorb, ihrem Duft, dem Gefühl ihrer Zunge auf meiner und den tausend Empfindungen, die meine Nervenbahnen schon jetzt zu überfordern drohen.

Die Fahrstuhltür öffnet sich mit einem charakteristischen *Ping* in meinem Rücken, aber es ist mir egal. Ich schlinge eine Hand um ihre Taille und ziehe sie näher zu mir heran, bis ihr schmaler Körper gänzlich von meinem verdeckt wird. Und, *fuck*, wer auch immer sie erschaffen hat, muss es getan haben, um mich zu quälen. Ihr Körper schmiegt sich perfekt in meinen. Mit jedem unserer viel zu schnellen Atemzüge spüre ich ihre Brust an meiner, den sanften Druck ihrer Hüfte gegen meinen Unterleib, während das Spiel ihrer Zunge mir noch immer den Verstand raubt.

Ich habe keine Ahnung, wo wir sind, als sie sich schließlich schwer atmend von mir löst. Sie lehnt den Kopf an meine Schulter, und ich halte sie stumm in meinen Armen, während die Etagenanzeige von zwei auf drei auf vier springt und wieder zurück.

»Hunger?«, frage ich leise, und meine Stimme hört sich rau an und belegt.

Jun kichert. Das Geräusch jagt mir eine warme Gänsehaut über die Arme. »Das auch«, erwidert sie.

Ich gebe ihr einen Kuss, aber was nur eine flüchtige Zärtlichkeit hat werden sollen, eskaliert in weitere Umwege mit dem Fahrstuhl, bis wir endlich auf der Restaurantebene ankommen. Auch wenn ich mir zugegebenermaßen nicht sicher bin, ob mein Körper jetzt noch in der Lage ist, Essen zu verarbeiten. Mein Magen fühlt sich an, als bestünde er selbst nur aus Zuckerwatte.

Ich bin so was von geliefert ...

21

JUN

Ich habe weiche Knie. Ich kann nicht aufhören, ihn anzusehen, wie er da neben mir auf der Bank sitzt und sein Essen genießt. Mir tun die Wangen weh, weil ich nicht aufhören kann zu lächeln. Und jedes Mal, wenn er sich bewegt, wenn meine Haut seine streift, wenn er mich nur ansieht, habe ich Angst, mein Herz könne aus meiner Brust herausspringen.

Zusammengefasst: Ich bin ein 14-jähriger Teenager auf Crack, der neben seinem TV-Idol sitzt und kurz davor ist, zu hyperventilieren.

Und das alles nur, weil er mich geküsst hat. Oder ich ihn. Oder wir uns gegenseitig. Wie auch immer.

Ich weiß noch nicht einmal, was das alles hier bedeutet. Und vielleicht will ich es gar nicht wissen. Vielleicht will ich einfach nur in dieser Nische des Restaurants sitzen und mich wie ein Teenager auf Crack fühlen, seine Küsse aus Cola, Erdbeermilchshake, Fast Food und ganz viel Leith schmecken und so tun, als sei das meine Welt. Als sei ich nicht das zerbrochene kleine Mädchen, das nicht an die Liebe glaubt.

Erst das unablässige Vibrieren von Leiths Smartphone zieht uns schließlich auseinander und er greift widerwillig danach. »Was ist denn so dringend, Lizzy?«

Ich weiß nicht, was genau sie sagt, ich weiß nur, dass sie auf ihn einredet wie die Niagarafälle. Leith streckt den Arm, um auf seine Uhr zu blinzeln, dann verzieht er das Gesicht und murmelt: »Ist gut. – Nein, du fährst mit Mom. Jetzt.« Er verdreht die Augen. »Ist mir egal, Schwesterherz. Steig ins Auto, wir bringen dir deine geliebten Klamotten mit. – Ja. – Ja, wir müssen uns auch noch umziehen. – Lizzy? Bye.«

Er schließt entnervt die Augen, aber schon als er mich wieder ansieht, ist die Frustration verschwunden.

»Sorry. Ich dachte, wir könnten uns noch ein bisschen drücken.« Er lächelt. Schief und verlegen, und doch ist es das schönste Lächeln, das ich je an ihm gesehen habe. »Aber ich fürchte, wir müssen los.«

Leith greift nach meiner Hand. Er hat es schon so oft getan in den letzten Tagen. Trotzdem fühlt es sich dieses Mal besonders an. Weil ich nicht ewig rätseln muss, ob es etwas bedeutet. Ich *weiß*, dass es etwas bedeutet.

Im Haus seiner Großeltern angekommen, gehe ich zurück in unser Zimmer, während Leith seiner Schwester die Einkaufstüten bringt.

Ich wiege unschlüssig Granny Helens Jumpsuit in den Händen. Ich weiß, dass sie sich wünschen würde, dass ich ihn heute Abend trage. Aber es fällt mir schwer, das Geschenk anzunehmen. Die ganzen letzten Tage kommen mir so ... unwirklich vor. Wie irgendein kitschiges Märchen, in dem ich nicht die böse dreizehnte Fee spiele – dabei mag ich die Rolle. Es war mein allererster Schauspielpart, in einem Theaterstück an meiner damaligen Highschool, als ich mit meiner Mom noch in Phoenix gewohnt habe. Vor Steven. Sie war zu diesem Zeitpunkt schon medikamentenabhängig. Aber es war anders. Damals habe ich noch geglaubt, sie könnte damit aufhören. Irgendwann. Mit den richtigen Ärzten, der richtigen Betreuung, dem richtigen sozialen Umfeld. Heute glaube ich das nicht mehr. Niemand kann uns heilen außer wir uns selbst. Und meine Mom wird nie heilen.

Ich seufze und blinzle auf den weichen Stoff in meinen Händen hinab. Noch einmal Prinzessin spielen? Wie in *Cinderella?*

Die Tür öffnet und schließt sich hinter mir. Leiths Hände wandern meine Oberarme hinab, bis seine Finger sich mit mir um den Stoff legen. Ich spüre das Heben und Senken seiner Brust in meinem Rücken, seine Lippen an meinem Hals, meiner Wange, meinem Ohr. Ich sinke darin ein, in seine Arme, die Wärme, seine Berührungen und Liebkosungen.

Er zieht mir mein Strickkleid über den Kopf, das T-Shirt, kniet vor mir nieder und rollt meine Leggins hinunter, berührt jedes freigelegte Stück meiner Haut, und ich drohe das Gleichgewicht schon zu verlieren, bevor er mir den Stoff von den Füßen streift.

Schließlich stehe ich halb nackt vor ihm und habe mich

noch nie so verletzlich gefühlt. Als hätte er mir eine Rüstung ausgezogen und nicht bloß Kleidung. Meine Finger kribbeln, als ich sie nach ihm ausstrecke. Sie sind ungeschickt und fahrig. Es scheint ewig zu dauern, bis ich den ersten seiner Hemdknöpfe gelöst habe und doch nur einen Augenblick, bis sie alle offen stehen und ich ihm das Button-down von den breiten Schultern schiebe. Er trägt ein T-Shirt darunter. Aber als meine Fingerspitzen an dem schwarzen Saum klauben, halte ich inne. Die Haut darunter ist weich und warm, und sie zuckt vor meinen Berührungen zurück, als seien seine Nervenenden genauso überfordert wie meine. Ich lasse meine Stirn auf seine Schulter sinken, schließe die Augen und gebe mich einfach nur dem Gefühl seiner Haut unter meinen Fingerspitzen hin. Ich ziehe die Konturen seiner Muskulatur nach, folge dem Verlauf seines Hüftknochens und streife die dünne Haarspur entlang, die sich von seinem Bauchnabel abwärtszieht. Aus Leiths Kehle dringt ein leises, tiefes Geräusch, dessen Vibration meinen Körper gleichermaßen in Schwingung versetzt wie seinen. Ich öffne den Knopf seiner Hose, wandere unter den Bund seiner Boxershorts und spüre, wie er sich unter der Bewegung windet. Er greift mit einer Hand nach meiner und hält mich auf. Seine Lippen streifen meine Schläfe, meinen Kiefer, meinen Wangenknochen, und ich schließe ergeben die Augen. »Ich möchte nicht, dass du mit mir schläfst, wenn du nicht dasselbe spürst wie ich.« Er legt mir die flache Hand auf den Ansatz meiner linken Brust, genau über meinem Herzen. »Hier drin.«

Ich weiß, dass er fühlen kann, wie schnell mein Herz unter seiner Berührung schlägt. Dass er hören kann, wie jeder

Atemzug zittert, weil er so nah vor mir steht, dass ich jedes Mal seinen Duft einatme.

Aber bevor ich das Gefühl in Worte fassen kann, dringt Lizzys Stimme durch den Flur.»Leith? Jun? Seid ihr immer noch hier oben?«

Ich erstarre, während Leith mich bis an die Wand hinter der Tür schiebt.

»Du hast eine Tüte im Auto vergessen und ich brauche den Schlüssel!« Allmählich verstehe ich, warum Leiths Geduldsfaden mit seiner Schwester zuweilen etwas kurz geraten ist. Im Moment ist meiner praktisch nicht existent.

Er wirft mir einen entschuldigenden Blick zu, dann schließt er seine Hose und zieht seinen Autoschlüssel daraus hervor. Im selben Moment schwingt die Tür auf, bis Leith geistesgegenwärtig eine Hand ausstreckt und sie festhält, bevor sie komplett aufschwingt. Sein Gesicht ist versteinert, während er sich umwendet und in den Türspalt tritt.

»Ich habe dich drei Mal gerufen, du Keks! Warum antwortest du nicht?!«

»*Lizzy*«, murmelt Leith und ich kann anhand seines Schattens erkennen, dass er einen Arm gegen den Türrahmen stützt.

Tatsächlich klingt seine Schwester etwas verunsichert, als sie fragt:»Ja …?«

»Wenn du noch einziges Mal, ohne anzuklopfen, diese Tür öffnest, schneide ich dir die Haare ab, während du schläfst, und spende sie der nächstbesten Einrichtung, die Perücken für krebskranke Kinder herstellt.«

Ich höre den Schlüssel klimpern, Lizzy piepst ein:»Tut mir echt leid«, und schließt die Tür.

»Sorry dafür«, murmelt Leith und fährt sich durch die blonden Haare.

Es klopft erneut, er reißt die Tür auf, fragt:»*Was?!*«

Und gleich darauf ertönt die kultivierte Stimme seiner Mutter, die ihm eröffnet:»Wir fahren in zwanzig Minuten. Bis dahin solltest du, mein Sohn, dich passend kleiden. Und dein Ton gefällt mir heute überhaupt nicht, lass dir das gesagt sein.« Sie schnalzt missbilligend mit der Zunge und verschwindet. Leith schließt die Tür und lehnt frustriert seine Stirn dagegen.

Ich hingegen kämpfe inzwischen gegen ein albernes Giggeln an, das in meinem Magen brodelt – und verliere prustend. Er wendet den Kopf, und für einen winzigen Moment noch blitzt Frustration in seinen Augen auf, dann fängt er mit mir an zu lachen.

Leith parkt seinen Mercedes in einer ruhigen Nebenstraße. Ich bin mir sicher, er hätte ihn vor die Eingangstür fahren und vom Personal abstellen lassen können – das Restaurant, das Boyd senior sich für ihr gemeinsames Familienessen ausgesucht hat, liegt direkt am Hafen von Baltimore. Bestimmt verfügt es auch über eine oder mehrere Kochmützen, Kochlöffel oder welches Kochutensil auch immer als Qualitätssiegel für den hiesigen Gourmetführer herhalten muss.

»Wartest du kurz?«, fragt Leith, als ich meine Hände schon am Gurt habe.

Ich verdrehe die Augen.»Schon gut, ich lasse dich die blöde Tür aufhalten.«

Seine Mundwinkel umspielt ein Grinsen, aber er schüttelt den Kopf. »Warte einfach, okay? – Oh, und zieh diese Turnschuhe aus.«

Ich hebe eine Augenbraue, aber Leith steigt bereits aus, umrundet das Auto. Kurz zieht die kalte Abendluft über meinen Nacken, als er den Kofferraum öffnet. *Was um alles in der Welt hat der Kerl bloß vor?*

Irritiert blinzle ich ihn an, als er nun die Beifahrertür öffnet, affektiert in die Knie geht und mir ... ein Paar schwarze High Heels entgegenstreckt. *Mein* Paar schwarze High Heels, um genau zu sein. Die, die ich auf der Halloween-Party ausgezogen und liegen gelassen habe, um schneller bei Carla zu sein. Er hat sie aufgehoben. »Madame, wenn ich bitten dürfte?«

Ich schlage mir die Hände vors Gesicht. »Du bist so ein ...!«

Aber Leith lacht nur und streift mir diese verfluchten Schuhe über, bevor er sich verbeugt und mir eine Hand hinhält. »Dürfte ich nun bitten?«

Ich schüttle den Kopf, greife aber im selben Moment nach seiner Hand.

»Ich konnte dich doch nicht in *Turnschuhen* in so ein edles Restaurant entführen«, murmelt er.

Ich versteife mich und sehe hinüber zu der Fassade des *Charleston*. Sie ist schlicht, beinahe unauffällig. Aber die Metallplaketten mit den eingravierten Sternen darauf und der junge Mann in schicker Uniform, der gerade einem älteren Paar in Anzug und Pelzmantel die Tür aufhält, sprechen eine ganz eigene Sprache.

Als ich wieder zu Leith aufblicke, ist sein Lächeln verblasst, und mir geht auf, dass er mich zu gut kennt. Viel zu gut, um nicht zu wissen, was in mir vorgeht. »Nur noch ein Abend. Und wir können jederzeit gehen.«

Er streicht mir eine Strähne aus der Stirn. Wir sind spät dran. Trotzdem lässt Leith sich Zeit. Er gibt mir einen Kuss auf die Stirn und dieses Mal verursacht die Geste nicht dieselbe Abwehr wie normalerweise. Weil sie jetzt etwas anderes bedeutet.

Ich schließe die Augen und weiß, dass ich es ihm werde sagen müssen. Dass er mehr für mich ist als nur irgendein Freund. Oder eine bedeutungslose Affäre. Leith ist ... der Anker zu meinem Ich.

Ich wäre nach dem zweiten Gang bereits satt gewesen, wenn ich die Appetithäppchen und Grüße aus der Küche und Weiß-der-Himmel-was-alles aufgegessen hätte. Aber ich kenne mich und meinen leicht zufriedenzustellenden Magen und habe darauf verzichtet.

Stattdessen habe ich den Boydschen Familiengeschichten gelauscht – oder vielmehr: Duncans Erzählungen aus seinem großartigen Leben. Und die übersättigen einen auf ihre ganz eigene Art und Weise ...

»Ich muss mal ... meine Nase pudern.«

Ich trage kein Puder. Und ich habe ganz sicher keine Puderquaste bei mir.

Leith neben mir steht auf und verkündet: »Ich zeig dir den Weg.«

Eine Sekunde später sind Lizzy und Hannah aufgesprungen und erklären unisono: »Wir müssen auch mal!«

Clyde verkneift sich ein Grinsen und wir verschwinden.
»Ryder würde das hier hassen«, murmelt Leith kopfschüttelnd.

»Ryder?«, fragt Lizzy unschuldig – zu unschuldig. »Ist das der aus deinem Instagram-Feed, mit dem du Billard spielst?« Hannah kichert. Mir schwant Übles. Aber Leith runzelt nur die Stirn. »Hab ich davon mal ein Foto gepostet?«

Lizzy nickt. »Ein Selfie. Und neben dir steht ... *Ryder*? Jedenfalls hat er schwarze Haare, Drei-Tage-Bart ...?«

»Sieht gut aus ...«, fügt Hannah beiläufig an.

Und jetzt verzieht Leith doch das Gesicht. »Ryder ist ... so alt wie ich. Und er ist ... na ja – *Ryder*.«

Ich muss lachen. Aber Leith scheint das nicht ansatzweise so witzig zu finden wie ich.

»Was soll das denn heißen?«, will Lizzy wissen.

»Dass du aufhören sollst, dich für Zweiundzwanzigjährige zu interessieren.«

»Das hättest du wohl gerne.«

Leith schüttelt den Kopf. »Nein, ich *hätte* gerne, dass du aufhörst, dich grundsätzlich für irgendwen auf diese Art und Weise zu interessieren. Besonders angesichts deines Geschmacks. Aber da ich das schlecht verlangen kann, bleiben wir fürs Erste dabei, Männer aus meinem Instagram-Feed kategorisch auszuschließen. Gibt es an deiner Highschool niemanden, dem du den Kopf verdrehen kannst?«

Lizzy verschränkt die Arme vor der Brust und reckt ihre Stupsnase in die Luft. »Ich dachte, er wäre so was wie dein bester Freund.«

Leith nickt. »Ist er auch. Aber das bedeutet noch lange

nicht, dass er dein ... irgendwas werden sollte.« Er schüttelt sich, als bereite ihm allein die Vorstellung Übelkeit.

Ich drücke seine Hand und er sieht mich gequält an. Ich verkneife mir ein Grinsen – und eine Rede darüber, dass er seine Schwester schwärmen lassen soll, für wen sie will. Sie wird Ryder vermutlich ohnehin nie persönlich treffen. Aber in dieser Hinsicht sind Leith und ich uns ähnlich: Wir würden alles tun, um unsere Geschwister vor Unheil zu bewahren. Und Ryder würde eindeutig Unheil bedeuten. Daran besteht kein Zweifel.

Nach einem Slalomlauf durch ein Labyrinth von Korridoren bleiben die Mädchen vor der Tür zu den Damenwaschräumen stehen, und ich warte, bis Lizzy und Hannah darin verschwunden sind, bevor ich mich zu Leith umdrehe. Ich habe mich kaum umgewandt, da liegen seine Lippen schon auf meinen, und er zieht mich hinter eine der hohen Zimmerpalmen, die den Korridor säumen.

»Ich hasse diesen Jumpsuit. Du hast keine Ahnung, wie sehr ich ihn hasse.« Seine Worte stolpern in meinen Mund, weil er seine Lippen kaum von meinen löst, und seine Hände fahren rastlos an meinen Seiten auf und ab.

Ich muss giggeln wie ein kleines Mädchen. Aber weil ich Letzteres dann doch nicht bin, dränge ich meine Hüfte näher an ihn. Und ich werde belohnt, denn Leiths Kehle entrinnt dieser wunderbar lustvolle Laut, von dem ich vermutlich nie werde genug kriegen können.

»*Fuck*«, murmelt er und zupft an der Schnürung um meine Taille, ohne die Bänder jedoch zu lösen.

Ich trete einen halben Schritt zurück und flöte: »Also

schön, ich lass dich in Frieden. Ich muss jetzt sowieso da rein.« Ich deute mit dem Daumen auf den Waschraum. »Bis später!«

Leith lässt die Stirn gegen die Wand sinken und wirft mir aus dem Augenwinkel einen letzten, sehnsüchtigen Blick zu, bevor er sich abwendet und ich mit einem breiten Lächeln den Waschraum betrete.

Er ist furchtbar süß, wenn er frustriert ist. Macht es mich zu einem schlechten Menschen, wenn ich ihn öfter so sehen will?

»Sollen wir auf Jun warten?«, höre ich Hannah zwei Minuten später über das Rauschen des Wasserhahns hinweg fragen.

Ich kann Lizzy nicht sehen, weil ich immer noch in der Kabine bin, aber ich nehme an, dass sie den Kopf schüttelt, jedenfalls sagt sie: »Wer weiß, was sie mit meinem Bruder anstellt, wenn wir die beiden allein lassen.«

Ich verdrehe die Augen, muss aber gleichzeitig grinsen. Ich bin sogar so gemein, mit der Spülung zu warten, um die beiden nicht darauf aufmerksam zu machen, dass ich ihr Gespräch trotz der Wände, die den Waschraum von den WC-Kabinen trennen, mitanhören kann.

»Glaubst du wirklich, dass er eine Verschwiegenheitserklärung wegen ihrer Beziehung unterschreiben musste?«, fragt Hannah ungläubig und ich presse mir hastig die Hand auf den Mund. *Verschwiegenheitserklärung?* Wie um aller Welt kommt sie darauf?

Das Wasserrauschen verstummt.

»Ja, schon. Warum sonst reden sie nie drüber? Obwohl es echt offensichtlich ist. Sobald die zwei sich ansehen, hat man das Gefühl, nur noch ein Störfaktor zu sein. Sogar Granny hat gleich nach der Begrüßung gefragt, ob sie zusammen sind! Die Einzige, die es nicht geschnallt hat, war deine Schwester.«

Hannah seufzt. »Charity steht auf Leith seit ... keine Ahnung, der vierten Klasse? Schon immer? Als sie gehört hat, dass seine Freundin mit ihm Schluss gemacht hat, wollte sie ihn unbedingt sehen.«

Lizzy schnaubt, und ich höre ihre tänzelnden Schritte auf dem Fliesenboden, die Klinke und kurz darauf, wie die Tür ins Schloss fällt. Ich schüttle schmunzelnd den Kopf, betätige endlich die Spülung und gehe hinüber in den Vorraum mit den Waschbecken.

Als die Tür ein weiteres Mal aufschwingt, blicke ich in den Spiegel, um zu sehen, wer hereinkommt. Meine Hände gefrieren unter dem warmen Wasser und drei Sekunden lang starre ich nur auf die schlanke Gestalt im Spiegel, die mich nun mustert.

Elena Gardner ist die langjährige Agentin meiner Mutter. Als ich noch klein war, hat sie mich immer eingeschüchtert – mit ihrer perfekten Frisur, dem perfekten Make-up, dem perfekten Sitz ihrer Kleidung. Einfach allem. Heute bin ich fast einen Kopf größer als sie. Aber es dauert gefühlt Jahre, bis ich das alte Empfinden endlich abgeschüttelt habe, den Wasserhahn schließe und mich zu ihr umdrehe.

Sie steht noch immer mitten im Waschraum und schaut mich aus schmalen Augen an. Als sei ich ihre langjährige Klientin und nicht etwa meine Mom.

Und dann, von einer Sekunde auf die nächste, lächelt sie

und streckt die Arme aus. »Jun Sakura! Was für eine Überraschung, lass dich ansehen!«

Ich nicke ihr zu, greife nach einem der winzigen Gästehandtücher auf dem Stapel und beginne, mir einen Finger nach dem anderen abzutrocknen. »Misses Gardner.«

»Oh, bitte, nenn mich doch Elena. Wie geht es dir, meine Liebe? Ich habe kürzlich erst die Notiz bekommen, dass Hina wieder einen Entzug macht. Ich hoffe, dieses Mal gelingt ihr der Ausstieg.«

Ich beiße die Zähne zusammen, um nichts zu erwidern. Es hat keinen Sinn, mit der Agentin meiner Mom einen Streit anzufangen. Zumal man Elena tatsächlich keinen Vorwurf machen kann. Sie hat damals ein ganzes Presseteam nur dafür engagiert, meine Mutter und ihre Eskapaden aus den Medien zu halten. Und das noch fünf Jahre, nachdem Mom keine Aufträge mehr angenommen hat. Andere Agenten hätten sie fallen lassen wie eine heiße Kartoffel.

Nur deswegen reiße ich mich nun zusammen, zerknülle stumm das Handtuch und werfe es in den bereitstehenden Wäschekorb.

»Es geht mir gut. Ich studiere. Es macht mir Spaß.«

Die Agentin nickt. Sie stützt den Ellenbogen auf ihrem verschränkten Arm ab und meint nachdenklich: »Schauspiel, richtig?«

Ich nicke erneut.

»Das ist nicht deine Familie, mit der du hier bist, nicht wahr? Du hast einen Freund?«

Ich bin so perplex, dass es mir für einen Moment die Sprache verschlägt. Und das kommt wirklich nicht oft vor.

Sie wedelt mit ihrer Hand in der Luft, als wolle sie eine Fliege vertreiben, und fügt hastig an: »Es war ein Zufall, Jun. Dass ich hier bin, meine ich. Und dass ich dich jetzt treffe, ist der noch viel glücklichere Zufall. Um ehrlich zu sein, spekuliere ich schon darauf, dich anzusprechen, seit die Notiz über deinen Eintritt am Acting-College auf meinem Schreibtisch gelandet ist. Dann habe ich mich allerdings entschieden, deinen Abschluss noch abzuwarten. Ich verstehe heute, dass es deiner Mutter gutgetan hätte, wenn man ihr die Chance auf mehr Lebenserfahrung, mehr Zeit –«

»Ich bin nicht meine Mutter!«

Ich beiße mir auf die Zunge. *So viel zum Thema Beherrschung.*

Elena nickt. »Das sehe ich«, sagt sie ernst. Dann öffnet sie ihre Clutch, holt eine Visitenkarte hervor und hält sie mir hin. »Ruf mich an, wenn du ins Business einsteigen willst.«

Ich schüttle den Kopf. »Ich werde ganz sicher keine Modelkarriere anstreben.«

Sie verdreht die Augen. »Natürlich nicht, Darling. Du bist zu klein, zu alt und für High Fashion zu weiblich. – *Acting.* Mir fallen spontan drei Produktionen ein, die sich für dich interessieren würden. Und ich spreche hier nicht von einer Statistenrolle als Leiche in *NCIS*. Unter fünfzigtausend Dollar pro Season vermittle ich nicht. – Du, meine Liebe, kannst mehr haben als das.«

Ich ziehe die Brauen zusammen und starre ungläubig auf das kleine Stück edlen Karton in ihren Händen. Es sind die Worte, von denen jeder Schauspielstudent träumt, wenn er die Collegezusage erhält. Sie hat sie mir einfach so hingeworfen, ohne je ein einziges Demo-Band von mir gesehen zu haben.

Es wäre hirnverbrannt, nicht wenigstens ihre Karte zu nehmen. Das ist sogar mir klar. Trotzdem zögere ich. Obwohl das hier auch mein Traum war. Oder ist.

Aber bin ich wirklich stärker als meine Mom? Was, wenn ich es nicht bin und genauso ende wie sie? Die Frage ist nicht, wie viele Celebrities in irgendeiner Form süchtig sind, sondern wie viele es *nicht* sind.

Ich presse die Lider aufeinander und greife blind nach der Visitenkarte. »Danke«, nuschle ich.

Sie nickt mit einem so zufriedenen Ausdruck im Gesicht, als hätte sie gerade einen Millionendeal ausgehandelt.

Ich haste zur Tür, ziehe sie auf und verschwinde hinter der nächstgelegenen Säule. Ich lehne meine Stirn gegen den rauen Putz und zwinge meinen aufgewühlten Herzschlag zur Ruhe.

»Alles okay?«, höre ich Leiths leise Stimme und kurz darauf spüre ich seine Hand auf meiner Schulter.

Ich schließe die Augen und lasse mich stumm in seine Arme ziehen.

»Ich habe die Agentin meiner Mom getroffen.«

Er schiebt mich eine Armeslänge von sich und sieht mich aufmerksam an.

»Sie vertritt auch Schauspielerinnen und hat mir angeboten, mich zu vertreten«, fahre ich mit gerunzelter Stirn fort.

»Okay.« Leith legt den Kopf schief. »Ich warte auf den Haken.«

Ich ziehe die Schultern hoch. »Keine Ahnung.«

»*Keine Ahnung?*« Er lacht leise. »Ist sie eine schlechte Agentin?«

»Nein.«

»Musst du sie bezahlen?«

»Nicht im Voraus, nein.«

»Gibt es sonst irgendwas? Hat sie deine Mutter schlecht behandelt?«

»Nein. Oder jedenfalls glaube ich das nicht.«

Leith schüttelt den Kopf. »Warum haben wir dann noch keinen Champagner bestellt?«

Ich muss lachen. »Du bist doof.«

Er gibt mir einen Kuss auf den Mundwinkel und murmelt: »Wenn dich das zum Lachen bringt, dann auf jeden Fall.«

Ich seufze und lehne meine Stirn gegen seine. Dank der Pumps, die Leith mir vorhin wie der leibhaftigen Cinderella übergestreift hat, bin ich kaum kleiner als er.

Sein Daumen streift über meine Wange und ich kann nicht widerstehen und schmiege mich an seine Handfläche.

»Wovor hast du Angst?«, fragt er leise.

»Dass ich nicht stark genug bin. Dass ich versage oder untergehe oder mich selbst verliere. Dass ich so ende wie meine Mom. Such dir was aus.«

Er legt seine zweite Hand an mein Gesicht und zieht mich noch näher zu sich heran. Sein Kuss ist so zart und sanft – und gleichzeitig ist das Gefühl, das er in mir auslöst, stärker als bei jeder anderen seiner Berührungen zuvor. Meine Haut prickelt, mein Herzschlag fühlt sich an, als überschlage er sich, und ich weiß kaum, wohin mit mir und meinen irrationalen Emotionen, als Leith die Lippen von mir löst und mur-

250

melt: »Du bist stark, Jun. Du bist eine hervorragende Schauspielerin, vielleicht bist du zu gut.« Er lächelt und sein Daumen streicht unter meinem linken Auge entlang.

Oh Gott, habe ich etwa angefangen zu heulen? Nein, oder? Ich heule nicht. Nie! – Vor anderen.

»Du musst da nicht allein durch, okay?«, flüstert er. »Du musst durch nichts allein durch.«

Jetzt heule ich definitiv. Und ich kann nicht einmal mehr sagen, warum. Mein Körper, mein Kopf, mein Herz, alles ist überfordert und durcheinander und ... verwirrt.

»Du machst mich wahnsinnig«, murmle ich, schluchze und rufe mich zur Ordnung. Ich kann mitten in einem blöden Restaurantflur nicht einfach anfangen zu heulen wie ein kleines Mädchen!

Leith lacht. »Was?«

»Du machst mich wahnsinnig.« Ich nicke bekräftigend und streiche mir mit dem Fingerknöchel die Tränen aus den Augen. *Ich sehe bestimmt aus wie ein Panda ...* »Ich kann in deiner Gegenwart nicht klar denken. Ich fühle mich wie zwölf und ich ... plappere Unsinn.«

Der Ausdruck in Leiths Augen verändert sich. Ich kann die Flamme darin sehen, und dahinter ein Meer von Gefühlen, das mich überfordert und gleichzeitig auf irrationale Weise erleichtert. Er hat recht. Ich bin nicht allein. Nicht mehr.

Ich lege meine Hand in Leiths Nacken und ziehe ihn zu mir heran, und am liebsten würde ich ihn nie wieder gehen lassen.

22

JUN

Wir sind auf dem Heimweg. Leiths Großeltern haben uns alle ins Theater eingeladen, aber ich war nach der Begegnung mit Elena so am Ende, dass *Theater* der wirklich letzte Ort war, an dem ich jetzt noch hätte sein wollen. Leith hat mich ein Mal angesehen und es gewusst. Er hat uns entschuldigt, indem er sagte, dass wir morgen eine lange Fahrt vor uns hätten und er nicht übermüdet ins Auto steigen wolle. Helen hat mir angeboten, ohne ihn mitzukommen, aber meine Ablehnung kam wohl für niemanden überraschend.

Und jetzt sitzen wir in seinem Mercedes, schweigen und lauschen dem leisen Klang des Radios. Die Lichter der Stadt erhellen nur spärlich Leiths Gesicht, aber das Blond seiner Locken schimmert in jedem Funkeln, das sich den Weg durch die Dunkelheit bahnt.

Er zögert, bevor wir in die Einfahrt zum Haus seiner Großeltern einbiegen, dann parkt er das Auto am Rand, halb auf dem gepflegten Stück Rasen. Ich lege die Stirn in Falten, aber noch bevor ich fragen kann, erklärt er:»Ich will morgen früh los, ohne dass jemand sein Auto umparken muss.«

Ich nicke stumm. Es ist unser letzter Abend hier. Der letzte Abend außerhalb Lorcastles.

Leith öffnet meine Autotür. Mir wird augenblicklich kalt und ich reibe mir mit den Händen über die Oberarme. Das Gefühl lässt nicht nach, selbst als Leith mir meinen Mantel für das kurze Stück zum Haus über die Schultern legt.

Wir gehen in den ersten Stock, vorbei an all den anderen Schlafzimmern bis zu unserem. Dort bleibt Leith zögernd stehen. Er hat vergessen, seinen Mantel aufzuhängen, und blickt jetzt nachdenklich auf den Stoff hinab. Dann sieht er zu mir auf. Seine Augen sind dunkel, seine Atemzüge flach und eine stumme Anspannung flirrt in der Luft.

»Ich … gehe duschen.« Der Satz verharrt brüchig im Raum, und ich weiß, dass ich etwas erwidern sollte, aber ich tue es nicht. Stattdessen sehe ich zu, wie er seinen Mantel auf seine Duffle Bag legt, zwei Handtücher mitnimmt und nach nebenan verschwindet.

Kurze Zeit später höre ich das Wasser rauschen. *Leith. Unter der Dusche.* Ich schließe die Augen – und reiße sie sofort wieder auf. Nicht hilfreich. *Himmel, nicht hilfreich …*

Meine Hände streifen fahrig an meinen Seiten hinab, wo die Satinbänder den eleganten Jumpsuit zusammenhalten. Warme Dusche klingt gut. Meinetwegen sogar kalt. Beides hat im Moment seine Vorzüge. Ich blinzle hinüber zur Badezimmertür und dem Dampf, der aus dem Spalt hervorkräuselt.

Er hat sie offen gelassen.

Ich lehne die Stirn gegen die Wand und lausche auf meine

aufgewühlten Herzschläge. Mein ganzer Körper summt. Ich begreife selbst nicht, was mich noch zurückhält. Trotzdem vergehen mindestens zwei Minuten, in denen ich Nervosität und Scham und meine tausend inneren Dämonen niederringe, bevor ich den ersten Schritt auf weichen Knien in Richtung Badezimmer setze.

Leith hat mir den Rücken zugewandt. Die Konturen seiner Muskulatur verschwimmen im Wasserdampf. Die untere Hälfte der gläsernen Duschwand ist diskret mit Folie beklebt, trotzdem starre ich ihn mit offenem Mund an, bis das leise Geräusch der zufallenden Tür hinter mir mich zusammenzucken lässt. Leith dreht sich zu mir herum. Er wirkt nicht einmal überrascht. Er lächelt mich an und wischt sich die nassen Strähnen aus dem Gesicht.

Aber das Lächeln verblasst, als ich beginne, die Bänder um meine Taille zu lösen. Es verwandelt sich in einen Ausdruck derselben Begierde, die ich verspüre, wenn ich ihn ansehe, und ich genieße das Gefühl, diejenige zu sein, die es bei ihm auslöst. Meine Bewegungen werden langsamer mit jeder Lage Stoff, die zu Boden fällt, und als ich mir die Träger meines BHs von den Schultern streife, lehnt Leith sich gegen die Fliesen in seinem Rücken und sieht mich unter gesenkten Lidern frustriert an. Ich drehe den Kopf, um mein Grinsen vor ihm zu verschleiern, aber Leiths raue Stimme bittet: »Sieh mich an.«

Ich blicke auf, nur um mich einmal mehr von der blauen Flamme seiner Augen gefangen nehmen zu lassen, während ich mich von den letzten Stücken Stoff befreie.

Er streckt eine Hand nach mir aus, als ich die Glaswand

umrunde, und ich lasse mich von ihm unter das prasselnde Wasser ziehen.

»Du bist so schön«, flüstert er und beinahe klingt es gequält.

Er hat sich halb von mir abgewandt und nur seine Hände berühren zaghaft meinen Körper, als fürchte er, mit jeder Berührung einen Schritt zu weit zu gehen.

Ich nehme sein Kinn und ziehe ihn näher zu mir heran, und weil kein Teil von mir seinen Lippen widerstehen kann, streife ich mit meinem Daumen darüber, bevor ich ihn küsse. Seine Anspannung schwindet unter meinem Mund, meiner Zunge, meinen Händen. Ich drehe ihn zu mir, schmiege mich gegen die harten Linien seines Körpers und genieße gleichzeitig die Weichheit seiner Muskeln unter meinen Fingern. Ich kann nicht aufhören, jede Faser seines Körpers nachzuziehen – seinen Rücken, die breiten Schultern, den ausgeprägten Brustkorb, seine Arme, seine Beine, seinen Po, einfach alles. Ich liebe das Gefühl seiner weichen Haut; ich liebe es, wie sensibel seine Nerven auf meine Berührungen reagieren; je tiefer ich komme, desto mehr windet sich sein Körper unter meinen Fingern. Ich habe Erbarmen mit ihm und höre auf, das eine Körperteil auszulassen, das bebend um Aufmerksamkeit bettelt. Leith zieht den Atem ein, als ich ihn dort berühre und mein Spiel, seine Nerven zu provozieren, von Neuem beginne. Und, ja, ich liebe es noch immer, wenn er mich ansieht, als würde ich ihn gleichermaßen foltern wie durch den siebten Himmel schweben lassen.

Aber als ich vor ihm in die Knie sinken will, zieht er mich kopfschüttelnd zu sich hoch. »Jetzt bin ich dran.«

Das Rauschen des Wassers mischt sich in meinen Ohren

unter das Rauschen meines Herzschlags und das Gefühl der prasselnden Tropfen auf meiner Haut mit dem von Leiths Berührungen. Seine Bewegungen sind langsam und sein Blick folgt jeder einzelnen von ihnen. Als sei das Gefühl allein ihm nicht genug.

Er greift nach meinem Duschgel, das noch von gestern hier steht, und schaltet das Wasser ab. Mir wird augenblicklich kalt und ich lehne mich in Leiths Körperwärme, während er jeden Zentimeter meines Körpers einseift.

Ich weiß nicht, wie er es macht, aber keine einzige seiner Bewegungen ist hastig oder gierig. Er gibt mir das Gefühl, wertvoll zu sein. Durch die Zeit, die er sich nimmt. Durch die Art, wie er mich anfasst. Und ich vergehe unter jeder einzelnen seiner Berührungen.

Es ist nicht nur Lust, die sein Handeln bestimmt. Jede seiner Bewegungen ist eine Liebeserklärung an meinen Körper. So sehr, dass mein Herz blutet unter dieser Erkenntnis. Weil mich noch nie jemand so angesehen hat, wie er mich in diesem Moment ansieht. Weil Leith nicht trennt. Für ihn gibt es nicht Physis und Emotion. Körper und Geist. Innen und Außen. Für ihn ist alles ein untrennbares Ganzes.

Er hat meinen Körper immer begehrt. Schon seit wir gemeinsam auf die Eröffnungsgala des Lincoln Center gegangen sind. Und ich habe nie verstanden, warum er dem Verlangen nicht nachgegeben hat. Egal, wie viele Türen ich ihm geöffnet habe.

Aber jetzt begreife ich es. Und spüre im selben Moment, wie ich falle. Wie meine Seele sich an seine knüpft und weigert, je wieder von ihm abzurücken.

Ich schließe die Augen, als er Shampoo in meine Kopfhaut einmassiert und bis in die letzte Haarspitze verteilt.

Die ganze Zeit über pocht seine Erregung gegen meinen Körper, ich kann es spüren, wann immer er sich vorbeugt, seine Arme um mich legt, mich zu sich heranzieht oder der Versuchung nachgibt, sich für den Bruchteil eines Augenblicks nur an mir zu reiben. Das sind die einzigen Momente, in denen er mir verrät, dass er auch nur ein Mensch ist, der Beherrschung braucht, um zu widerstehen. Und er ist deutlich besser darin, als ich es bin. Denn als die letzte Seifenblase endlich im Ausguss verschwunden ist, würde ich ihn am liebsten ans nächstbeste Bett fesseln.

Aber Leith steht lächelnd mit einem Handtuch vor mir. Ich will danach greifen, doch er schüttelt den Kopf.

Und egal, wie warm die Luft dank der langen Dusche inzwischen ist oder wie weich das Handtuch sich auf meiner Haut anfühlt, meine Nervenenden protestieren. Ich ertrage das Summen meines Körpers nicht mehr, meine Brüste fühlen sich viel zu schwer an, und als Leith in langsamen Kreisen die Innenseiten meiner Oberschenkel abtrocknet, gebe ich auf.

Ich fange an zu betteln.

»*Leith* ...«

Und als er noch immer nicht reagiert, schüttle ich drohend den Kopf und dränge ihn hinterrücks zurück ins Schlafzimmer. Er lacht leise und zieht mich mit sich, bis ich mich zwischen der Matratze und seinem Körper wiederfinde.

Ich dränge meine Hüften gegen seine, aber er murmelt: »Geduld«, und klingt dabei fast missbilligend. *Wie kann jemand so derart ...?*

Ich schüttle den Kopf. »Nein!«

Leith nickt. »Doch.« Er grinst sogar. – Bis ich es nicht mehr sehen kann, weil seine Zunge feuchte Muster von meiner Halsbeuge hinab bis auf meine Brüste zieht und mich in den Wahnsinn treibt.

Himmel, ich bin normalerweise wirklich niemand, der auf Handschellen steht, aber im Moment käme mir das wirklich gelegen. Denn wann immer ich den leisesten Vorstoß wage, drückt Leith mich sanft, aber bestimmt wieder zurück in die Laken.

»Leith, ich schwöre, wenn du nicht bald ...« Mein Satz geht in einem Laut unter, von dem ich nicht einmal wusste, dass ich ihn formen kann, als seine Hand sich zwischen meine Beine schiebt.

Ich ersticke einen Fluch in dem Kopfkissen neben mir und dränge mich im entgegen.

Er raubt mir das Kissen und sieht mich an. Das Verlangen in seinen Augen sollte mich befriedigen, aber merkwürdigerweise geschieht das genaue Gegenteil: Ich will nur noch mehr davon. Mehr von Leiths stiller Hingabe, seinem Balanceakt zwischen Geduld und Begehren.

»Nicht verstecken«, murmelt er, die Stimme rau und die Worte träge, als hätte er mindestens zwei Shots zu viel gehabt. »Ich möchte dein Gesicht sehen und die Geräusche hören, die du machst.« Der Daumen seiner anderen Hand streift über meine Unterlippe, während er mit einem Finger in mich eindringt.

Ich schließe die Augen, und als seine Lippen von Neuem beginnen, meinen Körper zu erkunden, gebe ich mich geschlagen. Das Einzige, was ich noch will, ist, dass er niemals aufhört. Nur nicht aufhört.

Aber genau das tut er.

Natürlich.

Ich taste blind und frustriert nach seinem Körper, seiner warmen Haut, und er greift meine Hand. Raue Bartstoppeln kratzen über meine Wange, als er sich zu mir hinabbeugt und flüstert:»Ich bin gleich wieder da. Beweg dich nicht.«

Ich schnaube, springe auf und folge ihm bis zu seiner Duffle Bag. Er lacht leise.

»Also schön – hier.« Er drückt mir ein Kondompäckchen in die Hand, lässt sich bereitwillig von mir das Gummi überziehen und zurück auf die Matratze setzen. Für einen kurzen Augenblick nur bin ich diejenige, die innehält, wartet, ihn mustert und den Anblick in sich aufsaugt, bevor ich mich auf seinem Schoß niederlasse.

Leith reagiert sofort darauf, drängt sich mir entgegen. Es ist nur eine winzige Regung und trotzdem kralle ich meine Finger in seinen Nacken.

»Sorry, war das … zu schnell?«, fragt er und hebt behutsam meine Wange von seiner Schulter, um mich anzusehen.

Ich schüttle matt lächelnd den Kopf.»Es ist beruhigend zu wissen, dass auch deine Beherrschung begrenzt ist.«

»Du hast ja keine Ahnung«, murmelt er. Und im selben Moment beweist er mir, wie viel Kontrolle er tatsächlich besitzt, denn er bewegt sich keinen Zentimeter. Dabei kann ich die Spannung seiner Muskeln unter meinen Schenkeln spüren. Und ich mag das Gefühl eindeutig zu sehr … Trotzdem tue ich uns beiden den Gefallen und komme ihm entgegen.

Er nimmt meinen langsamen Rhythmus auf. Es ist quälend und intensiver als alles, was ich bisher gefühlt habe. Ich will mich gleichzeitig in ihm verkriechen und in den Tiefen seiner Ozeanaugen untergehen.

Ich will ihn antreiben und gleichzeitig will ich, dass dieses Gefühl nie endet.

Ich kann nicht aufhören, ihn anzusehen, ihn zu berühren, und beinahe hoffe ich, dass er in meinen Gedanken lesen kann, wie unglaublich schön dieser Moment ist, weil ich nicht einmal dazu in der Lage bin, es ihm zu sagen.

Leiths Hand streicht meinen Rücken hinab, schmiegt sich um meinen Po, meine Hüften, und ehe ich es ganz begreife, nimmt er mein Gewicht auf seine Arme und steht auf. Ich ziehe harsch den Atem ein, weil die Bewegung den Winkel verändert, in dem er sich in mir bewegt, und entweder er hat es bemerkt oder er weiß instinktiv, was mein Körper von ihm möchte. Denn er übernimmt mühelos seinen neuen Rhythmus und ich zerfließe unter dem Gefühl. Ich klammere meine Hände in seine Schulterblätter und ersticke das lustvolle Wimmern aus meiner Kehle an seinem Hals, während er mich trägt, mich hält, meinen Körper an seinen drückt und mir das Gefühl gibt, als gäbe es nur uns beide.

Als ich glaube, jeden Moment zerspringen zu müssen unter der Last der Empfindungen, dem Kribbeln meiner Haut und dem Zittern meiner Glieder, spüre ich harte, kalte Wand in meinem Rücken.

Ich zucke zusammen und Leith drängt seinen warmen Brustkorb näher an mich.

»Sorry«, murmelt er.

Er zieht sich aus mir zurück, und ich blinzle ihn unwillig an, aber in derselben Sekunde flattern meine Lider zu, und mein Hinterkopf fällt zurück gegen die Wand in meinem Rücken. Leiths Vorstoß kam plötzlich, tief und kraftvoll, und mein ganzer Körper scheint sich darum zusammenziehen zu wollen. Ich bin ihm völlig ausgeliefert und genieße jede einzelne Sekunde davon.

Er schlingt eine Hand um meinen Hinterkopf und beschleunigt seinen Rhythmus. Dabei braucht es nicht viel, bis die Anspannung meiner überreizten Nerven umschwingt. Meine Muskeln werden weich und ich habe das Gefühl, auf Leiths Körper zu zerschmelzen.

Leith trägt mich die zwei Schritte bis zum Bett und wir fallen schwer atmend und schweißbedeckt in die Laken. Ich bringe gerade genug Kraft auf, um mich an seine Seite zu drehen und mein Gesicht in seiner Halsbeuge zu vergraben.

Er wendet den Kopf und drückt mir einen Kuss auf den Schopf. »Ich bin gleich wieder da.«

Ich nicke und vermisse augenblicklich seine Wärme. Seinen Duft. Seinen Körper. Ihn.

23

LEITH

Fuck. Ich bin erschöpft. Erledigt. Halb tot. Und der zufriedenste Leith seit Menschengedenken. Oder so ähnlich.

Als ich ins Schlafzimmer zurückkehre, liegt Jun noch immer vollkommen nackt auf dem Laken. Ihre braune Haut schimmert im spärlichen Licht der Nachttischlampe, und wenn ich könnte, würde ich genau dort wieder anfangen, wo wir gerade eben aufgehört haben. Ich kann meinen Coach förmlich hören, wie er sagt: »Das kommt davon, wenn man nicht ausreichend trainiert, Boyd! Man wird schneller müde, schneller ausgelaugt, man gibt schneller auf – und dann was? Dann hat man verloren, Junge!« Ich verdrehe die Augen und schmeiße den Kerl achtkantig aus meinen Gedanken. Solang Jun sich mit mir im selben Raum befindet, hat er in meinem Kopf nichts zu suchen.

Ich lasse mich auf die Matratze fallen und ziehe Jun zu mir heran. Sie schmiegt sich an mich, versteckt ihren Kopf an meiner Brust, schlingt die Arme um mich und verknotet ihre

Beine mit meinen. Ich muss mir ein Lachen darüber verkneifen. Keine Ahnung, wie lange ich mir gewünscht habe, sie nur ein Mal so halten zu dürfen, ohne Gefahr laufen zu müssen, dass sie mich von sich stößt. Und ein Teil von mir fürchtet noch immer, sie könne einfach aufstehen, weggehen und nie wiederkommen.

Ich drehe den Kopf und versenke meine Nase in Juns Haaren. Nur ein Atemzug und ihr Duft umhüllt mich wie eine zweite Decke. Ihr zufriedenes Seufzen, als ich anfange, mit meinem Zeigefinger Muster auf ihre Haut zu malen, tut sein Übriges.

Von unten dringen Motorengeräusche und kurz darauf Lizzys Gelächter zu uns herauf.

»Willst du runtergehen?«, fragt Jun.

Und als ich den Kopf schüttle, murmelt sie: »Es ist dein letzter Abend in Baltimore.«

Es ist *unser* letzter Abend – in Baltimore.

Keine Ahnung, warum sich der Satz in meinem Kopf so endgültig anhört. Als wäre all das hier vorbei, sobald wir nach Lorcastle zurückkehren.

Dabei stimmt das nicht.

Oder?

Ich stütze mich auf meinen Arm und Jun sieht mich unwillig an. Wie eine Katze, die man von der Ofenbank verscheucht hat. Dann runzelt sie die Stirn und fragt: »Was ist?«

Es dauert, bis ich die Frage über meine Lippen bekomme. Weil ich mir so dumm vorkomme. »Bleibst du ... bis Montag? Bei mir, meine ich.«

Sie lacht. Das Geräusch spült den Unfug in meinem Kopf davon und ich sinke zurück in die Matratze.

»Ich plane, eine ganze Weile länger zu bleiben als nur bis Montag«, sagt sie. »Wenn vielleicht auch eher im übertragenen Sinne. Es kommt drauf an, ob ... wann ich nach Hause ...«

Ihr Lächeln ist verschwunden, und die plötzliche Leere in ihrer Stimme fühlt sich an, als wäre es mein eigener Schmerz und nicht nur der ihre.

Aber ich kenne den Grund nicht. Es ist ein Phantomschmerz, in einem Körper, der nicht meiner ist, und verursacht durch etwas, von dem ich nicht weiß, was es ist. Und sie wird es mir nicht sagen. Niemals. Das hat sie unmissverständlich klargemacht. Mein verfluchtes Herz zieht sich zusammen bei dem Gedanken und ich kann nicht anders, als sie festzuhalten, zu küssen, zu berühren, alles zu tun, damit sie begreift, wie wichtig sie mir ist.

»Du kannst so lange bleiben, wie du möchtest.«

»Nur unter einer Bedingung.« Sie hebt einen Zeigefinger und bohrt ihn mir in die Brust: »Du schläfst mit mir in einem Bett, und du hast Sex mit mir. Viel Sex. Verstanden?«

Ich muss lachen. »Das sind zwei Bedingungen!«

»Fühlst du dich davon überfordert?«

Ich hebe ergeben meine Handflächen. »Nein. Schon okay. Damit kann ich leben.«

24

LEITH

Als ich die Turnhalle endlich verlasse, ist es schon dunkel. Ich hasse das. Man hat das Gefühl, der ganze Tag ist gelaufen und das Einzige, was man erreicht hat, war, morgens im Dunkeln zum Campus zu fahren und abends im Dunkeln nach Hause zurückzukehren.

Aber sobald ich meinen Mercedes auf dem Parkplatz sehe, hellt sich meine Miene auf – nicht wegen des Autos. Sondern weil Jun daran lehnt. Der Anblick würde jeder Autowerbung gerecht werden. Ich jedenfalls würde die letzte Schrottkarre kaufen, solang sie nur davorsteht und mich ansieht, wie sie es gerade tut. Auch wenn sie die Arme vor der Brust verschränkt hat und dank der Dunkelheit und ihres langen Mantels eher wirkt wie Black Widow, die jeden Moment ihre Glock aus dem Holster holen, sie mir an die Schläfe halten und mir zuflüstern könnte, dass ich jetzt besser genau das tue, was sie sagt.

»Du hast gewartet«, sage ich und begrüße sie mit einem Kuss auf die Stirn. Aus unerfindlichen Gründen mag Jun die

Geste. Sie hält jedes Mal die Augen geschlossen und lehnt sich an mich. Wie jetzt.

Sie murmelt zustimmend und schiebt ihre Hand in die Knopfleiste meines Mantels, noch etwas, das sie gern macht.

Und weil ich sie den ganzen Tag nicht gesehen habe, was in meiner Zeitrechnung ungefähr einem halben Jahrhundert entspricht, dränge ich sie nach hinten, bis ich den Lack des Autos unter einer Hand spüre – und Juns nackte Haut unter der anderen.

Meine Finger sind kalt, und sie bekommt augenblicklich eine Gänsehaut überall dort, wo ich den Stoff ihres Pullovers beiseitegeschoben habe.

»Ich ... wollte dich etwas fragen«, sagt sie leise.

Ich nuschle einen zustimmenden Laut in den Stoff ihres Schals.

»Ich muss Sachen aus dem Haus holen.«

Ich runzle die Stirn und trete einen halben Schritt zurück. Die kalte Nachtluft hilft mir, mein vernebeltes Gehirn zu klären. »Was?«

Sie räuspert sich. »Ich ... brauche Klamotten. Aus Stevens Haus. Collegezeug. Solche Dinge. Ich habe kaum etwas eingepackt und ... Würdest du mitkommen? Bitte?«

Ich senke den Blick, um den Schmerz in ihren Augen nicht sehen zu müssen. Das Flehen darin. Ich hasse es, wenn sie sich vor mir verletzlich fühlt.

Als würde sie tatsächlich annehmen, dass ich es ausschlagen würde.

»Natürlich komme ich mit«, antworte ich und streiche ihr mit dem Daumen über die Wange.

Ich reiße meine Hand von ihr los, werfe meine Duffle Bag auf die Rückbank und gehe zur Fahrerseite, nicht ohne vorher Juns Autotür zu öffnen. Normalerweise wirft sie mir dafür irgendeinen Spruch an den Kopf, und dass sie es jetzt nicht tut, vertieft mein Unbehagen.

»Waterlily Alley?«, frage ich, nur um sie zum Reden zu bringen.

Aber Jun nickt lediglich stumm.

Erst als wir vor dem Haus ihrer Eltern angekommen sind und wir dort von einer gähnend leeren Parkgarage begrüßt werden, höre ich sie aufatmen. Oder vielleicht war ich es auch selbst, keine Ahnung. Ich weiß nur, dass ich unbedingt herausfinden muss, was in aller Welt passiert ist, wenn sie sich nicht einmal mehr allein in ihr eigenes Zuhause traut. Immerhin ist es Jun. Jun, die gerade eben noch Scarlet-Johansson-like an meinem Wagen gelehnt hat und aussah, als hätte sie möglicherweise eine Handfeuerwaffe unter ihrem Mantel versteckt.

Ich habe Steven Carmichael gemocht. Sein Geld hat es meinen Eltern immerhin ermöglicht, ihren Traum von einem eigenen Kanzleizweig in Lorcastle zu verwirklichen, anstatt in Baltimore unter der Fuchtel meines Großvaters festzustecken. Und wie meine Eltern habe ich gedacht, Steven würde seine Kinder lieben, jedes einzelne davon. Auch Jun.

Aber je länger ich dabei zusehen muss, wie Jun sich damit quält, gegen etwas anzukämpfen, von dem ich keine Ahnung habe, desto mehr beginne ich ihn zu hassen.

25

LEITH

»Bist du dir sicher, dass es okay ist?«, frage ich leise und streiche mit meiner Hand ihr Rückgrat hinab, als wir auf das Haus meiner Eltern zugehen. Der kalte Dezemberwind weht ihren Duft zu mir herüber. Ich reagiere darauf immer noch so stark wie beim ersten Mal, als ich ihn an ihr wahrgenommen habe. Neunundzwanzig Tage liegt Thanksgiving nun zurück. Und wir haben seitdem jeden einzelnen davon miteinander verbracht. So lang ist sie bei mir geblieben. Und heute wird das erste Mal sein, an dem sie ihre Familie wiedersieht. Vanity, Nyte – und Steven. Ihre Mom hätte auch zu meinen Eltern kommen sollen, aber ich habe heute Morgen noch eine SMS von Lizzy bekommen, dass sie das aus unerfindlichen Gründen nicht tun wird. Und auch wenn Jun im letzten Monat mehrfach mit ihr in Kontakt war, spüre ich, dass die Abwesenheit ihrer Mutter ihr Unbehagen bereitet.

»Es ist okay«, erwidert Jun. Sie lächelt mich an. Aber es ist nicht Jun, meine Freundin, die mich anlächelt – es ist Jun, die Schauspielerin, deren Name seit der Premiere von *Hexenjagd* in aller Munde ist.

Ich schließe die Augen und vergrabe ein letztes Mal meine Nase in ihren Haaren, bevor wir die pompös geschmückte Tanne im Vorgarten meiner Eltern passieren und auf die Eingangstür zugehen.

Es war die Idee meiner Eltern, Weihnachten zusammen zu feiern. Ich schätze, für sie war es nicht einfach, dass die abtrünnige Tochter ihres Namenspartners ausgerechnet mit ihrem Sohn zusammenkommt und dann auch noch bei ihm wohnt. Sie haben versucht, Jun auf den Streit mit Steven anzusprechen, aber Jun hat es als privaten Familienzwist abgetan, der niemanden etwas anginge.

Ich bin mir allerdings ziemlich sicher, dass sie auch Steven gefragt haben. Denn meine Mom wäre nicht meine Mom, wenn sie das nicht getan hätte. Und während wir hier stehen und darauf warten, dass irgendwer uns die Tür öffnet, weil ich aus Rücksicht auf Jun ausnahmsweise geklingelt habe, frage ich mich, welche Antwort Steven gegeben haben mag. Sind wir deswegen hier? Weil sie die große Versöhnung feiern wollen? Das sähe meiner Mom ähnlich. Jun allerdings nicht. *Sie* ist nur aus einem einzigen Grund hier: weil ihre Geschwister es sind.

»Juuun!« Lizzy reißt mich mit ihrem begeisterten Gekreische aus meinen Gedanken. Sie fällt meiner Freundin in die Arme und verliert dabei beinahe ihre alberne Glitzerelfen-Mütze. Die Mütze hat bunte Lämpchen an der Stirn und einen langen Zipfel, der Lizzy bis zur Hüfte reicht. Keine

Ahnung, ob das noch unter furchtbar kitschig, albern und kindisch läuft oder schon unter Kunst fällt.

Als sie auf mich zukommt, kneift sie in die rote Rentiernase ihres riesigen Printpullovers und es quietscht wie eines dieser gelben Badeentchen. – Es ist eindeutig Kunst. Etwas derart Grässliches gehört in irgendein Museum of Modern Art.

»Merry Christmas, Bruderherz!«, flötet sie und umarmt mich. Normalerweise hätte ich sie jetzt hochgehoben und mich einmal mit ihr im Kreis gedreht – aber ich habe Angst, dass dabei ihre grässliche Quietschnase noch einmal losgeht, also lasse ich es.

Tatsächlich zieht sie einen Schmollmund und ist kurz davor, etwas zu sagen, als ich Stevens Stimme höre.

»Jun, Leith, wie schön«, sagt er. Kaum, dass er ihren Namen ausgesprochen hat, spüre ich Jun neben mir zu Eis gefrieren, und als wir ins Haus treten, habe ich das Gefühl, die kalte Luft von draußen mit hineinzunehmen.

Ich sehe dabei zu, wie Jun ihm die Hand schüttelt. Es ist die Geste einer Königin, die ihrem Untertan nur deswegen Respekt zollt, weil es irgendein uraltes Protokoll von ihr verlangt, gegen das selbst sie nicht verstoßen will.

Dann begrüßt sie meine Eltern. Ich kann sehen, wie Jun mit sich ringt, wie sie versucht, normal zu wirken, und scheitert. Es ist das erste Mal, dass ich Juns Talent versagen sehe. Und mir schießt der Gedanke durch den Kopf, dass wir womöglich niemals hätten herkommen sollen.

Wir hätten zu Hause bleiben können. Nur wir zwei und irgendeine kitschige Weihnachts-Romcom. Jun hätte sich mindestens eine halbe Stunde lang über die Schauspieler, den Regisseur und alles andere aufgeregt – aber wir hätten Spaß gehabt. Anstelle dieses Nervenkriegs ...

Ich verdränge den Gedanken und streiche mir eine Strähne aus dem Gesicht. – Ich muss unbedingt zum Friseur, keine Ahnung, warum Jun mich noch nicht hingezerrt hat. Ella hätte mich längst einen verstreunerten Zottelhund genannt.

»Habt ihr euch gestritten?«, flüstert Lizzy neben mir. Ich runzle die Stirn und blicke auf meine kleine Schwester hinab. Dann schüttle ich den Kopf. »Nein.«

»Ist es wegen ihres Dads?«

»Was weißt du darüber?«

Ihre schmalen Schultern verspannen sich. »Nicht ... viel?«

»Was heißt ›nicht viel‹?«

»Nichts eben. Dass sie Streit hatten wegen irgendwas. Keine Ahnung.«

Dass meine Schwester mal nicht aus dem Nähkästchen plaudern will, beunruhigt mich zutiefst. Normalerweise ist sie die Erste, die mir alle möglichen Neuigkeiten, die ich allesamt nicht wissen wollte, auf die Nase bindet.

Ich habe noch nie ein so gezwungenes Weihnachtsessen erlebt wie dieses hier. Es ist so schräg, dass es schon fast wieder witzig sein könnte. Wenn man nicht selbst Teil davon wäre.

Die dominierenden Gesprächsthemen zu Tisch sind: »Gibst du mir mal bitte die Bohnen?«, und die unumgängliche Selbstbeweihräucherung von Anwälten, die zusammenarbeiten: »Wisst ihr noch, Fall xy? Donnerlüttchen, das war ja was.«

Jun schweigt. Wann immer ich sie ansehe, ruht ihr Blick

auf Vanity oder Nyte. Und umgekehrt ist es genauso. Jun schneidet ganz selbstverständlich Vanitys Fleisch, und als Steven Nyte dasselbe anbietet, sieht der ihn stirnrunzelnd an und erklärt, dass er das allein könne.

Meine Mom wählt den Moment, um zu sagen: »Zwei sehr wohlerzogene Kinder hast du da, Steven. Leith und besonders Lizzy in dem Alter ...« Sie schüttelt missbilligend den Kopf.

Lizzys Messer klirrt auf den Teller und Juns Knöchel färben sich weiß um den Griff ihrer Gabel.

»Es ist sehr nett von dir, dass Jun in dieser schweren Zeit bei dir wohnen darf.«

Ich blicke auf. Steven lächelt mich an. So in etwa stelle ich mir das Lächeln einer Anakonda vor, bevor sie beschließt, einen zu erwürgen. »Wenn du mal irgendetwas brauchen solltest ... ein Empfehlungsschreiben für Stanford vielleicht ...? Ich habe nämlich dort studiert.«

»Beeindruckend«, erwidere ich. Und lächle. Keine Ahnung, wie das aussieht. Aber es fühlt sich nicht sonderlich echt an.

»Was möchtest du nach dem Studium machen, Jun?«, fragt Mom. *Natürlich.* Dabei kennt sie die Antwort längst.

Jun legt die Gabel aus ihrer Hand und spreizt die Finger. Dann lächelt sie. »Ich weiß noch nicht.«

»Sie wird Schauspielerin!«, erklärt Vanity im Brustton der Überzeugung, und Jun streckt eine Hand nach dem Haarschopf der Kleinen aus, aber als sie bemerkt, dass Steven es ihr gleichtut, zuckt ihre Hand zurück und greift nach dem Glas Wasser.

Ich spüre Lizzys Blick auf mir und hebe eine Augenbraue. Sie vertieft sich wieder in ihr Essen. Aber ich bin mir ziemlich sicher, dass ich nicht der Einzige bin, der die ganze Situation total skurril findet.

Dementsprechend erleichtert bin ich, als Lizzy verkündet: »Nachtisch!«

Meine Mom macht Anstalten, aufzustehen, aber ich halte sie zurück und folge Lizzy in unsere Wohnküche. Normalerweise würden wir hier essen, aber für Gäste deckt meine Mom gewöhnlich im beheizten Wintergarten.

Wir schweigen, als Lizzy das Besteck holt und ich die Eistorte schneide. Fast fühlt es sich ein bisschen an wie früher, als ich im ersten College-Jahr noch hier gewohnt habe.

»Hat Mom Eggnog gemacht?«, frage ich, als das letzte Stück geschnitten ist.

Lizzy nickt und deutet auf den Kühlschrank. Ich öffne die Tür und scanne den Inhalt, als ich aus dem Wintergarten Stimmen höre.

»Mir geht es gut!« – *Jun. Und ihr geht es alles andere als gut.* Sonst hätte ich den Satz nicht bis in die Küche gehört.

»Deine Geschwister vermissen dich«, höre ich Steven sagen.

Kinderstimmen, die ich nicht verstehen kann.

Mein Dad steuert bei: »Immerhin seid ihr sehr früh... zusammengezogen. Auch wenn heutzutage einiges anders ist...«

»Wir möchten nicht, dass eure Beziehung darunter leidet...«, ergänzt meine Mom.

Ich schließe den Kühlschrank, schnappe mir das Tablett und eile hinüber, Lizzys »Was ist jetzt mit dem Eggnog?« ignorierend.

»Alles in Ordnung?« Ich stelle das Tablett auf den Tisch – möglicherweise *etwas* unsanfter als angebracht –, lege demonstrativ einen Arm um Jun und gebe ihr einen Kuss auf den Hals, knapp über dem Kragen ihrer schwarzen Bluse. Sie versteift sich. Normalerweise sind wir keines der Pärchen, die auch vor anderen nicht die Finger voneinander lassen können. Aber *normalerweise* warten meine Eltern auch nicht darauf, dass ich den Raum verlasse, um dann auf meine Freundin einzureden. So was haben sie selbst bei Ella nicht gebracht. Und Ella mochten sie nicht mal.

»Natürlich.« Meine Mom lächelt mich beruhigend an.

Ich stelle den ersten Dessertteller vor Jun ab, den sie direkt auf meinen Platz weiterschiebt und sich anschließend ihren eigenen nimmt. In jeder anderen Situation hätte ich gelacht, ich hätte sie aufgezogen, unterm Tisch nach ihrer Hand gegriffen und ihr aus Prinzip die nächstbeste Tür aufgehalten.

Aber all das kommt mir in diesem erstickten Raum Lichtjahre entfernt vor. Als lägen meine Wohnung und der Campus in einem anderen Universum.

Nach dem Essen ist es Jun, die sich mit Lizzy in die Küche verzieht. Der helle, ruhige Klang von Lizzys Stimme mischt sich im Hintergrund unter die Unterhaltung am Tisch und irgendwie beruhigt mich das Geräusch.

Ich nerde mit Nyte über das neuste Nintendo-Autorennspiel und bin überrascht, wie viel ein Siebenjähriger über Autos weiß. Vermutlich mehr als ich, denn er sagt:»Ich finde es cool, dass du einen EQ-Mercedes hast! So einen will ich auch mal. Also dann das Nachfolgemodell natürlich. Elektroautos sind zwar etwas langsamer, aber Vanity sagt, sie fährt nicht in Stinkeautos mit.« Er zuckt resigniert mit den Schultern.

Ich muss lachen. »Ich bin früher ein Coupé gefahren. Aber Vanity ist nicht die Einzige, die keine Benziner mag, und seit ich auf dem College bin, fahre ich den Mercedes.« Ich zwinkere den Zwillingen zu, als Lizzy neben mir auftaucht und auf ihren Fußballen wippend verkündet: »Ich hab Geschenke!«

»Aber Santa kommt doch erst morgen«, wirft Vanity skeptisch ein.

Lizzy nickt. Dann beugt sie sich hinab und flüstert: »Aber die Geschenke sind nicht vom Weihnachtsmann, sie sind vom Weihnachtswichtel – siehst du, der mir diese Mütze geschenkt hat.« Sie zupft an ihrer potthässlichen Zipfelmütze und die Leuchtsternchen auf dem Stirnband glimmen auf. Das Ding stellt wirklich neue Maßstäbe in Sachen Weihnachtsplunder auf.

Lizzy nimmt die Zwillinge bei der Hand und tänzelt an mir vorbei, nicht ohne mir verheißungsvoll »Jun ist noch in der Küche …« zuzuwispern.

Und ich will gerade von meinem Stuhl aufstehen, als Steven sagt: »Das wird sicher nicht einfach für euch beide. Wenn du in Stanford bist und Jun hier.«

Ich blinzle. »Pardon?«

Er lächelt. »Nun, du willst doch sicher an eine der großen Law Schools. Ivy League? Chicago?«

»Das ist der Plan.«

»Jun hängt sehr an ihrer Familie. An Vanity, an Nyte, ihrer Mom – und mir.«

»Sie hat ihre Familie einen Monat lang nicht gesehen.«

»Du wirst also von ihr verlangen, dich zu begleiten?«

WTF will der Typ von mir? »Jun entscheidet, wo sie wann sein möchte. Dass sie ihre eigenen Entscheidungen trifft, ist so ziemlich alles, was ich *verlange*.«

»Egal, wofür sie sich entscheidet?«

Ich unterdrücke ein Schnauben. Weil meine Eltern hier sind und sie mit dem Clown eine Kanzlei führen. »Ja. Egal, wofür sie sich entscheidet.«

Er nickt und setzt ein zufriedenes Lächeln auf. »Das freut mich. Es ist schön zu wissen, dass Jun nach all der schweren Zeit in guten Händen ist.«

Am liebsten hätte ich ihm an den Kopf geknallt, dass sie in erster Linie bei sich selbst in den besten Händen ist, aber ich schlucke die Erwiderung herunter. Meine Mom lächelt zufrieden wie ein Weihnachtsengel, und ich fürchte, sie glaubt Stevens gequirlten Verbalunsinn tatsächlich. Nur Dad sieht etwas verwirrt aus.

Ich schüttle den Kopf und stehe endgültig auf, um in die Küche zu gehen.

Jun hat die Hände auf die Kante der Küchentheke gestützt und blickt ins Leere.

»Alles okay?«, frage ich leise und gehe auf sie zu.

Sie zuckt zusammen und dreht sich jäh zu mir um.

»Warum zur Hölle fragt mich das heute jeder?«

Wow. Das war … unerwartet.

Ich hebe die Handflächen und trete einen halben Schritt zurück. »Sorry. Ich hab mir nur Sorgen gemacht.«

Sie seufzt und massiert sich die Schläfen. »Tut mir leid, ich ... Sorry.«

Ich schüttle den Kopf und strecke eine Hand nach ihr aus.

»Nicht dein Tag, hm?«

Sie lächelt. Es ist traurig und niedergeschlagen, aber trotzdem ein Lächeln. Dann schiebt sie ihre Hand in meine und ich ziehe sie sanft zu mir heran.

»Morgen wird besser, versprochen. Wir schlafen, so lange wir wollen, packen Geschenke aus ...« Mein Satz endet irgendwo in Juns Halsbeuge, erstickt von ihrer weichen Haut und ihrem Duft.

Sie seufzt leise. Ich l-i-e-b-e es, wenn sie das tut!

»Die Ablenkung kann ich gebrauchen.«

Ich nicke. »Ablenken kann ich hervorragend«, versichere ich und ziehe Jun mit mir herum, sodass ich nun am Tresen lehne und sie an mir. Ich streiche mit meinen Händen ihren Körper hinab – nur für den Fall, dass der Satz nicht bereits zweideutig genug war ...

Jun schnaubt amüsiert. »Aha?«

»Zweifelst du etwa an meinen Fähigkeiten?«, murmle ich, öffne mit einer Hand den oberen Knopf ihrer Bluse und ziehe mit meiner Zunge ihr Schlüsselbein nach.

Sie legt den Kopf in den Nacken. »Ich weiß nicht? Ich schätze, ich muss überzeugt werden.«

Ich grinse und blinzle über ihre Schulter hinweg, um die Tür zu schließen, als mein Blick auf eine Gestalt fällt, die im Rahmen lehnt und uns anstarrt.

What. The. Actual. Fuck.

Der Ausdruck in Steven Carmichaels Miene ist eine

Mischung aus Lüsternheit und Wut, und der erste Gedanke, der mir dazu in den Sinn kommt, ist, dass er mich ansieht, als würde ich einen Softporno mit seiner Ehefrau drehen.

Nur dass *Hina* Sakura seine Ehefrau ist. Und nicht Jun.

Ich blinzle, als die Erkenntnis mich trifft.

Instinktiv ziehe ich Jun schützend an mich. Erst dann frage ich kalt: »Was willst du hier?«

Jun erstarrt in meinen Armen, sie will sich umdrehen, aber ich halte ihr Gesicht an meine Brust gedrückt. Ich will nicht, dass sie das sieht. Dass sie mit ansehen muss, wie ihr Stiefvater sie anstarrt, die Hose ausgebeult und die Augen glänzend von Begierde.

Auch wenn es womöglich nicht das erste Mal ist, dass sie so etwas miterleben muss.

Der Gedanke sickert wie Eiswasser in mein Gehirn und löst zugleich eine heiße Wut aus, wie ich sie von mir bisher nicht kannte.

Ich möchte das erste und einzige Mal in meinem Leben meinen Baseballschläger gegen einen Menschen richten und ihm damit so heftig in die Kronjuwelen schlagen, dass er einen Homerun gegen seine eigenen Eier laufen kann.

Fuck.

»Leith«, murmelt Jun nervös. Sie weiß, was gerade in meinem Hirn passiert. Und wie sie das weiß.

Und ihr erster und einziger Gedanke ist, mich davon abzuhalten, etwas Dummes zu tun.

Sie sieht Steven an, und dieses Mal lasse ich es zu, weil ich zu sehr mit mir selbst beschäftigt bin. »Wir gehen, okay?«, sagt sie zu mir. Ihre Stimme zittert. Ihr ganzer Körper zittert.

Der Griff ihrer Hände um meine Oberarme fühlt sich an wie der eines kleinen Kindes, schwach und Halt suchend.

»Ja«, ist alles, was ich herausbringe.

»Nein, bitte.« Steven lächelt. »Lasst euch von mir nicht stören. Wir wollten gerade gehen – die Kinder und ich. Vanity wollte dir nur unbedingt noch Tschüss sagen, Jun.«

Jun holt zitternd Luft. Ihre Finger spannen sich an und ihr ganzes Gesicht verändert sich. Ich kann dabei zusehen, wie sie sich verwandelt. Wie sie ihre Maske vom Boden aufhebt und sich überstülpt, bis kein Funke mehr von der verletzlichen Jun mehr darunter hervorblitzt.

Sie löst sich von mir und geht zielstrebig auf die Tür zu. Sie passiert Steven und rammt ihm dabei sogar die Schulter in die Brust. Ich sehe, wie er die Hand nach ihr ausstreckt, aber er hält inne, weil ich längst zwei Schritte auf ihn zugemacht habe, ohne darüber nachzudenken.

Ich bin kleiner als er – aber das ist so ziemlich alles, was er mir physisch voraushat. Und das Einzige, was er damit erreicht, mich jetzt von oben herab anzufunkeln, ist noch mehr Wut meinerseits.

Fuck. Ich werde morgen den halben Tag im Kraftraum verbringen müssen. Und Jun überreden, mitzukommen, weil die Vorstellung, sie jetzt alleinzulassen, mich ungefähr genauso umbringt wie die, dass der Typ … wie lang mit ihr im selben Haus gewohnt hat?

Vanity und Nyte sind sieben.

Also etwa acht Jahre?

Acht verdammte Jahre?

Wie alt war Jun damals?

Zwölf?

Holy Shit, ich muss hier sofort raus.

Aber kaum dass ich die verdammte Küche verlassen habe, kommt meine Mutter auf mich zu. Sie lächelt. Lächelt immer noch ihr zuckersüßes Versöhnungsfest-Lächeln, und ich weiß, dass ich so – so! – kurz davor bin, etwas Unüberlegtes zu sagen. Aber ich bin leider nicht Jun. Ich kann keinen Schalter umlegen und so tun, als wäre alles okay – oder wenigstens fast-okay. Ich bin auf hundertachtzig und habe meine Bremskolben verlegt.

Meine Mom legt mir ihre Hände auf die Schultern und sagt:»Bleibt doch noch, Schätzchen. Lizzy wollte euch eigentlich davon überzeugen, bei uns zu übernachten! Oben in deinem alten Zimmer wärt ihr doch sicher ungestört.«

Ungestört.

»Nein! Nein, Mom, wir … müssen gehen … *Wirklich.*«

»Aber warum denn? Ist alles in Ordnung?«

Nein. Absolut fucking *gar nichts* ist in Ordnung.

»Ja. Alles … Wir müssen einfach nur gehen.« Ich löse ihre Hände von meinen Schultern, ignoriere ihr pikiertes Gesicht und stapfe zum Foyer. Dort hockt Jun vor einer heulenden Vanity und redet auf sie ein, dass sie sich bestimmt bald wiedersehen würden.

Ich lehne meinen Hinterkopf gegen den Türrahmen und will einfach nur, dass ich aus diesem Albtraum aufwache.

»Höre ich richtig, ihr geht auch?«, fragt Dad.

Ich nicke matt. »Ja.«

»Ich habe versucht, sie aufzuhalten«, erklärt Steven, »aber ich schätze, Jun hat mal wieder ihren Willen bekommen.«

Ich strecke eine Hand nach seinem Kragen aus – aber mein Dad stellt sich mir in den Weg. Er sagt nichts, aber das muss er auch nicht. Sein Blick sagt ziemlich eindeutig: *Einen Schritt weiter und wir haben ein ernsthaftes Problem, mein Sohn.*

Ich beiße die Zähne zusammen und murmle: »Wir müssen los.«

Dann drehe ich mich um, schnappe mir Juns und meinen Mantel und öffne die Haustür.

Vanity weint noch immer, sie klammert sich mit ihren kleinen Händen an Juns Bluse fest, und als diese sich losmacht und aufsteht, geht Vanity in die Knie und schluchzt hemmungslos.

Aber Jun steht auf und folgt mir. Sie dreht sich nicht einmal mehr um, und ich weiß, dass jeder andere in diesem Raum sie gerade für kaltherzig und gefühllos hält.

Eine Eisprinzessin.

26

JUN

Die Lichter der Stadt ziehen in Schlieren an uns vorbei, während Leith das Speedlimit auf dem leeren Highway ausreizt. Seine Arme sind so angespannt, dass einzelne Muskeln sich durch den Stoff seines Button-downs abzeichnen, und er hat den Blick starr auf die Straße gerichtet.

Mir ist kalt. Meine Glieder sind steif und ich scheitere daran, meine zitternden Atemzüge zu kontrollieren. Ich weiß, dass Leith mir jeden Moment die eine Frage stellen wird, vor der ich seit Wochen weglaufe – und ich habe keine Ahnung, was ich antworten soll.

Er schweigt noch immer, als wir bei ihm zu Hause angekommen sind. Er geht hölzern vor Beherrschung neben mir her, und es scheint Ewigkeiten zu dauern, bis er den Schlüssel ins Haustürschloss manövriert hat.

In seiner Wohnung angekommen, macht er sich nicht einmal die Mühe, den Mantel abzustreifen, sondern geht geradewegs auf die Anrichte im Wohnzimmer zu, holt eine

Flasche schottischen Whiskey und ein Schnapsglas heraus und ext es.

Dann dreht er sich zu mir um und sieht mich an, sieht mich einfach nur an, ohne ein einziges Wort zu sagen.

Ich blinzle hinab auf meine Zehen. Im Gegensatz zu Leith habe ich mir die Winterstiefel abgestreift und friere jetzt noch mehr als zuvor. Ich reibe mir mit den Händen über die Oberarme, in dem Bewusstsein, dass es an meinem Kälteempfinden nichts ändern wird.

»Jun.«

Leith hatte schon immer die Fähigkeit, meinen Namen auszusprechen, als handle es sich um einen Voodoo-Zauber – immer auf dem schmalen Grat zwischen Heilung und schwarzer Magie schwebend.

Ich hebe meinen Kopf und sehe ihn an, sehe, wie er dort steht, eine Hand noch immer um das leere Schnapsglas, die andere um die Kante der Anrichte geklammert. Aber als ich seinen Blick erwidere, weicht die Spannung aus seinem Körper. Seine Schultern sacken hinunter und er murmelt: »Du wirst mir jetzt nicht sagen, dass das ein Einzelfall war, oder? Du wirst mir nicht sagen, dass du ihn nie zuvor so gesehen hast oder dass du keine Ahnung hattest …«

Er lässt den Satz unbeendet. Der Fokus seiner Augen wandert rastlos durch den Raum und ich schüttle stumm den Kopf.

»Wie lange?«, fragt Leith.

Ich schweige.

»Hat er dich …« Er bricht den Satz ab und vergräbt eine Hand in den blonden Locken, in diesen wunderschönen blonden Locken, die mich immer an alberne Dinge wie Engel und

Surferboys erinnern. Beides ist Leith zum Glück nicht. Aber er war immer mein Anker. Er war der Funke in meiner Dunkelheit. Der Stern an meinem Nachthimmel. Und ich habe solche Angst davor, dass er das jetzt nicht mehr sein kann. Dass er mich mit anderen Augen sehen wird, als ein Opfer. Und dass, was er gesehen hat, sein Bild von mir auf immer verändern wird.

»Hat er dich angefasst, Jun?«, fragt Leith, und ich vermag es nicht, ihm zu antworten.

»Hat er dich jemals ver...« Seine Faust donnert auf die Anrichte und ich zucke zusammen. »Jun! Hat Steven dich angefasst? Hat er dich belästigt? Hat er dich gebeten, ihn anzufassen? Hat er dich zu irgendetwas gezwungen?«

Er kommt drei Schritte auf mich zu. Es sind rohe, kraftvolle Bewegungen. Etwas, von dem ich nie gedacht habe, es an Leith zu sehen – nicht außerhalb eines Baseballcourts. Aber die Hand, die er nach mir ausstreckt, ist sanft und verharrt vor meiner Wange in der Luft. »Hat er dich jemals angefasst, Jun? Hat er dich ... missbraucht? Bitte. Bitte, sag es mir einfach.«

»Warum?«, frage ich. »Was spielt es für eine Rolle für dich?«

Er presst die Lippen aufeinander und ballt die Hand in der Luft zur Faust. »Was es für eine Rolle spielt? Wie kann es keine Rolle spielen? Du musst ihn anzeigen, Jun. Du musst ...«

Ich schüttle den Kopf und ignoriere die Tränen, die mir aus den Augen rinnen. »Wichtig ist allein, ob er mich vergewaltigt hat, ja? Weil alles andere ja nicht zählt. Nicht, wie er mich angesehen hat, immer, überall. Dass er mit mir getanzt hat, mir Unterwäsche gekauft hat, mich *Little Blossom* genannt und mich auf die Wange geküsst hat, als ich noch dachte, dass es nichts bedeutet, weil liebende Väter das eben so machen? Weil es normal ist und ich verrückt sein muss? Denn genau das werden alle denken, dass ich das verrückte Mädchen bin, das sich einbildet, alle Welt wolle ihr nur an die Wäsche – ihr *eigener Vater* wolle ihr nur an die Wäsche! Denn immerhin hat er das ja nie getan, nicht wahr? Er hat mich nie missbraucht, Leith, nie in irgendeinem Sinne, den das Gesetz versteht. Also ist es doch mein Fehler. Warum trage ich auch ein Nachthemd, wenn ich doch einen Pyjama tragen könnte? Wieso habe ich Dessous in der Wäsche und nicht nur Sport-BHs? Ich könnte sie schließlich mit der Hand waschen – oder überhaupt nicht besitzen! Wieso besitze ich sie, wenn ich doch weiß, was der Anblick bei ihm auslöst? Ich könnte es doch einfach ändern, auf meine Geschwister und meine Mutter pfeifen und abhauen. Also ist es doch praktisch mein Fehler, nicht wahr, Leith?«

Der Sarkasmus in meiner Stimme ertrinkt in meinen Tränen, bis ich meine eigenen Worte nicht mehr verstehe. Und während ich Leith anschreie, habe ich eine Hand in sein Revers gekrallt und kann mich dennoch kaum mehr aufrecht halten. Ich fühle mich so ... *unwert.* So zerbrochen und zerstört und am Boden.

Ich habe nie gewollt, dass dies hier passiert. Dass Leith erfährt, wer oder vielmehr, *was* ich wirklich bin. Ich habe nie gewollt, dass er mich ansieht, wie er mich jetzt ansieht. Ein Opfer. Eine Beschädigte. Eine Verrückte.

Und als er seine Arme um mich legt und mich an sich

zieht, will ich ihn wegstoßen. Ihn und seinen perfekten, starken Körper, seinen reinen Duft und sein schönes Gesicht mit den verdammten Engelslocken. Ich trommle mit den Fäusten gegen seinen Brustkorb und weiß doch, wie sinnlos es ist. Ich habe keine Chance. Ich bin verloren und schwach und winzig, winzig klein. Ich lege meine Arme um seinen Hals und ersticke meine tausend Schluchzer in dem edlen Stoff von Leiths Hemdkragen, bis ich keine Tränen mehr habe. Bis ich mich ausgetrocknet und leer und trotz Leiths Körperwärme völlig kalt fühle.

»Was ist an dem Dienstag vor Thanksgiving passiert?«, fragt Leith leise und streicht mir meine tränenverklebten Haare aus der Stirn.

Wir sitzen auf seinem Sofa oder vielmehr: Er sitzt und ich liege auf seinem Schoß und starre Löcher in Leiths halb leere Regale. Er sollte ein paar Filme kaufen. Und vor allem Bücher. Viele Bücher. Keine Gesetzeswälzer. Einfach nur ... Geschichten.

»Er war betrunken und einsam.«

»Du musst ihn nicht verteidigen.«

Zu jedem anderen Zeitpunkt wäre ich wütend geworden. Aber ich bin zu erschöpft für Wut. »Tu ich nicht. Es ist schlimmer, wenn Mom nicht zu Hause ist.«

Ich sehe im Augenwinkel, wie Leith das Gesicht verzieht, und schüttle den Kopf. »Nicht was du denkst. Meine Mom ist ... Sie ist wie ein stummer Zuhörer. Sie gibt ihm das Gefühl, beobachtet zu werden. Sie ist das Gewissen, über das er nicht verfügt. Aber wenn sie weg ist ...«

Ich lasse den Satz ins Nichts fallen. Es ist sinnlos, darüber zu sprechen, welche Ängste ich ausgestanden habe, als Steven das erste Mal mitten in der Nacht vor mir stand, im halb offenen Morgenmantel, die Augen auf die Stelle gerichtet, wo ich die Bettdecke unter mein Knie geschlagen hatte.

Als er bemerkt hat, dass ich wach war, ist er verschwunden. Es ist noch drei Mal passiert. Bis ich einen Zimmerschlüssel habe machen lassen.

Aber ich war mir nie sicher, ob diese alberne Barriere ihn wirklich aufhalten würde. Oder ob es nur trügerische Sicherheit war, die mich nachts hat schlafen lassen.

»Was war das Schlimmste, was er je …«

»Ich will nicht darüber reden, Leith.«

Er versteift sich. Aber er schweigt.

»An dem Abend hat er …« Ich lege eine Hand auf meine geschwollene, verheulte Wange. »Er kam mir zu nahe und ich … war mir nicht sicher, ob er nicht dieses Mal doch …«

Ich verstumme. Leith hat den Atem angehalten, und ich wende meinen Kopf, bis ich mein Gesicht in Leiths Bauch vergraben kann. »Ich habe ein Messer genommen und nach ihm gestochen. Er hatte eine Schnittwunde hier.« Ich deute auf die Stelle an meiner Wange. »Und mir war klar, dass ich damit die letzte Barriere eingerissen habe. Ich wusste nicht mehr, was er bereit war zu tun – und ich wusste nicht mehr, was ich bereit wäre zu tun, um es zu verhindern. Ich musste weg. Nicht bloß ein, zwei Tage zu Carla, sondern für immer.«

Leith schließt die Finger um meine Haarsträhnen zur Faust, dann lockert er sie wieder und atmet aus.

Ich habe keine Ahnung, wie spät es ist, als er schließlich sagt: »Ich brauche jetzt eine Dusche und dann ... ein Bett.«

Er schiebt sich vorsichtig unter mir weg und steht auf.

Aber ich halte ihn am Arm zurück: »Kann ich mitkommen?«

Er runzelt die Stirn. »Du willst ...«

»Duschen, Leith. Ich will mit dir duschen. Ich bin nicht kaputt, okay? Ich habe mich nicht verändert. Ich bin nicht plötzlich jemand anderes, nur weil du etwas über mich weißt. Hast du verstanden?«

Er nickt, aber seine Miene ist noch immer in steinerner Verständnislosigkeit erstarrt.

Ich seufze und stehe auf. »Komm schon.«

Er stolpert hinter mir her. Aber selbst als ich splitternackt vor ihm stehe, weiß ich, dass er mich nicht berühren wird.

Und die einzige Frage, die er mir an diesem Tag noch stellt, ist, ob ich Steven Carmichael anzeigen werde.

27

LEITH

»Nein, Jun ist bei ihrer Mom«, murmle ich und reibe mir über die Stirn.

Ich vermisse sie.

Was völlig absurd ist. Denn sie ist nicht weg. Jedenfalls nicht wirklich. Aber sie ist auch nicht hier. Seit Tagen leben Jun und ich in einem luftleeren Raum zwischen drohendem Streit und stummem Einverständnis. Wie ein Ehepaar, das sich nichts mehr zu sagen hat. Wir reichen einander den Brotaufstrich oder fragen danach, wie kalt es draußen ist.

Aber wir reden nicht mehr. Weil Jun keine meiner Fragen beantwortet und ich nicht bereit bin, so zu tun, als wäre nichts passiert.

Ich hasse es, dass sie nicht zurückschlägt. Jun ist der allerletzte Mensch auf diesem Planeten, von dem ich je erwartet hätte, dass er irgendwen damit davonkommen lassen würde.

Dass sie Steven in dieser schicken Villa wohnen lässt. Mit Vanity und Nyte. Mit ihrer Mom. Dass sie zulässt, dass andere ihn für den tollen, rechtschaffenen Anwalt halten, den liebenden Vater, den armen Ehemann, dessen Frau und Stieftochter übergeschnappt sind.

Dass sie zulässt, dass er sie zugrunde richtet.

Und nichts darüber sagt.

Nie.

Nicht einmal zu mir.

Sie weicht mir aus.

Sie geht kaum noch vor die Tür.

Sie scheint sogar die Schauspielerei plötzlich zu hassen. Sonst ist sie immer nach den Theaterproben zum Trainingscenter gekommen, um mich abzuholen, oder hat mir von den Auftritten erzählt, der Begeisterung des Publikums, falls ich nicht ohnehin selbst dort war, um zuzusehen.

Aber selbst das … ist weg. Einfach fort. Auf der Bühne ist sie noch immer dieselbe. Aber ich habe nicht mehr das Gefühl, dass sie ihre Rolle ablegt, wenn der Vorhang fällt. Sie spielt einfach weiter. Sie spielt selbst dann noch, wenn wir nachts nebeneinander im Bett liegen und an die Decke starren.

»Bei ihrer Mutter? In der Entzugsklinik?«

Ich blinzle und sehe Mom an – oder vielmehr: durch sie hindurch –, bis mein Hirn sich wieder im Hier und Jetzt zurechtgefunden hat.

»Und ich dachte, sie hätte sich vielleicht entschuldigen wollen.«

Ich seufze. »Wofür, Mom?« Dafür, einen Scheiß-Stiefvater zu haben?

»Ihr Verhalten an Weihnachten war nicht besonders nett, deines übrigens auch nicht. Du kannst froh sein, dass Steven so ein umgänglicher Mann ist.«

Ich schnaube. »Ja, so kann man es auch nennen.«

»Was hast du nur gegen ihn? Seit du mit seiner Tochter zusammen bist, verhältst du dich feindselig, vermutlich hat er recht, und sie erzählt wirklich Lügen über ihn.«

Ich schüttle den Kopf. »Nein, Mom. Sie erzählt mir gar nichts über ihn.«

»Über wen?«, fragt Dad und schließt die Tür zum Büro hinter sich. Moms Büro. Wir haben uns in der Kanzlei meiner Eltern getroffen, weil ich sie darum gebeten habe.

Er geht auf meine Mom zu und küsst sie. Es ist das erste, was er tut, wenn er sie sieht. Immer noch.

»Steven Carmichael«, erwidere ich, stehe auf und gehe zu Moms Aktenschrank hinüber. In dem oberen Teil sind tatsächlich Akten. Aber im unteren …

»Leith. Du bist doch nicht etwa hergekommen, um zu trinken?«

Ich drehe mich mit dem schottischen Whiskey in der Hand um und erkläre: »Nein, dann wäre ich in die Campuskneipe gefahren.«

Ich schenke drei Gläser ein und Mom sieht mich an wie eine Erscheinung. »Was soll das werden?«

»Steven«, sage ich, »ich will, dass ihr ihn aus der Kanzlei schmeißt. Ich will, dass er nie wieder einen Fuß über diese Schwelle setzt. Oder die irgendeiner anderen Anwaltskanzlei.«

Ich sehe, wie mein Dad den Mund öffnet, um etwas zu sagen, aber dieses Mal lasse ich mich nicht durch irgendeine autoritäre Phrase in die Schranken weisen. »Euer sogenannter *Partner* hat seine eigene Tochter jahrelang sexuell belästigt. Er hat sie bedroht und eingeschüchtert und manipuliert. Der Typ ist als Mensch und Vater und Anwalt völlig untragbar und ihr solltet euch keine Minute länger mit Abschaum wie ihm abgeben.«

Wow, das tat gut. Noch nicht gut genug, aber immerhin. Besser als fünf verdammte Tage in Totenstille zu verbringen und so zu tun, als wäre nichts gewesen.

Fuck, wie ich das gehasst habe.

Hasse.

Wie ich es hasse, dass sie einfach nichts sagt!

Ich weiß selbst, das hier ist eine ziemlich dämliche Aktion. Aber, *fuck*, ich hätte es mir keine einzige Minute länger ansehen können. Den Schmerz in ihren Augen. Die Angst.

Und das Gefühl, dass Jun sich selbst für etwas verurteilt, das nicht ihr Fehler ist.

Mein Dad greift nach dem Whiskeyglas und trinkt. Meine Mom sieht ihn missbilligend an und schüttelt den Kopf. Dann wendet sie sich an mich, verschränkt die Finger ineinander und meint: »Das ist es also, was Jun dir über ihn erzählt hat? Dass Steven sie – wie sagtest du? – *sexuell belästigen* würde.«

Ich schüttle den Kopf. »Sie hat es mir nicht gesagt, bis sie es praktisch nicht mehr leugnen konnte. Carmichael hat uns Weihnachten bei euch in der Küche gesehen und war …«, ich wende meinen Blick zum Papierkorb, nur für den Fall, dass ich bei den kommenden Worten doch noch kotzen muss, »… sichtlich erregt von der Szene.«

Mein Dad verspannt sich. Meine Mom blinzelt verständnislos. »Und deswegen kommst du hierher und verlangst von uns, dass wir eine jahrelange, erfolgreiche Geschäftsbeziehung zerstören? Weil du glaubst, irgendetwas ... *gesehen* zu haben?«

Ich ziehe eine angeekelte Grimasse. »Glaub mir, das war mehr als *irgendetwas*. Carmichael steht auf Jun. Als wäre sie ... keine Ahnung, sein wahr gewordener feuchter Traum oder so was.« Ich muss mich schütteln und auf einmal sieht der Mülleimer irgendwie verdammt verlockend aus.

»Verwechselst du da nicht etwas?«, fragt mein Dad. Sein Ton ist ruhig, beinahe herablassend.

»*Was?*«, frage ich.

Er stellt sein leeres Glas auf Moms Schreibtisch. »Schon als du das erste Mal mit ihr aufgetaucht bist, hat man gemerkt, dass ihr beide euch ... nun, anziehend findet. Jun und du. Was in deinem Alter völlig normal ist.«

»Das ist jetzt ein Scherz«, unterbreche ich ihn.

Dad zuckt mit den Schultern. »Ich meine nur, dass du dich verändert hast im letzten halben Jahr. Die Trennung von Ella hat dich mitgenommen, du warst am Boden zerstört – und dann, von einem Tag auf den anderen, ziehst du mit Jun zusammen. Und jetzt kommst du hierher und verlangst aus heiterem Himmel, dass wir die Geschäftsbeziehung zu ihrem Vater ohne Beweise aufgeben, weil er sie *belästigt*?«

»Du glaubst mir nicht«, erwidere ich kalt. »Du glaubst diesem Typen da«, ich deute mit dem Daumen in Richtung Tür, wo jenseits des breiten Flurs Carmichaels Büro liegt, »mehr als deinem eigenen Sohn? Weißt du, *warum* Jun bei mir eingezogen ist? Weil sie sich in ihrem eigenen Haus nicht mehr sicher gefühlt hat! Und Jun ist niemand, der sich *einfach mal so* nicht mehr sicher fühlt. Ihr habt sie doch erlebt! Sie lässt sich nicht mal von Grandpa aus der Ruhe bringen – und selbst mich bringt er regelmäßig auf hundertachtzig!«

Mom setzt ihre verständnisvolle Anwaltsmiene auf. Als wäre ich ein Klient und nicht ihr Sohn. »Warum ist sie dann nicht hier und erzählt uns persönlich davon, Leith? Warum hat sie dich vorgeschickt?«

»Sie hat mich nicht *vorgeschickt*!« Genau genommen weiß sie nicht einmal, dass ich hier bin … »Ich habe mich selbst hergeschickt, weil ich den Gedanken nicht ertrage, dass meine Eltern mit einem potenziellen Vergewaltiger zusammenarbeiten.«

»Jetzt halt aber mal die Luft an!« Meinem Dad ist der Kragen geplatzt. Er wird dann gern laut. Bedauerlicherweise habe ich das zu oft erlebt, um davon noch sonderlich beeindruckt zu sein – übrigens nicht wegen mir. Sondern wegen Lizzy.

Ein Klopfen an der Tür ist es, was mich und meinen Dad davor bewahrt, in einen ernsthaften Streit zu geraten.

Zur Tür herein schiebt sich eine kleine, schlanke Frau in einem hübschen Business-Dress, Moms Sekretärin. Nur sieht sie aus unerfindlichen Gründen nicht meine Mom an, sondern mich. Dann besinnt sie sich der Unterlagen in ihrer Hand und legt sie auf den großen Schreibtisch. »Die Akte für den Rosenberg-Fall kam mit der Post.«

»Danke, Emma«, sagt meine Mom.

Emma nickt, dreht sich um und geht. Als sie mich passiert, räuspert sie sich leise und verschwindet dann aus dem Zimmer. Irritiert blicke ich ihr nach. Was sollte das denn?

Ich sehe noch dabei zu, wie sich die Tür hinter ihr schließt, als meine Mom schon fortfährt:»Ich verstehe, dass du deiner Freundin helfen möchtest, Leith. Aber ich glaube, damit bist du bei uns an der falschen Adresse. Sie sollte sich an die Polizei wenden, wenn sie Anzeige erstatten möchte, und sich psychologische Betreuung suchen.«

Ich wende den Kopf.»Du möchtest, dass sie zur Polizei geht und das Ganze vor Gericht kommt. Das klingt nach toller Publicity für die Kanzlei: *Anwalt angeklagt. – Hat Steven Carmichael über Jahre hinweg seine eigene Tochter missbraucht?*«

Meine Mom hebt die Augenbrauen.»Wenn er es tatsächlich getan hat …«

Ich blinzle sie an.»Du glaubst es nicht. Kein einziges Wort. Du ziehst es nicht einmal in Betracht! Mom, ich habe den Kerl gesehen, verstehst du? Ich habe gesehen, wie er Jun ansieht. Sie hat *Angst* vor ihm! Und Jun hat normalerweise …«

»Hör zu, Leith«, sagt mein Dad und stützt die Unterarme auf die Lehnen von Moms überteuertem Ohrensessel, auf den nur Klienten mit einem gewissen Anteil am Jahresgewinn gebeten werden Platz zu nehmen.»Steven hat mit uns über dieses Thema gesprochen, über Jun und … ihre schwere Kindheit. Steven war in der Woche nach Thanksgiving so besorgt um Jun, weil sie tagelang nicht zu Hause aufgetaucht ist, ohne sich bei ihm zu melden. Über Thanksgiving! Wie ein unreifer Teenager!«

»Clyde«, wendet meine Mutter beruhigend ein. Er lächelt sie an und fährt fort:»Jedenfalls war er wirklich besorgt, und wir sind aus allen Wolken gefallen, schließlich hatte sie Thanksgiving mit unserer Familie verbracht und er wusste nichts davon! Wir haben es ihm natürlich erzählt und dann hat er sofort Verständnis gezeigt. Leith, er war derjenige, der sie sogar verteidigt hat und sagte, es sei nicht einfach für sie. Ihre Mutter ist schwer abhängig, auf den ersten Blick merkt man es nicht, und er selbst hatte ja lange die Hoffnung, dass sie sich ändern würde. Aber Hina ist eine schwer... eine schwer gestörte Frau.« Er hebt hilflos die Schultern und das echte Bedauern in seiner Stimme schmerzt mich fast mehr als die unfassbare Lüge, aus der es erwachsen ist.

Er glaubt ihm. Einfach so ...

»Das Modelbusiness ist hart, das wissen wir alle, und das Einzige, was man Steven vorwerfen kann, ist es, Hina erlegen zu sein. *Nicht Jun,* Leith. Hina lebt seit Jahren von seinem Geld. Und was denkst du, wer Juns Studiengebühren bezahlt? Hina hat sogar den Treuhandfonds ihrer Tochter leer geräumt, um ihren Rausch zu finanzieren. Steven hat sich von Anfang an um Jun gekümmert, er war ihr ein echter Vater. Dass sie das missverstanden hat, ist ... bedauerlich. Wirklich bedauerlich. Aber es ist nicht sein Fehler. Vielmehr ist anzunehmen, dass Jun in Wahrheit diejenige ist, die sich mehr von ihm wünscht. Sie wohnt noch bei ihm, sie übernimmt eine Art Mutterrolle für die Kinder, das haben wir ja selbst gesehen, und sie soll wohl auch ... anderen Familienfreunden gegenüber fragwürdige Andeutungen gemacht haben. Weil das aber in unserer Gegenwart nie passiert ist und ihr zwei sehr glücklich zusammen gewirkt habt, dachten wir, dass sie sich vielleicht doch geändert und in dir endlich einen Partner auf Augenhöhe gefunden hätte. Deswegen haben wir dich nicht damit belasten wollen – weil wir hofften, dass sich alles zum

Guten wenden würde. Aber jetzt…«Er hebt die Hände und zuckt mit den Schultern. Und ich sitze hier und starre ihn an wie der letzte Idiot, während Verständnis in mein Hirn sickert. Verständnis dafür, warum Jun nie etwas gesagt hat. Aber im selben Moment wächst die Wut auf Steven Carmichael ins Unermessliche.

Ich stehe auf, greife nach meinem Mantel und gehe zur Tür. Aber bevor ich den Raum verlasse, sage ich noch:»Nicht Jun braucht den Psychiater, sondern Steven. Falls dem überhaupt noch zu helfen ist. Und falls ich es jemals in Betracht gezogen habe, auch nur mein Praxissemester hier abzuschließen, ist dieser Gedanke gerade gestorben. Bestellt Lizzy schöne Grüße von mir, ihr werdet Silvester ohne mich und Jun verbringen.«

Es ist stockdunkel, als Jun nach Hause kommt. Die Sonne ist irgendwann untergegangen, während ich zwischen schottischem Whiskey und meinen Gedanken die Orientierung verloren habe.

Ich bin nicht betrunken.

Nicht direkt jedenfalls.

Aber total auf der Höhe bin ich wahrscheinlich auch nicht mehr.

Der Duft von frischer Pizza steigt mir in die Nase. Jun ist der einzige Mensch, den ich kenne, der keine Pizza mag, oder jedenfalls nicht in einem Maß wie die meisten anderen College-Studenten. Aber nicht einmal diese Geste bringt mich dazu, mich zu ihr umzudrehen.

Ich bin deprimiert. Enttäuscht. Wütend. Entsetzt. Verstört. Alles auf einmal.

Die Gesprächsfetzen von heute Nachmittag wabern durch meinen Kopf und das Letzte, was ich jetzt will, ist essen.

»Leith?« Ihre Stimme dringt durch die Dunkelheit zu mir herüber. Ich weiß nicht, woran sie erkennt, dass ich hier bin. Vielleicht hat sie Katzenaugen. Aber sie schaltet das Licht an und durchschreitet den Raum. Beim Anblick der Whiskeyflasche runzelt sie die Stirn. Sie dreht sich zu mir und mustert mich. »Alles okay?«

Ich schüttle den Kopf.

»Ist was passiert?«

»Gar nichts. Fucking *gar nichts* ist passiert.«

Sie verschränkt die Arme vor der Brust und lehnt sich vor. »Leith. Steh auf, stell die Whiskeyflasche zurück in die Anrichte, und hör auf, dich in Selbstmitleid zu ertränken.«

Sie dreht sich weg und verlässt unter dem Klacken ihrer Absatzstiefel den Raum. »Ich habe dir Thunfisch-Pizza mitgebracht! Die passt halbwegs in den Ernährungsplan, den dein Coach dir für die Spielsaison gegeben hat.«

Baseball. Sie denkt an Baseball und Ernährungspläne. Und ich sitze hier und kann nicht aufhören, darüber nachzudenken, was er ihr angetan hat. Aber sie hat recht: Ich muss damit aufhören. Also hieve ich mich aus dem Sessel und gehe hinüber zur Küchennische. Unter dem halb geöffneten Deckel des zweiten Pizzakartons lugen Ananas-Stückchen hervor. *Igitt.* Jun und ihre Pizza Hawaii.

»Wie war der Auftritt?«, frage ich und blinzle zu der altmodischen Küchenuhr. Sie ist ein Geschenk meiner Granny und Geschenke von Grannys stellt man nun mal irgendwo sichtbar hin, ohne zu jammern.

»Lief gut«, seufzt sie. »Wie immer. Volles Haus, alle zufrieden – du weißt ja, wie es ist. Der Manager kam hinterher auf mich zu und hat gesagt, dass er meine Gage erhöhen würde. Ich bekomme einen Bonus für *Der Gott des Gemetzels* und dann ... kann ich vielleicht endlich irgendetwas zur Haushaltskasse beitragen.« Sie seufzt und streicht sich eine schwarze Strähne aus der Stirn.

Ich schüttle den Kopf. »Das musst du nicht.«

Ich weiß, wie sehr es sie belastet, dass wir im Moment mehr oder weniger von meinem Geld leben oder vielmehr dem meiner Familie. Falls ich das nicht heute auch über Bord geworfen habe. Aber ich bezweifle es ... In den Augen meiner Eltern ist Jun eine *Phase* und ich bin in Teenagerträumen gefangen. Außerdem ginge es letztendlich doch gegen ihr Gerechtigkeitsempfinden. Und ich schätze, Lizzy würde ihnen die Hölle heißmachen. *Oh, Lizzy* ... Was wäre ich ohne meine kleine chaotische Schwester und ihren hübschen Lockenschopf?

Jun erwidert nichts. Sie holt zwei Teller und einen Pizzaschneider, den ich ihr aus der Hand nehme, in der Erwartung, dass sie protestiert. Weil sie immer protestiert.

Heute nicht.

Und aus irgendeinem Grund stört mich das noch viel mehr, als wenn sie es doch getan hätte. Ich ziehe die Augenbrauen zusammen und mustere sie. »Alles okay?«

»Das habe ich *dich* gerade eben schon gefragt«, erwidert sie und lässt es klingen wie einen Vorwurf.

Okay. Wir spielen wieder *Wie-du-mir-so-ich-dir*.

Ich seufze, schneide die Pizzen und werfe den Schneider ins Spülbecken. Nein, halt, ich werfe daneben. *Fuck*. Seit wann werfe ich daneben?

Jun blinzelt mich missbilligend an und ich verdrehe die Augen. Sie hebt das dumme Ding auf, spült es ab und legt es zurück in den Besteckkasten, bevor sie mit ihrer widerlichen Pizza ins Wohnzimmer verschwindet.

»Du suchst den Film aus!«, ruft sie vom Sofa.

»Du hasst es, abends mit mir Filme zu schauen, Jun«, erinnere ich sie.

Jun schüttelt den Kopf. »Ich mag es ganz grundsätzlich nicht, Filme zu schauen«, korrigiert sie, »aber dir zuliebe mache ich eine Ausnahme. Wenn er langweilig ist, sehe ich einfach dir zu, das ist ungefähr genauso unterhaltsam.«

Wider Willen muss ich lachen. Ich schnappe mir meinen Teller und schlurfe zum Sofa.

»*Pets 2*?«, frage ich. – Wenn keine Schauspieler dabei sind, stehen die Chancen höher, dass sie es mag.

Aber Jun zieht eine Grimasse. »Wir gucken seit zwei Wochen nur noch Kinderfilme. Wenn wir umgekehrte Geschlechter hätten, würde ich denken, du wärst schwanger. Aber glücklicherweise kann ich das ausschließen.«

Ich schnaube. »Okay. Schön. Was war dein Lieblingsfilm, als du … vierzehn warst?«

Sie schlägt die Hände vors Gesicht. »Das willst du nicht wirklich wissen.«

»Jetzt will ich es sogar ganz unbedingt wissen!«

Sie blinzelt durch ihre Finger. »*Shakespeare in Love*.«

»Neeein!«

»Doch.« Sie nickt. »Es hatte alles, was ich geliebt habe: gute Besetzung, Theater, eine altmodische Lovestory, ausgefallene Kostüme und natürlich Shakespeare.«

Jun rettet meine Pizza in letzter Minute davor, auf dem Teppich zu landen, weil ich vor lauter Lachen die Kontrolle über den Teller verloren habe.

»Das ist nicht witzig!«, beteuert sie.

»Und wie witzig das ist. Jun Sakuras Lieblingsfilm ist *Shakespeare in Love*!«

Sie schüttelt den Kopf. »Mit vierzehn, okay? Jeder hatte dämliche Lieblingsfilme in dem Alter! Was war deiner? *Hitch – Der Date Doktor? Mamma Mia?*«

»Oh, *Mamma Mia* war großartig!«

»Du bist so ...!« Sie verdreht die Augen, aber ihre Mundwinkel zucken verdächtig, und ich strecke reflexartig die Hand danach aus. Weil ich sie einfach berühren muss. Ich kann nicht anders. Ich kann nicht anders, als sie an mich zu ziehen und zu küssen und die Vibration ihres kaum unterdrückten Lachens bis in meinen eigenen Brustkorb zu spüren.

Als ich mich von ihr löse, glitzern ihre Augen. Als hätte ich ihr irgendein Geschenk gemacht, nur indem ich sie geküsst habe.

»Ich habe meine Eltern gebeten, Steven aus der Kanzlei zu werfen«, platzt es aus mir heraus. Ich habe es ihr sagen wollen, seit sie hier ist. Aber ich konnte es nicht über die Lippen bringen. Weil ich gescheitert bin.

Jun erstarrt in meinen Armen. Ihre Augen werden groß und verlieren jeden Glanz. Als wisse sie bereits, was ich ihr als

Nächstes offenbaren werde: »Es tut mir leid. Sie … haben nicht so reagiert wie … erhofft.«

Sie windet sich aus meinem Griff und rutscht von mir weg bis ans andere Ende des Sofas. Von dort aus starrt sie mich an, in einer Mischung aus Abwehr und Scham und Enttäuschung – und Kälte. Eisiger Kälte. Und mir kommt der Gedanke, dass das Dümmste, das wirklich Allerdümmste, das ich heute getan habe, nicht einmal das Gespräch mit meinen Eltern war, sondern dass ich Jun ausgerechnet jetzt davon erzählt habe.

»Leith. Boyd.« Sie sagt es so ruhig, als stünde sie zum Gebet in einer Kirche, deren Wände ihre Worte bis in den letzten Winkel hallen lassen würden. Und gerade das ist es, was sich anfühlt wie Hagelkörner auf meiner Haut. »Du hast *was* getan?«

»Ich wollte dir helfen, okay? Ich wollte, dass Steven … keine Ahnung. Dass er zur Rechenschaft gezogen wird! Du willst ihn nicht anzeigen – okay, verstehe ich. Du willst nicht drüber reden und … keine Ahnung. Es vielleicht vergessen. Aber der Typ muss bezahlen, verstehst du mich? Und wenn er nicht vor Gericht kommt, dann gehört er wenigstens irgendwie anders … bestraft. Verurteilt! Zurechtgewiesen.« Die Worte sprudeln aus meinem Mund und mir ist es egal, wie verzweifelt ich wirken muss. Denn ich *bin* verdammt noch mal verzweifelt. Weil ich nichts tun kann. Nichts, bis auf das hier. Diese eine Sache. Und nicht einmal das habe ich hinbekommen. »Also habe ich meine Eltern gebeten, ihn rauszuschmeißen. Vielleicht hätte ich sie um einen Vergleich bitten sollen, einen außergerichtlichen Vertrag, ein Kontaktverbot,

Schmerzensgeld – keine Ahnung! *Irgendetwas*. Etwas, das auch ihm wehtut. Das er für den Rest seines Lebens mit sich herumträgt.«

»Du. Hast du …« Sie verstummt und presst sich eine Hand auf ihren Bauch. Einen Moment lang fürchte ich, ihr würde schlecht, aber als ich auf sie zukomme, weicht sie weiter vor mir zurück und hebt abwehrend eine flache Hand. Als sei *ich* derjenige, der ihr wehgetan hätte.

»Lei …« Sie schluchzt, ihre Stimme zittert und sie holt tief Luft, bevor sie fragt: »Leith, hast du … deinen Eltern … erzählt … was ich dir erzählt habe? Hast du …«

»Nein! Du … du hast mir doch kaum etwas erzählt! Ich habe ihnen nur gesagt, was ich gesehen habe. Dass er dich belästigt, dass er dir nachstellt, seit du fünfzehn bist, dass er …«

Ich verstumme, als Jun einen Laut von sich gibt, der jenseits von allem ist, was ich je gehört habe. Sie hat die Unterarme gegen ihren Bauch gepresst und kippt vornüber. Wie ein Ast, den jemand in der Mitte zerbrochen hat, fällt sie einfach in sich zusammen. Und ich bin so hilflos, dass ich nicht einmal weiß, was ich tun soll. Ich hocke nur auf diesem elenden Sofa und starre meine Freundin an, wie sie vor meinen Augen in ihre Einzelteile zerfällt. Weil ich … etwas getan habe, von dem ich immer noch nicht begreife, was es ist.

Ich strecke eine Hand nach ihr aus, aber als ich sie berühre, zuckt sie zusammen, als hätte ich sie getreten. Ich höre ihre Schluchzer, unterdrückt und verzweifelt, ihr Ringen nach Atemluft und ihr leises Wimmern. Sie hat die Hände um den Stoff ihrer Tunika zu Fäusten geballt, bis ihre Fingerknöchel blass hervortreten.

Ihre Glieder sind so schmal und zerbrechlich. Warum fällt mir das normalerweise nicht auf? Warum sehe ich sie erst jetzt so? Und wieso hat es niemand anders gesehen? Warum hat ihr niemand geholfen? Warum hat nie jemand diesen Schmerz gesehen?

Aber wer bin ich, dass ich das denke. Ich habe es selbst nicht gesehen.

»Jun«, murmle ich leise, »es tut mir leid, okay? Ich ... wollte dir helfen. Das ist alles. Ich weiß, ich habe mich wie der letzte Esel aufgeführt, aber ich war verzweifelt und ...«

»Genau, Leith. *Du!* Du warst verzweifelt!« Sie springt auf, und ich schrecke vor der plötzlichen Bewegung zurück, vor dem unerbittlichen Zorn in ihrer Stimme und dem Funkeln in ihren Augen, das mich verdächtig an Hass erinnert. Sie streckt einen Zeigefinger nach mir aus und schreit: »Aber das ist nicht dein Schmerz, hast du mich verstanden?« Sie ballt die Hand zur Faust und schlägt sich damit auf die eigene Brust. Ich kann die Erschütterung noch bis in ihre Worte hören: »Es ist meiner. Es ist *mein* Schmerz, Leith. Es ist mein Leid. Und ich bin die Einzige, die das Recht hat, damit umzugehen. Nicht du. Du hast nicht das Recht, mir mein Leid zu nehmen und es zu deinem zu machen. Du hast nicht das Recht, irgendetwas für mich zu tun, ohne mich auch nur zu fragen. Du hast nicht einmal das Recht, dich für mich schlecht zu fühlen. Und vor allen Dingen hast du nicht das Recht, irgendjemandem davon zu erzählen, was *mir* passiert ist.«

Oh ... Shit. Ich hebe meine Hände in einer abwehrenden Geste und ziehe die Schultern hoch. »Du hast recht. Es war falsch, es ihnen zu erzählen, ohne dich zu fragen. Das hätte ich nicht tun sollen. Es tut mir leid, okay? Sie haben mir ohnehin nicht geglaubt!«

»Es ... es tut dir *leid*?« Sie lacht. Schrill. Es klingt wie aus dem TikTok aus *Hexenjagd*, und allein für diese Assoziation hätte ich mir und meinem dummen Hirn gern selbst einen mit dem Baseballschläger übergezogen ... »Was haben sie gesagt, Leith?«, fährt sie fort. Noch immer lachend. Aber aus ihren Augen rinnen Tränen ihre blutleeren Wangen hinab. »Was haben sie gesagt? Dass ich verrückt bin? Dass ich es mir nur ausgedacht habe? Dass ich bin wie meine Mom? Nein, warte!« Sie hebt einen Zeigefinger und ein neuerlicher Lachkrampf schüttelt ihre Glieder. Der Anblick rammt mir ein Messer in die Brust. »Sie haben gesagt, dass ich in Wahrheit diejenige bin, die ihn will, nicht wahr? Nicht wahr, Leith?«

Ich weiß nicht, was sie in meinem Gesicht liest. Und vielleicht will ich es auch nicht wissen. Denn ihr Gelächter zerfällt in schwarze, leere Verzweiflung. Ihr ganzer Körper zittert unter ihren Schluchzern. Sie legt sich eine Hand auf den bebenden Brustkorb, und ich weiß, dass sie vor lauter Weinen kaum noch Luft bekommt.

Ich habe mich noch nie so schlecht gefühlt. So unfassbar, abgrundtief und unwiderruflich schlecht.

Ellas »Es ist aus« war ein Witz gegen die kalte Leere, die in diesem Moment in mein Herz einzieht. Weil ich derjenige bin, der Jun das angetan hat. Nur ich. Ganz allein. Und ich habe nicht den leisesten Schimmer, was ich tun kann. Denn ich weiß, jeder Schritt, den ich jetzt auf sie zumache, würde sie zwei weitere vor mir zurückweichen lassen. Also verharre ich stocksteif auf diesem verfluchten Sofa und bestrafe mich selbst damit, zuzusehen, wie Jun leidet.

Ich habe keine Ahnung, wie viel Zeit vergeht. Oder wie oft ich den Mund geöffnet habe, um etwas zu sagen, und ihn unverrichteter Dinge wieder schließe.

Aber irgendwann sind Juns Tränen gefroren. Sie hat jede einzelne genommen, Eisblöcke daraus geformt und damit eine Mauer um sich errichtet.

Sie steht auf, glättet ihre Kleidung und lächelt mich an. »Es ist okay. Lassen wir ... das, ja? Tu so, als wäre nichts passiert. Bitte. Geh zu deinen Eltern und ... sag ihnen, du hättest dich geirrt.«

Ich blinzle. Da war kein Sarkasmus in der Stimme. Nicht einmal ein Hauch. »Was?«

Sie nickt. »Bitte. Lass uns das vergessen, okay? Das ... *alles hier*. Denk nie wieder drüber nach. Du bist ein ... du bist ein guter Mensch, Leith.« Ihre Stimme zittert, als sie meinen Namen ausspricht, und sie holt tief Luft, bevor sie weiterspricht: »Ich wünsche dir ... alles Gute.«

Wow ... Was? »Warte ... Warte, Jun!«

Ich werfe meinen erlahmten, erkalteten und nutzlosen Körper vom Sofa und haste ihr nach in den Flur.

Sie streift sich den Mantel über.

»Du ... gehst«, stellt mein Hirn fest.

Jun nickt. »Mach dir keine Vorwürfe. Mach es nur einfach bei deiner nächsten Freundin anders. Besser.« Sie nickt noch einmal. Dann drängt sie sich an mir vorbei ins Schlafzimmer, und ich bin zu erschlagen, um ihr zu folgen.

Erst als sie kaum eine Minute später mit ihrer Tasche in

der Hand ins Bad huscht, kommt endlich wieder Bewegung in meine Glieder und ich tue das Einzige, was ich tun kann – und versperre ihr den Weg.

»Du kannst nicht gehen, okay? Du kannst nicht gehen, ohne … Hör mir wenigstens zu. Lass es mich wiedergutmachen! Ich bin manchmal …« *Dumm? Hirnverbrannt? Bescheuert? Dämlich? Abgefuckt? Hilflos?* »Voreilig! – Ich … *damn*, ich wollte dir nur helfen. Das ist alles. Wirklich. Ich wollte nicht … Ich *will* nicht … geh nicht, Jun. Bitte. Bitte geh nicht. Nicht jetzt. Und nicht so. Ich schlafe auf dem Sofa. Meinetwegen schlafe ich für den Rest meines Lebens auf diesem Sofa. Ich liebe das Sofa.« Nein, verflucht, ich liebe nicht das beschissene Sofa – ich liebe Jun. *Jun.* Aber während mein Mund so ziemlich allen Unfug aneinanderbrabbelt, den er ausfindig machen kann, bekomme ich genau das nicht über die Lippen. Wie sagt man jemandem, den man derart verletzt hat, der wütend und verzweifelt und abgrundtief traurig ist, dass man ihn liebt?

»Geh nicht. Wir können darüber reden. Morgen. Heute. Nächste Woche. Egal! Sag mir einfach nur, was mit dir passiert. Ich kann mit deinem Schweigen nicht umgehen! Es macht mich wahnsinnig! Sag mir einfach, was ich tun kann, und ich tue es. Es ist so einfach.«

»Es ist nicht einfach, Leith. Es ist alles – aber nicht einfach. Ich respektiere, dass du das nicht verstehen kannst. Weil du nie …«, sie unterbricht sich und blickt über meine Schulter, als sehe sie dort irgendetwas. Irgendetwas anderes als eine weiße Wand und dämliche Familienfotos, auf denen Jun fehlt, weil sie noch nicht lang genug bei mir ist, um auf einem einzigen abgebildet zu sein. »Du kennst es nicht und das ist gut so. Aber glaube mir, dass es nicht einfach ist. Und jetzt lass mich durch.«

Ich schüttle den Kopf. »Nein.«

Sie seufzt. »Leith. Was willst du tun? Mich im Bad einsperren?«

Ja? Nein. Vielleicht? Auf jeden Fall!

Ich seufze und reibe mir mit der Hand übers Gesicht. Meine Bartstoppeln kratzen unangenehm auf der Haut. »Nein, natürlich nicht«, sage ich matt. Aber als ich die Augen öffne, ist Jun längst vor der Garderobe angekommen.

Sie geht wirklich.

Fuck.

»Hast ... Hast du deine Medikamente? Brauchst du ... Geld?« Mein Verstand scheint wieder eingesetzt zu haben. Aber ich bin mir nicht sicher, ob das, was er produziert, gut ist.

Jun blickt auf. Und das erste Mal seit der Errichtung ihrer Mauer aus Eis habe ich das Gefühl, noch einmal Jun vor mir zu haben. Die echte Jun. Die Jun, wie sie wirklich ist. »Ich habe sie eingepackt. Danke ... Und behalt dein Geld, bitte. Ich zahle dir alles andere zurück. Versprochen.«

Ich schüttle den Kopf. »Nein. Behalt es. Bitte, behalt es – du ...« Ich gehe auf sie zu, aber sobald ich näher komme, macht sie einen Schritt zurück, und ich bleibe sicherheitshalber stehen.

Sie nimmt ihren Schal vom Haken und wendet sich zur Tür. »Alles Gute, Leith.«

»Jun!«

Sie hält inne. Und ich weiß, dass dies hier meine letzte Chance ist. Ich habe noch einen einzigen Satz und drei Worte, bevor ich sie verliere.

»Jun, ich liebe dich. Es ist mein Ernst. Ich weiß, dass ich ... versagt habe. Aber bitte geh nicht. Tu mir das nicht an.«

Sie hat die Hand auf der Klinke. Ich sehe, wie sie zögert. Und gleichzeitig weiß ich, dass dieses Zögern die letzten Sekunden sind, in denen ich sie sehen werde.

Es gab keine drei magischen Zauberworte. Weil das Unfug aus albernen Märchen ist und das wahre Leben nicht weiß, wie man *Happy End* schreibt.

Jun öffnet die Tür und geht.

28

JUN

»Jun, ich liebe dich. Es ist mein Ernst. Ich weiß, dass ich…
versagt habe. Aber bitte geh nicht. Tu mir das nicht an.«
Die Worte hallen immer wieder in meinen Kopf nach. Obwohl ich inzwischen längst in Carlas beengtem Kinderzimmer in Andover, circa siebzig Meilen von Lorcastle entfernt, sitze. Mit der ausgeklappten Schlafcouch, den zwei Betten ihrer Schwestern und der großen Schrankwand wirkt der Raum winzig und zugestellt.

Carla hat ihre jüngeren Schwestern rausgescheucht, aber ich kann ihr Gelächter und Gekreische vor der Tür hören.

Nur in mir drin fühlt es sich stumm, kalt und leer an. Ich habe keine Tränen mehr. Ich habe sie alle aufgebraucht. Ich habe vor Leith geheult wie die letzte Dramaqueen. Aber was spielt es jetzt noch für eine Rolle? Er hat längst alles genommen, was ich habe. Ich habe es ihm anvertraut. Mein Herz, meine Seele, meine Schwäche – mein dunkelstes Geheimnis. Und er hat es genommen und in den Dreck geworfen.

Ich presse die Lider aufeinander und lehne meinen Kopf gegen den Kleiderschrank.

Carla kommt mit klimpernden Tassen herein und der Duft nach Tee und Honig steigt mir in die Nase. Gleich darauf steckt ihre Mutter den Kopf durch die Türöffnung, sagt etwas auf Spanisch, und Carla antwortet wild gestikulierend, was allerdings nichts zu nützen scheint, denn kurz darauf seufzt sie und fragt:»Möchtest du einen Kakao? Kekse, Schokolade, Alfajor, Brownies, Tres leches oder Flan?« Ihre Mutter wirft noch etwas ein, Carla verdreht die Augen und fügt an:»Oder vielleicht Tortillas? Auflauf? Etwas anderes zu essen?«

Ich schüttle den Kopf, überwinde mich zu einem Lächeln und sage an Carlas Mutter gewandt:»No, gracias.«

Sie nickt lächelnd und schließt die Tür hinter sich.

Carla atmet auf.»Entschuldige bitte«, sagt sie leise, geht vor mir in die Knie, und ich lasse zu, dass sie mich zaghaft in ihre Arme zieht.

Sie war immer für mich da. Und nicht einmal ihr habe ich von Steven erzählt. Nie.

Nur Leith. Weil er es praktisch schon gewusst hat. Weil es keine Lüge und keine Täuschung mehr gegeben hat, die ich ihm glaubwürdig hätte auftischen können.

Ich werde nie vergessen, wie er mich angesehen hat. Den Schmerz in seinen Augen. Den Bruch in seiner Haltung. Als hätte jemand seine Seele gepackt und entzweit.

Ich. Als hätte *ich* seine Seele gepackt und entzweit.

Aber ich kann nicht zu ihm zurück. Ich kann ihn nicht berühren in dem Wissen, was er mir angetan hat. Nicht ihn küssen und so tun, als hätte er mir nicht alles genommen, was ich noch hatte, um es wegzuwerfen. Ihn umarmen und glauben, mir einen letzten Rest meines Stolzes bewahrt zu haben.

Denn nichts ist mehr davon übrig.

Steven gehört alles an mir. Selbst die Kleidung, die ich jetzt am Leib trage, habe ich irgendwann einmal von seinem Geld bezahlt – nur die taubenblaue Tunika war eine der ersten Secondhand-Klamotten, die ich von der dürftigen Gage im City Theatre bezahlt habe. Alles andere – mein klappriger Honda, die Schulbücher in meiner Tasche, die verschmierte Wimperntusche in meinem Gesicht – gehört Steven.

Das Einzige, was ich mir habe bewahren können, war ein klägliches Häufchen Würde. Meinen Stolz. Dass wenigstens der Rest der Welt mich nicht ansieht, als wäre ich ein willenloses Objekt. Eine Verrückte. Die Tochter einer Abhängigen, deren wilden Behauptungen man keinen Glauben schenken kann.

Mein Smartphone vibriert und ich setze mich ruckartig auf. Es gibt praktisch nur eine Nummer, die ich noch nicht blockiert habe – und die am 30. Dezember um kurz nach zehn noch etwas von mir wollen könnte. Weil ich sie vor einer knappen Stunde kontaktiert habe.

Aber es ist nur eine Mail.

Nachdem ich sie zu Ende gelesen habe, sinke ich erleichtert gegen Carlas Kleiderschrank und murmle: »Nur eine Nacht, versprochen. Dann bin ich weg.«

Meine Freundin streicht mir das Haar aus der Stirn, und ich hasse es, wie sehr mich die Geste an Leith erinnert. Weil nur er das getan hat.

»Du kannst so lange bleiben, wie du möchtest, das weißt du.«

Ich schüttle den Kopf. »Wie stellst du dir das vor? Ihr lebt doch schon zu dritt in dem kleinen Zimmer, wenn du in den Semesterferien nicht auf dem Campus bist.«

Carla lächelt. »Eben. Es macht keinen Unterschied, ob wir nun drei oder vier sind.«

Ich schnaube, lasse aber im selben Moment meinen Kopf auf ihre Schulter fallen. »Du bist lieb. Aber ich muss hier weg, Carla. *Weit* weg. Nie wieder einen Fuß in diese verfluchte Stadt setzen ...«

Wir schweigen, bis Carla schließlich murmelt: »Du willst das da also wirklich annehmen?« Sie tippt mit dem Zeigefinger gegen den Screen meines Smartphones.

Ich nicke. »Es ist ein faires Angebot. Und sie hätte meine Situation reichlich ausnutzen können.«

»Und du bist dir sicher, dass ausgerechnet die Agentin deiner Mom eine gute Wahl ist?«

Ich schüttle den Kopf und zucke gleichzeitig mit den Schultern. »Sie ist kompetent, sie hat innerhalb weniger Stunden auf meine Nachricht geantwortet, obwohl morgen Silvester ist und sie vermutlich Besseres zu tun hat. Sie konnte mir auf Anhieb drei Castings im Januar nennen und sie gewährt mir einen finanziellen Vorschuss. – Und sie hat mich wiedererkannt, in diesem Hotel.«

»Als du bei Lei... An Thanksgiving?«

»Black Friday«, korrigiere ich. Und ich will ihr sagen, dass es okay ist, seinen Namen auszusprechen. Es ist nur ein dummer Name.

Aber es ist nicht okay. Und es ist nicht irgendein dummer Name. Er ist selten genug, dass ich mich ein Leben lang umdrehen werde, wann immer ihn jemand in meiner Gegenwart nennt. Ich werde immer sein Gesicht vor mir sehen, wenn ich diesen Namen höre. Ich werde immer einen Nachhall der Schmerzen spüren, die mein Herz jetzt quälen.

»Bringst du mich morgen zum Flughafen?«, frage ich. »Du kannst den Honda anschließend verschrotten. Oder anmalen. Oder als Bühnenrequisit zerlegen. Oder deiner Schwester schenken, wenn sie das klapprige Ding möchte. Ist mir egal.«

Carla seufzt. »Du hast nicht vor, zurückzukommen? Was ist mit deiner Mom und …«

»Ich habe keine Ahnung«, unterbreche ich sie. »Vielleicht habe ich Glück und ich bekomme wirklich auf Anhieb einen guten Deal. Mom könnte bei mir einziehen und die Kinder nachholen. Das wäre …« Ich unterbreche mich – weil es sinnlos ist, so illusorisch in die Zukunft zu blicken. Ich hatte verdammtes Glück, dass Elena auf meine Mail reagiert und sich sogar auf meine völlig überzogenen Forderungen eingelassen hat.

Aber Carla schüttelt den Kopf und lächelt. »Du wirst das schaffen, *reina*. Du bist das größte Talent, das die LCU je hervorgebracht hat. Die TikToks von *Hexenjagd* gehen seit Wochen viral, und Badgen überlegt, das Stück filmen zu lassen und online zu verkaufen.«

Ich schnaube. »Der Typ hat sie doch nicht mehr alle.«

»Sei froh, dass du ihn los bist. Bei dem könntest du sowieso nichts mehr lernen – außer vielleicht den Umgang mit einem nervigen Produzenten. – Und jetzt komm, wir gehen heimlich zur Pizzeria und feiern den Beginn einer glanzvollen Karriere.« Sie steht auf und reicht mir ihre Hand.

Ich muss lachen. Aber es bleibt mir im Hals stecken und erstickt mich. »Es gibt heute nichts zu feiern, Carla. Gar nichts.«

Sie blickt auf mich hinab. Ich hasse das Mitleid in ihren Augen. Wie sähe es erst aus, wenn sie wüsste ...?

»Du solltest mit jemandem drüber reden, Jun. Es muss nicht mit mir sein. Es kann jemand sein, der Leith nicht kennt. Der nie seinen Namen erfährt. Aber du solltest irgendwem erzählen, was passiert ist. Irgendwann.«

Ich schüttle den Kopf und seufze. »Es ist nicht Leith. Leith hat nur ... Er war verletzt und hilflos und er ist nicht besonders gut im Umgang mit seinen eigenen Gefühlen. Er hat gedankenlos gehandelt.«

»Gedankenloses Handeln macht nicht das mit dir«, sagt sie und macht eine lose Handbewegung zwischen mir und meinem Smartphone.

Ich stehe auf. »Doch, Carla. in diesem Fall tut es das.«

»Soll ich ihm sagen, wo du bist? Wenn er fragt?«

Ich schüttle den Kopf. »Es ist vorbei. Ich bin nicht gut im Verzeihen. Und er würde es wieder tun, wenn er glaubt, es wäre das Richtige.«

29

LEITH

Ich lege einen Arm um Ryders Schultern und ziehe ihn zu mir
heran. »Na?«, frage ich, »wen hast du ausgesucht? Gib mir eine ab. Du gibst mir doch eine ab!? Bitte, bitte, gib mir eine
ab!« Ich schenke ihm mein bestes Hundewelpenlächeln.

Es hat leider nicht den gewünschten Effekt. Ryder verzieht
das Gesicht und sagt: »So hackedicht, wie du bist, hege ich
ernsthafte Zweifel, dass du überhaupt noch einen hoch-
kriegst.«

Aha.

Ernsthafte Zweifel. Hegt er. – Was is' das überhaupt für
eine beschissene Sprache?

»Du bist gemein«, lalle ich.

Ryder kommentiert das nicht weiter, sondern zerrt mich
nach draußen.

Am Himmel leuchten Sterne. Und bewegen sich. Sie sind
blau und rot.

Wunderschön.

»*Wow*«, murmle ich und deute nach oben. »Guck mal. Wie Ufos.«

»Es ist Silvester, du betrunkenes Kleinkind. Das sind Raketen.«

»Wunderschön.«

Ryder verdreht die Augen.

Keinen Sinn für Schönheit. Banause.

Weitere Leuchtfeuer steigen auf. Der Nachthimmel ist ein buntes Glitzermeer.

»Ich glaub, ich muss kotzen«, kommentiere ich.

Ryder springt zur Seite, ich kippe vornüber und spucke einen Teil des halben Liters Whiskey vom Vorglühen, die drei Shots Tequila, zwei volle Becher Keine-Ahnung-mehr-was-drin-war und das halbe Bier aus. Das Bier war, weil ich Durst hatte. Alles andere war, weil ich ein ausgemachter Vollidiot bin.

Fuck, ist das widerlich. Ich habe vergessen, wie widerlich das ist.

Ich will aufstehen und wäre dabei fast wieder hingeknallt – aber Ryder, der Engel in Lederjacke, bewahrt mich vor dem Bad in meinem eigenen Mageninhalt.

Zum Dank kotze ich ihm auf die Schuhe.

»Leith …«, murmelt er angewidert, zerrt mich an meinem Kragen hoch wie eine Katze ihr Junges und bugsiert mich die Campusallee hinunter. »Ehrlich, Mann … Ich dachte, du wärst der Vernünftige von uns beiden. – Und kannst du wenigstens versuchen, selbst zu laufen? Du bist verdammt schwer und im Gegensatz zu dir verbringe ich nicht die Hälfte meiner Zeit mit irgendwelchen Trainingseinheiten.«

Mir ist so verdammt schlecht. So, so schlecht. Und es ist laut. »Ich glaub, ich versteh den Sinn von Böllern nicht.«

»Und ich verstehe nicht, warum du dir von einem Tag auf den anderen dermaßen die Kante gibst, Boyd.«

»Juuuuuuun.«

»Ja, so weit war ich vor fünf Stunden auch schon ...«, erwidert er resigniert.

Ich ignoriere ihn. Er versteht das nicht. Er liebt ja nie jemanden. Er vögelt einfach nur. Eine nach der anderen.

Aber ich bin zu doof dafür. Zu emotional und weich und romantisch und ... abgefuckt.

»Ich will nach Hause«, jammere ich.

»Zu Hause fällt flach, Flaschenkind. In dem Zustand lasse ich dich nicht mit einem Taxi durch die halbe Stadt karren. Bis zu meinem Wohnheim sind es nur noch hundert Meter, und so durch, wie du bist, kann ich dich sowieso nicht allein lassen.«

Ich stöhne und Ryder weicht vor mir zurück. Vermutlich glaubt er, dass ich mich schon wieder übergeben muss. Muss ich aber nicht. Auch wenn der Gedanke an meine Wohnung – meine leere, eiskalte Wohnung – mich beinahe dazu gebracht hätte. *Fuck*, ich ziehe sogar Ryders winziges, steriles Wohnheimzimmer vor.

Viereinhalb Stunden später lehne ich meine Schläfe gegen die kühle Außenwand von Ryders Wohnheim und starre in den Himmel. Inzwischen ist er nachtschwarz und nur ganz selten sieht man irgendwo in der Ferne vereinzelte Lichtpunkte. Es ist kurz vor fünf und die meisten schlafen entweder oder tun das, was ich bereits vor Stunden getan habe: den Alkohol in hohem Bogen wieder aus ihrem Magen befördern. Ryder hat mich in den letzten Stunden aufgepäppelt. Immer, wenn ich aus meinem *Schlaf-Delirium-Was-auch-immer* aufgewacht bin, hat er einen sauberen Eimer und warmen Tee in meiner Reichweite abgestellt und sich diskret verzogen. Inzwischen bin ich zumindest so weit wiederhergestellt, dass ich mich die eine Treppe herunterquälen und frische Luft schnappen kann, während er raucht.

Keine Ahnung, womit ich den Kerl verdient habe. Ich hoffe nur, dass ich ihn niemals so enttäusche, wie ich Jun enttäuscht habe.

Denn bedauerlicherweise kommen mit sinkendem Alkoholpegel auch die Erinnerungen zurück. Und … alles, was das so mit sich bringt.

Ich schlage meine Stirn gegen den rauen Putz und ertrage demütig eine weitere Welle Übelkeit.

»Lass den Scheiß«, murmelt Ryder. »Ich hab nicht Krankenschwester für dich gespielt, damit du jetzt dein Hirn auf diesem Weg zu Matsch verarbeitest.«

Ich stöhne. Und nehme alles zurück: Ich hasse den Kerl.

Ich strecke eine Hand nach seiner Zigarette aus, aber nicht einmal die gesteht der Sadist mir zu. Er dreht sich weg, nimmt den letzten tiefen Zug und drückt sie auf dem Deckel des Mülleimers aus.

»Was hat Jun getan?«, fragt er anschließend und sieht mich direkt an.

Ich würde meinen Kopf am liebsten ein weiteres Mal gegen die Wand schlagen. Aber ich bin immer noch zu betrunken –

und vor allen Dingen geht es mir zu dreckig –, um Ryders Reaktion zu ertragen. Also lasse ich es und antworte:»Sie ist weg. – *Boom* und weg.«

»Boom und weg, hm?«, wiederholt Ryder augenrollend, drückt seine Zigarette aus und bugsiert mich zurück Richtung Wohnheimtür.

Drinnen muss ich gegen das grelle Licht des Bewegungsmelders anblinzeln und mich Stufe für Stufe die verfluchten Treppen hochschleppen.

»Es war … mein Fehler. Nicht ihrer. Ich … hab ihr helfen wollen und alles viel schlimmer gemacht.«

»Inwiefern?«

»Sie hat mir etwas anvertraut und ich habe es ausgeplaudert …«

»*Wow*«, ist alles, was er dazu sagt. Als ich mich auf dem Treppenabsatz nach ihm umdrehe, steht er stirnrunzelnd ein paar Stufen unter mir und mustert mich. »Wieso zur Hölle hast du das getan?«

Ich zucke mit den Schultern. »War nicht besonders helle, hm?«

Ryder schüttelt den Kopf. »Nein, irgendwie nicht.«

»Ich … *fuck*, ich wollte helfen. Sie …« Ich verstumme. Ich hasse es, nicht darüber reden zu können. Mit niemandem. Ich hasse, dass ich nichts tun kann – außer mir vor lauter Selbstmitleid die Kante zu geben natürlich …

»Du hast übrigens eine Nachricht auf deiner Mailbox. Und stell diese dämliche Erinnerungsapp ab, die dir wegen eines verpassten Anrufs alle halbe Stunde ein Pop-up schickt, das ist unfassbar nervig.«

»Dazu ist sie da – damit sie unfassbar nervig ist«, murmle ich und beschleunige meinen Schritt, auch wenn mir davon schon wieder schlecht wird.

»Es ist nicht Jun, Leith. Sie wird nicht anrufen.«

Ach, verfluchter ... *Sadistenengelsmistkerllederjackenschlumpf.*

Ich verkneife mir die Frage, woher er das wissen will. Ich habe keine Lust auf noch eine Moralpredigt.

Stattdessen warte ich ungeduldig, bis er endlich die Tür zu seinem Wohnheimzimmer öffnet, und stürze dann sofort zu meinem Smartphone, das auf Ryders Nachttisch liegt. Daneben befinden sich mein inzwischen erkalteter Tee, ein Glas Wasser und eine Packung Elektrolyt-Brausetabletten.

Ich sehe abwesend dabei zu, wie sich eine davon unter leisem Knistern im Wasser auflöst, während ich mir das Smartphone ans Ohr halte. Unbekannte Nummer. Es könnte also durchaus Jun sein.

Es ist eine weibliche Stimme. Aber natürlich hat mein bester Freund recht. Es ist nicht Jun. Aber ich kenne sie ... nur woher?

Im Hintergrund der Aufnahme hört man Gemurmel, Partymusik, Raketen. Die Nachricht ist von kurz nach halb zwölf, und die Anruferin muss sich – wie ich – zu diesem Zeitpunkt bereits einen gewissen Pegel angetrunken haben, denn ihre Worte klingen schleppend, und ich muss die Nachricht zwei Mal abspielen, um sie zu verstehen.

»Hi, hier is' ... is' ja auch egal. Ich werd's dir nich' sagen. Aber was ich dir sagen werde, is', dass du recht hast. Oder deine Freundin. Keine Ahnung ... Ich kenn sie ja nich', aber ich glaube, dass sie recht hat. Hör mal, du bist ein echt süßer Typ und ... vielleicht bist du ja einer von den Guten. Vielleicht bist du der allereinzige gute Kerl auf der ganzen Welt. Jedenfalls ... Carmichael. Ste-ven. Car-michael.« Sie pausiert, um sich geräuschvoll die Nase hochzuziehen. »Er is' ... ein *Scheißkerl*. Ein echter Scheißkerl. Er ist so sehr Scheißkerl, wie man nur Scheißkerl sein kann. Ich wollte, dass du das weißt. Vielleicht ... Keine Ahnung, Mann, vielleicht ... machst du es ja anders als deine Eltern. Das wäre ... *Wow*, das wäre, das wäre echt nett von dir, weißt du das? Andererseits ... bist du ja auch nur ein Kerl, also was weiß ich schon, nicht wahr? Vielleicht seid ihr alle so. Vielleicht wollt ihr alle nur ...«

An dieser Stelle hat sie aufgelegt. Ich starre auf das Glas Wasser, in dem sich die Brausetablette inzwischen vollständig aufgelöst hat, und wünsche mir fast, es wäre doch nur wieder Alkohol drin ...

»Du hattest recht, das ist sie«, bestätigt Ryder, nachdem er die Durchwahl zur Sekretärin meiner Mom gewählt hat. Wir haben bis zum dritten Januar warten müssen, um anzurufen, weil das Büro am ersten und zweiten Tag nach Neujahr nicht besetzt war. Aber jetzt habe ich meine Bestätigung: Die betrunkene Frau am Telefon war Emma Halloway, die Sekretärin meiner Mom.

Ich klimpere mit dem Autoschlüssel in meiner Jackentasche und setze mich in Bewegung. »Lass uns fahren.«

»Leith!«

Als ich mich zu Ryder umdrehe, verdreht er gerade die

Augen. Das kommt in letzter Zeit nervenaufreibend häufig vor.

»Was?«, frage ich.

»Wo willst du hin?«

»In die Kanzlei natürlich, mit ihr reden! Sie weiß garantiert ... etwas.«

»Ja, und das wird sie *dir* natürlich auf die Nase binden.« Ryder schüttelt den Kopf und schlendert in meine Richtung.

»Sie hat mich immerhin angerufen.«

»Ja, *anonym*, Smartie.«

Ich rolle mit den Augen:»Was macht das für einen Unterschied?«

»Ist das dein Ernst?«, fragt er und seine Lippen formen ein Wort. Genauer gesagt: einen Namen. Mit drei Buchstaben und einem langen U in der Mitte.

Meine Schultern sacken herab und ich versenke eine Hand in meinen Haaren. Ich muss echt mal zum Friseur. Da musste ich vor vier Wochen schon hin. Aber allmählich sieht es wirklich albern aus.

»Okay, du hast recht«, seufze ich,»aber ...«

Ryder schüttelt den Kopf.»Nichts *aber*, Leith. Du weißt jetzt, dass Carmichael von einer Angestellten beschuldigt wird, ein Scheißkerl zu sein. Aber was genau hat das mit Jun ...?«

Er hält abrupt inne und verzieht das Gesicht.»*Holy Shit*. Ist es das, was ich denke, dass es ist? Der Grund, warum sie verschwunden ist? Was du *ausgeplaudert* hast?«

Ich blinzle ihn an und mustere sein Gesicht. Er ist kreidebleich. Ryder kann im Hörsaal sitzen und über Massengräber philosophieren – Politikwissenschaft totalitärer Diktatoren lässt grüßen – und keine Miene verziehen. Aber jetzt ist er weiß wie eine Wand.

Ich ziehe die Schultern hoch und murmle:»Muss ich darauf antworten?«

»Nein«, erwidert er kalt und setzt sich wieder in Bewegung. Er schlurft nicht mehr.»Du hast deinen Eltern erzählt, dass Jun von ihrem eigenen Dad vergewaltigt wurde und ernsthaft erwartet, dass das okay ist?«, fragt er.

Wenn er es so formuliert ...

Fuck.

»Sie wurde nicht ... Er hat nie ...« Ich reibe mir mit den Handflächen übers Gesicht.»Du hast recht, okay? Ich bin nicht derjenige, der darüber ... reden ... keine Ahnung.«

»Kein Wunder, dass sie mit dir Schluss gemacht hat. *Ich* bin ja schon am Überlegen, ob ich noch mit dir befreundet sein will«, motzt er mich an.

»Ich wollte ihr *helfen*, okay? Ist das so schwer zu verstehen?«

»Helfen? Wie in alles in der Welt *hilfst* du ihr damit, sie vor deinen eigenen Eltern bloßzustellen? Wie soll sie ihnen jemals wieder in die Augen sehen? – Was haben sie gesagt? Haben sie dir wenigstens geglaubt?«

Ich muss nicht antworten. Ryder liest es mir vom Gesicht ab.

Er seufzt und fängt an, sein Smartphone in der Hand zu drehen. Ich kenne diese Geste. Ryder ist praktisch nicht dazu in der Lage, nachzudenken, ohne irgendeinen Teil seines Körpers zu bewegen. Normalerweise gehen mir solche Ticks

tierisch auf den Geist, weil sie nerven und Geräusche ver-
ursachen. Aber bei Ryder sieht es irgendwie beiläufig aus.
Oder vielleicht habe ich mich auch nur daran gewöhnt, keine
Ahnung.

Jedenfalls verkündet er nach fünf Minuten rastlosen Smart-
phonedrehens und etlichen Umwegen durch einen eiskalten
Campuspark:»Ich glaube nicht, dass die Sekretärin mit *uns*
redet. Aber mit einer Frau vielleicht schon.«

Ich drehe mich zu ihm um und starre ihn an.»Du bist
dabei?«

»Wo…bei?«

»Du hilfst mir. Du hilfst mir, Carmichael zur Rechenschaft
zu ziehen!«

Er hebt die Hände.»*Wow*, immer langsam! Du bist nicht
derjenige, der darüber zu entscheiden hat.«

Ich lege den Kopf in den Nacken und starre frustriert in
die kahlen Baumwipfel.»Warum in aller Welt wollen alle ihn
damit davonkommen lassen? Und wieso ist es am Ende mein
Fehler, wenn ich dazu nicht bereit bin?«

Ryder seufzt und schlägt mir eine Hand auf die Schulter.
»Es ist nicht so einfach.«

Ich verdrehe die Augen.»Diesen Satz hasse ich.«

»Aber er ist wahr, Leith. – Für ein paar Leute mag es der
richtige Weg sein, im Internet *#MeToo* zu posten und sich so
das Recht an der eigenen Geschichte zurückzuerobern. Aber
auch das ist schon schwer genug, besonders wenn sie sich in
der Folge mit irgendwelchen Internet-Trollen auseinander-
setzen müssen. Aber sich vor einen Freund, einen Bekannten
oder auch einen völlig Fremden zu stellen und sagen zu müs-

sen, dass man über Jahre hinweg in den Händen eines anderen wie ein Objekt behandelt worden ist – das ist noch mal was anderes. – Es ist ja nicht einmal einfach, sich das selbst einzugestehen.«

Ich wende ihm den Kopf zu und sehe ihn an. Doch bevor ich dazu komme nachzuhaken, sagt er:»Und jetzt los, lass uns jemanden finden, der mit der Sekretärin deiner Mom redet. Vielleicht hast du recht und es kommt wirklich was dabei rum. – Aber lass in Zukunft deine Finger vom Alkohol, gestern war das letzte Mal, dass ich dich irgendwo betrunken aufgegabelt habe, verstanden?«

»Woher hast du Carla Sanchez' Handynummer?«, frage ich, während wir vor einem schicken kleinen Haus am Stadtrand von … *Keine-Ahnung-wo* warten. Wir sind siebzig Meilen hier rausgefahren, weil Juns beste Freundin die Semesterferien offenbar bei ihrer Familie verbringt. Insofern kann ich mich vermutlich glücklich schätzen, dass Ryder praktisch immer auf dem Campus ist. Er hat sich nicht mal beschwert, dass ich ihn in seiner freien Zeit quer durch die Kante fahre. Er meinte nur, dass ich ihn mitnehmen muss, weil er sich auf seinem Motorrad die Finger abfrieren würde.

»Willst du das wirklich wissen?«, fragt Ryder und wirft mir einen knappen Blick zu.

Ich verdrehe die Augen.»Du bist ein hoffnungsloser Fall.«

»Du bist auf andere Art nicht signifikant besser, Boyd«, erwidert er.

Im selben Moment schwingt die Tür auf und eine winzige Frau in einer Küchenschürze sieht uns erwartungsvoll an.

»Hi, wir wollten zu Carla Sanchez«, sage ich.

»Carla, sí!« Sie lächelt und nickt eifrig, bevor sie beiseite-tritt und uns ins Haus einlässt. Ein Mann mit zwei riesigen pinkfarbenen Ofenhandschuhen über den Händen sieht mit hochgezogenen Brauen zu uns herüber, aber unsere Gast-geberin sagt etwas auf Spanisch, und er beschäftigt sich wie-der mit der dampfenden Auflaufform auf der Anrichte.

Carlas Mutter – oder jedenfalls glaube ich, dass sie es ist – bleibt indes vor einer Tür stehen, hinter der *I will not bow* von Breaking Benjamin wummert. Ich erkenne ihn als einen von Juns Lieblingssongs sofort wieder. Und für den Bruchteil einer Sekunde flammt Hoffnung in mir auf, dass sie womög-lich hier ist. Bei Carla. Immerhin ... läge das nahe.

Ryder klopft, die Musik verstummt, und als Carla Sanchez die Tür öffnet und mich ansieht, weiß ich, dass alle Hoffnung vergebens war.

»Sie ist nicht hier«, bestätigt sie geradeheraus und mustert mich, als wäre ich ein Mistkäfer, der auf dem Rücken liegt und mit den Beinen in der Luft herumzappelt. *Na, danke.*

Glücklicherweise nimmt Ryder mir die Antwort ab, indem er sagt:»Es geht nicht um Jun. Jedenfalls nicht direkt.« Dann blinzelt er irritiert auf das kleine Mädchen hinab, das ihm gerade strahlend eine Puppe und ein dunkelblaues Kleidchen hinhält.

Carla sagt streng etwas auf Spanisch, die Kleine zieht einen Schmollmund und verschwindet.

Ryder schüttelt mit gerunzelter Stirn den Kopf und ich muss mir ein Grinsen verkneifen. Er kann Kinder nicht aus-stehen.

Unterdessen verschränkt Carla die Arme vor der Brust und mustert uns skeptisch. »Worum geht es dann?«

»Müssen wir darüber auf dem Flur reden?«, frage ich.

Sie zieht die Augenbrauen zusammen, seufzt aber und lässt uns in ihr Zimmer. Oder das Zimmer ihrer Geschwister? Ich bin mir nicht sicher, denn hier drin stehen zwei Betten, auf einer ausgezogenen Couch liegen mehrere zerwühlte Decken und vor dem wuchtigen Kleiderschrank befindet sich eine bunte Sammlung aus Spielzeugautos, Puppen und Plüschtieren.

»Also was wollt ihr zwei?«, fragt sie und macht sich nicht die Mühe, so zu tun, als sei unser beider Anblick in ihrem Haus ein Grund zur Freude.

Noch weniger erfreut ist sie darüber, dass es gleich darauf an der Tür klopft und gleich drei Gesichter neugierig durch den Spalt lugen. Spanische Wortfetzen fliegen durch die Luft, und ich sehe zu Ryder hinüber, der nur mit den Schultern zuckt.

Drei Minuten später seufzt Carla frustriert und schließt die Tür. »Ihr habt zehn Minuten, bevor meine Mutter euch zwingen wird, mit uns zu Mittag zu essen. Und ich verspreche euch: Das wollt ihr nicht! Also raus mit der Sprache, warum seid ihr bis hier rausgefahren? Dass Jun nicht hier ist, hätte ich euch am Telefon sagen können!«

Ich fahre mir nervös durch die Haare und frage: »Hat Jun dir erzählt, was … mit ihrem Stiefvater nicht in Ordnung ist?«

»Nein, aber das musste sie auch nicht.«

Irritiert blinzle ich sie an.

»Es ist offensichtlich«, sagt sie. Auch wenn die Erklärung mich mit noch mehr Fragen zurücklässt.

Und auch Ryder will wissen:»Inwiefern offensichtlich?«

Carla nagt an der Innenseite ihrer Wange und murmelt dann:»Ich hatte so was in der Familie. Eine entfernte Cousine von mir und ihr Onkel, den ich nicht mal kannte, egal… Jedenfalls sind wir seitdem alle sehr sensibel, was das angeht. Ich habe Jun nie direkt darauf angesprochen, weil sie… nun, halt Jun ist.« Carla seufzt und vergräbt ihre Hände in den hinteren Hosentaschen ihrer schwarzen Jeans.»Vielleicht hätte ich es doch machen sollen, keine Ahnung. Ich wollte nur einfach, dass sie mir vertraut.«

»Warum hast du nie etwas unternommen?«, frage ich verwirrt.»Warst du nicht… wütend? Wie hast du geschlafen, in dem Wissen, dass sie mit dem Kerl im selben Haus…?«

»Leith«, murmelt Ryder und wirft mir einen warnenden Blick zu. Aber ich schüttle nur den Kopf. Das Ganze ist so unwirklich.

»Es war eine Vermutung! Was hätte ich denn tun sollen? Eine Walther PPK klauen, damit zu Steven Carmichael fahren und ihn zur Rede stellen? Was, wenn ich falschgelegen hätte? Was, wenn der Grund für Juns Verhalten weiter zurückliegt – in der Zeit, als ihre Mom noch Model war und Jun bei ihren Jobs herumgereicht hat wie einen hübschen Gegenstand, der halt ein bisschen Pflege braucht?«

»Du hättest sie fragen müssen! Du hättest ihr helfen müssen!«

»Du hast das getan, Leith, richtig? Und sieh, wohin es dich gebracht hat. Du bist hier – und sie ist weg. Du hast verdammtes Glück, dass sie schon eine Agentin hatte, weißt du das? Das Leben ist nämlich nicht so pink und voller beschissenem Einhornzuckerwatteglitzer, wie du dir das ausmalst, weißt du?« Sie funkelt mich aus ihren schwarz geschminkten Augen wütend an. »Manchen Leuten scheint weder die Sonne aus dem Arsch, noch kauft Daddy ihnen an Weihnachten ein neues Auto, Neujahr eine Wohnung und Thanksgiving ein neues iPhone. Und das gilt nicht nur für Geld, Leith Boyd, es gilt für so ziemlich alles. Das Leben ist nicht gerecht. Es ist nicht fair. Auch wenn Leute wie du sich das offenbar mit zweiundzwanzig noch erfolgreich einzureden vermögen.«

Autsch. Ich schüttle den Kopf und wende mich zur Tür. Aber bevor ich meine Hand auf die Klinke lege, drehe ich mich noch einmal zu ihr um: »Weißt du, was der eigentliche Unterschied zwischen Leuten wie mir und Leuten wie dir ist? – Dass *Leute wie ich* sich den Scheiß nicht gefallen lassen. Leute wie du hingegen schon.«

»Und Jun? Was ist mit Jun? Glaubst du, sie hätte sich das *gefallen lassen*, wenn sie eine Wahl gehabt hätte?«

Ich halte mit der Hand an der Klinke inne und seufze. »Dann gib ihr eine Wahl, Carla. Wir haben Grund zu der Annahme, dass Carmichael auch an seinem Arbeitsplatz das Abhängigkeitsverhältnis von Untergebenen ausgenutzt hat, um sexuelle Gefälligkeiten zu erpressen.«

Carla schnaubt. »*Wow*, Boyd. Du hast den *Code of Law* wohl schon verschluckt, bevor du überhaupt mit dem Studium angefangen hast, was?«, sagt sie, aber dann sinken ihre Schultern hinab und sie fragt: »Du meinst die Kanzlei deiner Eltern?«

330

Ich nicke und antworte ergeben: »Ja, die Kanzlei meiner Eltern.«

»Aber mit denen kannst du nicht reden, weil Daddy dir dann dein schönes Auto und die Studiengebühren und –«

»Ob du es glaubst oder nicht«, unterbreche ich sie und fahre zu ihr herum, weil ich keine Geduld für eine zweite Runde ihrer kleinen Hasstirade habe. »Ich *habe* mit ihnen geredet. Deswegen ist Jun ja so scheißwütend auf mich. Aber meine Eltern glauben mir nicht – und deswegen *brauche ich dich*. Ich brauche jemanden, der in der Kanzlei Nachforschungen anstellt, jemand Unbekannten, zu dem vor allen Dingen Mitarbeiter*innen* Vertrauen fassen.«

Carla verengt die Augen und legt den Kopf schief. »Und was willst du dann damit anfangen, Sunnyboy?«

»Ich will, dass Carmichael verurteilt wird. Dass er bloßgestellt wird. Dass er nicht mal mehr den großen Zeh in eine angesehene Anwaltskanzlei strecken kann.«

»Und was ist mit Juns Mom? Schließlich ist sie mit ihm verheiratet?«

Ryder seufzt. »Du glaubst doch nicht ernsthaft, dass sie bei dem Typen bleiben will, wenn sie erfährt, was er Jun angetan hat?«

»Und du glaubst, dass sie es nicht weiß?«

Ich verziehe das Gesicht. »Das ist jetzt nicht dein Ernst.«

Carla seufzt. »Ich weiß es nicht. Aber … nein, ich schätze, sie … weiß es nicht wirklich. Sie nimmt es nicht wahr oder …«

Carla schüttelt den Kopf und lässt den Satz im Raum schweben, bis er so schwer wird, dass ich die Last nicht mehr tragen will.

»Hast du sie kennengelernt?«, frage ich. »Hina Sakura?«

Carla nickt. »Flüchtig. Nach ihrem ersten Entzug, und dann bin ich ihr noch mal wenige Wochen später begegnet, da war sie schon wieder jenseits von Gut und Böse. Jun bezweifelt, dass sie je von dem Zeug loskommen wird.«

Ryder kickt unsichtbaren Schmutz von seiner Schuhspitze und dreht einen von Carlas Make-up-Stiften zwischen seinen Fingern, was ihr gerade auch aufzufallen scheint, jedenfalls sagt sie: »Leg das wieder weg.«

Er blinzelt auf seine Finger, als hätte er überhaupt nicht bemerkt, was er tut, legt den Stift – oder was auch immer das für ein Ding ist – wieder zurück auf das Regalbrett und räuspert sich. »Was ist jetzt? Hilfst du diesem hoffnungslosen Romantiker da drüben?«

»Dir ist klar, dass du Jun dadurch nicht zurückbekommst, oder?«, fragt sie mich.

Ich seufze und verdrehe die Augen. »Ja. Schon klar.«

»Okay. Was muss ich machen?«

30

JUN

»*It's a wrap*!«, ruft die Produktionsassistentin und das gesamte Studio bricht in Jubel und Gelächter aus. Für eine Szene mit sechs Schauspielern haben sich drei Dutzend Leute versammelt, die jetzt einander in die Arme fallen, lächeln, sich gegenseitig beglückwünschen, klatschen. Irgendwo im Hintergrund knallt ein Sektkorken; eine meiner Kolleginnen – vermutlich Sara – kreischt auf und beginnt anschließend zu giggeln wie eine Fünfjährige.

»*Good job*, Sakura.« Ted legt mir eine Hand auf die Schulter und lächelt mich an. »Bin froh, dass du die Rolle bekommen hast. Nun können die nächsten hundert Folgen kommen.«

Ich nicke abwesend.

Ich bin in der sechsten Staffel von *Clinical Trial* gelandet – einer Arztserie, die gerade ihre hundertste Folge feiert und in der Episode einen neuen Charakter einführt, der frisch von der Med School kommt. Mich.

Ich hatte Glück. Mehr als das. Es gleicht einem Lotto-gewinn. *Clinical Trial* ist ein Dauerbrenner, der verlässlich jeden Sonntag zehn Millionen Zuschauer vor die Bildschirme lockt. Und ich müsste meine knappen Auftritte in den nächsten fünf Episoden arg vergeigen, um aus der siebten Staffel gestrichen zu werden. Laut meiner Agentin ist es wahrschein-licher, dass sie die Rolle ausbauen – und da Elena bisher mit so ziemlich jeder Aussage recht hatte, nehme ich stark an, dass es hier auch der Fall sein wird.

Die Frau ist ein Wunder. Ich habe ihr am Tag vor Silvester gemailt, ohne Geld, ohne Kontakte. – Ich hatte noch nicht einmal den Abschluss vom Acting-College in der Tasche.

Heute – dreißig Tage später – stehe ich im Studio von *Clinical Trial*, habe eine Nebenrolle, die in der nächsten Staf-fel möglicherweise in den Main Cast aufgenommen wird, ein eigenes Loft in Uptown, knapp acht Meilen von den NYC-Studios entfernt, und einen teuren Mietwagen, den meine Agentur bezahlt, obwohl ich mit dem länger brauche, als wenn ich zu Fuß liefe.

Das Einzige, was ich nicht habe, ist Leith.

Ich schließe die Augen und wende mich in Richtung Aus-gang.

»Hey, Jun! Willst du noch mit uns feiern kommen?«

Ich zwinge mich zu einem Lächeln und drehe mich zu Ted um. Er spielt meinen Love Interest und ist einer von drei männlichen Schauspielern, auf die draußen ständig irgend-eine Gruppe Frauen – und Männer – mit Autogrammkarten wartet.

»Nein danke. Ich muss nach Hause. Meine beste Freundin

kommt morgen und ich ... habe noch nicht aufgeräumt!«, lüge ich. Weder wird Carla mich in nächster Zeit besuchen, noch gäbe es in meiner Wohnung irgendetwas aufzuräumen. Bis auf die Standardmöblierung, die Elena mit angemietet hat, ist das Loft leer. Und wenn es irgendetwas gibt, das ich wirklich erledigen müsste, dann wäre es Shoppen. Ich laufe die meiste Zeit, die ich nicht im Studio verbringe, im selben Pullover herum. Er ist schwarz, hinten ist in fetten, goldenen Lettern »Boyd« aufgedruckt und ich bin ungefähr der erbärmlichste Mensch der Weltgeschichte ... Ich habe bei meiner *Flucht* in aller Eile und im Halbdunkel die Tasche gepackt – und hinterher sämtliche Klamotten, die ich von Stevens Geld bezahlt hatte, dem nächsten Obdachlosenheim gespendet. Das einzig warme Kleidungsstück, das übrig geblieben war, ist Leiths College-Pullover. Er riecht längst nicht mehr nach ihm, so oft, wie ich ihn getragen habe. Was Fluch und Segen zugleich ist. Fluch, weil ich ihn vermisse. *So. Verdammt. Vermisse.*

Und Segen, weil ich aufgehört habe, jeden Morgen zu heulen, wenn sein Duft sich nicht als Leith, sondern lediglich als sein Pullover herausgestellt hat.

Und, ja, ich habe darin geschlafen. Mit Decke. Und mir war trotzdem noch kalt.

Mir ist jetzt kalt. In diesem überhitzten Filmstudio voller Menschen – ist mir kalt.

Als ich nach Hause komme, liegt ein dicker Umschlag in meinem Briefkasten. Ich runzle die Stirn, weil der Absender Moms Anwaltskanzlei ist.

Als ich den Umschlag öffne, bin ich noch überraschter. Es sind drei Dinge darin:

1. Ein Brief meiner Mom.
2. Eine Kopie der Scheidungspapiere über die Ehe zwischen Hina Sakura und Steven Simon Carmichael.
3. Eine Vorlage für eine Bürgschaft, damit meine Mom eine Wohnung in NYC anmieten kann.

»Miss Sakura? Geht es Ihnen nicht gut?«

Ich blicke verwirrt auf und sehe hinüber zu Josh, dem Portier, der für die Mietwohnungen zuständig ist. Er ist von seinem Stuhl aufgestanden und schon auf halbem Wege zu mir. Ich winke ab. »Alles in Ordnung, danke.«

Er lächelt, nickt und verschwindet wieder hinter seinem Tresen.

Ich gehe hinüber zu den Fahrstühlen und kann nicht anders, als wieder und wieder durch die Dokumente zu blättern. Meine Mom hat die Scheidungspapiere schon unterzeichnet, nur Stevens Unterschrift fehlt noch. Auf der Bürgschaft kleben Pfeilzettelchen, wo ich unterschreiben muss, welche Zeilen auf meinem Einkommensbogen ich schwärzen kann. Die Kopie einer Versicherungspolice ist auch dabei.

Aber erst, als ich in meiner Wohnung stehe und die Tür hinter mir geschlossen habe, wage ich es, Moms Zeilen zu lesen.

Sie hat die Begrüßungszeile in japanischen Lettern geschrieben und bei dem Anblick ihrer schönen, geschwungenen Schrift treten mir Tränen in die Augen. Sie liebt ihre Heimat. Sie liebt ihre Sprache. Sie liebt all die Höflichkeitsfloskeln und Benimmregeln, die ich niemals lernen werde – selbst dann nicht, wenn Hina jemals wirklich versuchen würde, sie mir beizubringen.

寒さひとしお身にしみる今日このごろ。。。

ich kann dir nichts versprechen, außer dass ich alles versuchen werde, dir und den Zwillingen dieses Mal die Mutter zu sein, die ihr verdient habt. Denn ihr seid ganz wunderbare Kinder. Alle drei. Und es tut mir leid, dass ich dem bisher so wenig gerecht geworden bin. Ich war zu sehr mit meinen eigenen Problemen beschäftigt, aber die psychologische Betreuung im Entzug hat mir sehr geholfen. Ich habe eine Psychologin in New York gefunden, die mich nach der Entlassung therapeutisch begleiten wird.

Man hat mir empfohlen, in einem neuen Umfeld Fuß zu fassen – außerhalb meiner alten Umgebung und auf Abstand zu den Personen, die mich negativ beeinflussen. Elena hat mir gesagt, dass du in New York bist, und die Zwillinge und ich wären gern wieder in deiner Nähe. Aber ich möchte, dass du dich nicht überfordert fühlst und nicht glaubst, Verantwortung übernehmen zu müssen. Ich weiß, dass du das in der Vergangenheit zur Genüge getan hast, aber das war nicht recht und ist nicht deine Aufgabe, sondern meine. Deswegen überlasse ich dir die Entscheidung – ich werde dir nicht nachtragen, wenn du diesen Brief oder die Bürgschaft oder eines von beidem ignorierst. Du wirst immer meine Tochter bleiben und ich werde immer für dich da sein.

Ich komme am 7. Februar mit dem Flieger am Flughafen JFK an, Elena wird mich abholen. Ich würde mich sehr freuen, wenn wir uns sehen könnten. Meine Adresse hast du ja.

In Liebe,
Mom

31

JUN

»Und du bist dir sicher, dass es okay ist, wenn ich hier einziehe?«

Ich nicke. »Natürlich, Mom. Ich bin froh, dass es dir besser geht. Ich arbeite während der Drehzeit sowieso viel und bin kaum zu Hause. Wenn du irgendetwas brauchst, wende dich unten an Josh, okay?« Ich umarme meine Mom und schultere meine neue Umhängetasche. Sie ist aus Leder und mindestens fünf Mal so teuer wie meine alte. Ich schätze, mein neues Gehalt hat bereits Spuren hinterlassen ...

Meine Mom sieht mich lächelnd an. Ihr rinnen Tränen aus den Augenwinkeln, und ich wische sie rasch beiseite, bevor sie ihr Make-up verwischen können. »Nicht weinen, Mom«, sage ich, »ich habe gleich einen Pressetermin und muss mich vorher noch fertig machen. Kommst du hier klar?«

»Natürlich, mein Schatz.«

Ich nicke und wende mich zur Tür. Im Hinausgehen hätte mich einer der Mitarbeiter des Umzugsunternehmens beinahe über den Haufen gerannt, und ich rufe ihm kopfschüttelnd hinterher, gefälligst aufzupassen, bevor ich die Treppe ins nächsthöhere Stockwerk hinauflaufe.

Als ich erfahren habe, dass das Apartment unter mir frei werden würde, habe ich meine Mom gefragt, ob sie nicht lieber dort einziehen möchte.

Ich habe es nicht für sie getan. Sondern für mich. Für Vanity und für Nyte – sollte meine Mom tatsächlich Erfolg mit ihrem Antrag auf das alleinige Sorgerecht haben. Meine einzige Bedingung für die Wohnung war, dass sie mich raushält. Aus allem. Sie braucht meine Aussage nicht, um von Steven loszukommen.

In meinem Loft angekommen dusche ich, ziehe mich um und mache mich gleich wieder auf den Weg. Ich lebe inzwischen seit knapp sieben Wochen in dieser Stadt, und sie hat mich längst im Griff, wie sie alle anderen im Griff hat. *Termine, Taxis, Rushhour* bestimmen meinen Alltag. Vielleicht hatte Elena recht, und ich sollte mir während der Drehtage einen Fahrer leisten, anstatt ständig selbst zu fahren oder – wie jetzt – in dem stickigen Innenraum eines Taxis gefangen zu sein.

Ich gebe dem Fahrer meine Kreditkarte, überlasse ihm ein exorbitantes Trinkgeld, weil ich schlichtweg keine Zeit habe, mich zehn Minuten lang mit ihm darum zu streiten, und verschwinde dann in einem der Skyscraper an der 7th Avenue.

»Jun!« Ted winkt mir zu und wird von seinem Visagisten zurechtgewiesen, gefälligst still zu sitzen.

»Sorry, ich bin spät dran«, sage ich und schäle mich hastig aus meinem Mantel.

»Mach dir keine Sorgen«, sagt Ted und zwinkert mir im Spiegel zu, »Frances lässt dir sowieso alles durchgehen. Er hat einen Narren an dir gefressen.«

Ich verdrehe die Augen und lasse mich neben ihm in den freien Sessel fallen, während meine Make-up-Künstlerin schon heranrauscht und ich ergeben die Augen schließe. Ich vermisse Carla, die mich immer für unsere Aufführungen zurechtgemacht hat. Ich vermisse ihre schlichte Eleganz, ihr Lachen und ihre *Snickers*. Und ich vermisse es, wie sie jede der unzähligen Make-up-Pausen mit Small Talk gefüllt hat, bis ich das Gefühl hatte, bei meiner besten Freundin auf der Couch zu sitzen – und nicht in einem unbequemen Plastikstuhl, mit zu viel Licht und zu viel Puder im Gesicht.

Stattdessen überlasse ich es Ted, mich abzulenken, mit dem neusten Klatsch und Tratsch zu versorgen und mich aufzumuntern. Er ist der Einzige am Set, mit dem ich mich auf Anhieb verstanden habe, und ich bin froh, auch die meiste Drehzeit mit ihm zu verbringen.

»Fertig?«, fragt er schließlich, und als sogar meine Visagistin mit einem letzten argwöhnischen Blick nickt, seufze ich erleichtert und lasse mich von ihm aus dem Sessel ziehen. »Na dann, Miss Sakura, auf ins Getümmel.«

Nach zwei Stunden lächeln und winken und noch mehr lächeln und Sektgläser halten, mit Sektgläsern anstoßen und natürlich Sekt trinken bin ich erledigt. Und mit Sicherheit nicht mehr ganz nüchtern.

»Soll ich dich nach Hause bringen?«, fragt Ted und lächelt mich an.

Ich schmiege mich enger an ihn und säusle: »Das wäre ganz wunderbar, Ted Hopkins.«

Er lacht und zieht mich in Richtung Ausgang. »Ich hab meinen Wagen gleich um die Ecke geparkt, es ist nicht weit.« Ich nicke, gähne undamenhaft und stolpere neben ihm her zum Ausgang. Wie immer wartet dort eine Meute. Inzwischen fragt niemand mehr: »Ted, Ted, wer ist die schöne Frau an deiner Seite?«, wie noch vor drei Wochen. Inzwischen hat sich herumgesprochen, wer Jun Sakura ist, wer Jun Sakuras Mutter ist, welche Rolle Jun Sakura spielt – und vermutlich kennen sie sogar Jun Sakuras Schuhgröße.

Nur eines wissen sie nicht. Und fragen deswegen zwischen dem Klicken ihrer Kameras immer noch: »Ted! Ted, ein Foto!«, »Ted, seid ihr zusammen?«, »Ted, Jun, einen Kuss, nur einen Kuss, okay? Für mich! Für die Kamera! Für eure Fans«, »Jun, ein Interview? Für die *Daily News*?«

Ich straffe meine Schultern und beschleunige meinen Schritt.

Zum Glück steht Teds Wagen tatsächlich direkt um die Ecke. Zwei, drei der Paparazzi versuchen nämlich, uns weiter zu verfolgen, doch ich drehe mich zu ihnen um und sage: »Ihr wisst schon, dass in einer Viertelstunde bei Lohan eine Privatparty steigt, oder? Wenn ihr pünktlich da sein wollt, müsst ihr euch echt beeilen!«

Zwei von ihnen sehen einander irritiert an und verschwinden tatsächlich, der Dritte schießt Fotos. Ich verdrehe die Augen und steige ein.

»Sie werden es nie lernen«, murmle ich.

»Bei Lohan ist eine Party?«, fragt Ted.

Ich zucke mit den Schultern. »Keine Ahnung. Vielleicht. Aber hat funktioniert, oder? Irgendwie jedenfalls ...«

Ted lacht und fährt los.

Vor meinem Apartmenthouse hält er an und setzt den Blinker, um in die Garage zu fahren.

»Nein«, sage ich und schüttle den Kopf.

Er lächelt verlegen und blinzelt zu mir hinüber. »Ich wollte dich nur hochbringen.«

»Ich bin ein großes Mädchen, Ted. Den richtigen Fahrstuhlknopf zu finden, bekomme ich schon allein hin.« Ich seufze entnervt, löse den Gurt und steige aus.

»Jun!«, ruft er, ehe ich die Autotür seines Maserati – *wer um alles in der Welt fährt heute noch Maserati?* – zuschlage.

»Was ist?«

Er beißt sich auf die Unterlippe und ich bin mir sicher, die Hälfte seiner weiblichen Fans würde bei diesem Anblick vor ihm in die Knie sinken. »Du willst wirklich nicht, dass ich mit raufkomme? Ich meine, schließt du es ganz grundsätzlich aus, oder ...?«

Ich schüttle den Kopf. »Mach dir keine Hoffnungen – egal welcher Art, okay?« Ich tippe mit der flachen Hand auf meinen Brustkorb und sage: »Da drin steckt eine verdammt schwarze Seele, Ted. Die willst du nicht zu Gesicht bekommen. Die will niemand zu Gesicht bekommen. Also tu dir und mir einen Gefallen und frag das nicht noch mal. Frag es nie wieder.«

Ich drehe mich um und gehe.

Ich gehe und gehe. Treppenstufen hinauf, bis ich nicht mehr kann, weil Fahrstühle mich erinnern. Sie erinnern mich an Leith. Sie erinnern mich an seine Lippen, seine Hände und sein Lächeln. *Sein wunderschönes Lächeln.* Sie erinnern mich an seine Locken und seine Augen. Sie erinnern mich an Flammenherzen und daran, dass ich all das verloren habe. Für immer.

Weil ich nicht einmal dem Menschen vertrauen konnte, von dem ich glaubte, er sei der Eine. Der Eine, dem mein Herz vertraut. Und der gut darauf aufpassen würde.

Auf mich und mein dummes, dummes, so verdammt dummes Herz.

Ich schleppe mich in meine Wohnung, schließe die Tür hinter mir, lege den Schlüssel auf den Schuhschrank, steige aus den unbequemen Pumps, streife mir auf dem Weg ins Schlafzimmer die Klamotten vom Leib, ziehe mir Leiths Pullover über und falle vornüber ins Bett.

Ich will mich nicht mehr bewegen.

Nie wieder.

Zumindest für die nächsten acht Stunden nicht.

Was ich auch nicht muss.

Ich habe drehfrei für zweieinhalb Monate. Bis Staffel sieben. Bis dahin besteht mein Kalender aus Promotion-Terminen und Vertragsverhandlungen, die hauptsächlich Arbeit für meinen neuen Manager bedeuten, dessen Namen ich dauernd vergesse.

Ich vergrabe meinen Kopf in der Decke und ziehe den Kragen des Pullovers über meine Nase.

Warum riecht er nicht mehr? Ich will, dass er noch riecht!

Im Winter hat Leith das Ding jeden Morgen zu einer Joggingrunde getragen, die er manchmal noch vor dem Frühstück gedreht hat. Danach kam er verschwitzt und mit kalter Nase zurück und hat mich geweckt. Und sein Pullover hat geduftet. Nach Deo und Leith.

Ich spüre Tränen in meine Augen steigen und reibe sie rasch beiseite. Es ist sinnlos. Es ist sinnlos, ihn zu vermissen. Weil es vorbei ist. Aus und vorbei. Er hätte mir nicht gutgetan und ich nicht ihm. Ich müsste ihm rund um die Uhr vorspielen, dass alles in Ordnung ist mit mir. Selbst zu Hause nach dem Dreh wäre ich in einer Rolle gefangen – nur dieses Mal in einer anderen. Es gäbe keine Sekunde mehr, die wirklich mir gehört.

Trotzdem spüre ich das harte Plastik meines nigelnagelneuen iPhones mit der nigelnagelneuen SIM-Card unter meinen Fingerspitzen. Nur *ein* Anruf. Ich könnte ihn ein Mal anrufen, nur um seine Stimme zu hören.

Ich bin so erbärmlich ...

Ich balle meine Hand zur Faust und schleudere das dumme Ding ans andere Ende des Bettes.

32

LEITH

Ich höre nach Seite dreiunddreißig der Erfahrungsberichte auf zu blättern und lehne mich seufzend im Stuhl zurück. »Waren das alle?«, frage ich die Zimmerdecke.

»Ich denke schon«, murmelt Carla, »Jedenfalls waren das alle, von denen ich wusste und die damit einverstanden waren, dass ihr Fall für eine Sammelklage verwendet wird. Von dreien fehlt noch die Unterschrift, da werde ich am Montag noch mal hinfahren und nachfragen.«

Ich nicke und reibe mir übers Gesicht. »Danke, Carla. Keine Ahnung, was wir ohne dich täten.«

»Ihr fändet jemand anderen«, erwidert sie schulterzuckend.

»Das bezweifle ich«, murmelt Ryder. Er sitzt mir gegenüber und tippt stirnrunzelnd auf seinem Smartphone herum. Als er meinen Blick bemerkt, legt er das Ding auf den Tisch, deutet auf den Papierstapel vor mir und fragt: »Du verarbeitest das da zu einem brauchbaren Bericht für Gavin Stern und hilfst ihm dabei, eine Klageschrift zu formulieren?« Ich schüttle den Kopf und Ryder runzelt die Stirn. »Ich dachte, du hättest mit ihm geredet? Habt ihr nicht vereinbart, dass er oder jemand anderes von *Jason & Stern* den Fall vor Gericht bringt? Ich dachte, genau dazu lesen wir den ganzen Mist hier.« Er ist gereizt. Aber ich weiß, dass es nicht an mir liegt, und nehme es ihm nicht übel. Mich nimmt das hier genauso mit wie ihn.

Ich räuspere mich, trotzdem kommen die nächsten Worte nur stockend über meine Lippen: »Stern übernimmt die Vertretung vor Gericht … aber vorher will ich Juns Einverständnis.«

»Sie hat sich bei dir gemeldet?«, fragt Carla perplex.

Ich schüttle den Kopf. »Nein, aber … Ich will einfach, dass sie es weiß. Und dass sie ein Veto einlegen kann.«

Ryders Finger schnappen nach seinem Smartphone und bei den folgenden Worten sieht er mich nicht an: »Hör mal, ich verstehe, dass du das nicht vergeigen willst. Aber die Sache ist inzwischen weit größer als Jun. Du wolltest allen beweisen können, dass ihre Anschuldigung wahr ist. Aber das ist längst nicht mehr die Frage. Das dort«, er stoppt sein Smartphonegedrehe und deutet auf den Papierstapel, »ist größer als ein Fall häuslichen Missbrauchs. Es ist größer als Jun.«

Ich schüttle den Kopf. »Ohne Jun säßen wir nicht hier. Es wäre niemand darauf aufmerksam geworden.«

»Du meinst: Ohne *dich* wäre niemand darauf aufmerksam geworden«, korrigiert Carla. »Alle Frauen haben nur mit mir gesprochen, weil ich ihnen sagen konnte, dass sie nicht die Einzige sind.«

»Aber Jun ist der Grund, warum sie nicht die Einzigen sind. Sie ist ... die Verbindung. Und ich will nicht, dass sie davon aus der Zeitung erfährt.«

Ryder blickt für zwei Sekunden von seinen Fingern auf und sagt: »Du willst nicht, dass sie sich Vorwürfe macht, weil sie nichts gesagt hat.«

Ich ziehe die Schultern hoch. »Nein ... Keine Ahnung. Ich will einfach nur, dass sie weiß, dass ich ihr glaube. Und dass ihr bald die ganze Stadt glauben wird. Oder es täte, falls sie sich entscheidet, darüber zu reden.«

Carla schüttelt den Kopf. »Das wird sie nicht tun, Leith. Sie ist schon wegen ihrer Rolle in *Clinical Trial* ständig in den Medien, einen Skandal kann sie jetzt nicht gebrauchen. Und du wirst sie *nicht* zurückbekommen. Das habe ich dir von Anfang an gesagt.«

»Ich weiß«, erwidere ich und kann nicht verhindern, dass es genervt klingt. »Ich will einfach nur, dass sie die Möglichkeit hat. Dass die Entscheidung ein Mal bei ihr liegt – und nicht bei irgendwem anders ...«

Carla nickt zögernd. »Okay.«

Nur Ryder blinzelt skeptisch über den Rand seines Smartphones zu mir rüber. Allmählich frage ich mich wirklich, was zur Hölle mit ihm los ist.

Aber dann setzt er sich auf und zuckt mit den Schultern. »Wie du meinst. Aber warte nicht zu lange auf sie. Die Frauen haben es verdient, dass der Kerl verurteilt wird. Und zwar bald.«

Der dicke Umschlag scheint unter meinem Arm zu brennen, während ich vor der Postfiliale in der Warteschlange stehe.

Ich habe die Papiere gestern Nacht noch mit Stern fertig gemacht, und nachdem Carla mir schon heute Vormittag grünes Licht gegeben hat, stehe ich jetzt müde, nervös und trotzdem irgendwie zufrieden wartend hier, um die Dokumente für Jun per Kurier aufzugeben.

Aus Langeweile greife ich nach dem *Wall Street Journal* und will gerade zu den Politikseiten vorblättern, als mein Blick auf den Zeitungsständer nebenan mit der Klatschpresse fällt. Ted Hopkins ist das neue Lieblingsmotiv der Paparazzi und rangiert in meinem Hirn irgendwo zwischen Justin Bieber und Miley Cyrus – Celebrities, deren An- oder Abwesenheit mir herzlich egal ist.

Oder war.

Bis gerade eben.

Im Fall von Bieber und Cyrus ist das immer noch so. Weil keiner von beiden Jun im Arm hält und sie ansieht, als wäre sie sein Nachtisch.

Ich habe die Zeitung schneller gegriffen, als ich mich überzeugen kann, es sein zu lassen. Es gibt noch zwei Bilder vom selben Abend. Eines, wo Jun demjenigen, der das Foto schießt, unmissverständlich bedeutet, dass er sich verziehen soll, und eines, wo sie in einen roten Maserati steigt, der offensichtlich Ted Hopkins gehört.

Am liebsten würde ich die Zeitung zusammenknüllen und im nächstbesten Mülleimer entsorgen. Genau genommen würde ich gern den gesamten Klatschpresseständer anzünden.

Bedauerlicherweise müsste ich die Zeitungen dann kaufen. Und ich bin nicht bereit, auch nur einen einzigen Dollar dafür hinzublättern.

Stattdessen packe ich den Umschlag unter meinem Arm fester. Ich habe gelogen, als ich sagte, dass ich sie nicht zurückwill.

Natürlich will ich sie zurück. Ich will ihr Lachen zurück und ihren Duft, ich will neben ihr aufwachen und zusehen, wie sie die Augen verdreht, wenn ich ihr den Mantel hinhalte.

Ich will ekelhafte Pizza Hawaii mit ihr bestellen und mehr Ramen essen, als ich in einem einzigen Leben vertragen kann.

Ich will sie umarmen, küssen und Sex in jedem Zimmer meiner Wohnung mit ihr haben. Inklusive dieser engsten Küchennische der Weltgeschichte.

Aber mir ist bewusst, dass das nicht passieren wird.

33

JUN

»Guten Abend, Miss Sakura«, grüßt Josh mich von seinem Platz hinter der Glasscheibe am Eingang meines Apartmentgebäudes.

Ich nicke ihm zu, als er sich ächzend bückt und ein Päckchen unter seinem Schreibtisch hervorholt.

»Sie haben Post!«, sagt er und wedelt mit dem dicken braunen Kuvert.

Ich runzle die Stirn und gehe zu ihm hinüber.

»Kam heute Morgen mit dem Kurier, gerade als Sie aus der Tür waren.« Er lächelt und überreicht mir das Päckchen.

Fast hätte ich den Umschlag fallen gelassen, denn er ist überraschend schwer. Aber erst als ich auf den Absender blinzle, rutscht mir das Herz bis in die Eingeweide.

Leith Boyd, Meadow Road 47, Lorcastle.

Ich erwidere abwesend Joshs Gruß mit einem schwachen Nicken, während meine Füße mich in Richtung Fahrstuhl tragen.

Leith.

Der Fahrstuhl pingt, als er im obersten Stockwerk ankommt.

Die Fahrt hat ewig gedauert und doch nur den Bruchteil eines Augenblicks.

Leith.

Meine Hand zittert, und ich bin dankbar dafür, den Loft nur mit der Schlüsselkarte aufschließen zu können. So bin ich wenigstens in der Lage, die blöde Tür zu öffnen, ohne auch noch daran zu scheitern, ein Stück Metall in ein Schloss zu schieben.

Denn heute wäre ich grandios gescheitert.

Scheitern ist ohnehin mein Ding. Es ist das, was ich tue, wenn ich nicht auf irgendeiner Bühne oder vor einer Kamera stehe.

Ich scheitere.

Oh, verdammt.

Soll ich ihn öffnen? Soll ich meine zittrigen Finger dazu bewegen, das Papier aufzureißen?

Oder soll ich den Umschlag in einem sicheren Versteck liegen lassen und nie wieder ansehen? Soll ich ihn verbrennen? Soll ich ihn jemandem zur Aufbewahrung geben, bis ich mich bereit dazu fühle?

Werde ich mich jemals bereit dazu fühlen?

Ich bin so kindisch.

Ich bin so verdammt ...

Ich reiße das Päckchen auf und fange hoffnungslos an zu heulen, im selben Moment, indem ich Leiths geschwungene, formvollendete Handschrift auf dem Papier lese.

Liebe Jun,

ich habe mich bei dir entschuldigt. Und ich habe es von ganzem Herzen gemeint.

Aber was ich nicht getan habe, ist, dich zu verstehen. Ich habe nicht verstanden, was dich bewegt. Ich habe nicht verstanden, was dir geschehen ist – nicht wirklich. Und ich habe nicht verstanden, was du fühlst.

Ich will mir nicht anmaßen zu sagen, ich täte es jetzt. Ich kann dir nur sagen: Ich habe alles versucht, um eine Ahnung davon zu bekommen.

In den folgenden Unterlagen findest du zweiundzwanzig Fälle von sexueller Belästigung bis hin zu Missbrauch, die Steven Carmichael im Rahmen seiner Arbeit begangen hat.

Dreizehn Frauen haben zugestimmt, im Rahmen einer Sammelklage vor Gericht auszusagen. Die Vertretung wird von der Kanzlei übernommen, bei der ich im Sommer mein Praktikum gemacht habe. Außer den Betroffenen, Ryder, Carla, mir und den Anwälten weiß niemand von der Klage. Das wird sich aber sicher ändern, sobald sie eingereicht wird. Die Presse wird sich dafür interessieren, der Campus, meine Familie. Einfach jeder.

Du hast vor und auch nach Erhebung der Klage noch die Möglichkeit, dich daran zu beteiligen, wenn du das möchtest. Du müsstest lediglich einen Beweis vorlegen, Teil der Gruppe Betroffener zu sein – meine Aussage kann dafür ausreichen. Du müsstest aller Wahrscheinlichkeit nach weder persönlich erscheinen noch aussagen – aber versprechen kann ich dir das nicht.

Wenn du nicht mit mir in Kontakt treten möchtest, kannst du Carla, Ryder oder Gavin Stern von Jason & Stern darauf ansprechen. Ich werde die Klageschrift am 7. März bei der Staatsanwaltschaft von Lorcastle County abgeben. Du wirst darin oder im folgenden Prozess mit keinem Wort erwähnt werden, es sei denn, du entscheidest dich ausdrücklich dafür.

Leith

PS: Ich habe meine letzten Worte an dich gemeint. Und daran wird sich auch nichts ändern.

Meine Knie geben nach. Sie knicken einfach weg. Bis ich am Boden hocke und das dunkle Blau der Tinte vor meinen Augen verschwimmt.

34

LEITH

»*Fuck!*« Am liebsten hätte ich das Wort gebrüllt. Aber natürlich tue ich es nicht. Ich trete lediglich gegen den Papierkorb.

Ryder wirft mir von der gegenüberliegenden Seite des Raumes einen Blick zu, linke Augenbraue gehoben und in der Bewegung erstarrt.

»Was?«, knurre ich, sammle den verstreuten Müll auf und lasse mich am Konferenztisch von *Jason & Stern* nieder.

»Lass mich raten.« Ryder nimmt das Jonglieren seines leeren Wasserglases wieder auf. »Die Vorverhandlung lief nicht gut?«

Ich seufze. Ich habe die Klage am 7. März eingereicht. Vor elf Tagen. Keine Spur von Jun. Damals nicht. Heute nicht. – Wenn wir jetzt auch noch die Vorverhandlung verlieren … Dann waren zweieinhalb Monate Arbeit für den Arsch. In denen ich nebenher noch eine Saison zu spielen und an meiner Bachelorarbeit zu schreiben hatte. Denn ich habe ja sonst nichts zu tun.

Der Witz daran ist: habe ich wirklich nicht. Ich habe kaum noch Vorlesungen, lerne auf dem Weg zu den Baseballspielen, und weil mich der Gedanke an diese verdammte Vorverhandlung wahnsinnig gemacht hat, habe ich mich abgelenkt – mit meiner Bachelorarbeit. Sie wird entweder grandios oder katastrophal. Viel Raum für etwas dazwischen gibt es nicht. Ich bin wahrscheinlich der einzige Mensch im Universum, der eine *Bachelorarbeit* als Ablenkung betreibt. Prokrastinieren 3.0 sozusagen.

»Warum sind wir dann noch hier, wenn der Mist sowieso abgewiesen wird?«, bohrt Ryder nach.

Ich blicke zu ihm auf. Äußerlich wirkt er entspannt. Aber das tut er eigentlich immer. Seine Frage hingegen war Ryders Version eines Fußtritts gegen den Papierkorb. Fehlt nur noch, dass ihm dieses hübsche Glas runterfällt. Nur habe ich noch nie erlebt, dass ihm irgendetwas heruntergefallen wäre.

»Keine Ahnung«, erwidere ich. »Ich hab auch gerade erst von Sterns Sekretärin erfahren, dass der Verhandlungstag mies lief.«

Ryder gibt ein unwilliges Geräusch von sich. Sagt aber nichts.

Ich lege den Kopf schief und frage: »Warum hast du mir damals eigentlich geholfen?«

»Was meinst du?«

»Carmichael. Es brauchte nicht gerade viel Überzeugungskraft, damit du mitmachst. Und du bist immer noch hier – sogar Carla hat Besseres zu tun, als sich mit irgendwelchen Vorverhandlungen herumzuschlagen.« Und sie ist immerhin Juns beste Freundin.

Er zuckt mit einer Schulter. »In vier Jahren verdiene ich mit solchen Sachen hoffentlich mal meine Brötchen.«

Ich denke noch darüber nach, ob ich ihm das als einzigen Grund abnehmen soll, als die Tür des Konferenzraums hinter mir aufschwingt und Gavin Stern federnden Schrittes hereinschneit. Er legt die schwere Aktentasche auf der Tischplatte ab und lockert die veilchenblaue Krawatte, bevor er mir und Ryder an den entgegengesetzten Enden des Raumes je einen Blick zuwirft. »Ich sehe, ihr seid mal wieder bestens informiert, wie schön«, sagt er sarkastisch.

Ich übergehe das und hake direkt nach: »Wie lief die Vorverhandlung?«

»Schlecht. Carmichael ist ein guter Anwalt und kennt noch bessere Anwälte. Und deine Eltern haben ganze Arbeit geleistet, Leith. Die Reputation ihrer Firma ist hervorragend, und da sie sich nicht von ihrem Namenspartner distanzieren wollen und mit praktisch jedem Richter in Lorcastle per Du sind, haben wir keine guten Karten. Selbst wenn die Klage nicht im Vorfeld abgewiesen werden sollte, gehen wir als Underdog in die Hauptverhandlung.«

Ich fahre mir durch die Haare. »Aber die Beweislast ist doch erdrückend! Wir haben *dreizehn* Aussagen!«

Stern nickt. »Aber wie dir sicherlich bewusst ist, mein übereifriger Protégé, geht es bei Gericht nicht darum, wer im Recht ist, sondern wer den Richter auf seine Seite zieht – ob durch sachliche Argumente oder andere *Überzeugungstaktiken*, lasse ich jetzt mal dahingestellt sein.«

»Carmichael bescheißt«, resümiert Ryder.

Stern dreht sich zu ihm um. »Wenn du das Anheuern einer

riesigen New Yorker Anwaltskanzlei, eines Presseagenten und das strategische Einfordern diverser Gefallen bei angesehenen Bürgern Lorcastles als *Bescheißen* bezeichnen möchtest, dann hast du absolut recht. Ich würde dich trotzdem darum bitten, nicht mit dem Inventar meiner Kanzlei zu jonglieren.«

Ryder lässt das Glas fallen. Ich warte auf den unweigerlichen Aufprall, Scherben und Sterns *Ich hab's dir ja gesagt.* Aber natürlich bleibt es aus. Stattdessen hebt Ryder seinen Fuß an, nimmt das Glas davon runter und stellt es zurück auf den Tisch.

»Deine Abschlussplädoyers werden bestimmt mal spektakulär«, kommentiert Stern trocken.

Aber Ryder schüttelt den Kopf, deutet auf mich und sagt: »Charismatische Reden schwingen ist eher sein Ding.«

Da hat er nicht ganz unrecht. Ein großer Redner war Ryder nie. Ich würde fast sagen, vor vielen Menschen zu sprechen, macht ihn nervös.

»Bedauerlich«, murmelt Stern und wendet sich wieder mir zu. »Ich hatte auf dem Weg hierher übrigens ein interessantes Telefonat.«

Ich hebe erwartungsvoll eine Augenbraue.

Aber Stern scheint den Spannungsmoment noch ein bisschen auskosten zu wollen, denn er mustert mich lediglich interessiert. So lang, dass ich fast gewillt bin, *Was denn?* zu knurren.

Aber dann sagt er: »Wir beide haben morgen eine Zeugenvorbereitung.«

Ich verziehe das Gesicht. Das bedeutet in der Regel, jemanden darauf einzustimmen, vom gegnerischen Anwalt im

Kreuzverhör auseinandergenommen zu werden. Früher hätte ich jede Gelegenheit wahrgenommen, mehr Praxis zu bekommen. Aber mir sitzt der Uni-Stress im Nacken. Und die Tatsache, dass es sich bei der Zeugin höchstwahrscheinlich um eine der ehemaligen Mitarbeiterinnen aus der Kanzlei meiner Eltern handelt, macht die Sache nicht angenehmer ... Ich sehe zu Ryder hinüber. Aber der hebt abwehrend die Hände. »Denk nicht mal dran. Sexuelle Übergriffe werde ich grundsätzlich nicht vor Gericht vertreten. Das hier war eine Ausnahme, weil Jun deine Freundin war. Ansonsten will ich damit nie wieder was zu tun haben. Das hab ich dir immer gesagt.« Ich verdrehe die Augen. Ryder und seine dämlichen Prinzipien.

Stern dreht sich zu ihm um und fragt: »Warum willst *du* eigentlich Anwalt werden?«

»Weil er verdammt gut darin ist«, antworte ich, bevor Ryder dazu kommen kann, seine Fähigkeiten herunterzuspielen.

Stern hebt eine Augenbraue. »Manchmal hört ihr euch an wie ein altes Ehepaar. Habt ihr schon darüber nachgedacht zu heiraten?«

Ryder nickt. »Ich hab ihm vor einem halben Jahr bereits einen Antrag gemacht. Aber Leith schämt sich noch ein bisschen für seine sexuelle Orientierung. Dabei weiß er doch, dass so was heutzutage keine große Sache mehr ist.« Er zwinkert mir zu.

Für zwei Sekunden sieht Stern ernsthaft irritiert aus. Dann schüttelt er den Kopf. Aber in seinem Mundwinkel lauert ein Grinsen und ich erwarte irgendeinen Schwank aus seiner Jugend. Aber vielleicht ist er dazu noch nicht alt genug.

»Morgen, 21 Uhr, mein Büro«, sagt er stattdessen in einem Ton, der keinen Widerspruch gestattet.

Ich runzle die Stirn. »21 Uhr? An einem Samstag?« Da dürfte nicht mal mehr seine Sekretärin noch hier sein. Und sie wohnt praktisch hier.

Aber Stern nickt. »21 Uhr. Sei pünktlich.«

Ich bin pünktlich. Auf die Minute. Was auch nicht besonders schwer war, denn Lorcastle liegt da wie ausgestorben. Für die Studenten ist es zu früh, um auszugehen, und für Familien zu spät.

Vor der Kanzlei stehen Sterns blauer Beetle – und ein schicker Mietwagen. Ich runzle die Stirn. Jetzt bin ich aber wirklich gespannt auf seinen mysteriösen Gast.

Als ich die Hand an die Tür lege, schießt mir eine Erklärung durch den Kopf, die mein Herz unsanft in meiner Brust stolpern lässt. Aber ich verwerfe den Gedanken. Wenn ich irgendetwas in den letzten zwölf Monaten gelernt habe, dann, dass es nichts bringt, seine Hoffnungen an Eventualitäten und Wunschträume zu verschwenden ...

Bedauerlicherweise scheint das bei dem nervösen Ding in meinem Brustkorb immer noch nicht ganz angekommen zu sein, jedenfalls holpert es weiter vor sich hin, bis ich endlich die Tür zum Konferenzraum aufreiße – und mein Herz erstarrt. Mein Körper. Alles an mir.

Sie trägt einen weiten, schwarzen Pullover, der ihr bis auf die Oberschenkel fällt, und darunter Leggins und Boots. Keine Absätze. Und sie hat mir den Rücken zugewandt. Sieht aus der langen Fensterfront hinab auf die Lichter der Stadt. Trotzdem hätte ich sie immer und überall sofort erkannt. An der Art, wie sie dort steht. Obwohl sie die Arme an den Körper gezogen hat, strahlt sie ein stilles Selbstverständnis aus, von dem ich mich vermutlich schon in dem Moment angezogen gefühlt habe, als ich sie das erste Mal sah. Auf der kleinen Bühne im University Theatre, mit seinen knarzenden Dielen und dem Durcheinander aus Requisiten, Bühnenbildern und Kostümständern. Stern sagt irgendetwas. Aber ich habe Mühe, seinen Worten zu folgen. Vor meinem inneren Auge tauchen Abertausend Bilder auf. *Emotionen. Momente. Worte.* So viele, dass ich das Gefühl habe, sie kaum ertragen zu können.

In derselben Sekunde dreht Jun sich zu mir um. Sie lässt die Arme sinken und sieht mich an. Stumm und vollkommen regungslos, wie ich es tue. Und gleichzeitig habe ich das Gefühl, in ihren Augen ein Abbild dessen zu sehen, was ich gerade empfinde.

Stern räuspert sich. Sie blinzelt. Der Moment ist vorbei und Jun errichtet wieder ihre Mauer zwischen uns. Schicht um Schicht. Nicht eisig – und doch so undurchdringlich.

»Wollt ihr Kaffee? Tee?«, fragt Stern.

Und Jun antwortet: »Wasser, bitte.«

»Leith?«

Ich wende den Kopf zu Stern, aber scheitere daran, meinen Blick von ihr zu lösen. »Tee.«

Die Tür fällt hinter mir zurück ins Schloss und ich bin mit Jun und den unzähligen unausgesprochenen Worten zwischen uns allein.

Sie nimmt vier davon und bietet sie mir mit ihrer schönen warmen Stimme an:»Es tut mir leid.«

Ich spüre mich nicken. Öffne den Mund, um irgendeine Floskel zu erwidern. So etwas wie *Mir auch, Muss es nicht* oder *Schon okay*. Aber nichts passiert. Also nicke ich erneut. Was ... noch dümmer ist als jeder einzelne dieser Sätze. Aber offenbar ist mehr im Moment ... nicht machbar.

Die Tür geht wieder auf, hinter mir klappert Porzellan, und ich drehe mich abrupt zu Stern um. Er hebt eine Augenbraue, dann nickt er in Richtung Tisch und sagt:»Setzt euch. Wir haben viel vor.«

Stern ist es, der viel vorhat. Ich sitze derweil daneben und starre Jun an, während er berichtet: von Juns E-Mail, in der sie nach dem Prozess fragte. Ob er tatsächlich stattfände. Ob ich erreicht hätte, was ich ihr in meinem Brief versprochen habe. Von ihrem Anruf gestern, als Stern ihr gestehen musste, dass es schlecht stünde. Dass Carmichael möglicherweise davonkommt – mit allem. Und das noch vor einer tatsächlichen Hauptverhandlung.

Stern berichtet auch von dem einen Ass, das wir im Ärmel hätten, um all das noch abzuwenden. Jemanden, bei dem sich die Frage, ob es nicht doch eine einvernehmliche Beziehung war, nicht stellt. Weil es bei sexuellen Handlungen an Minderjährigen nicht mehr nur um Einverständnis geht.

Jemand, deren Bekanntheitsgrad es mit der Reputation von New-Yorker-Staranwälten und Lorcastler Lokalmatadoren aufnehmen kann. Denn Jun ist nicht mehr die unbekannte Schauspielstudentin, deren Worte einfach so in Zweifel gezogen werden könnten ...

Nein, ich schätze, mir gegenüber sitzt jetzt eine Art…
Berühmtheit. Auch wenn das völlig verrückt klingt.

»Du müsstest am Montag aussagen, Jun. Das ist dir bewusst?«, fragt Stern. »Ich kann dafür sorgen, dass die Öffentlichkeit ausgeschlossen wird, weil du besonderen Anspruch auf den Schutz deiner Privatsphäre hast. Aber du wirst in Anwesenheit von Steven Carmichael und seiner Anwälte sprechen müssen. Sie werden unvorbereitet sein – aber das bedeutet nicht, dass sie dich im Kreuzverhör nicht trotzdem nach allen Regeln der Kunst auseinandernehmen werden.«

»Dessen bin ich mir bewusst.«

»Du willst es trotzdem tun?«

»Ja.«

Ich blinzle. Runzle die Stirn und das erste Mal seit einer halben Stunde spuckt mein Gehirn etwas annähernd Sinnvolles aus: »Warum?«

»Weil ich will, dass er verurteilt wird.«

»Wir können den Prozess immer noch verlieren«, sage ich vorsichtig.

»Wenn er nie angeklagt wird, dann ist er bereits verloren.«

Ich suche in ihrer Stimme nach Unsicherheit – und finde sie nicht.

Als ich sie das letzte Mal gesehen habe, lag Jun … in Scherben. Weil ich ihre Gefühle in tausend Einzelteile zerschmettert hatte. Doch sie hat sie offenbar alle eingesammelt. Jedes einzelne Bruchstück ihrer selbst. Hat jedes wieder an seinen Platz gerückt.

Wie sie es immer tut.

Ich lehne mich in meinem Stuhl zurück und sehe sie an.

Versuche, sie mit den Augen eines anderen zu sehen. Sterns Augen. Irgendjemandes Augen. Jun hat sich nicht die Mühe gemacht, die sie früher an der Uni für ihr Aussehen betrieben hat: Sie trägt weder formelle Kleidung noch Make-up, im Gegenteil, in dem Kapuzenpullover geht sie unter wie früher in meinen College-Hoodies. Manchmal, wenn ich heimkam und sie weder Theater noch Vorlesung hatte, saß sie in einem von den Dingern auf der Couch. Und nur darin. Mit einem Teller Obst auf den nackten Beinen und der Nase in ihrem Textbuch. Ich habe den Anblick geliebt. Weil es so sehr Jun war. Und nichts weiter. Keine Mauern, keine Geheimnisse, keine Ängste. Einfach nur ... meine halb nackte Freundin auf einer Couch. *Meiner* Couch.

»Schön, dann sind wir uns ja einig«, sagt Stern und bringt meine Bubble aus Kitsch, Melancholie, Verlustgefühl abrupt zum Platzen. »Das Einzige, was jetzt noch fehlt, ist eine vernünftige Zeugenvorbereitung.«

Mein Blick schnellt zu Stern – und durch mein hormonvernebeltes Hirn dringt die Erinnerung daran, womit er mich eigentlich hergelockt hat. *Zeugenvorbereitung.*

»Leith«, sagt er und lächelt, »du übernimmst die Rolle der Verteidiger, herzlichen Glückwunsch.«

Ich schüttle den Kopf. Nur für den Fall, dass das gerade kein sehr, sehr schlechter Witz war.

Bedauerlicherweise sieht Stern mich an, als wäre das *kein* Witz gewesen. »*Nein!*«, sage ich deshalb vehement.

Er besitzt die Nerven, zu lächeln und zu fragen: »Ich dachte, du wolltest Praxiserfahrung sammeln. Hier ist deine Chance.«

»Ich bin ja noch nicht mal ein verdammter Law Student! Geschweige denn Anwalt.«

»Du kannst es also nicht?«, fragt er, und der provokante Unterton erreicht genau das, was er soll: Er kratzt an meinem Ego wie Fingernägel über einer Schultafel.

»Natürlich kann ich es nicht.«

»Probiere es trotzdem.«

»Warum sollte ich das tun?«

»Weil du weißt, welche Fragen du stellen musst. Welche Fragen *dir* gestellt wurden – von deinen eigenen Eltern, wenn ich dich daran erinnern darf.« Au, *fuck,* das saß. »Du hast also bereits Erfahrung. Du weißt genau, was sie fragen würden. Was sie ihr vorwerfen können. Was Juns Aussage unglaubwürdig macht. Wo sie angreifbar ist.«

»Ich werde sie *nicht* ins Kreuzverhör nehmen.«

Jun wendet den Kopf ab. Weg von mir und hin zur Fensterfront, wo inzwischen nichts mehr zu sehen ist als die Lichter der nächtlichen Stadt. Jun hat den Anblick schon immer gemocht.

»Leith«, sagt Stern, und ich reiße mich von der Erinnerung los, wie sie mit dem Kopf gegen den Fensterrahmen gelehnt in meinem Schlafzimmer steht. »Wir haben keine Zeit, verstehst du? Ich kenne Jun nicht. Aber Carmichael kennt sie wie kein anderer.«

»Das ist nicht wahr. Ich kenne Jun wesentlich –« Aus irgendeinem Grund habe ich angesetzt zu widersprechen. Und jetzt bleibt mir nur, peinlich berührt in irgendeine Ecke zu starren und so zu tun, als wäre das nie passiert.

»Das stimmt«, sagt Jun leise. »Leith kennt mich besser als

Steven. Er weiß weniger über mich. Aber er kennt mich besser.«

Stern runzelt die Stirn. Dann nickt er zufrieden und sagt: »Also die perfekte Ausgangssituation, hervorragend. Ich hole eben die Kamera. – Keine Sorge, die Aufnahmen sind nur für uns. Wir behalten keine physischen Kopien und die digitalen sind mehrfach gesichert. Aber sie werden dir hinterher dabei helfen, deine Aussage zu analysieren. Ich gebe sie dir heute Abend mit und du kannst sie dir dann ansehen. Als Schauspielerin weißt du damit sicher noch mehr anzufangen als eine übliche Zeugin.«

Jun nickt und Stern verlässt den Raum. Schon wieder.

»Ich werde das nicht machen«, sage ich noch einmal.

»Du musst.« Jun sieht mich direkt an. Gerade und unverfroren.

»Warum der plötzliche Sinneswandel? Du hättest dich vor einer Woche melden können. Oder … *irgendwann*. Davor. Danach. Warum jetzt?«

Sie zuckt zusammen. Und vermutlich sollte es mich mit Genugtuung erfüllen, dass irgendeines meiner Worte sie genug berührt hat, um das zu erreichen. Stattdessen fühle ich mich nur noch schlechter.

»Es tut mir leid, Leith«, wiederholt sie, leiser dieses Mal. »Ich konnte nicht …«

Die Tür schwingt auf. Jun verstummt, Stern stellt die Kamera auf.

Der Ablauf ist derselbe, wie ich ihn schon vier, fünf, sechs Mal miterlebt habe: Stern stellt knappe, offene Fragen, die Jun möglichst viel Raum geben sollen, um zu erklären, was passiert ist – aber gerade engmaschig genug sind, damit sie nicht angreifbar sind oder zu viel ihrer Privatsphäre verletzen.

Und Gavin Stern ist gut darin. Was ich unzählige Male bereits von den anderen Frauen gehört habe, führt er nun ein weiteres Mal vor.

Trotzdem vergehen kaum zehn Minuten, bis ich sage:»Ich muss mal raus.«

Stern nickt und stellt die Kamera ab.»Gut, machen wir eine kurze Pause.«

»Ihr könnt weitermachen«, werfe ich ein. Aber er schüttelt den Kopf und sagt:»Doch nicht ohne den gegnerischen Anwalt.«

»Ich bin nicht ...!«

»Für heute Abend bist du es, Leith. Gewöhn dich besser dran.«

Ich habe das dezente Verlangen, ihm sein bescheuertes Lächeln aus dem Gesicht zu schlagen.»Hast du mal einen Moment?«

Er sieht zu Jun. Und Jun sieht weg. Also steht er auf und folgt mir nach draußen.

»Was soll das?«, herrsche ich ihn an, kaum dass die gedämmte Tür zugefallen ist.

Stern steckt die Hände in die Hosentaschen und sagt:»Wir brauchen Juns Aussage.«

»Aber du brauchst *mich* nicht dazu, verstehst du? Was um alles in der Welt bringt dich auf den Gedanken, dass es eine gute Idee wäre, dass ich hier bin?«

»Sie.«

»Was?!«

»Jun. Es war ihre Bedingung. Als ich ihr sagte, dass uns droht, den Prozess zu verlieren, hat sie mir angeboten auszusagen. Unter der Voraussetzung, dass du hier bist.«

»Warum?«

»Das solltest du Jun fragen, meinst du nicht?«

Ich verdrehe die Augen. »Weißt du es? Hat sie irgendetwas gesagt?«

»Dass du der Einzige wärst, dem sie in dieser Angelegenheit vertraut, hat sie gesagt.«

Ich reibe mir übers Gesicht. Weil es so unfassbar absurd ist. Dieser Satz. Diese Situation. Das alles hier.

»Ich habe ihr Vertrauen mit Füßen getreten, verstehst du?«

Er schüttelt den Kopf. »Hast du nicht. Außerdem ist sie diejenige, die das zu entscheiden hat. Nicht du.« Er hält inne, mustert mich, bevor er anfügt: »Du könntest mal ein wirklich guter Anwalt werden, weißt du das? Dein jonglierender Buddy hat recht: Du hast Charisma, du kannst reden und die Leute vertrauen dir. Das ist nicht nur für Klienten wichtig, sondern auch für die Jury. In einem Zivilprozess ist nichts besser als ein Anwalt mit ein bisschen Hollywoodglanz am Revers. Aber deine Gefühle werden dir das Genick brechen, bevor du so weit kommen kannst, wenn du nicht lernst, damit umzugehen. Schneid dir ein Stück von deiner Ex-Freundin ab. Sie hat das ziemlich gut raus.« Er zwinkert mir zu.

»Du bist so ein Mistkerl, Stern.«

Er lächelt und verbeugt sich vor mir. »Von gegnerischen Anwälten fasse ich das immer als Kompliment auf. – Und jetzt geh rein und zeig mir, dass du ein bisschen was gelernt hast in den letzten zwei Minuten.«

35

LEITH

Er stellt ihr Fragen. Unzählige Fragen, deren Antwort ich nicht wissen wollte. Und ein paar, deren Antwort ich wissen musste – auch wenn ich es vielleicht dennoch nicht gewollt hätte. Sie helfen mir zu verstehen. Verstehen, was Jun passiert ist. Was in ihr vorgegangen ist. Warum sie so lang gebraucht hat, um darüber sprechen zu können.

Irgendwann, nach *stundenlangem* Zeugeninterview, das mir vorkam wie ein Verhör, wendet Stern sich an mich und sagt: »Deine Zeugin.«

Es sind die zwei Worte, vor denen ich nach all dem am meisten Angst hatte. Und trotzdem muss ich zugeben, dass ich ganz allmählich verstehe, was das hier soll. Warum *ich* derjenige sein muss, der fragt, wenn Jun darauf antworten soll.

»Du bist ohne Vater aufgewachsen, ist das richtig?«, frage ich.

»Ja.«

»Ist es nicht möglich, dass …«

»Einspruch. Suggestivfrage.« – Stern.

Ich werfe ihm einen genervten Blick zu, den er mit »Das ist wirklich ein Anfängerfehler, Leith« quittiert.

»Ich *bin* Anfänger!«

»Nein, heute bist du New Yorker Staranwalt. Also los, mach es richtig.«

Selbstgefälliger, überkandidelter Beetle-Fahrer …

»Du sagtest, du warst damals fünfzehn«, setze ich also neu an.

»Richtig.«

»Warum hast du dich nicht gegen seine Übergriffe gewehrt?«

»Weil ihm das gefallen hätte.«

Allerspätestens jetzt würde ich mich eigentlich gern übergeben. Stattdessen frage ich: »Du hast also nichts getan …?«

»Ich habe ihm gesagt, dass mir seine Aufmerksamkeit unangenehm ist, dass ich nicht möchte, dass er mich anfasst. Daraufhin hat er mir vorgeworfen, bockig zu sein und ihm Dinge zu unterstellen, die nicht wahr wären. Er sagte, meine schwere Kindheit hätte mich so zerstört, dass ich nicht mehr dazu in der Lage wäre zu erkennen, wann jemand nur Gutes für mich möchte.«

»Und das war falsch? Du hast kein Bindungs- oder Vertrauensproblem?« *Gott, habe ich das gerade wirklich gefragt?*

»Es war in erster Linie manipulativ. Mein Privatleben außerhalb meiner Familie tut hier nichts zur Sache«, sagt Jun, und es fällt mir schwer, aus ihrem Tonfall zu lesen, ob sie mir gerade an die Gurgel möchte oder ob sie wirklich so ruhig ist, wie sie vorgibt.

»Hast du jemand anderen um Hilfe gebeten?«

»Nein.«

»Warum nicht?«

»Ich habe mich geschämt.«

»Bis du zwanzig wurdest.« Ich schaffe es nicht, sie anzusehen. Ich schaffe es kaum, den Satz auszusprechen. Aber Stern hat recht. Am Montag wird man ihr genau diese Fragen stellen. Und ich würde lügen, würde ich behaupten, dass ich die Antworten nicht wissen will.

»Ich werde mich *immer* dafür schämen. Ich habe nur jetzt erkannt, dass Scham kein Grund ist zu schweigen.«

Ich weiß nicht, wie lange ich diese Art Pingpong mit ihr spiele. Ich weiß nur, dass ich Jun dafür bewundere, wie lange sie es schafft, ruhig zu bleiben. Während meine Nerven inzwischen blank liegen und es mir immer schwerer fällt, die Fragen über meine Lippen zu manövrieren, wirkt sie noch immer gelassen. Auch wenn ich sie inzwischen lange genug kenne, um zu wissen, dass sie mit sich ringt.

Immerhin scheint Stern es wahrzunehmen, jedenfalls hat er eine Pizza-Pause einberufen und ist kurz los, um unsere Bestellungen abzuholen.

»Jun?«, frage ich.

Sie hebt den Blick von der Holzmaserung der Tischplatte und sieht mich aufmerksam an.

»Es tut mir leid«, sage ich.

Jun schüttelt den Kopf. »Ich will nicht, dass es dir leidtut.«

»Tut es aber.«

»Das ist okay. Aber ich sitze hier. Ich rede darüber.«

Ich nicke. »Das habe ich verstanden.«

Jun erwidert nichts. Aber die Spannung in ihren Schultern löst sich.

Ich werfe einen kurzen Blick auf mein Smartphone, beantworte Lizzys Nachricht, die bei dem ganzen Prozess genauso mitfiebert wie Ryder. Nur dass ich sie schon allein wegen meiner Eltern nicht einbeziehen kann. Sie würde nie etwas ausplappern, nicht einmal unabsichtlich, aber ich möchte nicht, dass sie einem Gewissenskonflikt ausgesetzt ist.

»Leith?«

Ich blicke zu Jun auf. Sie hat die Unterarme auf dem Tisch abgelegt und mustert mich. »Hm?«

»Danke.«

Ich blinzle irritiert. »Wofür?«

»Für das hier.«

»Du bedankst dich dafür, dass ich in der Victim-Blaming-Trickkiste wühle wie der letzte Kanalisationstaucher?«

»Es ist einfacher, wenn du es tust als irgendwer anders.«

»Ist es das?«

Sie nickt.

»Am Montag wird es *irgendwer anders* sein«, sage ich.

»Ich weiß. Aber dann habe ich all das schon einmal gehört – und ich kann mir innerlich vorstellen, ich säße nach wie vor mit dir in einem geschützten Raum.«

Ich nicke nur, stehe nun doch auf und vergrabe die Hände in den Hosentaschen, während ich hinüber zu den Fenstern gehe und zusehe, wie ein blinkendes Flugzeug über den Nachthimmel zieht.

Ich höre einen Stuhl über den Boden schaben und kurz

darauf taucht Juns schlanke Gestalt neben mir auf. »Wirst du da sein, am Montag?«

»Ich habe in einer nicht öffentlichen Verhandlung keinen Zutritt.«

»Ich meine hinterher.«

Ich drehe mich zu ihr um. Eine leise Note ihres Dufts steigt mir in die Nase und meine Eingeweide ziehen sich augenblicklich zusammen. Als hätte sie mich erst gestern verlassen.

»Schätze schon«, sage ich und hasse es, wie belegt meine Stimme klingt.

»Es tut mir leid, dass ich mich nie ... dass ich mich nicht früher gemeldet habe. Ich konnte es nicht.«

»Ich weiß«, sage ich erschöpft und fahre mir durch die Haare, zucke zusammen, als ich Juns Hand auf meinem Arm spüre.

Aber sie weicht nicht zurück. Sie sieht mich nur stumm aus dunklen Augen an. »Ich war verletzt. Weil du der eine Mensch warst, dem ich vertraut habe. Und ich habe Zeit gebraucht. Verstehst du das?«

»Natürlich verstehe ich das«, antworte ich und kann nicht verhindern, dass sich Bitterkeit daruntermischt.

»Du bist nicht wütend auf mich.«

Ich weiß nicht, ob es eine Frage ist oder eine Feststellung. Mir bleibt nur, den Kopf zu schütteln und mit den Schultern zu zucken. »Dazu hätte ich kaum das Recht, denke ich.«

»Du hättest jedes Recht. Ich habe dich angelogen.«

»Du hast mir etwas verschwiegen.«

»Ich habe dich glauben lassen, was du glauben wolltest,

weil es einfacher für mich war. Ich denke, so etwas nennt man *lügen*.«

»Wortklauberei sollte eher mein Job sein, nicht deiner. Denkst du nicht?«

Sie lächelt matt. »Entschuldige. Ich wollte dir keine Konkurrenz machen. Stern hat recht, du machst das gut.«

»Du bist eine gute Zeugin.«

Sie nickt. »Ich hatte viel Zeit zum Nachdenken. Zum Wörterzurechtlegen.«

»Du musst das hier nicht tun, verstehst du? Fahr ... nach Hause. Wo auch immer das jetzt ist, und vergiss, was passiert ist. Carmichael wird dich nie wieder anrühren, auch ohne dass du aussagst.«

»Er wird es wieder tun. Wenn nicht bei mir, dann bei jemand anderem.«

»Das weißt du nicht, und das wäre auch nicht deine Verantwortung. Er ist derjenige, der es tut. Nicht du.«

Sie schüttelt den Kopf. »Nein. Solange ich es kann ... solang ich etwas ändern kann, muss ich es auch tun, verstehst du? Nicht für irgendwen anders, sondern für mich selbst.«

Ich schlucke, sage »Okay« und scheitere daran, den Blick von ihr abzuwenden.

Die Tür schwingt auf und Stern spaziert herein. »Essen kommt in vierzig Minuten. Sollen wir bis dahin noch eine Runde?«

Jun nickt, streicht sich den Saum ihres Pullovers glatt, als handle es sich um ein teures Etuikleid, und lächelt.

Es ist weit nach Mitternacht, als Stern endlich die Kanzleitür hinter uns abschließt. Bye-bye, gesunder Nachtschlaf. Allerdings bezweifle ich ohnehin, dass ich heute ein Auge zubekomme, nachdem Jun so völlig überraschend vor mir aufgetaucht ist ...

»Ihr zwei solltet schlafen«, sagt Stern bestimmt und klimpert mit dem Autoschlüssel. »Jun, ich schicke dir morgen noch ein paar Fragen zu, damit du sie durchgehen kannst. Aber kein Kopfzerbrechen! Die Vorbereitung heute lief sehr gut, und es besteht eine reelle Chance, dass wir das Steuer damit am Montag herumreißen. Also: viel Schlaf, Entspannung, keine Nervosität.« Jetzt hört er sich schon an wie mein Baseballcoach ...

Ich erwidere Sterns knappen Gruß, bevor er lichthupend vom Parkplatz rollt und die runden Scheinwerfer schließlich zwischen den Häusern verschwinden.

Jun hingegen steht noch immer neben mir. Still und regungslos. Nur der kalte Nachtwind weht ihr einzelne Strähnen ins Gesicht. Sie sieht so verdammt schön aus. Ich will den Blick abwenden. Weil es schmerzhaft ist. Aber ich schaffe es nicht.

Noch weniger, als sie den Kopf dreht und mich ansieht. Ihr Blick ist so intensiv, dass es sich anfühlt wie eine Berührung, und meine Haut beginnt darunter zu prickeln, als er an meinem Mund hängen bleibt.

»Gute Nacht«, flüstert sie.

Ich will es erwidern. Und tue es doch nicht.

Sie beugt sich vor. Ihre Lippen hinterlassen einen sanften Druck auf meinen. Kaum eine halbe Sekunde, bevor sie sich

wieder löst, einen halben Schritt zurücktritt und mich ansieht. In mir kollidieren tausend Gedanken und Gefühle, von
denen ich keinen einzigen einordnen kann. Ich will gleichzeitig wegrennen und sie an mich ziehen und nie wieder loslas-
sen. Ich will sie fragen, was es bedeutet, und es gleichzeitig
nicht wissen. Ich will sie zurück. Und gleichzeitig fürchte ich
mich vor dem Gefühl, sie noch einmal zu verlieren.

Jun lächelt matt, und als sie sich von mir abwendet, sehe
ich ihre Augen im schwachen Schein der Parkplatzbeleuch-
tung glitzern. Sie blinzelt, und eine Träne kullert ihre Wange
hinab, bis die Dunkelheit das Schimmern verschluckt und
droht, Juns gesamte Gestalt in Schwärze aufgehen zu lassen.

Ich denke nicht nach. Ich strecke einfach nur eine Hand
nach ihr aus, packe sie, drehe sie zu mir herum und küsse sie.
Ihren Mund, ihre Wangen, ihre Nase, ihren Hals. Ihr Kinn
und ihre Stirn und wieder ihren Mund. Sie hat die Lippen
schon geöffnet und der Geschmack aus Salz und Nachtluft
vermischt sich auf meiner Zunge mit ihrem.

»Ich habe dich vermisst«, spreche ich das Offensichtliche
aus wie eine Entschuldigung.

Sie vergräbt ihre Finger im Kragen meines Button-ups und
zieht mich zu sich. Küsst mich. Noch einmal und noch einmal. Unter sanfte Vorsicht, Bedauern, Sehnsucht und Trauer
mischen sich Lust und alte Vertrautheit. Als hätte mein Körper sich daran erinnert, wer sie ist. Dass ich jeden Zentimeter
an ihr kenne. Dass sie es mag, wenn ich sie auf die Stirn küsse.
Wenn ich meine Hände um ihre Taille lege, sie zu mir ziehe,
festhalte und nicht mehr loslasse. Und wie sehr *ich* es mag,
wenn sie sich an mich lehnt. Mich küsst, wie nur sie es kann.

Voller bedingungsloser Leidenschaft. Als würden die Zeiger aller Uhren in diesem Moment stehen bleiben und es gäbe nur noch diese letzte Sekunde, um das Leben auszukosten.

Bis sie sich von mir löst, die Stirn gegen meine lehnt und sagt: »Nein. Nein, du hast mich nicht vermisst.«

Verwirrt schiebe ich sie ein Stück von mir, um sie anzusehen. Aber Jun spricht bereits weiter: »Du hast mich geliebt. Und ich habe ... liebe dich. Es war nur einfach nicht genug. Damals.«

»Nein«, widerspreche ich. »Das hatte damit nichts zu tun, verstehst du? Das hier«, ich deute auf die Kanzlei in meinem Rücken, »hatte damit nichts zu tun. Ich hätte ...«

Sie legt mir einen Zeigefinger auf den Mund und schüttelt den Kopf. »Lass uns nicht dieses Spiel spielen. Kein *Wer hätte wann was* – bitte.«

Ich nicke. Und erst jetzt dämmert meinem Gehirn, was sie eigentlich gesagt hat. Was sie *wirklich* gesagt hat. »Du liebst mich?«

Sie lacht leise. Vorsichtig, als wäre das Geräusch noch immer zu laut. »Natürlich, du Idiot.«

Ja. Klar. War ja ... superoffensichtlich.

Ich fluche. Und im selben Moment ziehe ich sie an mich und verharre mitten in der Bewegung. Sie liebt mich. Ich meine: *Sie liebt mich.* Dieses wundervolle, sturköpfige, starke, eingebildete, arrogante und großartige Mädchen liebt mich!

»Leith?«, fragt sie leise.

Ich schaffe ein Blinzeln.

Jun lächelt und schmiegt eine Hand um meinen Kiefer. »Alles okay?«

Nein.

Ja?

Keine Ahnung.

»Sag ... etwas?«

»Ich liebe dich. Immer noch. Nach wie vor. Habe nie aufgehört. Dauerzustand. Es ist ein Dauerzustand. Ein andauernder Zustand.«

Sie nickt. »Ich habe eine ungefähre Vorstellung, was ein Dauerzustand ist«, sagt sie schmunzelnd. Dann streicht sie meinen Kragen glatt, seufzt leise und löst ihre Hände von mir. »Du hast morgen ein Spiel, nicht? Du solltest wirklich schlafen.«

Ich nicke.

Und bleibe an Ort und Stelle stehen. Vor ihr. Schaffe es nicht einmal, den Blick abzuwenden.

Geschweige denn zu gehen.

Jun sieht auf ihre Schuhspitzen – flache, schwarze Markenboots, in denen ich sie noch nie zuvor gesehen habe. Ich kann es nicht ausmachen, weil sie den Kopf gesenkt hält, aber ich bin mir sicher, sie verkneift sich ein Schmunzeln.

Ich räuspere mich.

Und stehe immer noch hier.

Sie sieht zu mir auf und deutet auf ihr Auto. »Ich hab noch nicht mal im Hotel eingecheckt, und das dauert immer ewig, weil Nachtportiers gerne noch nach Autogrammen für ihre fünf Enkel fragen, also ...«

Ich nicke. »Ja. Verstehe. Du musst los.«

Juns Arm deutet immer noch auf ihr Auto, während sie vor mir steht und – sich nicht bewegt.

Ich unterdrücke einen Fluch, frage: »Sollen wir –«

Während Jun im selben Moment sagt: »Hotel. Du checkst ein, ich zahle.«

Ich nicke, wir drehen uns um und verschwinden in unsere Autos.

Ich habe den Motor schon gestartet, als mir aufgeht, dass ich keine Ahnung habe, in welchem Hotel sie überhaupt wohnt – als mein Smartphone wegen der SMS einer unterdrückten Nummer surrt, die mir die Adresse des teuersten Hotels in Lorcastle übermittelt. War ja klar.

———

Ich wippe auf Zehenspitzen. Ich habe seit sicher fünf Jahren nicht mehr auf Zehenspitzen gewippt. Vielleicht habe ich es auch nie getan. Jedenfalls habe ich mich bisher nicht zu den typischen Zehenspitzenwippern gezählt.

Bis ich vor dieser Tür angekommen bin. Der Tür zum Vorverhandlungssaal, in dem Jun vor gut vier Stunden ihre Aussage machen sollte. Seitdem ist sie dort drin.

Ich wippe immer noch. Sechseinhalb Stunden, nachdem Stern mir geschrieben hat, der Richter hätte Juns Aussage als Beweismittel zugelassen.

Und diese verdammte Tür ist immer noch nicht aufgegangen. Stattdessen sind neben mir vier Typen in Anzügen aufgekreuzt, die zu teuer sind für Feld-Wald-und-Wiesen-Anwälte und zu billig für eine gewisse New Yorker Starkanzlei. Aber vielleicht sind es die Kofferträger. Diejenigen, die es nicht nach Harvard geschafft haben und deswegen mit ihrem 1,0-Abschluss von der Jefferson den Kopierer bedienen dürfen. – *Wow*, ich hoffe wirklich, Ryder zieht die Sache durch und ist verrückt genug, nach der Law School mit mir eine eigene Kanzlei aufzumachen ... Denn wenn er es nicht total verbockt, könnte er mit seinen Noten ebenso gut bei einer der großen Kanzleien einsteigen. Und ich meine nicht als Kopiererbediener.

Ich sehe auf die Uhr und wippe weiter.

Bis zwanzig Minuten später endlich diese verdammte Tür aufgeht. Und nach vier raschen Sekunden die Spannung der letzten Stunden von mir abfällt. Nun kommen endlich alle heraus: Carmichael schüttelt breit lächelnd die Hand irgendeines schmierigen Glatzkopfs. Sterns Gesicht ist versteinert. Und Jun sieht aus, als würde sie jeden Moment ihre *AK-47* herausholen und im wahrsten Sinne des Wortes kurzen Prozess machen.

Ich nehme die Hände aus den Hosentaschen und gehe auf die beiden zu. »Was ist passiert?«, frage ich.

»Wie hat dein Freund es so nett ausgedrückt? *Er bescheißt*«, murmelt Stern zerknirscht.

Jun schüttelt den Kopf. »Meine Aussage war nicht gut genug. Ich hätte –«

Aber Stern legt ihr flüchtig eine Hand auf den Unterarm und sagt: »Nein, hättest du nicht. Mach dir keine Vorwürfe, Jun. An dir hat es nicht gelegen.«

Sie sieht aus, als würde sie widersprechen wollen, als ihr Blick auf jemanden in meinem Rücken fällt und ich Carmichaels süffisante Stimme höre: »Leith! Bestell doch deinen Eltern bitte liebe Grüße von mir, ja? Und meine Kündigung der Verträge.«

Ich fahre herum, aber werde im selben Moment von gleich zwei Armen gepackt – Jun an meiner Schulter und Stern an meinem Oberarm. *Verfluchte ...*

»Mister Carmichael?« Ein Mann mittleren Alters löst sich aus der Gruppe derer, die mit mir gewartet haben, und geht auf ihn zu. Spätestens jetzt merke ich, dass meine Einschätzung falsch war. Das hier sind ganz sicher keine Kofferträger.

Der Mann händigt Carmichael einen Umschlag aus und trägt mit frostiger Stimme sein Anliegen vor: »Die Staatsanwaltschaft Lorcastle erhebt Anklage gegen Sie wegen mehrfacher sexueller Belästigung, sexueller Nötigung und sexuellen Fehlverhaltens gegenüber einer Schutzbefohlenen.«

Ich hebe die Augenbrauen und sehe zu Stern hinüber. Der grinst nun mehr als breit und verschränkt die Arme vor der Brust. Dann nickt er seinem Kollegen von der Staatsanwaltschaft zu, der wiederum den zwei Gerichtsbediensteten zuwinkt, doch bitte ihre hübschen metallenen Armbänder herauszusuchen und damit Carmichaels Handgelenke zu versehen.

Jun blinzelt irritiert. »Er wurde doch gerade freigesprochen – oder nicht?«

Stern nickt. »In einem Zivilprozess wegen sexueller Belästigung am Arbeitsplatz gegen *Boyd & Carmichael*, ja. Das ist der übliche Weg, wenn die Strafanzeige bei der Polizei wegen sexueller Belästigung am Arbeitsplatz folgenlos geblieben ist. Doch nun hat die Staatsanwaltschaft offenbar entschieden, dass es an der Zeit ist, Carmichael doch in einem Strafprozess dafür anzuklagen.«

»Was bedeutet das?«

Stern legt den Kopf schief. »Dass er mit neunzigprozentiger Sicherheit sitzen wird. Staatsanwälte riskieren nach einem gescheiterten Zivilprozess nur eine Strafklage, wenn sie sich sehr, sehr sicher sind, dass sie genug belastende Beweise gefunden haben, um den Sack dieses Mal zuzumachen. Wenn du Einzelheiten wissen willst, spendiere ich heute Abend Johnson von der Staatsanwaltschaft ein Dinner und finde es raus.« Er wackelt mit den Augenbrauen. »Das wollte ich sowieso schon länger mal machen ...«

Ich verdrehe die Augen, aber Jun lacht.

Ehrlich und befreit und herzlich.

EPILOG

JUN

Ich starre auf mein Mail-Postfach. Ich sollte mich mittlerweile daran gewöhnt haben, dass es überquillt. Aber heute quillt es nicht einfach nur über, es ist …

»*Wow*, meine Freundin ist berühmt«, murmelt Leith in mein Ohr und schlingt von hinten die Arme um meine Taille.

Ich schlage blind nach ihm aus. »Sei bloß still!«

Aber er lacht nur und küsst meinen Hals. »Im Ernst. Du hast ein bisschen Rummel verdient.«

»Ein bisschen? *Ein bisschen?*« Ich wedle in Richtung des Laptops, auf dem schon wieder neue Nachrichten eingehen, und entsperre meinen Smartphone-Bildschirm, wo sich ein ähnlicher Anblick auf meinem TikTok-Account bietet. Und ich dachte, der Ansturm nach der ersten Episode von *Clinical Trial* wäre verrückt gewesen …

»Ich weiß sowieso nicht, warum du noch jede Nachricht liest – und sogar beantwortest.«

»Ich beantworte nicht *jede* Nachricht«, gebe ich zerknirscht zurück.

Leith lacht. »Wer hätte gedacht, dass Jun Sakura so eine nahbare Frau ist.«

»Ich bin nicht *nahbar*!«, fauche ich.

»Natürlich nicht«, bestätigt er. Und küsst mich schon wieder. Länger dieses Mal. Und genau an der Stelle, von der er weiß, dass ich bei jedem seiner Atemzüge darüber eine Gänsehaut bekomme. Geschweige denn von dem, was sein Mund gerade anstellt …

»Ich muss arbeiten!«

Er gibt ein verneinendes Murmeln von sich. Es hört sich an wie das Schnurren eines Katers. Und seine Hand wandert gerade unter mein Top. »Leith! Es ist mein Ernst! Ich habe nicht eingewilligt, dass du dir dieses alberne Apartment in L.A. kaufst, damit du mich die ganze Zeit von der Arbeit ablenkst!«

»Ich kann kaufen, was ich will«, sagt er. »Und dieses hübsche Penthouse hier ist nur fünf Stunden von der Law School in Berkeley entfernt, wo ich sowieso nur während des Semesters hin muss. Eigentlich hättest *du* dir eine eigene Wohnung kaufen sollen – oder besser gleich ein Haus. Aber die Dame fühlt sich ja nicht sesshaft genug dafür.«

»Wer behauptet denn so was?«

»Ich.«

Okay. Schön. Vielleicht hat er recht. Ein kleines bisschen zumindest, aber das gibt ihm noch lange nicht das Recht …! Ich seufze und zwinge mich dazu, seine Hand endgültig von meinem Bauch wegzuschieben. »Hör schon auf damit. Mach dich nützlich! Geh Essen kochen! Ich komme gleich nach.«

Er zieht einen Flunsch. *Leith Boyd zieht einen Flunsch.* Dann steht er seufzend auf und scharwenzelt vor mir her in Richtung Kücheninsel.

»Du brauchst gar nicht so mit dem Hintern zu wackeln!«, meckere ich. Er lacht. *Blödmann. Blödmann mit einem hübschen ...* Okay, wie auch immer.

Ich seufze und wende den Blick zurück auf mein explodierendes Postfach. Ich brauche wirklich irgendwen, der sich mit mir darum kümmert. PR ist zwar auch Teil meines Jobs, aber in erster Linie bin ich dazu da, auf einer Mattscheibe hübsch auszusehen und halbwegs überzeugend meine Sätze aufzusagen ... Trotzdem öffne ich die erste Mail und beginne zu lesen.

Liebe Jun,

ich bezweifle zwar, dass du das hier liest, aber ich wollte dir einfach nur mal sagen: DANKE. Danke, danke, danke, dass du das gemacht hast. Dass du dich hingestellt und offen gesagt hast, was dir passiert ist. Dass sexueller Missbrauch innerhalb der Familie nicht selten ist. Und dass es uns alle treffen kann. Dass wir sensibel sein müssen für das, was um uns herum passiert. Dass nicht alles Gold ist, was glänzt. Dass auch Blicke/Sprüche/flüchtige Berührungen ausreichen, um sich im eigenen Zuhause nicht mehr sicher zu fühlen. Dass niemand sich schämen muss oder allein ist.
Du hast so vielen Menschen die Augen geöffnet.

Danke dafür, Diana

PS: Du bist echt eine tolle Schauspielerin! Freue mich so, so, so auf den neuen Spionage-Thriller, obwohl so was normalerweise echt nicht mein Ding ist.

Ich seufze und reibe mir über die Oberarme. Ich weiß immer noch nicht genau, wie ich damit umgehen soll. Es gibt Tage, an denen ich all das bereue. An denen ich mich unter meiner Bettdecke verkrieche und vergessen will, was alles passiert ist: Steven. Die Weigerung der Boyds und manch anderen, irgendetwas davon zu glauben. Der Prozess und seine hundert quälenden Fragen, warum ich nicht *besser* oder *richtiger* gehandelt hätte ...

Aber es gibt auch Tage, an denen ich glücklich bin. Stolz auf mich. Dass ich es, wie auch immer, geschafft habe, meine Geschichte nach außen zu tragen. Und zu zeigen, dass es mich nicht schwächer macht oder kleiner.

Ich glaube, heute ist so ein Tag. Ein guter Tag.

Bei der Erkenntnis muss ich lächeln. Im selben Moment fluten tausend kleine, alberne Happy-Blubberblasen meinen Magen und ich blicke auf, weil ich das Gefühl mit der einen Person teilen möchte, mit der ich immer alles teile. »Leith?«

Er hebt einen Zeigefinger und deutet auf das Smartphone an seinem Ohr. Aber er grinst mich an und formt mit dem Mund: *Mom.*

Ich verdrehe die Augen und er zuckt mit einer Schulter.

Also greife ich nach einem der Textmarker, die neben mir auf dem Sofa liegen, weil er die immer zum Lernen für die Aufnahmeprüfung auf die Law School benutzt, der kleine

Streber. *Strand & danach Restaurant?*, kritzle ich auf seinen Collegeblock und halte ihn hoch.

Leith nickt, während er sagt: »Nein, Jun geht es gut. – Nein, sie ist wirklich nicht sauer.«

Ich seufze und lehne mich zurück. Das kann dauern ... Nach der Klage der Staatsanwaltschaft haben sich dann doch auch Leiths Eltern von Steven distanziert. Offenbar ist Stern nicht der Einzige mit einem Kumpel in der Staatsanwaltschaft ... Jedenfalls haben sie schon zwei Tage nach der Klageerhebung bei Leith angerufen und ihm bestätigt, dass gegen Steven neue, eindeutige Beweise vorliegen. Sie haben die Kanzlei vorübergehend geschlossen und großzügige Summen an alle Mitarbeiterinnen ausgezahlt, die an der Sammelklage beteiligt gewesen sind, und ihnen neue Arbeitsverträge angeboten. Aber um ganz ehrlich zu sein, obwohl ich versuche, offener mit dem Thema umzugehen, fällt es mir immer noch schwer, Menschen unter die Augen zu treten, die mich so tief enttäuscht haben wie Leiths Eltern. Selbst in Lorcastle zu sein, fühlt sich seltsam an, und ich bin froh, dass Leith dieses Apartment nicht nur gemietet, sondern gleich gekauft hat. Seine Verpflichtungen am College hat er zusammengestrichen und schreibt jetzt hier an seiner Bachelorarbeit. Oder lernt. Oder lenkt mich ab ... Worüber ich vielleicht nicht ganz so unglücklich bin, wie ich ihn das gern glauben mache.

Nur wegen Lizzy tut es mir leid. Sie vermisst ihren großen Bruder wahnsinnig. Und meine Mom ... Sie ist nach Stevens Festnahme vorübergehend zurück nach Lorcastle gezogen, hat das alleinige Sorgerecht für Vanity und Nyte beantragt, und Stern meint, wenn Carmichael verurteilt wird, stünden die Chancen gut, dass sie es auch bekommt. Dann möchte sie vielleicht nachkommen – nach Kalifornien.

Leiths tiefes Seufzen zieht mich aus meinen Gedanken. Er legt das Smartphone auf die Arbeitsplatte und lässt den Kopf kreisen. »Meine Mom wird mich noch den Verstand kosten«, murmelt er.

Ich muss lachen. »Armer Leith. Macht Mommy sich Sorgen?«

»Hey, in erster Linie macht sie sich deinetwegen Sorgen. Oder Vorwürfe oder … was auch immer.«

»Sie hätte sich auch einfach mal bei mir entschuldigen können«, wende ich ein.

Er verzieht das Gesicht. »Das ist nicht ihr Ding.«

Ich seufze und stehe auf. »Was ist jetzt, Strand oder Strand?«

»Ich wusste gar nicht, dass sich unter der kalten, rauen Schale der gefürchteten Eisprinzessin eine kleine, verschnulzte Romantikerin verbirgt«, sagt Leith, als ich faul und zufrieden auf unserer Stranddecke lümmle. Wir sind eineinhalb Stunden gefahren – und haben einen der kleinen Fischmärkte leer gekauft –, bis wir einen Strandabschnitt gefunden haben, der so leer ist wie dieser hier. Aber es hat sich gelohnt …

Der Anblick der untergehenden Sonne über dem Pazifik ist atemberaubend, und in der Ferne kann man die Umrisse von Santa Catalina erahnen, einer der Inseln, die dem Festland vorgelagert sind.

Trotzdem schüttle ich den Kopf und sage: »Für Romantik bist in dieser Beziehung du zuständig.«

Leith dreht den Kopf. Seine Haare glänzen im Sonnenlicht und er grinst mich an. »Ach ja?«

Ich nicke. »Ja. Ich bin Schauspielerin, ich muss nicht romantisch sein. Ich muss nur so tun können, als wäre ich es.«

»Wenn du mir jetzt noch erklärst, was an Jura romantisch ist ...«

Ich beuge mich vor und flüstere: »Überhaupt nichts. Deswegen musst du das Sehnen deines riesigen Romantikerherzens ja in deiner Freizeit ausleben, du Märchenprinz.«

Leith sieht mich an. Und ich rechne fest damit, dass er alles abstreitet. Mir beteuert, wie unfassbar gefühlskalt er wäre. Stattdessen schiebt er wortlos die Arme unter mich und hebt mich hoch.

»Was machst du?«, kreische ich.

»Ich kühle dich ab.«

»Neinneinnein! Das wirst du nicht!«, erkläre ich bestimmt. »Du lässt mich jetzt sofort runter, hast du mich verstanden, Leith Boyd? *Sofort!* Ich hab die Hälfte meiner Klamotten noch an!«

»Sehr bedauerlich.«

»Das wirst du nicht wagen!«

»Sonst was?«, fragt er und grinst liebenswürdig auf mich herab. Dieser verdammte ...!

Unter seinen Füßen spritzt das Wasser schon auf und ich beginne heftig mit Armen und Beinen zu strampeln. Was ihn überhaupt nicht interessiert. Weder lockert er seinen Griff, noch packt er fester zu. Er spaziert einfach weiter. Himmel, warum muss ich auch unbedingt mit einem Sportler zusammen sein ...

»Du wirst mich nicht –«, rufe ich, aber da segle ich auch schon durch die Luft. Als wäre ich eine verdammte Spielzeugpuppe!

Beim Auftauchen bin ich triefnass und mir kleben Shirt und Wickelrock an der Haut. »Das wirst du bereuen, verstehst du? So, so, so sehr bereuen! Ich werde dir Lebertran in deine Zahnpasta mischen, Zucker in den Salzstreuer mogeln und die Klimaanlage deines Autos mit toten Sprotten präparieren!«

Leith lächelt. Er tritt auf mich zu, küsst mich und sagt: »Solange du diejenige bist, die das tut, geht das für mich in Ordnung.« Und dann sieht er mich an, wie er mich immer ansieht: Als wäre ich der einzige Mensch in seinem Universum. Nur er und ich und niemand sonst.

Ich seufze und lehne mich in seine Umarmung. »Nicht mal sauer sein kann man auf dich«, schmolle ich.

Er lacht leise und drückt mir einen Kuss auf die Stirn. »Du wirst noch ungefähr tausend Gelegenheiten haben, sauer auf mich zu sein. Bitte mische mir Lebertran in die Zahnpasta – nur geh nicht weg.«

Ich muss lächeln, während ich dabei zusehe, wie unsere Finger sich ineinander verschränken. »Ich gehe nicht weg«, verspreche ich. »Du hast mich jetzt am Hals. Ich würde ja sagen *für immer,* aber das ist unfassbar kitschig und unromantische Menschen sagen so was nicht.«

Er nickt. »Verstehe. *Bis in alle Ewigkeit* wäre auch vollkommen ausreichend für mich.«

Ich schnaube und schmiege mich trotzdem an ihn. Im Gegensatz zu dem eiskalten Ozean fühlt Leiths Körper sich warm an und ich genieße das Gefühl seiner Umarmung fast schon zu sehr.

Wahrscheinlich hat er recht: Ich bin weich geworden …

»Komm zurück zum Strand«, sagt er leise. »Du hast schon eine Gänsehaut.«

Dass die nicht ausschließlich mit der Kälte des Wassers zusammenhängt, verrate ich ihm nicht. Stattdessen lasse ich mich von ihm zurück zu unserer Decke ziehen und in ein warmes Handtuch einwickeln.

»Sorry, vermutlich war das wirklich eine dumme Idee, dich reinzuwerfen. Aber ich konnte nicht widerstehen«, sagt er und klingt ehrlich zerknirscht.

»Gib's zu: Du hast das nur gemacht, damit du mich hinterher abtrocknen darfst.«

Leith grinst schief und kramt in seinem Rucksack herum, fördert eine Packung Weintrauben, Kekse und eine Thermoskanne mit Tee zutage.

»*Wow*. Ich bin wirklich mit einem Romantiker zusammen.«

»Sei schon still«, flüstert er, legt die Arme um mich und zieht mich an seine Brust.

Ich lege den Kopf in den Nacken und blinzle ihm zu. »Weißt du, was ich mich manchmal frage?«

»Was?«

»Was passiert wäre, wenn du damals nicht in der Turnhalle gewesen wärst.«

»Vor Thanksgiving?«

»Ja. Vermutlich wären wir nie …«

»Zusammengekommen?«, beendet er meinen Satz.

Ich nicke langsam, als das leise Summen von Leiths Smartphone ertönt. Ich blinzle träge in Richtung seines Rucksacks, aber er bewegt sich nicht.

»Willst du nicht rangehen?«

Leith schüttelt den Kopf und senkt seine Lippen auf meine Schläfe. »Nein, nicht jetzt. Jetzt gehört nur uns.«

Ich kuschle mich an ihn, und gemeinsam sehen wir zu, wie die Sonne im Ozean verschwindet und dabei den Himmel in ein Farbenmeer verwandelt.

DANK

In diesem Buch steckt eine Menge Herzblut, aber vor allen Dingen auch eine Menge Arbeit. Folgenden Menschen möchte ich für ihren besonderen Einsatz danken:

Meiner Lektorin für ihre Geduld mit einer Debütautorin; meinen lieben Kolleginnen vom BVjA, den Matchmakers und allen anderen, die mich ein Stück des Wegs begleitet haben; Ria Radtke, Veronika Christen, Annie Eisenhardt, Rebekka Gusia, Emily Cane, Romy Hart; Lee und Kathi.

Ein besonderes Dankeschön an meine Agentinnen Nicola und Heike sowie an Nicole Rieder, für deine Expertise als Japanologin, aber auch für deine Pep Talks und dein Vertrauen.

Schreiend im Kreis rennen, durch die Wohnung tanzen, lachen, Kopf waschen, Rekorde über längste Sprachnachrichten der Welt aufstellen, zittern und hibbeln – danke Judith Carrol für alles.

AMELIA CADAN wurde 1994 geboren und schreibt gefühlvolle Romane für junge Erwachsene. Sie hat viele künstlerische Hobbys und interessiert sich außerdem für Geschichte, Kultur und Psychologie. Große Menschenmassen sind normalerweise nicht ihr Fall, aber für Buchmessen oder (E-)Sport-Events macht sie eine Ausnahme. 2016 ist sie nach Jordanien gezogen, hat dort mehrere Jahre gelebt und auch geheiratet. Inzwischen wohnt sie gemeinsam mit ihrem Mann, ihrem Sohn und einer Königspython in Leipzig. Die »Blossom«-Reihe ist ihr Debüt.

Mehr über cbj auf Instagram unter @hey_reader

Amelia Cadan
Blush

Ca. 350 Seiten, ISBN 978-3-570-16652-9
Erscheint im Juli 2022

Ryder, 23, College-Absolvent und notorischer Womanizer, will den
Sommer vor der stressigen Law School in vollen Zügen genießen.
Da kommt ihm das Angebot seines besten Freundes Leith, für drei
Wochen in dessen Apartment in L.A. zu wohnen, gerade recht.
Lizzy, 18 und Leiths kleine Schwester, leidet nach einem traumatischen
Ereignis, bei dem sie großen Mut bewiesen hat, unter dessen Folgen.
Um den überbesorgten Eltern zu entkommen, flüchtet sie nach L.A.
zu ihrem großen Bruder. Doch in Leiths Wohnung findet sie nur dessen
besten Freund Ryder vor. Und nun muss sich erweisen, wen dieses
Zusammentreffen mehr verändern wird, den verschlossenen
Draufgänger oder die verletzte Seele mit dem ehrlichen Herzen.

www.cbj-verlag.de

20330

Thx 7ubby.
A7san wa7ad bil denya.